HEYNE BÜCHER

Tip des Monats

In der selben Reihe
erschienen außerdem als Heyne-Taschenbücher

Alistair MacLean · Band 23/1
Johannes Mario Simmel · Band 23/2
Sandra Paretti · Band 23/3
Willi Heinrich · Band 23/4
Desmond Bagley · Band 23/5
Victoria Holt · Band 23/6
Michael Burk · Band 23/7
Marie Louise Fischer · Band 23/8
Will Berthold · Band 23/9
Mickey Spillane · Band 23/10
Robert Ludlum · Band 23/11
Susan Howatch · Band 23/12
Hans Hellmut Kirst · Band 23/13
Colin Forbes · Band 23/14
Barbara Cartland · Band 23/15
Louis L'Amour · Band 23/16
Alistair MacLean · Band 23/17
Victoria Holt · Band 23/18
Jack Higgins · Band 23/19
Utta Danella · Band 23/20
Desmond Bagley · Band 23/21
Caroline Courtney · Band 23/22
Robert Ludlum · Band 23/23
Gwen Bristow · Band 23/24
Heinz G. Konsalik · Band 23/25
Leon Uris · Band 23/26
Susan Howatch · Band 23/27
Colin Forbes · Band 23/28
Utta Danella · Band 23/29
Craig Thomas · Band 23/30
Daphne Du Maurier · Band 23/31
Robin Moore · Band 23/32
Marie Louise Fischer · Band 23/33
Johanna Lindsey · Band 23/34
Alistair MacLean · Band 23/35
Philippa Carr · Band 23/36
Joseph Wambaugh · Band 23/37
Mary Stewart · Band 23/38
John D. MacDonald · Band 23/39
Caroline Courtney · Band 23/40
Robert Ludlum · Band 23/41
Utta Danella · Band 23/42
Johanna Lindsey · Band 23/43
Stefan Murr · Band 23/44
Marie Louise Fischer · Band 23/45
John Gardner · Band 23/46
Alistair MacLean · Band 23/47
Gwen Bristow · Band 23/48
Jackie Collins · Band 23/49
John Saul · Band 23/50
Alexandra Cordes · Band 23/51
David Morrell · Band 23/52
Philippa Carr · Band 23/53
Eric Van Lustbader · Band 23/54
Barbara Cartland · Band 23/55
Mary Westmacott · Band 23/56

3 Romane in einem Band
von Felix Huby und Martin Gies

Götz George ist Schimanski

Der Waffenhändler
Zabou
Gebrochene Blüten

WILHELM HEYNE VERLAG
MÜNCHEN

HEYNE TIP DES MONATS
Nr. 23/57

(Dieser Band erschien bereits in der Allgemeinen Reihe
mit dem Titel »Schimanski«, Band-Nr. 01/6686.)

(Dieser Band erschien bereits in der Allgemeinen Reihe
mit der Band-Nr. 01/6849.)

(Dieser Band erschien bereits in der Allgemeinen Reihe
mit der Band-Nr. 01/7618.)

Printed in Germany 1990
Umschlagfoto: Bavaria Filmverleih, München
Umschlaggestaltung: Atelier Ingrid Schütz, München
Druck und Bindung: Ebner Ulm

ISBN 3-453-04239-5

Inhalt

Der Waffenhändler

1

Der Mann gefiel Schimanski auf Anhieb nicht – rechts gescheitelt, aufrecht, braungebrannt, glatt rasiert. So einer, der immer auf dem Weg zur Apotheke ist, um den Blutdruck zu messen und sich unterwegs im Schaufenster zu spiegeln. Einer von den reibungslos Funktionierenden.

Der Mann roch nach einem herben Rasierwasser, hatte äußerst gepflegte Fingernägel und trug eine randlose Brille.

»Kriminalrat Tumler, BKA«, stellte er sich vor. »Ich freue mich, Herr Kollege... äh...«

»Schimanski«, sagte Karl Königsberg, Chef des Dezernats K wie Kapitalverbrechen.

»Ach ja, richtig!«

›Was für ein Kotzbrocken‹, dachte Schimanski bei sich.

»Also, was ist?« fragte er Königsberg patzig.

»Herr Tumler recherchiert hier und hat gebeten, daß wir ihm einen ortskundigen Kollegen zuordnen. Sie sind der ortskundigste im Haus.«

»Aber auch der, der sich am schlechtesten ›zuordnen‹ läßt.« Schimanski dachte nicht daran, verbindlicher zu werden.

»Außerdem habe ich einen zweifachen Mörder zu fangen. Er hat zwar nur zwei Nutten umgebracht...«

»Na, na, na!« fuhr Königsberg dazwischen.

Tumler verzog seine dünnen Lippen zu der Andeutung eines süffisanten Lächelns. Schimanski musterte ihn. ›Wahrscheinlich ein Meister der kleinen Gesten‹, dachte er.

»Thanner wird sich um die Morde kümmern«, sagte Königsberg.

»Und der Herr... äh...«, Schimanski deutete mit einem Kopfnicken auf Tumler, dessen Name er sehr genau im Gedächtnis hatte.

»Tumler«, sagte Tumler leise. Seine Stimme klang seltsam hoch und dünn.

»Tumler, ja richtig. Worum kümmert der sich?«

»Ich werde Sie gleich einweisen«, sagte Tumler.

»Einweisen?« Schimanski spürte, wie sich eine Drahtbürste in seinem Bauch aufstellte. »Zuordnen, einweisen – ich glaube, das wird nichts mit uns!«

Wieder dieses dünne, maliziöse Lächeln. Er glaube, solche Animositäten könnten in dem zu bearbeitenden Fall wohl keine Rolle spielen.

Königsberg nickte nachdrücklich. Der Fall habe eine solche Brisanz, sagte der alte Kriminalrat, daß persönliche Eigenarten und Eitelkeiten diesmal wirklich aus dem Spiel bleiben müßten.

»Briefing«, nannte Tumler, was sich dann anschloß – offensichtlich ein Fremdwort für ›Einweisung‹. Schimanski mußte widerstrebend zugeben, daß ihn der BKA-Mann präzise, schnörkellos und umfassend informierte.

»Zum erstenmal, seit wir mit dem internationalen illegalen Waffenhandel zu tun haben, führt die Spur nach Duisburg. Ja, das kam auch für uns überraschend. Die Fäden laufen nicht in London, Frankfurt oder Genf zusammen, sondern ganz offensichtlich hier. Die Waffen gehen entweder als Maschinenteile getarnt nach dem Nahen Osten oder ganz offiziell mit Warenbegleitpapieren und Endverbraucherzertifikat sauber als Waffen deklariert in den Irak und nach Persien.«

»Ich denke, die Bundesrepublik liefert keine Waffen in Krisengebiete.«

»Sie haben natürlich recht!« Tumlers Lob ärgerte Schimanski maßlos.

»Die Endverbraucherzertifikate stammen auch stets von unverdächtigen Ländern, und irgendwo auf der Reise werden die Waffen dann umgeladen. Am Ende landen sie dann doch wieder im Irak, im Iran, im Libanon oder in Syrien.«

Schimanski nickte. Soweit war alles klar. »Irgendeine Spur?« fragte er.

Tumler wiegte seinen schmalen Kopf hin und her.

»Andeutungen, ein paar wachsweiche Infos von unzuverlässigen Spitzeln. Nichts Halbes und nichts Ganzes.«

»Was deutet auf Duisburg?«

»Offensichtlich werden die verschiedenen Häfen hier – Schrotthafen, Containerhafen, Ölhafen – was weiß ich – als Verschiebebahnhöfe genutzt. Ein raffiniertes System, das wir noch nicht durchschauen. Wir wissen nur: Alle Ladungen mit Endverbraucherzertifikaten, die Mercier verschickt, gehen hier ab!«

»Mercier?«

»Ein Waffenhändler in Genf.«

»Aha.« Schimanski wollte nicht zeigen, wie sehr ihn der Fall zu interessieren begann.

»Einer, von dem wir genau wissen, was er treibt, und gegen den wir dennoch keine Handhabe finden.«

Sie saßen in Schimanskis und Thanners Büro. Thanner hatte die ganze Zeit stumm zugehört und mit den Spitzen seines Schnurbartes gespielt. Jetzt stand er auf und legte ein paar Aktenstücke in seinen Diplomatenkoffer aus glattbraunem Rindleder. Mit einem leisen Plop schloß er den Deckel. Dann ging er grußlos hinaus. Tumler sah überrascht auf. »Hat er irgendwas?«

Schimanski winkte ab. »Thanner hat immer irgendwas.«

Auch er stand auf und angelte seine graue Windjacke von der Stuhllehne.

»Feierabend?« fragte Tumler.

»Mhm.«

»Können wir zusammen etwas essen gehen?«

Schimanski trat dicht vor ihn hin. »Ne – vermutlich wären Sie enttäuscht. Außerdem: Dienst ist Dienst...« Er warf die Jacke über die Schulter. An der Tür sagte er: »Kommen Sie raus hier, ich will abschließen.«

Schimanski konnte sich seine schlechte Laune nicht erklären. Was war schon dabei? Würde er eben diesen Tumler durch Duisburg führen. Ein leichter Job. Keine Verantwortung. Die trug dieser BKA-Typ. Also – was sollte sein?

Er stieß die Tür zu Hannas Kneipe auf – einem Zwischending aus Imbißstube und Gartenlokal. Es roch nach gebratenen Zwiebeln und Knoblauch. Schimanski zog den Geruch ein wie ein Frischluftfanatiker den Tannenduft im Wald.

Die einzigen Gäste waren ein paar junge Leute in abgerissenen Jeans und schwarzen Lederjacken, auf denen ein großes weißes A im weißen Kreis prangte. Schimanski wußte, daß es »Autonome« waren, aber er konnte sich nichts darunter vorstellen. Er trat zu Hanna an die Theke.

Hanna war 29, Lehrerin ohne Anstellung, eine große schlanke Frau mit langen schwarzen Haaren und braunen Augen. Eine natürliche Autorität ging von ihr aus. Wie sie sich bewegte, wie sie mit den Gästen redete, wie sie mit sicheren Handgriffen servierte, als hätte sie noch nie etwas anderes gemacht – das strahlte Sicherheit aus und eine seltsame Unnahbarkeit. Schimanski kam seit Wochen her und hatte, ganz gegen seine Gewohnheiten, noch keinen Annäherungsversuch gemacht – etwas, was auch Hanna wunderte.

»'n Abend«, sagte Schimanski.

Hanna nickte ihm zu und ließ ein Bier für ihn einlaufen. Die Autonomen redeten laut. Einer rief herrisch: »Vier Bier, vier Schnäpse und viermal Pommes!«

»Mit Ketchup?« fragte Hanna freundlich.

»Nee, ohne Flachkopfsoße.«

»Das wäre mal was«, gröhlte ein anderer, »Micha frißt Yankee-food!« Er lachte laut und anmaßend.

»Aber in 'nem Farbbeutel wär's geil«, schrie ein Mädchen. »Stell dir mal 'ne Bullenvisage vor, wenn der gute Ketchup langsam seine Bahn hinunterzieht.«

Das Mädchen fuhr mit zwei Fingern vom Haaransatz bis zum Kinn.

»Wieso denn Beutel, das Zeug ist doch in Flaschen!«

Schimanski wendete sich Hanna zu. »Sind die öfter da?«

»Nein, heute das erste Mal. Ich glaube, die kommen von einer Demonstration!«

Wie zur Bestätigung sagte einer der Autonomen: »Ihr mit Euren Farbbeuteln und Eiern – ist doch alles Kacke. Eierhandgranaten wär'n das Richtige. Eierwerfen! Da könnt Ihr doch gleich Sackhüpfen!«

»Stimmt«, sagte das Mädchen. »Hat alles keine Power – so kommste Bullen nicht bei.«

Schimanski nahm sein Bier und ging hinüber. Er tippte dem Mädchen auf die Schulter.

»He, Pfoten weg, du!« Sie fuhr auf, als ob sie gestochen worden wäre.

»Tschuldigung«, sagte Schimanski und setzte sich, ohne zu fragen.

Einer der Jungen kicherte. »Vorsicht Mann, wenn's auf Frauenpower kommt, wird Babsi giftig!«

»Halt du dich raus«, giftete das Mädchen, »du bist doch der Obermacho.«

Schimanski grinste: »Kein Mensch kann ein Ding erkennen, wenn er nicht mit ihm in Berührung kommt, sagte der große Mao.« Auf die jungen Leute wirkte es wie ein guter Witz – sie lachten, schlugen auf den Tisch, warfen sich gegen die Stuhllehnen.

»Auch das noch, ein Apo-Opa«, schrie Babs.

»Hey, der Spruch ist cool«, warf nun ein dürrer, bleicher Junge ein. »Nichts gegen Mao.«

Ein anderer pfiff durch die Zähne und rief: »Seht Euch den Atze an – ich denke, du stehst auf Bakunin?«

Babs protestierte. »Typisch, kaum wird mal'n Frauenproblem angesprochen, weicht ihr auf die große Politik aus.«

Atze warf hilfesuchende Blicke zur Decke. »Mann, Mann – die Tussi macht mich krank. Frauenprobleme! Es gibt verdammt viel wichtigere Sachen.«

»Ach ja?« warf Babs spitz ein.

»Ja, verdammte Kacke. Die Muni-Transporte zum Beispiel«, plötzlich wendete er sich Schimanski zu. »Haste schon geschnallt, was die Schweine heute nachmittag wieder gemacht haben?«

Schimanski schüttelte den Kopf und winkte Hanna mit seinem leeren Bierglas.

»Wir kommen nämlich direkt von Nordenham!«

»Ja, und?«

»Da ging bös was ab. In Nordenham kommen die Munitionsschiffe der Yankees an, verstehste?«

»Ne«, sagte Schimanski.

»Von Nordenham aus wird das Zeug auf die einzelnen Depots verteilt, quer durch ganz Deutschland.«

»Nicht nur Deutschland«, mischte sich ein anderer junger Mann ein, »über die Air-Base Frankfurt gehen die Muni-Transporte in die halbe Welt. Überall hin, wo's brennt!«

Schimanski schaute dem jungen Mann mit wachsendem Interesse in die Augen. Sie waren grau und blieben trotz der äußeren Aufregung, die den Jungen gepackt zu haben schien, ruhig und gelassen. Er hielt Schimanskis Blick stand.

»Wie heißt du?« fragte Schimanski.

»Bernie, und du?«

»Horst, aber lieber ist mir Schimmi – kommt von meinem Nachnamen – Schimmi ist so 'ne Art Abkürzung. – Was war denn nun in Nordenham?«

»Da war 'ne Action angesagt«, antwortete Bernie. »Wir wollten den Rhein entlang 'n paar Brücken blockieren.«

»Und?«

»Die Schweine haben alles abgeriegelt – großräumig. Die müssen gewußt haben, was wir vorhatten.«

»Da hat's von Bullen gewimmelt, daß es dir grün vor den Augen geworden ist«, warf Babs ein.

»Wir haben versucht, uns als Kleingruppe durchzumogeln!«

Hanna brachte Schimanskis Bier und sagte beiläufig: »Ihr redet zuviel«, aber niemand hörte auf sie.

»Wir die Böschung rauf, und die Bullen hinterher wie 'ne Hammelherde«, tönte Atze.

»Habt ihr die Brücke geschafft?« fragte Schimanski.

»Ne, von oben kamen auch noch Grüne. Wir haben vielleicht bös in der Falle gesessen. Da ging's mit einemmal nur noch drum, wieder rauszukommen. Haben wir auch geschafft. Die Bullen haben nur zwei von uns geschnappt.«

Schimanski blies den Schaum vom Bier. »Flotte Frontberichterstattung!«

Bernie musterte Schimanski aufmerksam. »Die Bullenberichte sehen noch ganz anders aus«, sagte er leise.

Aber Atze wollte unbedingt weitererzählen. Laut fuhr er fort: »Denen ist's ja auch gar nicht ums Festnehmen gegangen. Die sind gleich voll rein mit ihren Schlagstöcken, mit den Raupen aus Holz, weißte. Und immer voll drauf. Da ist schwer ranzukommen. Aber'n paar von den Bullen haben wir dann doch noch ganz schön die Fresse poliert.«

Schimanski schüttelte sich wie ein Hund, der die Nässe aus dem Fell kriegen will. Damals – 68 – war er auch auf der anderen Seite gewesen. Er würde die Gesichter nie vergessen – weder die der deutschen Polizisten von Berlin noch die der türkischen von Ankara.

»Babs hat einen voll in die Eier getreten«, tönte Atze.

»Weil er mir nach der Brust gegrapscht hat, das perverse Schwein, und nachher hat er noch voll draufgeschlagen. Da, willste mal sehen?« Sie machte Anstalten, den Pulli über ihre kleinen Brüste hinaufzuziehen. Schimanski wehrte mit weit vorgestreckten Händen ab.

»Ne, du, danke!« Dann beugte er sich ein wenig vor.

»So'n Polizist tut auch nur seinen Job.«

»Die Leier kenn' ich«, rief das Mädchen. »Dem Einsatzleiter ist der Geifer aus dem Maul gelaufen. Wetten, daß dem einer abgeht, wenn er 'n Mädchen zusammenkloppt!«

»Nu mach aber mal halblang.«

Bernie sagte ruhig: »Wir machen keinen Unterschied zwischen denen, die die Muni herschaffen und verteilen, und denen, die dafür sorgen, daß die Transporte durchgeführt werden können.«

»Was die Yanks abziehen, ist Vorbereitung zum Massenmord«, tönte Atze, »und wenn dann so'n gehirnamputierter Bulle...«

Schimanski fuhr dazwischen. »Na hör aber mal auf. So 'n kleiner Beamter, der hat doch gar nichts zu sagen. Was soll denn ein einfacher Bereitschaftspolizist...«

»Das muß er sich vorher überlegen«, unterbrach Bernie, »heute weiß doch jeder, was abgeht.«

»Richtig«, schrie Atze, »wer mit dem Schweinesystem paktiert... aber das daß ganz klar ist: Die Schweine von heute sind die Schinken von morgen.«

»Und wer ist der Schlachter?« fragte Schimanski.

»Wir, wenn es sein muß!«

»O Mann!« Schimanski stand auf. »Soll ich euch sagen, was ich beruflich so mache?«

Er stand breitbeinig vor dem Tisch. Die blauen Augen wirkten fast unnatürlich groß. »Ich bin 'n Bulle – eines von den Schweinen, die ihr schlachten wollt!« Er drehte sich um und ging zur Theke. Er lehnte sich schwer gegen den Tresen.

»Du redest auch zu viel«, sagte Hanna. Schimanski sah in den Spiegel hinter dem Tresen. Die Autonomen erholten sich nur mühsam von der Überraschung.

Seine Laune war nicht besser geworden. Als er das Lokal verließ, war er nervös und mit sich selber unzufrieden. Hanna hat ihm klargemacht, wie unsinnig es gewesen war, sich als Bulle zu erkennen zu geben.

»Kann einer denn überhaupt Polizist werden, wenn er nicht lügen kann?«

»Ich kann schon, wenn ich muß«, hatte er geantwortet.

Wie er überhaupt dazu gekommen sei, hatte Hanna wissen wollen. Einer, der so direkt sei, so geradeaus. Tja, wie? Er hatte nur abgewinkt. Konnte man das einem anderen Menschen überhaupt erklären?

Er sah sich um. Halb und halb erwartete er, daß die jungen Leute ihm folgen würden. Hätte er ihnen vielleicht sagen sollen, daß er damals..., mein Gott, wie lange war das her. Das war schon gar nicht mehr wahr. Einen Augenblick blieb er bei der Frage hängen, warum etwas nicht mehr wahr sein sollte, nur weil es lange Zeit zurücklag.

Königsberg war schuld. Er hatte ihn umgedreht – damals. Vielmehr: Königsberg hatte ihn dazu gebracht, sich selber umzudrehen.

Warum kamen die Typen mit dem kreideweißen A im kreideweißen Kreis nicht hinter ihm her? Die waren zu fünft. Und Verstärkung war für die bestimmt nicht weit. Beinahe wünschte er es sich, sie würden ihn stellen. Im Augenblick hätte er sich lieber geprügelt als nachgedacht.

Dieser aalglatte Tumler hatte damals bestimmt nicht die Straßenbahnen per Sitzstreik gestoppt, der hatte keine Pflastersteine herausgerissen und war nie von dem harten Strahl eines Wasserwerfers gegen eine Hauswand geknallt worden. Der hatte keine Ahnung davon, was es bedeutete, den eigenen Bruder zu suchen, in einem Land, dessen Sprache man nicht kannte, dessen Sitten einem wie ihm damals fremd und unzugänglich bleiben mußten. Thanner, der verstand das alles schon eher. Thanner, der war ja selber so etwas wie Schimanskis großer Bruder. Er mußte unwillkürlich grinsen. Ebenso besorgt war er, der Thanner – nicht so sehr um Schimanski, als vielmehr darum, durch ihn nicht aufzufallen, oder gar blamiert zu werden. Was hatte Hanna gesagt? »Du läufst rum wie ein Kind, das sich absichtlich verlaufen hat.«

Schimanski betrat seine Wohnung. Es roch nach abgestandenem Bier und seinem ungelüfteten Bett. Die Unordnung hatte längst Formen des endgültigen Chaos' angenommen. Schimanski machte auf dem Absatz kehrt, warf die Tür hinter sich ins Schloß und sprang die Treppe hinunter.

Zehn Minuten später fand er sich in ›Hottes Bar‹ wieder, an einem Stehtisch, ein Bier, einen Klaren und Paul Nieber vor sich. Nieber, den man im Kiez nur Mottenpaule nannte, weil seine Kleider stets streng nach Mottenkugeln rochen, blinzelte heftig und versuchte, Schimanskis Blick auszuweichen. »Wenn ich da was wüßte, würde ich's dir nicht sagen, Schimmi«, sagte er, »nicht mal gegen Geld.«

»Wer redet denn von Geld?«

Mottenpaule sah sich unsicher um. »Das ist nicht gut, wenn ich mit dir hier so gesehen werde.«

»Tja, schlechter Umgang färbt ab.«

Es trat eine Pause ein, die Mottenpaule nur noch nervöser machte. Nach einer ganzen Weile sagte Schimanski: »Wenn die Waffendealer hier erst mal richtig Fuß fassen, ist im Milieu der Teufel los.«

»Schadet doch nicht«, antwortete Mottenpaule mit schiefem Grinsen. »Ist doch 'ne ausgesprochene Wachstumsbranche. Da muß doch was zu verdienen sein.«

Schimanski lachte. »Für andere vielleicht, für einen wie dich wohl kaum.«

Paul Nieber richtete sich ein wenig auf. Er war höchstens ein Meter fünfundsechzig groß, dünn, ja ausgemergelt. Seine Gesichtshaut wirkte ledern und hatte eine ungesunde gelbe Farbe. Die Backenknochen standen weit vor, und die wäßrigen dunklen Augen lagen deshalb in tiefen Höhlen. »Ich bin so gut wie jeder andere.«

Schimanski hob die Hände. »Klar, aber das ist doch gar keine Frage, jeder neue Boß bringt seine Leute mit. Stimmt doch, oder? Wenn er was drauf hat, heuert er hier niemanden an, den er nicht kennt. Könnte ja auch 'n Polizeispitzel sein!«

»Du Aas«, giftete Mottenpaule, »das hat man nun davon, das man dir gelegentlich was zukommen läßt.«

Schimanski bestellte ein Bier und einen Korn für Mottenpaule. »Jetzt mal im Ernst«, sagte er dann, »da steckt unheimlich was für dich drin, wenn du uns einen brauchbaren Tip lieferst.«

»Nicht so laut!« Paul sah sich ängstlich um.

»Du weißt ja, wie du mich erreichst«, sagte Schimanski und legte Geld auf den Tisch.

»Die Monika und die Uschi ...«, sagte Mottenpaule wie von ungefähr. Schimanski, der schon zwei Schritte Richtung Tür gegangen war, fuhr herum. »Ja?«

»Ich dachte, du bist wegen denen unterwegs.«

»Bin ich auch – unter anderem.«

Schimanski kehrte an den Tisch zurück. Paul blinzelte ihn an, ohne weiterzusprechen.

»Nun mach schon!« herrschte ihn Schimanski an.

»Wieviel?«

»Kann ich erst sagen, wenn ich weiß, was du zu bieten hast.«

»Die sind bei Toni-Bär ausgestiegen!«

»Das kostet aber nicht gleich das Leben.«

»Es sei denn, man weiß, daß Toni mehr ist als ein Zuhälter.«

»Du kannst mir doch nicht weismachen wollen, daß die Mädchen den Bär unter Druck gesetzt haben.«

»Weismachen will ich dir gar nichts, Schimmi. Prüf's halt nach!« Schimanski schlug Paule auf die Schulter, daß der leicht in die Knie ging und theatralisch zu husten begann.

Ein grauer Dunstschleier hing in der Gasse. Der Nebel drängte von Hafen herauf in die engen, zum Teil noch gepflasterten Straßen. Schimanski ließ den Wagen stehen und ging zu Fuß. Eine kleine Nutte sprach ihn an. Er winkte ab, trat dann aber doch näher. »Wie alt?« fragte er.

»Alt genug!« antwortete sie schnippisch.

»Dafür ist man nie alt genug.« Schimanski ging weiter. Das Mädchen schrie ihm nach. »Fick dich doch ins Knie, du Wichser!«

Schimanski stieß die Tür zu einem Altbau auf. Die Fassade

war heruntergekommen, aber das Treppenhaus, erst kürzlich renoviert, machte einen fast noblen Eindruck. Leise Musik klang aus unsichtbaren Lautsprechern. Mozarts ›Kleine Nachtmusik‹.

Schimanski stieg in den zweiten Stock hinauf. Unter einem glänzenden Metallschild mit der Aufschrift ›Verwaltung‹ drückte er auf die Klingel. Er hörte Schritte und sah dann, wie der kleine, runde Spion plötzlich ein wenig dunkler wurde, als ob ein Schatten draufgefallen wäre. Die Tür ging einen Spalt auf, und eine dunkle Stimme sagte: »Das kann nichts Gutes bedeuten!«

»Mach auf!« befahl Schimanski grob.

»Hast du einen Durchsuchungsbefehl?«

»Das heißt Durchsuchungsanordnung, und ich habe sie nicht.«

»Du solltest mich also bitten, Schimanski!«

»Bei Gefahr im Verzug kann ich mir den Zutritt erzwingen.«

Er faßte nach seinem Hosenbund. Aber da, wo er seine Dienstwaffe zu tragen pflegte, war nichts.

Die dunkle Frauenstimme lachte leise die Tonleiter hinauf. Aus den Lautsprechern, aus denen gerade noch Mozarts ›Kleine Nachtmusik‹ geklungen hatte, kam jetzt ein Beatles-Schlager – ›Hey Jude‹.

»Ich bitte dich herzlich, mich hereinzulassen«, sagte Schimanski. Die Tür öffnete sich. Mona trug einen bodenlangen Kimono, auf dem sich ein Drache mit zwei Köpfen räkelte. Jeder Kopf lag auf einer von Monas großen, schönen Brüsten.

»Ist Toni da?«

»Den habe ich seit vierzehn Tagen nicht gesehen.«

Schimanski durchschritt den achteckigen Flur und stieß die Tür zu einem aufwendig eingerichteten Büro auf. Zwei Schreibtische in L-Form stießen mit ihren breiten Fronten gegeneinander. Auf einem Regal aus Plexiglas stand ein Home-Computer.

»Gerdi wäre gerade frei«, sagte Mona.

»Danke, ich hatte schon auf der Straße ein Angebot, das ich abgelehnt habe.« Er ließ sich müde in einen Sessel fallen. Mona blieb an der Tür stehen. Sie hatte ihr dickes blondes Haar im Nacken zu einem Knoten zusammengesteckt. »Was willst du?«

»Uschi und Monika haben so etwas wie ein Testament hinterlassen.«

»Die beiden haben nicht für uns gearbeitet.«

»Nein?«

Schimanski stand ganz schnell auf, ging zu dem Computer und gab mit der rechten Hand die Namen Ursula von Berg und Monika Kilgus ein, während er mit dem linken Arm Mona daran hinderte, den Terminal auszuschalten. Zu beiden Namen erschienen eine Menge Daten auf dem Bildschirm. Schimanski drückte auf ›Print‹ und drehte sich dann voll zu Mona hin, um sie mit beiden Armen abwehren zu können. Er fühlte ihren vollen Körper unter der glatten Seide. Was wie ein Kampf begonnen hatte, drohte in einer Umarmung zu enden. Schimanski löste sich. Der Drucker ratterte wie ein schallgedämpftes Maschinengewehr.

»Seit wann kannst du mit einem Computer umgehen?« sagte Mona ein wenig außer Atem.

»Seit ich in Hiltrup auf einer Spezialschulung war.«

Er riß den breiten Papierstreifen ab und warf einen Blick darauf. »Nicht schlecht«, sagte er, »so viel verdient unsereiner noch nicht mal, wenn er Präsident wird.«

»Das wär' nicht schlecht. Wir könnten ja eine Kampagne starten: ›Schimanski for President‹.«

»Wer, wir?«

»Na wir alle, die wir dir so viel zu verdanken haben – Toni zum Beispiel, der verdankt dir viele Jahre Knast.«

»Verdient hätte er 20 – und so, wie es jetzt aussieht, lebenslänglich.«

Mona wurde bleich. Unvermittelt tauchten kleine Schweißperlen zwischen Oberlippe und Nase auf. »Sag sowas nicht. Nicht mal im Spaß«, stieß sie hervor.

»Ich sage sowas nie im Spaß!« Schimanski ließ sich wieder in den Sessel fallen. »Also, wo war Toni am Sonntag zwischen 21 und 23.30 Uhr.«

»Bei mir.«

»Allein?«

»Mhm!«

»Was habt ihr gemacht?«

»Wir haben zusammen geschlafen.«

»Von 21 Uhr bis 23.30 Uhr – alle Achtung!«

»Unter anderem. Und wir haben gespielt.«

»Schach?«

»Backgammon!«

»Ach ne!«

»Was ist denn daran so komisch?«

»Nichts – nur daß es zur Zeit mein Lieblingsspiel ist.«

»Das größte Zockerspiel, schlimmer als Poker«, sagte Mona.

»Jeder Stein ein Schein – ich weiß!« Schimanski sah sich um. »Wo ist das Brett?«

»Bei Toni.«

»Ach, wohnt er nicht mehr hier?«

»Ne.«

»Zoff?«

»Er hat zu oft verloren.«

»Beim Backgammon?«

»Da auch!«

Schimanski stand auf und trat zum Fenster. Der Nebel hatte zugenommen. Die Normaluhr auf der anderen Straßenseite war kaum zu erkennen. Was er durch den grauen Dunst entziffern konnte, las sich wie 11.45 Uhr. Er wandte sich um. »Sieht schlecht aus für Toni«, sagte Schimanski.

»Er hat ein lupenreines Alibi.«

»Das meine ich nicht. Aber wir bekommen Zuzug in der Stadt.«

»Aha.« Mona versuchte desinteressiert zu wirken.

»Die ganz großen Dealer. Da ist einer wie dein Toni-Bär bald nur noch ein Handlanger oder tot.«

»Willst du mir Angst machen, Schimmi?«

»Klar, ich hab' ja selber welche.«

»Bleib da. Ich weiß ein Mittel dagegen.«

»Ich auch«, Schimanski ging zur Tür. »Übrigens ruf den lieber nicht an, den Toni, ich kann nicht ausschließen, daß man diesen Anschluß überwacht.«

Er ging schnell hinaus.

Im Treppenhaus kam ihm ein Mann um die 50 entgegen. Er machte hastig kehrt und sprang, so schnell er konnte, die Stufen hinunter. »Kein Grund zur Panik, Herr Regierungsrat«, rief ihm Schimanski lachend hinterher. Aber das hörte der Mann im grauen Anzug schon nicht mehr.

»Das wußte ich, daß du noch mal hier vorbeikommst.« Hanna schloß gerade die Tür ihrer Kneipe, als Schimanski um die Ecke bog und sich mit einem leisen »Hallo« neben sie stellte. Hanna schnupperte. »Du riechst, als ob du aus dem Puff kämst!«

»Stimmt, aber woher weiß eine stellungslose Hauptschullehrerin, wie's im Puff riecht?«

»Intuition!« Hanna hakte sich bei ihm ein. Sie gingen ein Stück weit stumm nebeneinander her. Fast ein wenig beklommen fragte Hanna nach einer Weile.

»Was hast du mit mir vor?«

»Ich bringe dich nach Hause.«

»Und dann?«

»Geh' ich auch nach Hause!«

»Gleich?«

»Auf der Stelle!«

»Aus dir werd' ich nicht schlau«, sagte Hanna.

»Ich werd' ja nicht mal selber aus mir schlau«, gab Schimanski zurück.

Unter der Haustür gab er ihr nicht mal einen Kuß. Er blieb

noch eine Weile auf der Straße stehen, und als im Dachstock das Licht hinter einem Fenster aufflammte, empfand er so etwas wie Sehnsucht.

2

Thanner saß schon an seinem Schreibtisch, als Schimanski am anderen Morgen das Büro betrat. Thanner schaute auf. »Der Herr Kollege, dem du zugeordnet bist, wartet schon auf dich.«

»Prima!« Schimanski zog ein Fischbrötchen aus der Tasche seiner grauen Jacke. Thanner schnüffelte.

»Der Toni hängt in der Nuttengeschichte drin«, sagte Schimanski.

»Anton Keller, meinst du – der Toni-Bär?«

»Mhm«, Schimanski kaute mit vollen Backen.

»Daß du nicht zu Hause frühstücken kannst wie ein normaler Mensch«, räsonierte Thanner.

»Zu Hause finde ich kein sauberes Messer mehr. Am Wochenende mach' ich mal klar Schiff.«

»Wenn dich dein neuer Chef nicht braucht«, sagte Thanner süffisant.

»Hat sich was mit Chef. Wo ist er überhaupt?«

»Er hat ein Zimmer gleich neben Königsberg. Maunz mußte solange zu Schneider umziehen.«

»Und das läßt sich der gefallen?«

»Du scheinst immer noch nicht begriffen zu haben, daß es hier nach dem System ›Befehl und Gehorsam‹ geht.«

»Ich fürchte, das werde ich auch nie begreifen.« Schimanski wischte die Finger an seinen Jeans ab, ging zu einem kleinen Aktenbock neben dem Schreibtisch und beugte sich über ein aufgeklapptes Backgammon-Spiel.

»Du spielst das zu vorsichtig«, sagte Schimanski über die Schulter, »keinerlei Mut zum Risiko. Keine Angriffslust.«

»Dafür kommst du nicht durch.«

»Weil du mauerst!«

»Natürlich, das ist wie beim Fußball. Man kann entweder mehr Tore schießen als der Gegner oder weniger kriegen als er.«

Die Tür öffnete sich geräuschlos. Tumler trat ein. Schimanski, der gerade das Würfelpaar gegen die Brettumrandung warf, bemerkte ihn nicht. »Dieser Lackaffe aus Wiesbaden...« Thanner hüstelte angestrengt. Schimanski schaute über die Schulter.

»Guten Morgen«, sagte Tumler kühl, »ich hatte eigentlich erwartet, daß Sie sich bei mir melden, Kollege Schimanski.«

»Ach, Sie erwarten, daß ich morgens Meldung mache?«

»Ohne Strammstehen natürlich«, gab Tumler ohne Zeichen irgendeiner Gemütsbewegung zurück.

Schimanski sah Thanner an und sagte: »Also, Toni mischt offensichtlich in einer größeren Sache mit. Mona hat Angst, und ich verwette meine Jacke, daß sein Alibi nicht stimmt.«

Thanner sah Tumler an. »Seine Jacke ist dem Schimmi heilig!« Tumler trat zu dem Backgammon-Spiel, beugte sich darüber und sagte: »Ein Verteidigungskünstler und ein stürmischer Angreifer. Das geht meistens für den Angreifer schief.«

Schimanski sah ihn überrascht an. »Verstehen Sie was davon?«

»Ich hab's in der Türkei gelernt!«

»Wann..., ich meine, wann waren Sie denn in der Türkei?«

»In der Zeit zwischen 1969 und 1971, aber erinnern Sie mich lieber nicht daran.«

»Ich auch... ich meine, ich war um diese Zeit auch mal da unten.« Schimanski wirkte plötzlich aufgeregt.

»Als Tourist?« fragte Tumler.

»1969 – Mann, da mußte ich noch schwarz Straßenbahn fahren – wenn ich sie nicht gerade blockiert habe!« Schimanski grinste Thanner an. »Als Tourist!«

»Na ja, irgendwie müssen Sie ja hingekommen sein!«
»Ja logo.« Schimanski hielt den Daumen hoch.
»Per Anhalter?«
»Tja sicher!«
Tumler beugte sich wieder über das Spiel. »Ich würde gerne mal eine Partie...«
Thanner sagte schnell: »Nichts lieber als das. Ich spiele sowieso nicht gern. Sie können in die Partie einsteigen.«
Tumler musterte erneut den Stand der Steine. »Seien Sie mir nicht böse, Kollege Thanner, aber ich würde lieber eine neue Partie spielen.«
Thanner war ein ganz klein wenig beleidigt. »Bitte!« sagte er.
»Gebongt!« Schimanski nahm das Brett und klappte es so zusammen, daß alle Steine gegen die Scharnierbretter kullerten.
»Ihr Einsatz?«
»Sie spielen um Geld?«
»Dachten Sie um Murmeln? Jeder Stein ein Groschen.«
»Da kann man ja richtig sein Glück machen«, höhnte Schimanski.
»Man wird nicht reich dabei«, konterte Tumler mit einem leisen Lächeln, »aber man verarmt auch nicht.«
»Okay, okay – gehen wir's an.«
»Später. Wir müssen los! Kommen Sie!«
Schimanski folgte Tumler, und erst als er an der Tür war, merkte er, daß er vergessen hatte, sich zu ärgern.

Schimanski steuerte den Dienstwagen. Tumler blätterte einen schmalen Aktenordner durch. Er wendete jedes Blatt mit großer Sorgfalt um und strich es dann glatt.
»Hier«, sagte er nach einiger Zeit, »Grüber, Arnold Grüber, Ex- und Import.«
»Steckt der mit drin?« fragte Schimanski.
»Bergstraße 7.« Tumler klappte den Ordner zu. »Schwer zu sagen. Bisher konnte man ihm nichts nachweisen. Aber es gibt

da einen Bericht«, er schlug den Ordner wieder auf und ließ die oberen rechten Ecken der Seiten durch seine Finger laufen, bis er das Gesuchte fand. »Ein Under-Cover-Mann, den wir eingeschleust haben, sagt, letzten Monat sei eine Ladung Schleif- und Fräsmaschinen nach Persien abgegangen. In Wirklichkeit habe es sich aber um Bazookas und Maschinengewehre gehandelt.«

»Ist der hier – dieser Under-Cover-Agent, meine ich?«

»Weiß nicht. Ich kenne ihn gar nicht.«

»Obwohl Sie in dem Fall selber ermitteln?«

Tumler lachte leise. »Gerade deshalb vermutlich.«

Die Bergstraße war eine schmale Gasse im Hafengebiet. Nicht weit von Monas Etablissement. Eine verlorene Gegend.

Schimanski stellte sein Auto schräg auf den Gehsteig, sprang aus dem Wagen und warf die Tür zu, ohne sie abzuschließen.

Er war schon an der Haustür des Gebäudes mit der Nummer 7, als Tumler die Beifahrertür zudrückte. Das Haus sah unscheinbar und vergammelt aus. Vermutlich war es in den Fünfzigerjahren gebaut worden, und es hatte noch immer den gleichen Verputz. Das Innere des Gebäudes kontastierte stark zu der Fassade. Ein tiefer roter Veloursteppich dämpfte die Schritte auf den Treppenstufen. Die Decke war verspiegelt. An den Wänden hingen Nachdrucke alter Weltkarten.

Grüber residierte im ersten Stock. Er war mittelgroß, mittelschlank, trug einen unauffälligen grauen Anzug und eine hellrote Krawatte. Arnold Grüber wirkte so unscheinbar, daß man vergaß, wie er aussah, sobald man ihn aus dem Blick verlor. Und er war von ausgesuchter Höflichkeit. Seine Sekretärin, eine sanfte, verblühte Schönheit in weißer hochgeschlossener Bluse und einem wadenlangen Plisseerock, mach te in einer imponierenden Espressomaschine frischen Kaffee für die Herren von der Polizei. Grüber versicherte unterdessen, daß er alles in seinen schwachen Kräften Stehende tun werde, um die Ermittlungen Tumlers zu unterstützen. Bereitwillig legte er alle Geschäftsunterlagen auf den Tisch. Ja, gab er zu, er arbeite auch mit Mercier zusammen, kenne ihn aber nicht. »Unsere Branche ist, wie soll ich sagen, nun... äußerst diskret!«

Nur an einer Stelle des Gesprächs änderte sich sein einschläfernder Tonfall. Er hatte immer wieder zu Schimanski hingesehen, der am Fensterbrett lehnte, die Kaffeetasse in der Hand und sichtlich gelangweilt.

»Jetzt weiß ich's!« rief Grüber, »Schimanski – ich hätte gleich drauf kommen müssen. Mordkommission, nicht wahr? Sie haben ein paar Mal ganz schön Aufsehen erregt. Aber das verstehe ich nicht... warum... äh... in welcher Funktion sind Sie nun hier?«

»Als Schlappenschammes von Herrn Tumler«, antwortete Schimanski mit unfreundlichem Grinsen.

»Wie? Ach so. Ach ja!« Grüber gab ein Zwischending zwischen Hüsteln und Lachen von sich.

Tumler hatte sich die ganze Zeit mit den Akten beschäftigt. Jetzt legte er seine schmale Hand auf eine Liste und sagte: »Da! Schleif- und Fräsmaschinen aus der abgewrackten Fabrik Steinhof.«

»Ja«, sagte Grüber schnell, »ein gutes Geschäft. Zur Zeit zerlegen wir eine Druckerei und eine Fabrik für Keramikmaschinen und liefern das Zeug nach Libyen.«

Tumler nahm die Brille ab und begann sie mit seiner Krawatte zu putzen. »Nun ist es aber leider so, lieber Herr Grüber, daß sich die Fräs- und Schleifmaschinen unterwegs in Bazookas und Maschinengewehre verwandelt haben – übrigens ebenfalls gebrauchte!«

Zum erstenmal empfand Schimanski so etwas wie Hochachtung für den Kollegen aus Wiesbaden.

Grüber hatte seine Haltung nicht geändert. Sein Gesicht war womöglich noch ausdrucksloser geworden. Aber seine Hände umfaßten die Armlehne jetzt so fest, daß die Knöchel weiß hervortraten.

»Wer so etwas behauptet, sollte es tunlichst auch beweisen«, sagte er mit tonloser Stimme.

Tumler blieb gelassen. »Natürlich, wir haben nicht erwartet, daß Sie ein Geständnis ablegen.«

»Da es nicht wahr ist, wäre ein solches Geständnis nichts anderes als eine Lüge.«

»Solche Geschäfte sind äußerst sensibel«, sagte Tumler unbeeindruckt, »da ist es immer ein Fehler, wenn man sich seiner Leute nicht sicher sein kann.«

»Heißt das, ein Mitarbeiter hat mich beschuldigt?«

»Ich habe eine allgemeine Feststellung gemacht.« Tumler erhob sich. »Ich denke, wir sprechen uns noch.«

Auf der Straße sagte Schimanski: »Ist Ihnen eigentlich klar, daß Sie Ihren Under-Cover-Mann grade womöglich ans Messer geliefert haben?«

»Wir werden schon aufpassen«, antwortete Tumler obenhin, »ehe er verbrennt, bringen wir ihn in Sicherheit.«

»Einen Mann, den Sie gar nicht kennen? Mir wird ganz mulmig, wenn ich drüber nachdenke.«

Tumler schaute auf die Uhr. »Kann ich Sie zum Essen einladen?«

»Ob Sie Spesen machen oder ich...« Schimanski hob die Arme.

Schimanski fand die Tische zu klein und die Stühle zu schmal in dem Bistro, das Tumler zielsicher angesteuert hatte. Die knoblauchgewürzten Kalbfleischbällchen und der Kartoffelsalat allerdings schmeckten ihm.

»Was hat Sie denn in die Türkei getrieben damals?« fragte Tumler, nachdem sie sich eine Weile angeschwiegen hatten. Schimanski lehnte sich weit über die Stuhllehne zurück und bestellte ein Bier. Als er sich Tumler wieder zuwendete, hatte der einen seltsam gespannten Ausdruck im Gesicht.

»Ich war aus persönlichen Gründen dort«, sagte Schimanski. Er aß das letzte Fleischbällchen mit den Fingern und leerte das Bierglas, kaum daß es die Bedienung abgestellt hatte, fast in einem Zug. Die Finger wischte er an den Jeans ab, den Bierschaum im Schnauzbart mit dem Ärmel seiner Jacke. Der konnte lange fragen. Warum sollte er ausgerechnet diesem Lackaffen aus Wiesbaden erzählen, was er bislang noch niemand anvertraut hatte.

Warum sollte er ausgerechnet diesem windschnittigen Karrieretypen aus Wiesbaden erzählen, was außer seiner Mutter nur noch ein Mensch wußte. Selbst Thanner kannte seine Türken-Geschichte nur in groben Zügen.

Einen Augenblick lang sahen sich die beiden Männer in die Augen, als ob sie ihre Kräfte messen wollten. Dann lächelte Tumler. »Sie müssen mir's nicht erzählen.«

»Ne, bestimmt nicht, und ich tu's auch nicht.«

Sie hatten damals seinen Bruder hopsgenommen. Eberhard Schimanski (seine Mutter hatte bewußt deutsche Vornamen gewählt) war drei Jahre älter gewesen als er selbst. Ziemlich ruhig... bedächtig... manchmal langsam. Er sagte oft: »Ich muß erst nachdenken.« ...Seltsam, daß er sich gerade jetzt daran erinnerte. Eberhard hatte immer Zeit für ihn gehabt, wenn er einen Rat brauchte... und Mut hatte er ihm gemacht. Rechtschaffen – ein altmodisches Wort, aber immer, wenn er an seinen Bruder dachte, fiel ihm dieses Wort ein. Rechtschaffen, das war sein Bruder gewesen... Das einzige, was ihn wirklich in Wut bringen konnte, das war, wenn einer ungerecht behandelt wurde und die anderen sich auch noch damit brüsteten. Und am Ende war Eberhard von solchen Menschen zugrunde gerichtet worden. Schimanski fuhr sich über die Augen.

»Haben Sie Geschwister?« fragte er Tumler.

»Nein, Sie?«

»Ich hatte einen Bruder. Er lebt nicht mehr.«

»Tut mir leid!«

Schimanski sah kurz auf. Wie glatt ihm diese Floskel von den Lippen ging.

»Als ich als ziemlich kleiner Junge schon von zu Hause

abhauen wollte, hat mich mein Bruder am Bahnhof aufgestöbert. Und wissen Sie, mit welchem Satz er mich rumgekriegt hat, wieder nach Hause zu kommen?«

Tumler sah Schimanski aufmerksam an.

»Er hat gesagt: ›Sieh mal, auch andere Kinder müssen mit ihren Eltern leben.‹«

Tumler lächelte. »Tja«, sagte er, »seine Eltern kann man sich nicht aussuchen, das stimmt.«

Schimanski hätte sich gar keine anderen aussuchen wollen. Zumindest dachte er heute so. Sicher, sein Vater hatte sich nach dem Krieg irgendwann abgesetzt.

»Wir waren uns fremd geworden.« Mit diesem lapidaren Satz pflegte die Mutter zu erklären, was damals geschehen war. Sie hatten niemals wieder etwas von Georg Schimanski gehört. Als er Thanner die Geschichte einmal erzählt hatte, hatte der gesagt: »Warum suchst du deinen alten Herrn nicht – wozu bist du Kriminalist geworden...?«

Seitdem hatte Schimanski manchmal darüber nachgedacht, ob er nicht versuchen sollte, den verlorenen Vater ausfindig zu machen. So schwierig konnte das gar nicht sein.

»Tja«, sagte Tumler, »dann wollen wir mal wieder.«

Er legte Geld auf den Tisch und stand auf. »Kommen Sie?«

Als sie das Lokal verlassen hatten, sagte Schimanski: »Wenn Sie mich nicht mehr brauchen, kümmere ich mich noch mal um meinen Nuttenfall.«

»Ich dachte, Königsberg hätte Sie davon entbunden.«

»Stimmt!«

»Aber Sie machen weiter?«

»Sicher! – Also, was ist?«

»Ich will Sie nicht hindern«, sagte Tumler mit einem dünnen Lächeln.

Schimanski ließ den BKA-Mann grußlos stehen. Zu Fuß ging er in die Hafengegend.

Paul Nieber wohnte in einer Baracke dicht beim Schrotthafen.

Und Schimanski wußte, daß er den kleinen Spitzel dort antreffen würde. Gewöhnlich ging Mottenpaule nicht vor der Abenddämmerung aus dem Haus.

»Ich habe dir gesagt, du sollst nicht hierher kommen«, empfing Paul den Kommissar.

Die Wohnung war eine Überraschung. Mottenpaule hielt penibel auf Ordnung. Die einfachen Möbel waren gepflegt, der Fußboden blitzblank, selbst die Fenster waren erst kürzlich geputzt worden.

»Du könntest bei mir auch mal saubermachen«, sagte Schimanski.

»Was willst du?« Paul war noch immer sauer.

»Was haben die beiden Mädchen gewußt?«

»Ursel und Monika?«

»Du weißt doch genau, wen ich meine!«

»So eng bin ich mit dir nicht, daß ich mich in Lebensgefahr bringe.«

»Sagt dir der Name Arnold Grüber etwas?«

»Mir?«

»Hör auf, den Doofen zu spielen, ja!«

»Ich denke, Ursel und Moni hat er etwas gesagt.«

Mottenpaule ging in die Küche und kam mit zwei Bierflaschen wieder. »Die haben einen Fehler gemacht, die zwei. Sie haben gemeint, sie könnten verkaufen, was sie wußten.«

»An wen?«

»An den, der zahlt.«

»Und wer wäre das?«

»Wenn ich's wüßte, hätt' ich vielleicht selber schon mal versucht, ein Geschäft zu machen.«

»Trotz Lebensgefahr?« Schimanski nahm einen kräftigen Zug aus der Flasche.

»Kommt immer drauf an, wie man sich schützen kann, verstehste!«

»Ich versuch's. Vielleicht kommen ja wir ins Geschäft.«

Paul Nieber lachte nur.

Aber Schimanski ließ nicht locker. »Du sagst, die Mädchen hätten etwas über Grüber gewußt.«

»Ich habe nur gesagt, daß denen der Name vielleicht etwas gesagt hat.«

»Das ist doch Kniefickerei, Mann.«

»Okay.« Mottenpaule gab sich einen Ruck. »Grüber und Toni sind dicke Freunde und vermutlich auch Geschäftspartner. Grüber hat Kohle, und Toni hat Leute für alle Gelegenheiten, wenn du weißt, was ich meine.«

»Und die Mädchen?«

»Grüber hat 'ne Schwäche!«

»So sieht der aber auch aus!«

»Ursel und Monika haben's gemacht!«

»Wir erfüllen auch Ihre ausgefallensten Wünsche«, zitierte Schimanski bitter.

»So isses«, sagte Paul Nieber lakonisch und verbesserte sich dann: »So war's.«

»Und wer erfüllt dem Grüber jetzt seine Wünsche?«

»Frag Toni.«

»Den muß ich erst mal auftreiben.«

»Im ›Manhattan‹. Das gehört ihm.«

»Toni? Seit wann?«

»Seitdem er einen Strohmann mehr hat – Geibel heißt er. Ziemlich neu in der Szene. So'n Karatetyp. Ich habe ihn erst einmal gesehen, und das langt mir dann auch.«

Schimanski stand auf. »War ja ein richtig ergiebiges Gespräch, Paul. Sagen wir dreihundert?«

»Siebenhundert!«

»Okay, ich sehe, wir denken beide an fünfhundert. Ich schreib' heute noch ein Protokoll, laß' es den Königsberg abzeichnen und bring' dir die Kohle.«

»Aber nicht hierher!«

»Ne du, natürlich nicht. ›Hottes Bar‹?«

»Gebongt!«

»Wann?«

»Na so wie gestern!«

Schimanski schlug Paul kräftig auf die Schulter und verließ die Baracke. Ein paar Straßen weiter winkte er ein Taxi ab und ließ sich ins ›Manhattan‹ fahren.

Schimanski stieß die Tür auf, hielt die Luft an und durchquerte den Raum, dessen samtrote Wände ohne Scheinwerfer zerschlissen und schmutzig aussahen. Nichts wirkt trister als eine billige Nachtbar am Tage. Ein Mädchen döste an der Bar. Sie protestierte nur halbherzig, als Schimanski eine Tür links von der Bühne aufstieß. Musik klang ihm entgegen – fetzige Rhythmen. Eine Frau tanzte barfuß auf einem teuren Teppich, der den Fußboden zwischen Tür und Schreibtisch bedeckte. Hinter dem Schreibtisch saß ein etwa 35jähriger Mann mit glatt nach hinten gekämmten, schwarzen Haaren. Er hatte ein ebenmäßiges Gesicht und sanfte braune Augen. Die Tänzerin brach ab. Sie trug ein Kostüm, das wohl früher einmal ein Vorhang gewesen sein mußte.

»Lassen Sie sich nicht stören«, sagte Schimanski.

»Ich bin schon gestört«, gab sie schnippisch zurück.

»Tja, ich weiß, Künstler sind sensibel.«

Die ganze Zeit hatte Anton Keller scheinbar teilnahmslos dagesessen. Jetzt sagte er mit einer tiefen, sanften Stimme. »Was suchst du, Schimanski?«

»Ein Backgammon-Brett!«

»Ich habe gehört, du hättest selber eins – in deinem Büro!«

Schimanski wandte sich an die Tänzerin. »Wenn Sie für ihn arbeiten wollen, müssen Sie vorsichtig sein. Manche Mädchen überleben's nicht!«

»Er hat einen ausgeprägten Sinn fürs Dramatische«, sagte Toni und lächelte dabei die Tänzerin an.

Auch Schimanski sah weiter die Frau an. »Zwei seiner Mädchen sind ihm draufgekommen, daß er mit einem gewissen Arnold Grüber Geschäfte macht. Der Grüber ließ sich gerne auf besondere Weise verwöhnen, aber darum ging's weniger, wenn man mal davon absieht, daß er wohl bei einer solchen Gelegenheit ein bißchen zu viel geredet hat.«

»Ich weiß nicht, warum Sie mir das erzählen!« sagte die Tänzerin.

Schimanski deutete mit dem Daumen über die Schulter auf Toni. »Damit er's hört!« Dann ging er zur Tür. Tonis Stimme hatte einen arroganten Ton, als er dem Kommissar hinterher rief: »Ausnahmslos üble Nachrede!«

Schimanski drehte sich noch einmal um. »Verklag mich, Toni, sei so lieb!«

Tumler würfelte einen Viererpasch und verbaute geschickt drei Felder, indem er nacheinander vier Steine zog. Schimanski würfelte und erwischte prompt Zahlen, die ihn auf die besetzten Felder führten. »Verdammt«, knurrte er.

»Schwierige Situation«, sagte Tumler, »Sie können nicht fahren.« Er würfelte erneut und konnte seinen Vorteil ausbauen. Thanner, der den beiden zusah, sagte: »Ob das eine gute Idee war, den Toni-Bär so zu verunsichern?«

Tumler sah auf. »Haben Sie das?«

»Toni steckt mit Grüber unter einer Decke«, Schimanski würfelte. Er hatte Glück, und mit Geschick konnte er so fahren, daß er einen von Tumlers Steinen vom Brett nehmen konnte. »Den hätte ich niemals ungedeckt gelassen«, sagte Thanner.

»Du nicht, das stimmt«, Schimanski grinste fröhlich, denn nun war Tumler, der sich gerade schon auf der Siegerstraße zu befinden schien, weit zurückgeworfen.

»Wer ist Toni-Bär?« fragte Tumler.

»Ein Zuhälter, Falschspieler, Rauschgiftdealer – der King von Ruhrort, sozusagen. Grüber war ein Kunde von ihm – irgendwas Fetischistisches, ich habe nicht näher gefragt. Zwei der Nutten haben einen tödlichen Fehler gemacht: Grüber ausgehorcht und ihn nachher zu erpressen versucht. In Wirklichkeit hatten die natürlich keine Ahnung, auf was sie sich da eingelassen haben.«

Tumler ließ die Würfel aus der Hand gleiten. »Und woher wissen Sie das?«

»Tja, das sind die Ortskenntnisse, wegen derer man mich Ihnen zugeordnet hat«, antwortete Schimanski süffisant.

»Ein Informant?«

Schimanski nickte.

»Paul Nieber, Mottenpaule genannt«, sagte Thanner und fing sich dafür einen ärgerlichen Blick Schimanskis ein.

»Da fällt mir ein, daß ich noch zur Kasse muß«, sagte Schimanski und verließ eilig den Raum.

»Sie kommen gut mit Schimanski zurecht?« fragte Tumler.

»Meistens«, antwortete Thanner.

»Wissen Sie, warum er damals in der Türkei war?«

»Ja, aber er will nicht, daß man darüber redet.«

»Irgend etwas Illegales?«

»Wenn Sie es illegal nennen würden, daß Schimanski sozusagen, den eigenen Bruder aus dem Folterkasten befreit hat...«

Thanner wendete sich angelegentlich seinen Akten zu.

Als Schimanski gegen sieben Uhr das Präsidium verlassen wollte, war plötzlich Tumler neben ihm. »Wenn's Ihnen nicht zu viel ausmacht, könnten Sie mir doch noch einen Einblick ins Milieu geben.«

Schimanski reagierte sauer. »Ich hab' Feierabend.«

»Ihren Arbeitstag wollte ich damit auch nicht verplempern.«

Tumler blieb neben Schimanski.

Sie fuhren zu Hanna. Das Lokal war voll. In einer Nische saßen Bernie und ein anderer Autonomer. Sie setzten sich zwei Tische weiter, tranken ein paar Bier, aßen Bouletten und schwiegen sich an. Endlich hielt es Schimanski nicht mehr aus. »Okay«, sagte er, »zeig' ich Ihnen das Innere dieser Stadt, aber um elf muß ich in ›Hottes Bar‹ sein, um meinen Informanten zu löhnen. Und dabei kann ich Sie nicht brauchen.«

Hanna trat an den Tisch und deutete mit dem Kopf zu den beiden Autonomen hinüber. »Die wollen dich sprechen, Horst.«

»Was denn, jetzt gleich?« Schimanski wechselte einen Blick mit Bernie.

»Ne, bei Gelegenheit«, sagte Bernie.

Hanna ging zurück zum Tresen. Tumler sagte: »Ihre Freundin?«

»Schön wär's«, antwortete Schimanski.

Sie zogen durchs Hafenviertel, wechselten jede halbe Stunde das Lokal und Tumler war sichtbar beeindruckt davon, wieviele Leute Schimanski kannten und ihn in einem seltsam vertrauten Ton ansprachen.

Kurz vor elf Uhr erreichten sie ›Hottes Bar‹. »Das war's dann«, sagte Schimanski, tippte mit dem Zeigefinger gegen die Stirn und ging in die Bar.

Tumler folgte ihm zwei Minuten später und stellte sich an einen der Stehtische. Schimanski entdeckte er an der Bar, und obwohl der ihm den Rücken zukehrte, merkte Tumler sofort, daß Schimanski äußerst nervös war. Plötzlich stieß er sich von der Theke ab, wirbelte herum, rannte durch den Raum und rempelte dabei links und rechts die Gäste aus dem Weg wie ein Eishockeyspieler, der auf das gegnerische Tor zuläuft. Tumler legte Geld auf den Tisch und folgte ihm.

Schimanski rannte. Tumler folgte in einigem Abstand. Der Weg führte durch verwinkelte Gassen. Sie erreichten ein Viertel, das saniert werden sollte. Einzelne Häuser waren schon abgerissen, andere wirkten wie abgewrackt. Von manchen Gebäuden standen nur noch einige Wände. Dazwischen Schutt, Steinhaufen, einzelne Raupenfahrzeuge, ein Kran. Schimanski lief sicher und gleichmäßig. Tumler, der sich schon seit Jahren mit einem speziellen Trainingsprogramm fit hielt, hatte keine Mühe, ihm zu folgen. Ein sanftes Mondlicht lag über den Trümmergrundstücken und ließ sie wie eine Geisterstadt erscheinen.

Schimanski erreichte Pauls Schuppen. Das Licht brannte. Unwillkürlich verlangsamte der Kommissar seine Schritte. Einen Augenblick lang blieb er zögernd stehen. Dann aber gab er sich einen Ruck. Die Tür war nur angelehnt und schwang nach innen auf, als er anklopfte. Noch immer hatte er Tumler nicht bemerkt, der nur wenige Schritte hinter ihm stand. Schimanski machte einen Schritt über die hohe Schwelle.

Mottenpaule lag auf dem Rücken, Arme und Beine seitlich von sich gestreckt, als ob er gekreuzigt worden wäre. Die Augen starrten angsterfüllt zur Decke. Mitten auf der Stirn sah Schimanski das Einschußloch. Es war nur wenig Blut herausgesickert, das eine kaum sichtbare Spur über die Stirn und die Schläfe hinab zum linken Ohr gezogen hatte. Schimanski kniete neben Mottenpaule nieder und drückte ihm die Augen zu.

Als er wieder aufstand und sich umwandte, sah er durch einen Schleier von Tränen Tumler in der Tür stehen. Er wunderte sich nicht darüber. Sachlich versuchte Schimanski zu sagen: »Es war ein aufgesetzter Schuß«, doch seine Stimme brach und strafte seine Sachlichkeit Lügen. Schimanski trat auf Tumler zu und bohrte ihm seinen Zeigefinger in die Stirn. »So muß ihm der Mörder gegenübergestanden haben, genau so. Paule hatte keine Chance. Er war garantiert völlig hilflos, wehrlos, wie gelähmt und hat – vor Angst schon fast tot – auf den Schuß gewartet. Hoffentlich nicht zu lange.«

Schimanski nahm den Finger von Tumlers Stirn und sagte: »Ich muß telefonieren, Spurensicherung, Tatortwagen bestellen. Und den Arzt. Und dann muß ich mich besaufen!«

»Lassen Sie mal«, sagte Tumler, »das kann ja vielleicht auch ich übernehmen.«

»Okay, dann knöpf' ich mir den Toni vor!«

»Halten Sie das für klug?«

»Der Kommissar vom Dienst hat die Durchwahlnummer 797!«

Schimanski ging mit schnellen Schritten davon, Kopf und

Oberkörper tief nach vorne gebeugt. Man konnte ihm ansehen, wie schwer er daran trug, an Paules Tod schuldig zu sein.

In der Manhattan-Bar war Betrieb. Jetzt wirkte das Etablissement nicht mehr so trostlos, schmuddelig und heruntergekommen wie am Nachmittag. Eine Lichtorgel verwandelte selbst den billigsten Papiertinnef in glänzenden Flitter, Kerzen auf allen Tischen täuschten Gemütlichkeit vor. Auf der kleinen Bühne ließ eine nackte Tänzerin ihre Brüste synchron kreisen – erst links herum, dann rechts herum. Die Arme hatte sie dabei hinter dem Kopf verschränkt. Ihre Bewegungen wirkten bemüht und eher sportlich als sexy. Wenn sie hier nicht reüssierte, blieb ihr nur noch ein Engagement in einer Peepshow. Schimanski kannte genug solche Karrieren. Er hatte Mitleid mit dem Mädchen.

Niemand hielt ihn auf, niemand sprach ihn an. Schimanski durchquerte die Bar und stieß die Tür zum Büro auf. Am Schreibtisch saß Anton Keller, die Beine auf der Tischplatte, einen Zahnstocher im Mund. Auf seinem Knie ruhte ein Taschenrechner, den Toni mit geschickten Fingern bediente.

Wäre Schimanski in anderer Stimmung gewesen, hätte er vielleicht einen Witz darüber gemacht, daß Toni-Bär in Monas Etablissement doch einen Computer der neuesten Generation zur Verfügung hätte. Aber Schimanski schlug die Tür zu, ohne etwas zu sagen, und lehnte sich dagegen.

Toni hob die Augenbrauen, und seine braunen Augen wirkten plötzlich höchst aufmerksam. »Schimanski – schon wieder?«

»Wer hat Paule erschossen?«

»Welchen Paule?«

Mit drei schnellen Schritten war Schimanski bei Toni, hob ihn ohne Mühe aus dem Sessel und beförderte ihn an die Wand neben der Tür. Auf dem Rückweg zum Schreibtisch zog der Kommissar seine ›Walther‹ aus dem Gürtel und richtete sie mit der rechten Hand auf Toni, während er mit der linken die Schreibtischschublade aufzog.

Toni protestierte lahm: »Das ist Hausfriedensbruch!«

»Ich habe dir schon mal gesagt: ›Verklag mich, Toni!‹«

Schimanski zog einen ganzen Stapel Pässe aus der Schublade und blätterte sie durch. Sie enthielten alle Personenangaben, Paßnummern und Dienstsiegeln, aber keine Bilder.

»Warum mußte Paule dran glauben?«

»Du bist auf der falschen Fährte, Schimanski.«

»Paul Nieber hat eine Menge über dich gewußt, Bär – über dich und Grüber und über den Tod von Uschi und Monika. Ihr habt ihn zu spät erschossen.«

Eine Tür in Schimanskis Rücken öffnete sich. Er hatte diese Tür bisher nicht wahrgenommen. Auch jetzt sah er sie nicht gleich, denn ehe er sich umdrehen konnte, sagte eine scharfe Stimme mit hämischen Unterton: »Sieht aus, als würde ich gebraucht. Nicht umdrehen. Und legen Sie die Waffe aus der Hand!«

Schimanski legte die Pistole auf die Schreibtischplatte.

»Jetzt bitte.«

Schimanski drehte sich um. Das mußte Geibel sein, der Karatetyp, von dem Mottenpaule gesprochen hatte.

Toni grinste. »Wer mir was anhängen will, muß früher aufstehen, Schimanski.«

»Ihr habt immer die gleichen Sprüche drauf, Toni. Klingt unheimlich ausgeleiert.«

»Was jetzt?« fragte Geibel, und Schimanski fiel auf, daß die Frage eher fordernd als unterwürfig klang. Bodyguards redeten sonst anders mit ihren Bossen.

»Er ist Polizist«, sagte Toni, »Schimanski«, als ob dies etwas erklären würde.

»Also?« Geibel sah Toni fragend an.

»Ich gehe«, sagte der Bär, »und du hältst ihn hier zwei Stunden fest. Kannst ihm ja aus deiner Zeit in Frankfurt erzählen oder von deinen Großtaten auf Sankt Pauli!«

Toni umkreiste den Schreibtisch so, daß er außer der Reichweite Schimanskis blieb und griff in die Schublade. Er nahm eine schmale Ledermappe heraus, sammelte die Pässe wieder ein, und dann verschwand er durch die Tür zur Bar.

Geibel ging zum Besuchersessel vor Tonis Schreibtisch, nahm Schimanskis Waffe an sich und deutete mit dem Lauf seiner Pistole auf Tonis Stuhl.

»Nehmen Sie doch Platz, Schimanski.«

Der Kommissar ärgerte sich. Er war in die Falle getappt wie ein Anfänger. »Du solltest lernen, erst zu denken und dann zu handeln«, hatte erst kürzlich wieder Karl Königsberg zu ihm gesagt, aber Schimanski hatte auch andersrum schon eine Menge erreicht.

Plötzlich warf Geibel Schimanski dessen Waffe zu. Schimanski war so überrascht, daß er Mühe hatte, sie aufzufangen. Geibel sagte: »Türkenstraße 18, Rückgebäude. Ein Flachbau. Früher war da mal 'ne Offsetdruckerei drin.«

Schimanski schluckte. Was wollte der Typ? – Ihn leimen?

»Was soll das denn?«

»Dort finden Sie Toni jetzt.«

»Heißt das, Sie liefern ihn ans Messer?«

»Genau das.«

»Und warum?«

»Toni spielt hier eine Rolle, für die er ein paar Nummern zu klein ist.«

»Und Sie betrachten sich als seinen natürlichen Nachfolger?«

»Ich? Nein. Ich weiß genau, daß ich dafür so wenig tauge wie Toni.«

»Aha – und wofür taugen Sie?«

»Sehen Sie doch – ich sorge geräuschlos für Tonis Abgang – vorausgesetzt, Sie spielen mit.«

»Klingt verdammt arrogant.«

»Ein Ganove, der sich der Polizei bedienen kann – soll der nicht arrogant sein?« Geibel grinste breit. »Wir haben aus unterschiedlichen Gründen die gleichen Interessen, Schimanski.«

»Sieht so aus, ja!« Schimanski steckte seine Waffe in den Gürtel. Geibel hielt die seine noch immer locker in der Hand. »Türkenstraße 18«, wiederholte er, »Rückgebäude, Sie müßten dort genug Beweismaterial finden, um Toni für ein paar Jahre stillzulegen.«

»Von Ihnen unterschobene Beweismittel?«

»Das war nicht nötig. Aber Sie sollten sich nicht so viel Zeit lassen, sonst müssen Sie vielleicht Interpol bemühen, um Toni zu fassen!«

Schimanski hatte es seit 14 Jahren mit Verbrechern zu tun. Es gab Phänotypen. Man begegnete den gleichen Figuren immer wieder. Aber dieser Geibel war eine Einzelausgabe. Da boten sich noch nicht einmal Parallelen an.

3

Von unterwegs hatte Schimanski Thanner angerufen. Der war gerade dabei gewesen, für sich und Hänschen ein Mitternachtsdiner zu servieren, eine ›Ente à l'orange‹. Hänschen hatte acht Tage Urlaub in seiner Heimat verbracht und war erst mit dem Elfuhrdreißig-Zug angekommen. Sie hatten es sich gerade so richtig gemütlich gemacht, da klingelte das Telefon – genau in dem Moment, als Thanner sein kulinarisches Meisterwerk mit einem selbstgefälligen »Voilà« auf den Tisch stellte. Etwas verspätet, es war schon halb ein Uhr.

Hänschen, der Holländer im Dienst der Duisburger Polizei, war zum Telefon gegangen und hatte es mit einem Scherz versucht. »Wir sind im Augenblick alle beschäftigt, bitten regen Sie sich nicht auf, Sie werden...«

Weiter war er nicht gekommen, denn Schimanski hatte ihn angeherrscht: »Ich habe keine Zeit für Witze – Mottenpaule ist

Zwischen __________ durch:

Wer kann sich nicht den Gesichtsausdruck von Thanner vorstellen, als das Telefon klingelt? Hobbyköche mit unregelmäßiger Arbeitszeit haben's schwer – und Thanner wird oft vom Pech verfolgt…
Haben wir also Mitleid mit dem geplagten Polizisten. Trotzdem dürfen wir uns jetzt etwas Warmes gönnen. Denn das geht im Handumdrehen. Auch wir sind ja zum Tatort gerufen. Für solch eilige Fälle empfehlen wir den…

erschossen worden, und jetzt hab' ich Toni an der Wand, aber ich brauch' euch alle beide und zwar sofort. Türkenstraße 18, ich erwarte euch am Durchgang zum Rückgebäude.«

Er hatte aufgelegt, ohne auf eine Antwort zu warten. Jetzt stand er fröstelnd in dem Durchgang und beobachtete die Schatten von drei Männern hinter den erleuchteten Fensterscheiben des Flachbaus. Die Gestalten eilten sichtbar in Panik hin und her.

Ein Auto kam die Straße entlang. Schimanski trat unter dem Torbogen hervor, weil er glaubte, es seien Thanner und Hänschen. Aber es war ein großer Citroën-Kombi, der mit überhöhter Geschwindigkeit auf die Durchfahrt zugeschossen kam. Schimanski konnte sich nur mit größter Mühe in Sicherheit bringen.

Der Wagen stoppte so hart vor dem Rückgebäude, daß er in den Federn nachwippte. Ein junger Mann sprang heraus. Toni erschien in der Tür und rief ärgerlich: »Wird aber auch Zeit, daß du kommst, ich hab's verdammt eilig.«

Die Tür blieb offen. Zu viert begannen die Männer dort drüben Kisten und Schachteln in den Wagen zu verladen. Schimanski sah nervös auf die Uhr.

Als Thanners Dienstwagen in einiger Entfernung ausrollte, atmete er erleichtert auf. Man begrüßte sich stumm, und Schimanski machte deutlich, daß er zunächst allein vorgehen wollte.

Thanner und Hänschen sollten ihm Deckung geben.

Toni trieb seine Leute zur Eile an. Er selbst schleppte die schwersten Kisten zum Kofferraum des Wagens. Ein leichter Wind war aufgekommen und wirbelte Blätter, Staub und Unrat durch den zugigen Durchlaß. Toni setzte gerade eine Kiste ab, als Schimanski neben ihn trat und ihn an der Schulter packte. Er wirbelte Toni einmal um seine Achse und warf ihn dann – Gesicht voraus – gegen den Wagen. »Beine breit! Hände auf das Wagendach!«

Im gleichen Augenblick zog einer von Tonis Männern seine Waffe. Thanners Stimme gellte über den nächtlichen Hof. »Waffe weg, oder ich schieße!«

Hänschen ließ sich fast gemütlich hören: »Macht keine Fisimatenten, Jungs, ihr seid umstellt.«

Schimanski zog zwei Pistolen und ein Schnappmesser aus Tonis Taschen.

Toni trommelte mit den Fäusten auf das Wagendach und schrie: »Scheiße, Scheiße, Scheiße!«

Alles danach war Routine. Hänschen hatte schon unterwegs ein Einsatzkommando angefordert. Eine Bereitschaft der Spurensicherung nahm die Arbeit auf. Uniformierte Beamte brachten Toni und seine Männer zum Präsidium.

Schimanski, Thanner und Hänschen gingen zu Hanna, bei der saß als letzter Gast Bernie, der Autonome, an einem Tisch in der hintersten Ecke. Er hatte Hanna gesagt, er wolle unbedingt Schimanski sprechen.

»Ich mach' gerade Schluß«, empfing Hanna die drei, begann aber trotzdem drei Halbe Bier zu zapfen. Zu Schimanski, der sich über den Tresen lehnte, um sie auf die Nasenspitze zu küssen, sagte sie: »Bernie will dir was sagen.«

»Jetzt gleich? Mitten in der Nacht?«

»Ich glaube schon!«

»Mir geht's verdammt dreckig«, Schimanski schaute zu Bernie hinüber, der gerade Münzen aus seinen Jeanstaschen kramte, um seine drei Bier zu bezahlen.

»Du bist sowas wie der Bulle seines Vertrauens«, sagte Hanna mit einem ironischen Unterton in der Stimme.

Schimanski stieß sich vom Tresen ab und griff nach einem der ersten halbvollen Biergläser.

»n' Abend«, er ließ sich schwer auf seinen Stuhl fallen.

»Ich habe mich erkundigt«, sagte Bernie, ohne sich mit einem Gruß aufzuhalten. »Sie sollen in Ordnung sein, soweit...«

»Da hätteste mal besser Mottenpaule gefragt«, unterbrach ihn Schimanski bitter. »Also was liegt an?«

»Könnte dich das interessieren, wenn in ein Muni-Depot eingebrochen wird?«

Schimanski musterte ihn überrascht. »Willst du mich verarschen? Ihr werdet ja wohl kaum einen Einbruch bei mir anmelden.«

»Wer redet denn von uns? Wegen der Muni-Transporte... Wir sind ja da laufend dran. Und seit ein paar Tagen treiben sich da so'n paar Typen rum.«

»Du meinst, außer euch?«

»Ja, Typen, die nicht zu uns gehören. Und es sieht ganz so aus, als ob die was vorhätten.«

»Na und, da kannst du doch nichts dagegen haben!«

»Kommt drauf an, wer's ist.«

»Ach, so ist das.«

»Ja, so ist das – Fuzzis von ganz weit rechts – Neonazis, Wehrsportgruppe oder so, die sich bewaffnen wollen zum Beispiel.«

Schimanski hatte wenig Geduld in dieser Nacht.

»Und das sind wohl solche?« fuhr er dazwischen.

»Wenn's dich nicht interessiert...« Bernie schnappte prompt ein.

»'türlich interessiert's mich. Du mußt schon entschuldigen. Ich hab' ziemlich Mist gebaut heute, und das hat einen Informanten das Leben gekostet – so sieht's wenigstens aus. Überleg's dir also noch mal.«

»Wie erreiche ich dich?«

Schimanski schrieb drei Nummern auf einen Bierfilz – seine private, die Dienstnummer und die von Hannas Kneipe.

»Wenn's losgeht, melde ich mich«, sagte Bernie und stand auf.

»Paß auf dich auf«, sagte Schimanski.

Bernie grinste auf Schimanski, der am Tisch sitzen geblieben war, herab.

»Gemacht, Paps!«

An der Tür begegnete er Tumler und drückte sich rasch an ihm vorbei. Tumler rief zu Schimanski herüber: »Ich dachte, daß ich Sie hier antreffe«, und zu Hanna sagte er: »Ob ich auch so ein frisches Bier bekomme?«

Seufzend schob Hanna ein viertes Glas unter den Zapfhahn. Die Kneipe ging bei weitem nicht so gut, daß sie ohne weiteres hätte ablehnen können.

Mit den Ergebnissen der Tatortuntersuchung und der Auswertung im Labor war nicht vor dem nächsten Morgen zu rechnen. Deshalb blieb Schimanski sitzen, bis Thanner, Hänschen und Tumler gegangen waren.

»Dieser Tumler ist mir unsympathisch«, sagte Hanna, als sie abschloß. »War er mir auf den ersten Blick auch«, Schimanski faßte nach Hannas Hand, »aber ich glaube, daß er 'ne ganze Menge drauf hat.«

»Das meine ich nicht. Auf mich wirkt er wie ein skrupelloser Karrieremacher.«

»Kann schon sein. Aber er hat was im Kopf.«

»Der Kopf ist der gefährlichste Körperteil«, sagte Hanna.

»Na hör mal, wer von uns beiden hat denn nun studiert? Die wahren Empfindungen sitzen im Herzen, im Zwerchfell und darunter. Habe ich gerade gelesen.« Dann zitierte Hanna: »Die Ultima ratio, also die letzte Vernunft, ist längst nicht mehr die Ratio, sondern ein Gefühl, oft aber auch weniger: ein Behagen oder Unbehagen. Gefühle sind nicht austauschbar in dem Sinne, wie man Argumente austauscht. Gefühle haben gegen andere Gefühle immer recht.«

Schimanski, der bisher nur gewartet hatte, bis Hanna mit ihrem Vortrag zu Ende war, weil er selbst etwas sagen wollte, horchte plötzlich auf.

»Sag das noch einmal!«

»Was denn?«

»Diesen letzten Satz. Den letzten Satz, den du gerade gesagt hast.«

»Gefühle haben immer recht.«

Schimanski nickte. Das gefiel ihm, aber Hanna
nicht so einfach machen. »Wer so denkt, kann n
ren auch nicht mehr diskutieren oder ihn womög
gen.«

»Da hast du auch wieder recht.«

»Da hab' ich ein gutes Gefühl dabei, da hab' ich
tes Gefühl dabei... – mir wär's lieber, die Le
sagen, das verstehe ich, oder das verstehe ich
begreife ich nicht, oder das kapier' ich.«

»Früher habe ich manchmal versucht, Leute zu überzeugen«, sagte Schimanski noch nachdenklich.

»Und heute?«

»Heute...?« Schimanski unterbrach sich. »Ic
nicht darüber nachgedacht, aber ich hab' so ein

Beide brachen in Gelächter aus.

»Du bist der Bulle mit Herz«, sagte Hanna, »Tu
mit Verstand. Du bist mir trotzdem lieber. Viel,
Schimanski sah sie überrascht an. Plötzlich w
bewußt, daß er sich wohl fühlte. Er wollte Mott
Toni vergessen, die Bilder von den übel zugeric
chen Uschi und Monika weit, weit zurückdränge
wieder an Eberhard. Damals hatte er oft dieses
Vertrautheit gehabt. Bei ihm hatte er sich aufgeho
Zu Eberhard hatte er blindes Vertrauen gehabt.

Gegen seinen Willen sagte er genau das zu Ha

»Dein verstorbener Bruder, nicht wahr?«

»Ja. Er war drei Jahre älter – so einer, der immer
richtig war.«

»Zumindest hast du das geglaubt, nicht wahr?«

Schimanski nickte. »Mit dir geht's mir so ähnlic

»So viel Verantwortung kann ich nicht übernehmen«, sagte Hanna ernst.

»'tschuldige.«

Schimanski ließ Hannas Hand los. Hanna blieb stehen,

baute sich vor ihm auf und legte ihm die Arme um den Hals. »Hör doch auf mit diesem Alles-oder-nichts-für-mich. Du bist so empfindlich. Gib mir einen Kuß!«

Schimanski kam der Aufforderung nach, wenn auch sehr flüchtig. »Und jetzt komm mit«, sagte Hanna.

Hannas Wohnung war klein – zwei Zimmer, Küche, Bad im Dachgeschoß eines Hauses aus der Jugendstilzeit. Sie hatte die Räume wohnlich eingerichtet – helles Holz, helle Polster, dicker Flokati-Teppich. Einfache Bücherregale an der Wand. Im zweiten Zimmer stand nur ein riesiges Bett.

Schimanski wollte sich in einen der Sessel fallen lassen, aber Hanna nahm ihn an der Hand und zog ihn ins Schlafzimmer. Sie küßte ihn auf den Hals und sagte: »Du riechst noch immer nach diesem Puff!« Dann fuhr sie mit ihrer Hand unter seinen Nicki. »Trägst du eigentlich nie Hemden?«

»Ne«, murmelte er, schon ein bißchen außer Atem, »dafür wechsle ich meine Wäsche täglich.«

Hanna entkleidete ihn vollends, trat einen Schritt zurück, betrachtete ihn ungeniert von oben bis unten, nickte anerkennend, als ob sie eine gelungene Schülerarbeit zu benoten hätte, und stieg aus ihrem Rock. Sie trug keine aufregende Wäsche, keine Strümpfe am Straps und keinen besonders gestylten BH, aber für Schimanski war es trotzdem wie ein Wunder oder doch wie etwas besonders Wunderbares – vor allem, weil sie so selbstverständlich aus ihren Kleidern stieg.

Sie war groß, die Hüften waren etwas zu breit, die Beine dagegen schlank, lang und sehr schön. Ihre Brüste wirkten schwer, standen dicht beieinander, und die Knospen drauf traten weit hervor.

»Nun?« sagte Hanna.

»Schön«, antwortete Schimanski. »Wirklich, du gefällst mir.«

»Mhm«, sagte Hanna lachend, »das kann ich sehen – mindestens dabei sind wir Frauen im Vorteil.«

Sie ließen sich aufs Bett fallen, lagen einen Augenblick lang wie gelähmt beide auf dem Rücken und wandten sich dann im gleichen Moment einander zu.

Hanna flüsterte: »Wenn die Frauen wüßten, was für zärtliche Hände du hast, wärst du verloren.«

»Sag's halt nicht weiter«, Schimanski küßte sie, lang, anhaltend und so oft, daß sie glaubte, er lasse keinen Quadratzentimeter ihres Körpers aus. Sie wollte noch sagen: »Ich glaube, du bist ein Systematiker«, aber sie brachte es nicht mehr heraus.

Als Schimanski am anderen Morgen ging, blieb er noch lange an der Tür stehen und schaute auf Hanna, die mit einem Lächeln im Gesicht noch tief und fest schlief. Dann ging er ins Wohnzimmer, faltete ein weißes Din-A4-Blatt auf ihrem Schreibtisch in viele kleine Felder, schnitt viele Zettelchen daraus und schrieb auf jeden einen verliebten Gruß. Eine Viertelstunde brauchte er, um all' die Zettelchen in Hannas Wohnung zu verteilen. Sie sollte noch nach Tagen oder Wochen welche davon finden. Als er die Wohnungstür leise hinter sich ins Schloß zog, sagte er: »Du bist vielleicht ein Kindskopf, Schimanski!«

Er machte extra einen Umweg zum Präsidium, weil er sich noch eine Frist geben wollte.

Tumler saß am Backgammon-Brett. Thanner tippte auf der Schreibmaschine, als Schimanski den Raum betrat. Im gleichen Augenblick war der Zauber der vergangenen Nacht verflogen.

»Wie sieht's aus?« fragte Schimanski ohne Guten-Morgen-Gruß.

»Die Ergebnisse liegen noch nicht vor. Sieben Waffen sind gefunden worden, und zwei davon könnten die Mordwaffe sein«, sagte Thanner. »Außerdem hat Toni auf ziemlich viel Rauschgift gesessen, auf Falschgeld und auf gestohlenen Pässen.«

Ein übernächtigter Mann in einem weißen Mantel betrat den Raum. Ganz selbstverständlich wendete er sich direkt an Schimanski. »Wir haben die Waffe, mit der die Mädchen und Paul Nieber erschossen worden sind.«

»Der muß sich aber sicher gefühlt haben«, warf Thanner ein, »daß er die Mordwaffe nicht weggeschafft hat.«

»Vielleicht hat er ja gar nicht gewußt, daß er sie hatte«, ließ sich Tumler hören.

»Sie meinen, jemand könnte ihm die Waffe untergeschoben haben?«

»Geibel!« warf Schimanski ein. »Dem trau' ich alles zu.« Ein maliziöses Lächeln umspielte Tumlers Mund. Thanner funkelte den BKA-Mann an. »Ich möchte wissen, was Sie daran amüsiert.«

»Sagen wir mal so – die erste Idee ist selten auch schon die beste.«

»Mit Klugscheißern kommt man da auf jeden Fall nicht weiter«, knurrte Schimanski, »werd' ich Toni eben selbst fragen.«

Es gab im Präsidium einen Verhörraum. Schimanski ließ sich die Tatverdächtigen sonst lieber in sein Zimmer bringen. Da er aber Tumler auf keinen Fall dabei haben wollte, bat er die Kollegen von der Bereitschaft, Anton Keller in den Verhörraum zu führen.

Das Zimmer war kahl und grau. Das Mobiliar bestand aus einem alten, häßlich gelben Bürotisch voller Risse und Schrunden und aus drei Stühlen. Schimanski zog es vor, ans Fensterbrett gelehnt stehen zu bleiben, wodurch er den düsteren Raum noch mehr verdunkelte.

Toni begann sofort mit einem Wortschwall: »Mein Anwalt sagt, morgen bin ich raus. Gegen mich liegt nichts vor. Meine Verhaftung ist 'ne Schikane – eine Schikane und weiter nichts.«

»Warum redest du eigentlich so viel, wenn du gar nichts zu befürchten hast?« fragte Schimanski.

»Daß ihr alles gegen unsereinen auslegt, egal, was man sagt, weiß ich schon lange.«

»Toni!« Schimanskis Stimme bekam einen einschmeichelnden Klang. »Toni – wir haben die Mordwaffe in allen drei Fällen: Ursula van Berg, Monika Kilgus und Paul Nieber. Und die Mordwaffe wurde bei dir gefunden.«

»Aber ich habe nicht geschossen!«

»Heißt das, du gibst zu, daß du die Waffe hattest?«

»Nein, verdammt noch mal«, schrie Toni, »das heißt es nicht!«

»Wie kommt die Pistole dann aber in deinen Aktenschrank?«

»Ich hab' doch ein Alibi, Schimanski!«

»Meinst du, daß ein Richter Mona glaubt?«

»Ich war bei ihr!«

»Sagt sie und sagst du!«

Erst jetzt setzte sich Toni an den Tisch. Er stützte seinen Kopf in die Hände. »Ihr wollt mich fertigmachen. Du hast mich sowieso schon lange auf dem Kieker, Schimanski.«

»Hör mal zu«, Schimanski setzte sich Toni gegenüber. »Niemand will dich reinreiten, Toni-Bär, aber ich muß den Mörder finden. Wenn du es nicht warst, obwohl alles darauf hindeutet, dann mußt du zumindest wissen, wer der wirkliche Täter ist.« Toni schwieg. Schimanski verschränkte die Arme über der Brust.

Sein erstes Gespräch damals in Ankara – da hatte er sozusagen auf der anderen Seite gesessen, ihm gegenüber ein Hauptmann in einer frisch gebügelten Uniform. So macht- und hilflos hatte er sich nie wieder gefühlt in seinem Leben. »Alles spricht gegen Ihren Bruder, aber auch wirklich alles«, hatte der Hauptmann gesagt und dabei auf die verbindlichste Weise gelächelt. »Mein Bruder hat niemals Rauschgift genommen, und schon gar nicht hat er gedealt.« Das Lächeln schien auf dem Gesicht des Offiziers eingefroren zu sein: »Ich glaube, daß wir das besser beurteilen können.«

Alles sprach damals gegen Eberhard Schimanski.
Und jetzt sprach alles gegen Toni.

»Daß du kein Killer bist, nehme ich an«, sagte Horst Schimanski, »aber man muß nicht immer selber abdrücken, wenn man jemanden umbringen will.«

Toni richtete sich auf. »Ich hab' was vermittelt. Aber ich hab' nicht gewußt, daß es so ausgehen würde.«

»An wen hast du was vermittelt?«

»Ich muß mit meinem Anwalt reden.«

»Toni, wir verlieren Zeit!«

»Ich muß nachdenken, Schimanski!«

»Du mußt mir sagen, wie's gelaufen ist, Toni, oder es bleibt alles an dir hängen.« Anton Keller schüttelte den Kopf. »Ich kann ja beweisen, daß ich's nicht war, und *wann* ich das beweise, ist allein meine Entscheidung.«

Schimanski war ratlos. Er wußte, daß Toni im Augenblick so nicht beizukommen war. Also versuchte er's anders.

»Was glaubst du, warum hat dich Geibel verpfiffen?«

Toni verschränkte die Hände im Nacken. »Hat er das?«

»Na sicher – und das weißt du auch.«

»Vielleicht denkt er, er kann sich ins gemachte Bett legen.«

»Geibel ist aber ziemlich neu hier. Du hast ihn engagiert!«

»Ich hab' ihn genommen, stimmt.«

»Auf eine Empfehlung?«

»Darüber rede ich nicht.«

»Du wirst noch über alles reden; denn so wie's aussieht, machen sie dich zum Sündenbock, und dann schlachten sie den Sündenbock.«

»Ich bin noch lange nicht am Ende, Schimanski.«

»Das ist wie bei dem Mann, der von seiner Frau betrogen wird – er selber merkt's immer erst als allerletzter.«

Schimanski ging zur Tür. »So schnell kommst du nicht wieder raus, Toni. Bevor du nicht redest, bleibst du unter dreifachem Mordverdacht.«

Schimanski verließ das Vernehmungszimmer. Er ging nachdenklich die Treppe hinauf und durch den tristen, dunklen Korridor zu seinem Dienstzimmer zurück. Tumler saß schon wieder über dem Backgammon-Brett. Thanner saß aufrecht hinter seinem Schreibtisch und sagte gerade: »Niemals – ein Polizist darf niemals ein Spieler sein!«

Aber Tumler führte seinen Gedanken fort, ohne auf Thanners Einwurf zu achten.

»Das war im großen Saal des ›Sporting d'Hiver‹ in Monte Carlo. Weltmeisterschaft der Backgammon-Spieler. Können Sie sich das vorstellen, Thanner – 500 Spieler sitzen an langen Tischen vor ihren Bretter. Die Würfel – 500 Paar Würfel – klappern, klickern und klacken. Ein Lärm ist das...! Ein Buchmacher nimmt Wetten an. Ein Fernsehteam leuchtet die Szene aus. Und mancher von den Spielern kämpft nun schon seit zwölf und mehr Stunden. Hinter ihnen stehen die Leute, die auf sie gewettet haben. 10000 Franc und mehr! Die Gewinnsumme für den Sieger beträgt 100000 Dollar!

Da belauert man sich, arbeitet mit Tricks und Finten. Nur keine Schwäche zeigen, das wäre das Schlimmste. Manch einer, der glaubt, ins Finale zu kommen, und der auch hoch gewettet wurde, verliert schon in den ersten Runden gegen einen Neuling. Aus der Traum! Was bleibt ihm? Ein Zockerspiel! Er muß sich einen Gegner suchen, der bereit ist, pro Stein 100 Dollar oder mehr einzusetzen. Gespielt wird, bis einer drei Partien vor dem anderen liegt.«

Schimanski war unwillkürlich bei der Tür stehen geblieben. Fasziniert hörte er Tumler zu.

»Ich erinnere mich an ein Spiel«, fuhr Tumler fort, »das war in Nizza. Ein eiskalter Profi aus England trat gegen einen Italiener an, der als ›Steamer‹ bekannt war – Steamer nennen die Backgammon-Profis Leute, die emotional rangehen, die explodieren, wenn's mal nicht läuft. Solche Spieler treffen ihre Entscheidungen impulsiv – ein Luxus, den man sich im Backgammon nicht leisten darf. Die beiden spielten damals um 500

Franc pro Punkt. Nach drei Stunden hatte der Engländer ein Plus von 45000 Franc.«

Schimanski setzte sich hinter seinen Schreibtisch. »Ich glaube, ich habe den Beruf verfehlt.«

Tumler reagierte nicht auf den Einwurf.

»In Amerika wurde übrigens ein Musterprozeß geführt, in dem es darum ging, ob Backgammon ein Glücksspiel oder ein Kampfspiel ist. Die Richter waren der Meinung, daß der Intelligenzfaktor den Glücksfaktor weit übertreffe. – Backgammon ist wirklich ein Kampfspiel. Meine längste Partie dauerte übrigens 32 Stunden. Den Rekord sollen zwei Engländer halten, es heißt, sie hätten 87 Stunden ohne Pause gespielt. Der Vizeweltmeister, ein Deutscher übrigens, hat mal gesagt, ein solcher Kampf sei wie ein Marathon-Tennis-Match – ein Kampf Mann gegen Mann, jeder wartet, daß der andere einbricht, die Geduld oder die Nerven verliert oder einfach vor lauter Erschöpfung nicht mehr kann.«

Tumler würfelte und fuhr mit zwei Steinen. Dann sagte er: »Sie sind dran, Kollege Schimanski.«

Aber Schimanski winkte nur ab. »Irgend etwas stimmt nicht. Toni ist zwar nicht unbedingt eine Intelligenzbestie, aber so blöd ist er auch wieder nicht, daß er eine Pistole, mit der drei Leute umgebracht worden sind, in seinem Aktenschrank liegen läßt.«

»Geibel?« fragte Thanner.

»Halte ich immer noch für möglich!«

Tumler sagte: »Mir wäre es sehr recht, Kollege Schimanski, wenn Sie die Mordfälle Herrn Thanner überließen und sich dafür in die Akten vertiefen würden, die ich Ihnen gegeben habe.«

»Ich les' keine Akten«, Schimanski warf mit Schwung seine Beine auf den Tisch.

»In diesem Fall werden Sie dann wohl mal eine Ausnahme machen müssen.«

Schimanski ignorierte Tumlers Aufforderung. »Grüber

steckt da mit drin«, sagte er langsam, »Grüber hatte nicht nur wegen der Nutten Beziehungen zu Toni. Ein Typ wie Grüber macht sich die Finger nicht selber schmutzig. Und Toni hat Männer für alle Fälle: Schläger, Einbrecher, wenn's sein muß auch Killer.«

»Verbrennen Sie sich mal bloß nicht«, warf Tumler ein.

»Man muß sich den Grüber mal vornehmen!« Schimanski stand auf und griff nach seiner Jacke.

Tumler sagte: »Bei Grüber unternehmen Sie nichts ohne meine ausdrückliche Zustimmung.«

Schimanski starrte Tumler an. So konnte Königsberg mit ihm reden, sonst aber niemand.

»Lecken Sie mich am Arsch, Tumler.« Schimanski ging hinaus und schlug die Tür hinter sich zu.

Thanner schaute Tumler an. Der war bleich geworden, eine bläuliche Ader an seiner Schläfe war weit hervorgetreten, seine Hände hatte er zu Fäusten geballt, und er atmete durch den halboffenen Mund. Als er wieder sprach, klang seine Stimme ruhig und beherrscht. »Hat die Reaktion Ihres Kollegen Schimanski etwas mit seinem Aufenthalt in der Türkei zu tun?«

»Vermutlich«, antwortete Thanner knapp und begann, in seinen Akten zu lesen.

Tumler nahm ein paar Aktenordner von Schimanskis Tisch und ging hinaus. Er schloß die Tür leise hinter sich.

4

Schimanski nahm seinen Dienstwagen und fuhr in die Bergstraße. Er parkte seinen Wagen zirka 40 Meter vom Eingang zu Grübers Unternehmen entfernt. Es war kurz vor Mittag. Ein leichter Nieselregen ging nieder. Die schmale Straße wirkte öde.

Schimanski dachte: ›Vermutlich wird Tumler jetzt versuchen, Thanner auf seine Seite zu ziehen.‹ Aber Thanner gehörte zu den verläßlichen Menschen. Thanner war treu. So einer wie Eberhard. Schimanski brauchte diesen großen Bruder. Er hatte manchmal das Gefühl, ohne so einen Menschen könnte er nicht leben.

Schimanski wollte nicht daran denken und konnte sich trotzdem nicht dagegen wehren. Vierundzwanzig war er damals. Sechs Semester Jura hatte er schon hinter sich, aber er quälte sich durchs Studium. Es gab Wichtigeres für ihn, als ein staatstragender Jurist zu werden. Der politische Aufbruch, die neue Gesellschaft... Eberhard dachte im Grunde genauso, aber er war viel pflichtbewußter: »Wenn du anfängst mit dem Müßiggang...«, Ja, tatsächlich, er hatte das Wort Müßiggang benutzt. Hätte nur noch gefehlt, daß er damals gesagt hätte »Müßiggang ist aller Laster Anfang«.

Und dann war er plötzlich weggewesen. Er hatte mit dem ›Institut für Zeitgeschichte‹ eine Studienfahrt in die Türkei gemacht. In Ankara war er dann verschwunden. Niemand wußte, ob freiwillig oder unter Zwang. Die Gruppe kam nach drei Wochen ohne Eberhard Schimanski zurück.

Das Gesicht seiner Mutter würde er nie vergessen. Ein Brief war gekommen von der deutschen Botschaft in der Türkei, übermittelt durchs Außenministerium in Bonn. »Herr Eberhard Schimanski hat uns um Rechtshilfe gebeten. Er sitzt im Sayna-Gefängnis in Ankara ein. Die Staatsanwaltschaft wirft ihm den Besitz von Rauschgift vor.«

Und dabei hatte Eberhard im Gegensatz zu den meisten seiner Freunde nicht mal gekifft. Wenn der Joint kreiste, verließ er den Raum, weil er glaubte, er könnte noch durch die Restmengen in der Atemluft high werden. Er aber wollte kontrolliert bleiben – immer und in jeder Lebenslage.

Und jetzt saß er in einem türkischen Knast.

Für Horst Schimanski war vom ersten Augenblick an klar gewesen, daß er da runter fahren mußte.

Grüber kam aus seinem Büro und stieg in einen großen Mercedes. Schimanski war froh darüber. Solange er etwas zu tun hatte, mußte er nicht an damals denken.

Vorsichtig folgte er Grübers Wagen. Der Exporteur fuhr auf dem direkten Weg zum Düsseldorfer Flughafen.

Schimanski parkte und folgte Grüber in die Halle. Er hielt sich nur kurz am Lufthansaschalter auf, die Bodenstewardess schrieb etwas auf einen Zettel, den Grüber wortlos an sich nahm. Dann verschwand er Richtung Auslandsabflug. Schimanski beobachtete das alles von einem Versteck hinter einem drehbaren Zeitungsständer aus. Sobald Grüber außer Sichtweite war, ging der Kommissar an den Schalter und legte seinen Ausweis auf den Tresen. Die Bodenstewardess reagierte sehr kühl. »Ja, bitte?«

»Der Herr, der eben bei Ihnen war – wo fliegt der hin?«

»Der fliegt nirgendwo hin.«

»Aha, und?«

»Was und?«

»Was hat er von Ihnen gewollt?«

»Die Code-Nummer für den VIP-Raum. Er besitzt eine VIP-Karte.« Schimanski strahlte sie an.

»VIP, das heißt doch, very important person, nicht wahr?«

»Ganz recht.«

»Und der Herr Grüber ist eine sehr wichtige Person?«

»Offensichtlich.«

»Tja, für mich auch. Geben Sie mir diese Sesam-öffne-Dich-Nummer doch bitte auch mal.«

»Tja, ich weiß nicht...«

»Aber ich«, Schimanskis blaue Augen leuchteten noch strahlender. »Ich bin zwar kein VIP, dafür aber bin ich bei der Polizei, und da nimmt man sich auch wichtig.«

Die junge Frau schrieb eine vierstellige Zahl auf einen Zettel und reichte ihn Schimanski, der sich artig bedankte und Richtung Auslandsabflug rannte.

Die Atmosphäre im VIP-Raum wirkte abstoßend auf Schimanski – gedämpftes Licht, Ledersitzgruppen, tiefer Veloursteppich, eine Bar, an der man sich selbst bedienen konnte.

An einem anthrazitfarbenen Schreibtisch saß ein hübsches Mädchen in einer häßlichen Uniform. Und in der hintersten Ecke erkannte Schimanski Grüber, der mit dem Rücken zur Tür saß.

Sein Gesprächspartner war ein äußerst eleganter, graumelierter Herr in einem Maßanzug aus grauem Flanell. Beide Männer hatten Aktenkoffer vor sich stehen, deren Deckel hochgeklappt waren.

Schimanski stand ein bißchen ratlos herum. Das Mädchen hinter dem Schreibtisch fragte im Flüsterton: »Kann ich irgend etwas für Sie tun?« Schimanski wollte sagen: »Alles!«, aber er schüttelte dann doch nur den Kopf und nahm sich einen Whisky mit Eis.

Vorsichtig versuchte er sich den beiden Männern zu nähern. Der Elegante schaute einen Augenblick auf und schloß dann den Deckel seines Aktenkoffers. Grüber und sein Gesprächspartner unterhielten sich so leise, daß nichts aufzuschnappen war, zumal auch aus den Lautsprechern eine säuselnde Musik kam – irgend etwas Populärklassisches, von vielen Streichern gespielt. Schimanski trank seinen Whisky rasch aus und verließ den VIP-Raum.

Er brauchte draußen nicht lange zu warten. Zehn Minuten später wurde die Swiss-Air-Maschine nach Genf aufgerufen. Der Elegante kam aus dem VIP-Raum und wandte sich Richtung Flugsteig. Schimanski folgte ihm, und als der Herr im grauen Flanell abgefertigt war, fragte Schimanski die Frau am Computerterminal, wer denn der ungewöhnlich gut aussehende Mann gewesen sei. »Also, Sie würde ich ja auch nicht gerade häßlich nennen«, antwortete sie kess.

»Danke, man gibt sich Mühe.«

»Naja, so sehen Sie dann aber auch wieder nicht aus.«

Ihr Blick streifte Schimanskis arg mitgenommene Windjakke, aus der er nun seinen Polizeiausweis kramte.

»Mein Gott und dann auch noch Polizist! Also: Er heißt Philippe Mercier und fliegt nach Genf. Er ist erst vor einer Stunde hier angekommen.«

»Kennen Sie ihn... ich meine, kommt er öfter auf so eine Stippvisite hierher?«

»Ich kann nicht sagen, wie oft, aber immerhin oft genug, daß ich mir sein Gesicht und seinen Namen merken konnte.« Ein Fluggast hinter Schimanski ließ wissen, daß er nicht gewohnt sei, so zögerlich abgefertigt zu werden. Schimanski sah ihn an und stufte ihn sofort als Business-Tumler ein. Und deshalb drehte er sich auch noch mal zu der Stewardess um. »Wann machen Sie denn Feierabend?«

»19 Uhr, aber ich bin schon verabredet.«

»Und morgen?«

»Morgen habe ich dienstfrei, da verlasse ich mein Bett den ganzen Tag nicht.«

»Naja, das müßte ja kein Hinderungsgrund...«

»Unglaublich«, tönte der Fluggast in Schimanskis Rücken, »ich werde das die Geschäftsleitung wissen lassen.«

Schimanski kümmerte sich gar nicht um ihn, sondern sagte zu der Frau: »Haben Sie eine Ahnung, warum immer mehr von der Sorte Karriere machen – früher war das anders!«

Aber die Stewardeß hatte ein gutes Gespür dafür, wann der Bogen überspannt war, und deshalb sagte sie plötzlich geschäftsmäßig und kühl: »Wenn Sie dann bitte mal den Fluggast vorlassen würden, Herr Hauptkommissar.«

Schimanski machte ihm mit einer übertriebenen Geste Platz und sagte gleichzeitig zu der Stewardeß: »Sie haben mir wirklich sehr geholfen.«

Grüber kam wenige Minuten später aus dem VIP-Raum. Schimanski beobachtete, wie der Import-Export-Kaufmann den Zoll ohne Schwierigkeiten passierte. Man schien ihn dort zu kennen. Wesentlich mehr Mißtrauen hatten die Beamten gegen Schimanski, selbst dann noch, als er sich schon als Mitarbeiter der Kripo Duisburg ausgewiesen hatte. Als er endlich die Halle erreichte, mußte er eine Weile suchen. Schließlich entdeckte er Grüber an einem kleinen Imbißstand. Er unterhielt sich angeregt mit Geibel.

»Tja, manchmal findet ja auch ein blindes Huhn ein Korn«, sagte Schimanski später im Präsidium. Aber Tumler würdigte ihn keines Blickes. Er stand am Fenster und wandte Schimanski den Rücken zu. »So nicht, Herr Schimanski, so nicht«, bellte er. »Die Ermittlungen liegen in meiner Hand. Sie sind mir zugeordnet. Und ich denke überhaupt nicht daran, mir von Ihnen derart ins Handwerk pfuschen zu lassen.«

Schimanski sah Thanner an. »Ich weiß gar nicht, was er hat. Ist doch ein sauberes Recherchenergebnis.«

»Ihre Entgleisung von heute vormittag hätte ich noch hingenommen«, tönte Tumler vom Fenster her, »aber diese Art Amtsanmaßung geht nun doch ganz entschieden zu weit.«

»Amtsanmaßung«, Schimanski spuckte das Wort förmlich aus.

Thanner schaltete sich ein. »Nun muß ich aber doch auch mal sagen, es ist doch ganz bestimmt wertvoll zu wissen, daß sich Grüber auf dem Flughafen, sozusagen im Niemandsland, mit Mercier trifft und daß er Geibel anschließend Bericht erstattet.«

»Ich habe selbstverständlich gewußt, daß sich die beiden heute treffen«, sagte Tumler.

Schimanski und Thanner schauten sich überrascht an.

»Kann ich dann mal fragen, warum Sie mir das nicht gesagt haben?«

»Herr Schimanski«, endlich drehte sich Tumler um, »ich leite die Ermittlungen, und wie ich mit den erarbeiteten Erkenntnissen umgehe, liegt ganz alleine in meiner Verantwortung.«

»Wir arbeiten hier allerdings anders«, sagte Thanner. »Kollegialer würde ich mal sagen«, schob er noch nach.

»Die Tatsache, daß ich hier ermittle, heißt noch lange nicht, daß ich mir Ihre Methoden aneignen muß, Herr Thanner. Zumal dann, wenn der Fall eine derartige Größenordnung hat. Sie wissen, ich habe einen verdeckten Ermittler eingeschleust. So viel kann Schimanski gar nicht auf eigene Faust herauskriegen, wie der mir liefert – immer vorausgesetzt, wir stören seine Kreise nicht auf die dilettantischste Art und Weise.«

Thanner starrte Tumler böse an. »Der Fehler liegt bei Ihnen«, sagte er so sachlich wie möglich, »wenn Sie Schimanski nicht ordentlich informieren, müssen Sie damit rechnen, daß er auf eigene Faust loszieht. Königsberg hätte Ihnen sagen können, und vielleicht hat er es Ihnen ja auch gesagt, wie Schimanski zu arbeiten pflegt.«

Einen Augenblick maßen sich Tumler und Thanner mit Blicken, und jedem der beiden war klar, daß dies eine stumme Kampfansage war. Tumler wandte sich nun direkt an Schimanski: »Sie sind hier nicht in der Türkei, Schimanski!« Das hatte er sehr leise und mit schneidend scharfer Stimme gesagt. Schimanski fuhr zu Thanner herum und packte ihn am Revers. »Woher weiß er das?«

»Ein-Mann-Aktionen à la James Bond mögen damals und dort möglich gewesen sein« – Tumler hatte nun sichtlich Oberwasser, und sein schmaler Mund verzog sich auch schon wieder zu seinem süffisanten Lächeln – »aber hier und vor allem in diesem Fall sind nicht Draufgänger gesucht, die Delinquenten aus dem Knast heraushauen, sondern intelligente Ermittler.«

Schimanski ließ Thanner los.

»Übrigens, Herr Thanner hat mich sehr deutlich wissen lassen, daß ich von ihm nichts über die Sache erfahren werde«, fügte Tumler noch an.

Schimanski schäumte vor Wut. »Ich nehm' jetzt 'ne Auszeit«, sagte er. »Ich geh' fünf Minuten raus und dann komm' ich wieder rein. Und es kann sehr gut sein, daß ich Ihnen dann ein paar in die Fresse haue, Herr Kriminaloberrat.« Er verließ das Zimmer.

»War das nötig?« fragte Thanner fast beiläufig, während er sich an seinen Schreibtisch setzte und einen Bogen in seine Maschine einspannte.

»Es war nötig. Je früher der Kollege merkt, daß ich Eigenmächtigkeiten nicht dulde, um so besser.«

»Chef weist an, was?« gab Thanner ironisch zurück.

»Vorsicht, Thanner!«

»Oh, ich gehöre zu den vorsichtigsten Leuten in diesem Haus, machen Sie sich mal darum keine Sorgen.«

Thanner begann zu tippen. Als Schimanski wieder hereinkam, war er ein wenig beruhigt. »Ich werde Königsberg bitten, mich von diesem Auftrag zu entbinden«, sagte er nur.

Tumler war inzwischen ans Backgammon-Brett getreten und hatte gewürfelt. Dann sagte er aber plötzlich: »Entschuldigung, ich bin ja gar nicht dran.«

Schimanski ging hinüber, würfelte und hatte das Glück, seine Steine so setzen zu können, daß er Tumler blockieren konnte. »Ich war übrigens aus dem gleichen Grund wie Sie in der Türkei«, sagte Tumler und zündete sich eine Zigarette an.

Schimanski reagierte nicht darauf.

»Ich hatte allerdings weniger Glück als Sie. Mein bester Freund starb in seiner Zelle, und ich konnte nicht einmal nachweisen, daß er gefoltert worden war.«

Schimanski sah einen Augenblick hoch. Tumlers Gesicht hatte sich stark verändert. Wenn er nicht ein begabter Schauspieler war, hatte ihn eine tiefe Trauer überfallen. »Tut mir leid«, murmelte Schimanski.

»Ich hab's damals auf dem offiziellen Weg versucht.«

»Das habe ich nur zwei Wochen lang probiert. Und da wußte ich dann, daß ich's mit Sesselpupsern zu tun hatte, denen das Schicksal meines Bruders so wichtig war, wie das einer Ratte im Kanalsystem von Ankara.«

»Tja, mir haben die damals immer wieder Hoffnung gemacht. Später habe ich dann erfahren, daß außer ein paar wachsweichen Briefen, die der Konsul auf dem Amtsweg an den obersten Richter geschickt hatte, buchstäblich nichts passiert ist.«

»Und woher wissen Sie es nun, warum ich da unten war?«

Es schien, als ob beide froh wären, daß sich das Gespräch nun plötzlich so entspannt anließ.

»Es ist bei uns üblich, sich über mögliche Mitarbeiter zu informieren, ehe man sich mit ihnen zusammentut.«

»Heißt das, es gibt eine Akte beim BKA über mich?«

»Nicht beim BKA.«

»Nicht? Wo denn dann?«

»Tut mir leid«, Tumler zuckte die Achseln.

Thanner, der mit steigendem Unbehagen beobachtete, wie der Streit versandete, sagte: »Das ist doch einfach. Da ruft man mal die Kollegen vom Verfassungsschutz an und bittet um Amtshilfe.«

»Das haben *Sie* behauptet«, sagte Tumler mit einem schiefen Lächeln.

»Was dem Wahrheitsgehalt der Aussage keinen Abbruch tut«, erwiderte Thanner mit dem gleichen Lächeln.

Tumler sah zu ihm hinüber. »Soll ich Ihnen mal was sagen, Thanner – ich bin richtig froh, daß Sie mir nicht zugeordnet worden sind.«

Er würfelte, konnte aber nicht fahren. Schimanski übernahm die Würfel und konnte seinen Vorsprung weiter ausbauen.

Schimanski hatte noch versucht, Karl Königsberg zu sprechen, um sich von der Zusammenarbeit mit Tumler entbinden zu lassen. Als der Chef dann nicht zu erreichen gewesen war, war Schimanski gar nicht unglücklich darüber gewesen.

Jetzt saß er bei Hanna. Als sie ihm das erste Bier gebracht hatte, hatte sie sich kurz an ihn gelehnt und gesagt: »Da, ein Geschenk des Hauses.«

»Oh, danke, geht's dir gut?«

»Sehr.«

»Mir nicht, aber das hat nichts mit dir zu tun.«

Er aß Bouletten mit Kartoffelsalat, trank einen doppelten Korn und spülte ordentlich mit Bier nach. Plötzlich stand Tumler an seinem Tisch. Schimanski gab nur einen unartikulierten Grunzlaut von sich.

»Kann ich Sie einen Augenblick sprechen?« fragte Tumler.

»Wenn's unbedingt sein muß.« Schimanski zog seinen Teller und seine Gläser näher zu sich heran.

»Unsere Diskussion heute nachmittag war sehr emotionsgeladen«, begann Tumler, während er sich setzte. »Ich möchte das nicht so stehen lassen.«

»Was?«

»Sowohl das, was Sie gesagt haben, als auch meine Äußerungen. Ich gehe nämlich davon aus, daß wir gemeinschaftlich sehr weit kommen könnten.«

»Für mich ist diese Zusammenarbeit beendet.«

»Sie machen es sich zu einfach, Schimanski. Sie sind Beamter!« Schimanski lachte nur und nahm einen kräftigen Schluck. »Sie haben, wie jeder von uns, Ihren Diensteid geleistet.«

»Ja, ja.«

»Fühlen Sie sich nicht daran gebunden?«

»Natürlich fühle ich mich daran gebunden.«

»Na, also.«

»Was, na also, ich laß' mich entbinden ... entbinden! Ja, ich komm' neu auf die Welt und zwar – nicht mehr als Schlappenschammes von Kriminaloberrat Tumler.« Schimanski rülpste.

»Ich hatte eigentlich vor, vernünftig mit Ihnen zu reden«, sagte Tumler mit zusammengekniffenen Augen.

Hanna kam an den Tisch und nahm Tumlers Bestellung auf.

Nebenbei sagte sie zu Schimanski. »Schimmi, paß auf, am schlechtesten bist du, wenn du dir selber leid tust.«

Sie ging zum Tresen zurück. Schimanski sah ihr nach und sagte: »Hanna ist eine kluge Frau.«

»Also?« fragte Tumler knapp.

Schimanski holte tief Luft. »Ich will Ihnen mal was sagen, Tumler, wir zwei passen nicht zusammen. Ich habe Ihnen das doch gleich ganz am Anfang gesagt, mich kann man nicht zuordnen, mich kann man nicht einweisen, mich muß man arbeiten lassen. Und zwar nach meinem System.«

»Ihr System heißt wohl: Schimanski allein gegen den Rest der Welt.«

»Ach laß mich doch ... lassen Sie mich doch zufrieden. Ich habe heute Lust, mich zu besaufen.«

»Und ich will das klären zwischen uns.«

»Okay, okay, klären Sie, und dann lassen Sie mich aber in Ruhe.«

»Sehen Sie ein, daß es ein Fehler war, loszuziehen und Grüber zu observieren, ohne mich zu informieren?«

»Seh' ich ein!«

»Glauben Sie mir, daß ich über Grübers Schritte auf dem laufenden bin, weil da ein Under-Cover-Mann ganz dicht dran ist?«

»Natürlich glaub' ich das, was soll denn das Ganze?«

»Dann müßte es auch in Ihren gottverdammten Schädel rein, daß Sie in diesem Fall jeden Schritt mit mir abstimmen müssen.«

»Von mir aus!« Schimanski winkte Hanna mit seinem Schnapsglas.

»Gut«, sagte Tumler wie ein Lehrer. »Von unserem verdeckten Ermittler wissen wir, daß es auf der Schrottinsel ein geheimes Waffenlager geben muß. Womöglich verschiffen die sogar von dort aus das Zeug, zumindest jene Waffen, die von ihren Gangs aus Bundeswehr- und Natowaffendepots geklaut werden.«

»Seit wann wissen Sie das?« fragte Schimanski.

»Bitte fangen Sie nicht wieder an, ja. Ich weiß es. Und es ist Ihr Job, dieses Lager zu suchen.«

»Ach ja?«

»Wenn Sie nicht weggelaufen wären, hätte ich Ihnen das schon heute vormittag gesagt. Heute nachmittag war ich dann sehr im Zweifel, ob ich Sie damit überhaupt noch befassen kann.«

»Und jetzt?«

»Herr Schimanski, ich bin über Ihre zum Teil höchst erstaunlichen Erfolge sehr gut informiert. Glauben Sie mir, ich habe Hochachtung vor derartigen Leistungen. Daß ich selbst in jedem einzelnen Fall ganz anders vorgegangen wäre...«

»Natürlich, klar, ganz selbstverständlich!«

»...spielt dabei keine Rolle. Und ich denke, daß niemand diese Recherche besser machen kann als Sie.«

»Danke!«

»Bitte!«

»Ich habe mich nicht wirklich bedankt!«

»Das ist mir durchaus nicht entgangen.«

Sie starrten sich an, bis Schimanski sagte: »Was spielen wir eigentlich? Sauerkrautgucken oder was?«

Tumler lachte leise und nahm einen ersten Schluck aus seinem Bierglas. Als er es absetzte, sagte er: »Stimmt das eigentlich, daß Sie Ihren Bruder damals aus der Krankenstation befreit haben?«

Schimanski nickte. Warum kapierte Tumler nicht, daß er darüber mit ihm nicht reden wollte?

»Und warum lebt Ihr Bruder nicht mehr?«

»Ach, steht das nicht in den Akten?«

»Nein.«

»Er ist vier Wochen, nachdem wir wieder in Berlin waren, gestorben.«

»Unfall?«

»Selbstmord!«

»Verdammt, das tut mir leid.«

»Auch so 'ne Floskel, die wir immer gebrauchen!« Schimanski stand auf und griff nach seiner Windjacke, die über der Stuhllehne hing.

»Ich zieh' dann heute abend rüber auf die Schrottinsel.«

»Freut mich, daß Sie's übernehmen.«

»Was sagt denn Ihr V-Mann über die Beziehung zwischen Toni und Grüber?«

»Er hat bestätigt, daß da eine Verbindung besteht, weiß aber nicht welcher Art.«

Schimanski stand schon, aber er ging noch nicht. »Wundert Sie das nicht?«

»Warum sollte mich das wundern?«

»Ihr Informant weiß, wann sich Mercier und Grüber treffen, er weiß sogar wo. Nicht auszuschließen, daß er sogar die Geschäfte kennt. Immerhin hat er ja offensichtlich rausgekriegt, daß der Grüber Waffen statt Schleif- und Fräsmaschinen in den Iran geliefert hat. Und da soll er nicht wissen, was zwischen Grüber und Toni läuft?«

»So ist es nun mal.«

»Grüber hat Toni jedenfalls nicht nur gebraucht, weil er sich von zwei Nutten der Sonderklasse verwöhnen lassen wollte. Da gibt es Geschäftsbeziehungen, die weit drüber raus gehen. Toni sagt, er habe was vermittelt. Wetten, daß es der Mörder war?«

»Sie glauben also nicht, daß es Toni selber getan hat?«

»Nie und nimmer.«

»Man müßte versuchen, Toni zum Reden zu bringen.«

»Der ist vorsichtig. Und stur...!«

»Es gibt Methoden...« Tumler unterbrach sich, weil Schimanski ihn ungläubig anschaute.

»Na ja«, wiegelte er ab, »manchmal heiligt der Zweck doch die Mittel, nicht wahr. Niemand wird das besser verstehen als Sie!«

»Ich, warum denn ich?« Schimanski setzte sich wieder hin.

»Ich habe mit Dr. Born gesprochen. Er war ja wohl mal Ihr Vorgesetzter.«

»Ein Jurist«, sagte Schimanski abschätzig.

»Jetzt ist er Staatsanwalt.«

»Ist er deshalb kein Jurist mehr?«

»Soll ich Ihnen sagen, wie er Sie beschreibt?«

»Wenn Sie es nicht für sich behalten können...«

»Der Schimanski ist zum Einzelkämpfer geworden, weil er zu oft seine Ohnmacht gegenüber der Bürokratie und dem Apparat erlebt hat. Schimanski ist einer, der sich immer nur auf sich selber verläßt und auf sein ureigenes Rechtsempfinden. Recht bedeutet für ihn allerdings nur etwas, wenn er es mit seiner Erfahrung koppeln kann. Und er ist immer dann gut, wenn er's wissen will, wenn er ein eigenes Interesse entwickelt, wenn er betroffen ist.«

»Hat der Born gesagt?«

»Exakt das!«

»Der war schon immer ein intellektueller Klugscheißer.«

»Hat er unrecht?«

»Weiß nicht.«

»Natürlich wissen Sie's. Er hat recht. Ich hatte ja nun schon Gelegenheit genug, dies selber festzustellen.«

»Dann werde ich mal gehen!« Schimanski stand auf und verließ das Lokal. Nichts war ihm so sehr zuwider, wie über sich selber zu reden.

Hanna war gerade beim Gläserspülen. Sie sah ihm nach. Ihre Augen wurden für einen Augenblick dunkel. Sie hörte mitten in der Bewegung auf zu arbeiten und blieb – die Hände im Spülwasser – starr stehen. Gleich darauf schüttelte sie sich und arbeitete weiter.

Zwei Minuten später stand Schimanski wieder vor Tumlers Tisch.

»Mercier ist also der große Zampano?« fragte er unvermittelt.

Tumler sah ihn irritiert an. »Ich denke ja, warum?«

»Wenn Toni geschäftlich mit Grüber zusammensteckt, muß er Mercier kennen oder doch mal von ihm gehört haben.«

»Möglich.«

»Das wollte ich wissen.«

Schimanski ging zu Hanna an den Tresen: »Ich muß weg. Schade. Ich melde mich mal wieder bei dir. Zu jeder Tages- oder besser Nachtzeit. Ist das okay?«

Hanna nickte und lachte. Jetzt verließ Schimanski endgültig Hannas Kneipe.

Das Wetter hatte sich gebessert. Die Wolken rissen auf. Aber das Regenwasser stand noch in Pfützen auf den Straßen. Die Wege und Straßen auf der Schrottinsel waren nur zum Teil asphaltiert. Sobald man nach rechts oder links abbog, geriet man auf geschotterte oder lehmige Wege. Schimanski streifte ziellos herum. Die Dämmerung wich ganz langsam der Nacht. Die Shredder- und Verladeanlagen wirkten wie eingeschlafene Monster. Manche der riesigen Schrotthaufen glänzten silbern im langsam stärker werdenden Mondlicht. Kranarme standen wie gezeichnet gegen den Abendhimmel. Die letzten Arbeiter verließen mit ihren Autos und Motorrädern die Insel. In ein paar Baracken brannte noch Licht. Schimanski stolperte über eine Eisenbahnschiene, die er nicht bemerkt hatte. Am Kai dümpelte ein schwerer Lastkahn, auf den Schrottballen verladen worden waren – kompakte und zugleich bizarre Gebilde – je drei ehemalige Autos ergaben einen solchen Packen.

Mottenpaule hätte ihm garantiert einen Hinweis darauf geben können, wo auf dieser unübersichtlichen Insel ein Waffenlager sein könnte. Schimanski beschloß, das Areal systematisch abzusuchen. Er begann am östlichen Kai. Drüben lag düster die Kohleninsel. Dazwischen ein Hafenbecken, das Wasser war jetzt schwarz und schwappte ölig gegen die Mauer. Nur wenige Kähne hatten festgemacht. Ein Mann mit einem Fahrrad kam auf der Kaimauer entlang. Er grüßte im Vorbeifahren, indem er mit dem Zeigefinger gegen den Mützenrand tippte.

Schimanski grüßte zurück.

Was nun, wenn Tumler ihm diesen Auftrag nur gegeben hatte, um ihn zu beschäftigen, wohl wissend, daß da gar nichts zu holen war? Er schüttelte den Gedanken ab. Auch Tumler mußte darauf achten, effektiv und erfolgreich zu arbeiten, wenn er weiter Karriere machen wollte. Und das wollte er bestimmt.

Schimanski setzte seinen Weg fort. Die Insel in ihrer ganzen Länge hinauf, hinunter, wieder hinauf, wieder hinunter. Und dann stand er plötzlich vor einer flachen Baracke, deren Fenster hell erleuchtet waren. Von drinnen erklang eine fremdartige Musik, irgendwelche hohen Saiteninstrumente und noch höhere menschliche Stimmen. Schimanski stieß die Tür auf. Die Musik brach schlagartig ab. Auf dem Boden saßen in einem Kreis gut zwei Dutzend dunkle Gestalten. In der Mitte stand ein riesiger Topf mit Essen, das verführerisch nach Hammelfleisch und Knoblauch duftete.

»Mahlzeit!« sagte Schimanski.

Ein hagerer, schwarzhaariger Mann stand auf und musterte ihn feindselig. Ein anderer rief aufgeregt etwas in einer Sprache, die Schimanski nicht einmal einordnen konnte, vermutlich war es irgend ein arabischer Dialekt. Schimanski hob beschwichtigend beide Hände.

»Laßt euch nicht stören«, sagte er schnell, »ich bin nur gerade vorbeigekommen...«

»Sie haben angeschlichen«, sagte der Hagere.

»Nu' hör aber auf, ja, ich bin seit drei Stunden auf der Insel unterwegs.«

»Hier kein Weg führt!«

»Darauf konnte ich nu' aber keine Rücksicht nehmen«, erwiderte Schimanski lächelnd. »Ich bin auf der Suche...«

»Unsere Wache Sie nicht gemeldet.«

»Eure Wache? Was denn für 'ne Wache?«

»Sie Polizei?« fragte der andere.

Schimanski entschied sich dafür, zunächst einmal im Unverbindlichen zu bleiben. »Auf jeden Fall habe ich nicht euch gesucht«, sagte er. Er ging weiter in den Raum hinein, um in den Topf sehen zu können.

»Kuzkuz«, sagte der Hagere.

»Riecht gut.«

Einer der Männer tat mit seinen Fingern eine Portion auf einen Pappteller und reichte sie Schimanski. Besteck gab es nicht. Schimanski zögerte einen Augenblick. Einer der Männer zeigte ihm, wie man das Maisgericht mit drei Fingern aufnimmt und zum Mund führt. Es schmeckte wunderbar. Schimanski merkte, daß er schon wieder Hunger hatte. Er aß den Pappteller schnell leer und saute sich dabei gründlich ein. Er wunderte sich, wie die Männer so essen konnten und sich dabei weder die Kleider noch das Gesicht verschmierten.

Der Hagere sagte: »Also, was Sie wollen?«

»Das kann ich dir nicht erklären.« Plötzlich wurde Schimanski bewußt, daß er den Mann duzte, obwohl der ihn beständig siezte. Also verbesserte er sich: »Ich kann Ihnen das nicht erklären.«

»Wir sind nämlich ohne Papiere«, sagte der Hagere.

Schimanski setzte sich zu den anderen auf den Boden.

»Warum?«

»Weisser hat uns abgenommen, sagt, er will uns Arbeitspapiere beschaffen. Dazu braucht Pässe.«

»Weisser?«

»Boß. Gibt uns Arbeit und Lohn.«

»Wieviel?«

»Sieben Mark Stunde«, der Hagere klang stolz.

»Wie heißen Sie?« fragte Schimanski.

»Ali, und du?«

Nun ging es also anders rum. Schimanski mußte lächeln.

»Horst – Horst Schimanski, aber meine Freunde sagen Schimmi. Wo kommt ihr her?«

»Tunesien.«

»Und wie?«

»Über Frankreich und schwarz über Grenze.«

»Und Weisser vermittelt euch Jobs?«

»Ja, er sagen, wo wir arbeiten sollen, bringen uns hin und gebe uns los. Wir immer ein Kommando mit deutsch Kapo!«

Schimanski nickte. Er hatte verstanden.

»Und wenn die Polizei kommt?«

»Unsere Wachen melden, wir zickezacke in Kahn, Luke zu und ganz stumm. Alle!«

»Aha.«

»Wir oft trainiert«, sagte Ali stolz.

»Wo arbeitet ihr denn so?«

»Auf Bau. Tunesier gute Maurer. Wir können zum Beispiel Rundbogen machen mit der Hand, ganz ohne Werkzeug.«

»Und kochen könnt ihr auch«, Schimanski erhob sich. Er sah Ali an. »Du mußt versuchen, an die Papiere zu kommen. Ihr seid diesem Weisser doch total ausgeliefert, solange ihr ohne Pässe und ohne andere Papiere seid.«

»Ich ihn kann nicht zwingen.«

Schimanski nickte. Dieser Mann war nicht weniger machtlos als er damals in der Türkei.

Vorsichtig sagte Schimanski: »Ich suche ein Lager mit Kisten.« Ali schaute ihn verständnislos an. Dann übersetzte er seinen Freunden, was Schimanski gesagt hatte.

Einer fragte etwas, und Ali übersetzte.

»Was ist in den Kisten?«

»Waffen und Munition.«

Als Ali zurückübersetzt hatte, wurden die Gesichter verschlossen.

»Das Zeug ist gestohlen«, sagte Schimanski.

»Du doch Polizei?« fragte Ali, und sein Gesicht verfinsterte sich. Schimanski nickte, sagte aber schnell: »Ich habe aber nichts mit der Ausländerpolizei zu tun. Was ihr hier treibt, geht mich nichts an.«

»Du schweigen?«

»Sag' ich doch!«

Ali informierte seine Kollegen, aber die schienen ihm nicht zu glauben. Ein heftiger Disput entstand, ein paar der Männer drohten mit den Fäusten, andere zogen sogar Messer. Schimanski stand nah an der Tür und tastete heimlich nach seiner

Dienstwaffe. Ali sagte: »Die Männer glauben nicht. Sie sagen: Deutsche nicht immer wahr.«

»Du meinst, Deutsche sagen nicht immer die Wahrheit. Das ist hier wie überall.« Schimanski zwang sich zur Ruhe.

»Paß auf, Ali, ich suche etwas, und ich bin auch gerne bereit, das näher zu erklären. Aber ich suche ganz bestimmt keine illegalen Arbeiter. Das ist nicht mein Job. Das geht mich nichts an. Und wenn ich mich überhaupt einmischen würde, dann höchstens, um euch zu helfen. Ich weiß, das werdet ihr mir auch nicht glauben, aber trotzdem ist es so.«

»Können wir dir helfen?« fragte Ali.

Schimanski schaute ihn überrascht an. »Ja... ja sicher... klar, warum nicht. Ihr könntet die Augen offen halten. Ich suche ein Waffenlager. Da gibt es irgend so ein Schwein, der läßt Waffen und Munition aus Depots stehlen, lagert sie hier irgendwo und bringt sie auf Schiffen versteckt wieder weg. Hast du das verstanden?«

Ali lächelte. »Ich in Deutsch verstehen alles, nur sprechen miserabel.«

»Das stimmt ja nun nicht«, erwiderte Schimanski freundlich, »du sprichst ganz prima.«

Ali bedankte sich mit einer kleinen Verbeugung und übersetzte dann seinen Kameraden, was er mit Schimanski besprochen hatte. Das Mißtrauen verschwand aus den Gesichtern. Aber einer der Männer meldete sich. Er hatte einmal, als er Wache stand, gesehen, wie ein schwerer Lastwagen hinter der großen Shredderanlage gehalten hatte. Junge Leute hatten schwere Kisten abgeladen, auf einem Kahn verstaut und dann mit dem Magnetkran Schrott darüber geschüttet.

»Kann er mir die Stelle zeigen?« fragte Schimanski.

Der Tunesier stand wortlos auf, zog eine alte, zerschlissene Jacke an, schlüpfte in ein Paar Holzpantinen und ging zur Tür. Schimanski folgte ihm, blieb aber noch kurz bei Ali stehen. »Sag den Männern, sie brauchen sich nicht zu fürchten.« Ali nickte und gab Schimanski die Hand.

Ein heftiger Wind hatte auch die letzten Wolken vollends vertrieben. Die Schrottinsel war in helles Mondlicht getaucht. Der Tunesier ging mit schnellen Schritten durch die enge Schlucht zwischen zwei riesigen Schrottbergen. Als er das Sträßchen erreichte, sah er sich aus Gewohnheit sichernd um und setzte dann mit ein paar mächtigen Sprüngen über die Fahrbahn. Schimanski hatte Mühe, ihm zu folgen.

Als sie den Kai erreichten, sagte Schimanskis Führer etwas in seiner Muttersprache und deutete auf einen Poller. Offensichtlich war der Lastkahn dort festgemacht gewesen. Schimanski entdeckte tiefe Reifenspuren in dem lehmigen Boden. Der Tunesier hob bedauernd die Schultern, mehr konnte er Schimanski nicht zeigen. Schimanski sagte: »Das ist schon okay, du hast mir geholfen, Kumpel.« Der Tunesier schenkte ihm ein breites Lächeln und reichte ihm die rechte Hand, dann legte er seine linke darauf, als ob er einen Bund besiegeln wollte. Sekunden später war er zwischen zwei Schrotthaufen verschwunden. Schimanski blieb tief in Gedanken noch eine Weile stehen.

Seinen Schlaftrunk nahm er, wie immer in der letzten Zeit, bei Hanna. Sie hatte keine Zeit für ihn, denn der Laden war brechend voll, was selten genug vorkam. Aber er sah, daß sie sich freute. An einem langen Tisch saß Bernie mit Babs. Schimanski gesellte sich zu den beiden. »Na, was tut sich so?« fragte er.

Bernie beugte sich weit über den Tisch und brachte seinen Mund ganz nah an Schimanskis Ohr: »Wir sind drangeblieben. Es geht bald los.«

»Weißt du was Genaueres?«

»Noch sind die am ausbaldowern.«

»Gib Laut, wenn's ernst wird.«

»Kommste dann mit raus?«

»Versprochen.«

Babs' Miene hatte sich zunehmend verfinstert. »Das ist doch das Letzte«, giftete sie. »Ich glaub', meine Oma hat was mit Elvis, Connections mit den Bullen! Ausgerechnet du...«

Schimanski zog es vor, den Platz zu wechseln. Aber an der Theke war so viel Betrieb, daß er sich nicht mehr dazwischen quetschen konnte. Er wartete, bis Hanna mit einem Tablett leerer Biergläser zurückkam. »Ich gehe heute mal früh ins Bett. Dein guter Einfluß.«

»Früh? Es ist halb zwei.«

»Trotzdem. Dein guter Einfluß.«

Er wollte ihr einen Kuß geben, aber sie stand mitten im Gewühl und hielt noch das Tablett in den Händen. Er kam an sie nicht ran. Sie mußten beide lachen.

Es war kalt geworden. Schimanski überlegte, ob er noch eine andere Kneipe aufsuchen sollte, entschloß sich dann aber doch, nach Hause zu gehen. Den Entschluß bereute er, als er seine Wohnungstür aufschloß. Es gab nur noch zwei Möglichkeiten: Auf dem Absatz kehrt zu machen oder das Chaos gezielt anzugreifen. Er begann, ohne seine Jacke auszuziehen, ganz vorne, nämlich bei einem Sessel, der dicht bei der Tür stand. Schon nach dem ersten Durchgang hatte er mehr schmutzige Wäsche zusammengerafft, als er mit beiden Armen tragen konnte. Dabei hatte er eine halbleere Bierdose mit dem Fuß umgestoßen, war in einen Teller getreten und hatte sich zweimal in der Telefonschnur verfangen. Seine Stimmung verschlechterte sich von Minute zu Minute, aber um so verbissener arbeitete er weiter. Draußen dämmerte es schon, als er fertig war. Zufrieden und stolz warf er sich aufs Bett.

Gleich nach dem Frühstück rief er seine Mutter in Berlin an. »Sag mal, willst du mich nicht mal wieder besuchen?«

Sie war überrascht. »Monatelang hört man nichts von dir und dann auf einmal...«

»Du kennst mich doch, Mamutschka«, unterbrach er sie.

»Und warum gerade jetzt?« fragte Frau Schimanski.

»Weil ich aufgeräumt habe. Aufgeräumt, staubgesaugt und abgewaschen. Einmalig, sag' ich dir.«

»Jungchen, Jungchen, wirst du denn nie erwachsen?«

»Na hör mal, im letzten Frühjahr hast du gesagt, du kämst erst wieder, wenn's bei mir nicht mehr so aussieht wie bei Hempels unterm Sofa.«

»Und das hat vom Frühjahr bis jetzt gedauert?« Sie kicherte.

»Du, ich muß ins Büro«, rief er.

»Da rufst du mich an und hast dann nicht mal Zeit. Jetzt überleg doch mal, Horst, was wir bei diesem Telefonat besprochen haben?«

»Na, immerhin hab' ich dir erzählt, daß ich meine Wohnung auf Vordermann gebracht habe.«

»Und sonst?«

»Hab' ich mehr Ärger, als nötig wäre.«

»Paß auf dich auf, Junge!«

»Du auch.«

»Und komm mal wieder nach Berlin!«

»Versprochen. Ich nehm' dich in den Arm und drück' dich.«

»Hilfe!« Sie legte auf.

Beschwingt verließ Schimanski seine Wohnung. Er war stolz auf seine Mutter. Sie hatte ihn und Eberhard ohne fremde Hilfe großgezogen. Er konnte sich an die Wochen gut erinnern, die dem Abgang des Vaters gefolgt waren. Die Mutter hatte nur ein einziges Mal geweint. Dann hatte sie den beiden Söhnen eines Tages am Abendbrottisch erklärt: »Euer Vater wird nicht zurückkommen. Seit er aus der Gefangenschaft zurück ist, hat er sich nicht zurechtgefunden – nicht in der Stadt und nicht mit uns. Er will's jetzt erst einmal allein probieren. Ich habe ihm gesagt, daß ich das verstehe.«

Horst Schimanski hatte damals gar nichts verstanden. Er war gerade sieben Jahre alt gewesen, hatte die ganze Nacht ins Kopfkissen geheult und am Tag war er unzählige Male ans Wohnzimmerfenster gegangen, von dem aus er die ganze Straße einsehen konnte. Er hatte gedacht, wenn er sich in der Schule anstrengen würde, käme der Vater vielleicht zurück, oder wenn er nur fleißig alle Arbeiten erledigte, die seine Mutter ihm auftrug. Der Vater war die Straße niemals wieder heraufgekommen. Diese Straße – er mußte unwillkürlich lächeln –, die Mutter hatte immer heruntergerufen: »Spielt doch auf der anderen Seite, wo Sonne ist.« Viel Sonne war sowieso nicht in die Schlucht zwischen den Häusern gefallen.

Duisburg konnte auch im Herbst schön sein, wenn es nach langen Regentagen plötzlich klar wurde, die Bäume bunt leuchteten und die Hausdächer frisch gewaschen die Sonne widerspiegelten. Ein paar Stunden lang blieb das so, dann wurden die Farben schon wieder stumpf.

Schimanski hatte wenig Lust, ins Präsidium zu gehen. Er beschloß, zuerst noch einmal mit Toni zu reden.

Toni lag auf seinem Bett und las in einem Pornoheft, als Schimanski seine Zelle betrat. »Mann, Mann, hast du nichts Besseres zu lesen? Ein Zuhälter, der Pornos liest, das ist ja wie ein Buchhalter, der zur Entspannung in Bilanzen schmökert.«

Toni machte sich nicht einmal die Mühe, sich aufzurichten. »Was willst du schon wieder, Schimanski?«

»Ich will dir ein bißchen Angst machen.«

Toni lachte. »Das versuch mal.«

»Wir wissen, daß Mercier dich auf dem Kieker hat und zwar so, daß ich für dein Leben keinen Groschen gebe, wenn du morgen oder übermorgen rauskommst.«

Der Schuß ins Blaue erwies sich als Volltreffer.

Toni warf das Pornoheft auf den Boden und setzte sich auf. »Woher... ich meine... was soll'n das, wer ist dieser... wie heißt er?«

»Mercier. Der ist der große Zampano, und der erwischt dich sowieso.«

»Was redest du denn da, Schimmi?«

Wenn er ›Schimmi‹ sagte, war das, als ob er Schimanski bitten wollte, ihm die Hand zu halten.

»Ich wollte es dir nur sagen, Toni. Wir haben einfach Informationen, daß du auf seiner Abschußliste stehst. Und wer da mal draufsteht, hat wohl nicht mehr allzu viele Chancen.«

»Sag nicht sowas, Schimmi!«

Schimanski war es unbehaglich in seiner Haut. Was hatte er zu Hanna gesagt? Wenn es darauf ankäme, könnte er schon lügen. Aber wohl fühlte er sich bei solchen Tricks nicht.

»Wer hat die Mädchen und Mottenpaule umgelegt?«

Mit dieser Frage befand sich Schimanski wieder auf sicherem Terrain.

»Ich nicht!«

»Wer?«

»Ein Profi!«

»Aus deiner Mannschaft?«

»Bin ich blöd?«

»Und die Waffe?«

»Frag mich was Leichteres, Schimmi!«

»Gut, frage ich dich was Leichteres: Wer hat den Profi an Land gezogen?«

Toni schaute weg und durch das vergitterte Fenster hinaus in den blauen Herbsthimmel.

»Also du!«

»Nein!«

»Aber sicher, halt mich doch nicht für doof, Toni!«

»Du willst mir einen Strick drehen.« Toni-Bär sah nun gar nicht mehr stark aus. Er hatte Mühe, das Zittern seiner Hände unter Kontrolle zu bringen. Er preßte sie, flach gegeneinander gedrückt, zwischen seine Knie und starrte stur geradeaus.

»Ich will dem einen Strick drehen, der die Mädchen auf dem Gewissen hat. Gib's doch zu: Der Grüber ist zu dir gekommen und hat gesagt: ›Toni‹, oder vielleicht hat er ja auch ›Herr Keller‹ gesagt – so einer macht sich ja nicht leicht gemein, nicht wahr... Also, ›Herr Keller‹, hat er gesagt, ›da sind zwei Mädchen, die mich erpressen. Zwei Ihrer Mädchen, Herr Keller. Ich hab' in der Erregung zu viel gesagt...‹ – sag mal, was hat er überhaupt getrieben mit den Mädchen?«

»Er hat sich in einen Glassarg gelegt, und die Mädchen mußten's auf dem Deckel miteinander treiben.«

»Ist das dein Ernst?«

»Ich könnte dir noch ganz andere Dinge erzählen.«

»Und da liest du noch Pornohefte?«

»Dicke Bücher mag ich nicht.«

»War das alles? Der Kerl liegt in seinem Glassarg, und die turnen drauf rum?«

»Nicht ganz, aber was er noch verlangte, ist zu unappetitlich. Auf jeden Fall war es mehr als außergewöhnlich, kann ich dir sagen. Und irgendwann hat er eben dann die Kontrolle über sich verloren und jede Frage beantwortet, die ihm die Uschi gestellt hat. Sie war ja so'ne Art Intellektuelle. Bloß daß sie sich verrechnet hat. Sobald Grüber sein Geld auf den Nachttisch gelegt hatte, war er wieder ein ganz cooler Typ.«

»Und dann ist er zu dir gekommen und hat gesagt: ›die beiden Weibsstücke müssen liquidiert werden‹?«

»Er hat gesagt, er brauche einen Experten.«

»Und?«

»Natürlich kannte er selber keinen.«

»Aber du!«

»Ja!«

»Jetzt brauchst du mir nur noch Namen und Anschrift zu nennen. Dann biste zwar wegen Beihilfe dran, aber das ist immer noch besser als lebenslänglich für dreifachen Mord.«

»Glaubst du, ich spreche mein eigenes Todesurteil?«

»Den Namen, Toni! Wir können das doch so drehen, daß es aussieht, als seien wir ganz ohne deine Hilfe drauf gekommen.«

»Bloß, daß euch das keiner glaubt.«

»Du hilfst mir also nicht?«

Toni hatte sich etwas beruhigt. Seine Hände lagen jetzt flach auf seinen Oberschenkeln, und sein Atem ging wieder langsamer. »Es gibt nur einen Weg«, sagte er, »ihr müßt durch eure eigenen Ermittlungen drauf kommen. Das ist die einzige Chance für mich, daß der Mann glaubt, ich hätte ihn nicht verraten.«

Schimanski nickte. »Nicht dumm. Sag mir bloß noch eins, ist es einer von hier oder nicht.«

»Frankfurt.«

»Hast du nicht gesagt, Geibel habe in Frankfurt gearbeitet, bevor er zu dir kam.«

»Stimmt. Und davor in St. Pauli. Sagt er wenigstens.«

»Geibel kann sehr gut mit einer Pistole umgehen, das habe ich gesehen.« Zum erstenmal grinste Toni. »Das kannst du auch, Schimanski!«

Tumler saß bei Königsberg. Am Fensterbrett lehnte Dr. Born, ein schlanker, nervöser Mann, Ende 30, mit etwas zu langen, leicht fettigen Haaren und einem ungewöhnlich bleichen Gesicht. Born trug ein dezent kariertes Jackett, das er sich, wie Schimanski wußte, wie alle anderen Kleidungsstücke in London maßfertigen ließ. Er stammte aus vermögendem Haus und legte viel Geld in Klamotten an.

Tumler unterbrach seinen Vortrag, als Schimanski hereinkam. Königsberg sagte: »Wir haben da ein Schreiben vom Bundeskriminalamt bekommen, hinter dem vermutlich das Außenministerium steckt. Die Ermittlungen im Fall Grüber/Mercier sind mit äußerster Behutsamkeit zu führen. Offensichtlich sind Staaten involviert, mit denen die Bundesrepublik besonders sensible Beziehungen hat.«

»Und was heißt das im Klartext?« wollte Schimanski wissen. Königsberg lächelte. »Das heißt, daß Sie jede Phase Ihrer Ermittlungen exakt mit Herrn Tumler abzustimmen haben. Er hat mit solchen Fällen Erfahrung.«

Schimanski ging nicht darauf ein. »Toni hat ein Teilgeständnis abgelegt«, sagte er. »Die Mädchen sind auf Befehl Grübers umgebracht worden.«

»Tatsächlich?« Born wurde ganz aufgeregt.

»Und das ist nicht nur eine Schutzbehauptung?« wollte Tumler wissen.

»Sieht nicht so aus. Grüber hat einen Killer angefordert.

Toni gibt zu, einen vermittelt zu haben. Einen Mann aus Frankfurt. Übrigens: Geibel hat bis vor kurzem in Frankfurt sein Unwesen getrieben.«

»Gibt's für die Aussage Toni Kellers irgendwelche Beweise?« fragte Tumler kühl.

»Nein.«

»Und Sie glauben, er wird diese Aussage vor Gericht wiederholen?«

»Wohl kaum.«

»Dann ist sie noch nicht mal das Schwarze unter Tonis Fingernägeln wert.«

»Toni hat die gepflegtesten Fingernägel von ganz Duisburg«, konterte Schimanski.

»Wir können ja die Ihren nehmen«, gab Tumler zurück.

Schimanski warf einen Blick auf seine Fingernägel und sagte dabei: »Man muß Grüber einfach durch die Mangel drehen.«

»Mit Grüber verfahren wir anders«, sagte Tumler in einem Ton, der bei jedem anderen keinen Widerspruch mehr zugelassen hätte.

»Warum«, fragte Schimanski patzig, »haben die Perversen und Hinterhältigen Schonzeit?«

»Ich denke, wir haben das hinreichend besprochen«, sagte Tumler.

»Okay, vielleicht liefert ja Ihr V-Mann die Beweise.«

Schimanski verließ die Runde schlecht gelaunt. Er beschloß, einen Abstecher zum ›Manhattan‹ zu machen. Vielleicht kam er ja mit Toni weiter, wenn er Geibel noch einmal verhörte. Es kümmerte ihn einen Dreck, ob Tumler damit einverstanden war oder nicht.

Als er mit seinem Wagen in die Gasse einbog, entdeckte er Geibel, der gerade aus dem Haus kam. Vorsichtig verlangsamte Schimanski die Geschwindigkeit. Geibel stieg in einen amerikanischen Wagen, der fast die ganze Gassenbreite ausfüllte. Schimanski folgte ihm.

Geibel fuhr über Beeck Richtung Kamp-Lintfort und benutzte die alte Rheinfähre. Schimanski mußte notgedrungen vor der Auffahrt auf die Fähre anhalten. Ein geradezu klassisches Mittel war das, wenn man einen heimlichen Verfolger abschütteln wollte, der in Deckung bleiben mußte. Auf der Fähre hatten nur ein Dutzend Autos Platz. Versteckmöglichkeiten gab es nicht.

Schimanski wartete ungeduldig, bis das vorsintflutliche Gefährt über den Rhein zurückkam. Obwohl ihm klar war, daß es wohl kaum eine Chance mehr gab, Geibel wieder aufzutreiben, setzte er über. Langsam ließ er seinen Dienstwagen nach Baer hineinrollen, wendete dann aber in der Nähe der Windmühlen und fuhr Richtung Homberg. Er wollte über die Brücke zurück in die Innenstadt.

Rechts von ihm erhob sich eine gewaltige Kohlenabraumhalde. Wie ein Tafelberg überragte sie die Stadt.

Eine Straße führte um den ganzen Berg herum zum Hochplateau hinauf. Auf dieser Straße bewegte sich ein Auto. Oben stand ein zweites. Schimanski wunderte sich. Seines Wissens war es nicht erlaubt, auf die Kohlenberge hinaufzufahren. Und ein Vergnügen war es bestimmt auch nicht.

Neugierig nahm er die nächste Straße rechts und fuhr näher heran. Er ließ seinen Wagen ausrollen und kramte das Fernglas aus dem Handschuhfach. Der Wagen war hinter dem Berg verschwunden. Ungeduldig wartete Schimanski, bis er wieder auftauchte. Es war Geibels amerikanischer Schlitten. Von dem Kohleberg aus konnte man natürlich noch leichter feststellen, ob einem jemand folgte, aber man befand sich auch in einer ausgesetzten Position.

Schimanski fuhr näher heran. Der amerikanische Wagen hatte nun das Plateau erreicht. Der Fahrer stieg aus und ging auf einen anderen Mann zu. Schimanski hielt an und brauchte einige Zeit, bis er das Glas scharf gezogen hatte. Doch da waren die beiden Männer bereits in den anderen Wagen, einen Ford Scorpio, gestiegen. Ihre Gesichter konnte er nicht erkennen, zumal sich die Sonne in der Windschutzscheibe spiegelte.

Schimanski sah auf die Uhr. Es war dreizehn Uhr. Er wurde allmählich im Präsidium erwartet. Während er die beiden Autos auf dem schwarzen Tafelberg im Auge behielt, stellte er eine Funktelefonverbindung her. »Kann ich mal Tumler haben?« fragte er den Mann in der Zentrale. Aber Tumler war nicht da. Er sei kurz nach zwölf weggefahren, hieß es.

Geibel stieg aus dem Ford Scorpio aus, der fast im gleichen Moment anfuhr. Auch Schimanski startete seinen Wagen. Der Scorpio hatte die Ebene schon wieder erreicht und fuhr mit erhöhter Geschwindigkeit Richtung Ruhrort, als sich Schimanski der Kohlenstraße näherte. Geibels amerikanischer Wagen dagegen rollte gemächlich Richtung Baer. Schimanski entschloß sich, seinen Besuch im ›Manhattan‹ auf den Nachmittag zu verschieben. Als er ins Präsidium kam, war auch Tumler gerade eingetroffen. Er wirkte abwesend und nervös.

»Ein Spielchen?« fragte Schimanski.

»Jetzt nicht.«

»Soll ich Ihnen berichten?«

»Was denn?«

»Na, immerhin habe ich mir die Nacht um die Ohren geschlagen.«

»Ach so, ja richtig.«

Schimanski sah Tumler befremdet an. »Ich habe zwar kein Lager entdeckt, aber die Stelle, an der vermutlich Waffen- und Munitionskisten verladen wurden. Ein Zeuge will gesehen haben, wie ein Trupp junger Leute einen Lastkahn beladen und danach mit einem Haufen Schrott zugedeckt haben.«

»Interessant«, sagte Tumler abwesend.

»Hören Sie mir überhaupt zu?«

»Ja, ja, natürlich.«

»Sieht aber nicht so aus.«

»Sie müssen entschuldigen, aber ich habe im Augenblick ein paar Probleme.«

»Sicher wieder welche, die wir nicht erfahren dürfen«, giftete Thanner.

»Ja, genau so ist es. Ich kann leider im Augenblick nicht darüber sprechen.«

»Heute mittag ist mir schon Geibel über den Weg gefahren«, sagte Schimanski.

»Geibel?«

»Ja. Er hatte einen konspirativen Treff.«

Tumler starrte Schimanski an, als ob er aus einer anderen Welt käme.

»Auf einer Abraumhalde«, sagte Schimanski.

Tumler ging zum Fenster und drehte den beiden Kommissaren den Rücken zu. »Wissen Sie auch, mit wem?«

»Ne, mit einem Mann in einem silbermetallic Ford Scorpio.«

»Der Sache sollte man weiter nachgehen. Ich werde den Tag über unterwegs sein. Ich brauche Sie heute nicht mehr, Herr Schimanski!« Mit diesen barsch hingeworfenen Sätzen verließ Tumler das Zimmer.

Thanner lehnte sich weit in seinen Stuhl zurück und preßte die Handflächen mit aller Kraft vor sich auf die Tischplatte, ohne daß sich dabei sein Gesicht veränderte. Langsam und jede Silbe betonend sagte er: »Weißt du eigentlich, was Tumler für ein Auto fährt?«

»Ich? Ne. Bisher ist er immer mit mir gefahren.«

»Einen silbermetallic Ford Scorpio.«

Einen Augenblick lang schaute Schimanski Thanner perplex an, dann winkte er mit beiden Händen ab. »Sag mal, du hast se wohl nicht alle. Davon fahren ein paar Tausend rum.«

»Seltsam ist es trotzdem.«

Schimanski trat an Thanners Schreibtisch und trank dessen Kaffee aus. »Hast du schon mal den Namen Weisser gehört?«

»Ja sicher, der stand schon ein paar Mal vor Gericht, und jedesmal wurde das Verfahren wegen mangelnder Beweise eingestellt.«

»Und warum stand er vor Gericht?«

»Verdacht auf Steuerbetrug, aktive Bestechung, Beschäftigung illegal eingewanderter Arbeitskräfte.«

Schimanski nickte. »Der hält sich ein paar Dutzend Tunesier wie Sklaven und verdient sich dumm und dusselig an denen. Die Pässe hat er ihnen abgenommen. Vorgeblich, weil er ihnen Arbeitspapiere beschaffen will!«

»Die gibt er ihnen wieder, sobald es brenzlig wird.«

»Glaubst du!«

»Nein, das weiß ich. Er packt seine Nordafrikaner dann in einen Bus, fährt mit ihnen nach Holland und reist wieder ein. Sie haben dann einen Einreisestempel und dürfen ein paar Wochen ganz offiziell hier bleiben. Wenn's wieder brenzlig wird, macht er das gleiche Manöver noch mal. Diesmal vielleicht mit Belgien.«

»Du kennst dich aus!«

»Letztes Jahr war ich doch mal an die Fahndungsabteilung ausgeliehen. Die waren mit solchen Fällen beschäftigt.«

»Ich werd' mir jedenfalls den Geibel heute noch mal vorknöpfen.«

»Das wird deinem neuen Chef vielleicht gar nicht recht sein.«

»Der braucht mich ja heute nicht. Ich ermittle ja nicht in Sachen illegaler Waffenhandel, sondern wegen drei Morden. Und das ist noch immer mein Ressort.«

»Meins!«

»Gib mir eben einen Auftrag!«

»Laß uns lieber gemeinsam gehen.«

»Und warum?«

»Dann können wir uns den Anschiß teilen.«

5

Selbst die Hafengegend sah im milden Licht der Herbstsonne freundlicher aus als sonst. Das ›Manhattan‹ freilich wirkte auch jetzt baufällig und verlottert. Die Eingangstür war verschlossen. Schimanski und Thanner gingen um den Flachbau herum. Durch ein Gittertor, das schief in den Angeln hing, erreichte man einen Hinterhof, auf dem sich Weinkisten, Müllsäcke und allerlei Gerümpel stapelten, um die Müllkübel häuften sich Küchenabfälle und zerbrochene Flaschen. Von hier aus führte eine schmale Tür in die hinteren Räume des Etablissements. »Willst du etwa einbrechen?« fragte Thanner, als sich Schimanski an der verschlossenen Tür zu schaffen machte.

»Was denn sonst?«

»Aber er ist nicht da, sonst hätte er ja auf unser Klopfen reagiert.«

»Na um so besser, wenn er nicht da ist, kann ich mich endlich mal in Ruhe umsehen.«

»Schimanski!«

»Keiner hat dich gebeten mitzukommen!«

Die Tür leistete Schimanski nicht lange Widerstand.

»Du stehst Schmiere«, sagte Schimanski, und schon war er durch die Tür verschwunden. Thanner verschränkte die Hände auf dem Rücken und begann leicht vorgebeugt einen Spaziergang die Gasse hinauf und hinunter.

Schimanskis Augen mußten sich erst an die Dunkelheit im Inneren des Gebäudes gewöhnen. Er suchte einen Lichtschalter, aber in diesem engen Korridor schien es kein Licht zu geben. Seine Schultern streiften links und rechts die Wände. Er kam an eine Tür und öffnete sie. Neben dem Türbalken fand er einen Lichtschalter. Er befand sich in der Küche, wenn dieses Loch diesen Namen überhaupt verdiente. Wie ein Mensch hier hausen und dann auch noch Toast à la Manhattan, Rinderkraftbrühe mit Mark oder Salat Niçoise produzieren konnte, war Schimanski schleierhaft. Er zog die Tür wieder zu und ging weiter. Der Gang führte direkt auf die Bar zu. Der niedrige Raum stank nach kaltem Rauch und abgestandenem Alkohol. Die Stühle standen auf den Tischen.

Der Luftzug, der entstanden war, als Schimanski die Tür geöffnet hatte, ließ die Papierdekoration leicht schaukeln. Licht drang durch ein paar Oberlichter, die vergittert und mit dicken Staubmänteln überdeckt waren. Irgendwo tickte eine Uhr.

Schimanski stand einen Augenblick regungslos. Ihm war kalt und trotzdem fühlte er, wie er zwischen den Schulterblättern zu schwitzen begann. Er kannte diesen Zustand, der eine unmittelbare Gefahr signalisierte. Schimanski zwang sich, ruhig zu atmen. Vorsichtig zog er seine ›Walther‹ aus dem Hosenbund. Dann schritt er weiter in den Raum hinein.

Geibel lag über dem Tresen. Die Arme baumelten nach vorne herunter. Sein Kopf lag auf der Seite. Die Augen waren offen und starr. Schimanski ging um die Theke herum. Die Knie des Toten waren eingeknickt. Er hatte ein Loch im Hinterkopf und eines dicht unter dem linken Schulterblatt. Geibel war hingerichtet worden wie Paul Nieber. Wie in Trance griff Schimanski zum Telefon und forderte einen Tatortwagen der Spurensicherung und den Polizeiarzt an. Er bat darum, Tumler davon zu unterrichten, daß Geibel ermordet worden sei. Dann ging er zur Vordertür. Ein Schlüssel hing am linken Türbalken an einem Nagel. Schimanski schloß auf, trat ins helle Licht hinaus und schrie »Thanner!«

Später saß er auf einem Barhocker. Er hatte sich selbst ein Bier gezapft und wie ein Verdurstender in einem Zug geleert. Teilnahmslos schaute er jetzt auf die Kollegen der Spurensicherung hinab. Nachdem der Fotograf fertig war, wurde die Leiche auf den Boden gelegt. Einer der Beamten tastete Geibel ab und entdeckte etwas im Futter seiner Jacke. Er trennte den Stoff geschickt auf und förderte einen Ausweis zu Tage.

»Sieh dir das mal an, Schimmi«, sagte er und knallte den

Ausweis auf den Tresen. ›Günter Stadelmaier‹, las Schimanski, ›Kriminalhauptkommissar‹. Als Dienststelle war das BKA genannt. Und das Foto zeigte unzweifelhaft Geibel, den Karate-Mann. Schimanski schob den Ausweis wortlos über den Tisch zu Thanner hinüber.

»Das erklärt einiges«, sagte der, »Tumlers V-Mann.«

»Aber da stimmt etwas nicht.«

»Warum?«

»Weil Tumler immer behauptet hat, er habe keinen direkten Kontakt zu seinem Under-Cover-Agenten.«

»Vermutlich wird er's uns erklären.« Schimanski stieß sich vom Tresen ab, sprang von dem hohen Hocker und winkte Thanner, ihm zu folgen.

»Geibel war also Ihr Mann!« sagte Schimanski zu Tumler, als er ihm eine Stunde später bei Königsberg gegenübersaß.

»Ja, sicher.«

»Und mir haben Sie gesagt, Sie kennen ihn nicht persönlich.«

»Wir haben klare Anweisungen. Ich habe immer über einen Mittelsmann Kontakt gehalten.«

»Immer?« Thanner hob überrascht die Augenbrauen.

»Ja, immer!«

Schimanski rief zornig: »Wir hätten ganz anders ermittelt, wenn wir gewußt hätten...«

»Es hätte genügt, wenn Sie sich exakt an meine Anweisungen gehalten hätten«, sagte Tumler scharf.

»Keiner von uns taugt zum Erfüllungsgehilfen«, meldete sich Thanner.

»Das war nun einmal eine Konstellation...«

»Ach scheiß doch drauf«, unterbrach Schimanski den BKA-Mann.

»Der Grüber ist längst überfällig, wir wissen, daß er einen Todesschützen angeheuert hat...«

»Haben soll!« Tumler blieb kühl.

»Vielleicht ist Grüber ja auch vom BKA«, sagte Thanner

hinterhältig. Zum erstenmal schaltete sich Königsberg in das Gespräch ein. »Also, jetzt laßt mal diese Empfindlichkeiten, Leute. Sprechen wir lieber über den Mann, der glaubt, es werde in ein Waffendepot eingebrochen.«

»Wenn die Information stimmt, dann hat sie bestimmt nichts mit Grüber zu tun«, sagte Tumler.

Schimanski wollte es nicht hinnehmen, daß man so einfach über den Tod von Geibel alias Stadelmaier hinwegging. Das war schon wieder Routine. Vor allem Tumlers zur Schau getragene Gleichgültigkeit brachte ihn auf.

»Der Tod des Kollegen Geibel ist also abgehakt, ja?« sagte er. »Kann man nichts machen, was? So einer ist ja selber schuld, wenn er hops geht, oder?«

»Beruhige dich, Horst«, sagte Königsberg. Tumler registrierte überrascht, daß der Dezernatschef seinen Kommissar auf einmal duzte. »Ist doch wahr, Karl. Wir sind doch nicht so abgestumpft...«

»Gewiß nicht«, sagte Tumler leise, »aber wir müssen ja unsere persönliche Betroffenheit auch nicht vor uns hertragen, nicht wahr.«

»Ich schäme mich deswegen nicht«, konterte Schimanski.

»Und ich plädiere dafür, zur Tagesordnung überzugehen. Wenn ein paar Neonazis dort draußen einbrechen wollen, tun sie es garantiert auf eigene Verantwortung. Grüber würde sich niemals irgendwelcher Wirrköpfe bedienen.«

»Aber er könnte seine Profis veranlassen, sich als Wirrköpfe zu tarnen«, sagte Thanner.

»Interessant!« Tumler nickte anerkennend.

»Man könnte ein mobiles Einsatzkommando...«, sagte Thanner, aber Schimanski unterbrach ihn. »Warum denn nicht gleich die GSG 9? Es reicht völlig, wenn du, Hänschen und ich da rausfahren, sobald wir den entscheidenden Tip bekommen.«

»Den Vorschlag finde ich vernünftig«, ließ sich Königsberg hören.

»Verstärkung können wir rasch herbeischaffen.«

»Noch haben wir ja gar keinen Tip«, sagte Tumler.

Schimanski kam noch mal auf den Tod Geibels zurück. »Mich würde interessieren, warum Geibel sterben mußte. Sie hatten doch sicher in den letzten Tagen Kontakt... über Ihren Mittelsmann natürlich.«

Tumler sah Schimanski aus schmalen Augen an. »Er hat exzellent gearbeitet, aber ich fürchte, er hat sich zu weit vorgewagt.«

»Das alte Leiden mit den Under-Cover-Männern«, sagte Königsberg mit einem Seufzer.

Man trennte sich. Thanner wollte noch einmal zum Tatort fahren, Königsberg hatte eine Konferenz der Dezernatsleiter. Tumler begleitete Schimanski in dessen Büro. Dort ging er sofort zum Backgammon-Brett und würfelte. Er fuhr sehr vorsichtig und sicherte seine Position.

Dann reichte er Schimanski die Würfel. Dem gelang ein Sechserpasch, aber weil Tumler just im Augenblick davor seine Reihen geschlossen hatte, verpuffte der Superwurf ergebnislos. Schimanski reichte Tumler die Würfel und sagte: »Warum haben Sie gelogen?«

Tumlers Verhalten veränderte sich kaum. Einem aufmerksamen Beobachter wäre allerdings nicht entgangen, daß sich sein ganzer Körper kaum merklich spannte. »Wie kommen Sie dazu, so etwas zu behaupten?«

»Sie waren heute morgen auf dem Kohleberg und haben Geibel getroffen. Ich nehme an, er hat wichtige Infos für Sie gehabt.«

»Ich denke, Sie haben Geibels Gesprächspartner nicht erkannt?«

»Ich könnte auch vor keinem Gericht schwören, daß Sie es waren, aber ich bleibe trotzdem dabei.«

»Nun, vor ein Gericht wird der Tatbestand ja wohl kaum kommen.«

»Sie geben es zu?«

»Ja, Ihnen gegenüber, Schimanski. Ich hatte es einfach satt, mit den Brocken auskommen zu müssen, die mir der Mittelsmann hinwarf.«

»Da können Sie mal sehen, wie's mir die ganze Zeit geht.«

»Ich habe also den direkten Kontakt gesucht. Ich weiß, daß es ein Fehler und gegen die Dienstvorschrift war. Und wenn's rauskommt, kriege ich bestimmt ein paar Probleme. Aber wenn die Ermittlungen einfach nicht vorwärts gehen...«

Schimanski sah Tumler mißtrauisch an. Er konnte nicht recht erklären, warum, aber er glaubte ihm nicht.

»Das paßt nicht zu Ihnen, Tumler, weder zu der Art wie Sie hier auftreten, noch zu der Art, wie Sie Backgammon spielen. Sie machen keinen unbedachten Schritt.«

»Das Gegenteil haben Sie doch selber miterlebt.«

»Trotzdem reimt sich das nicht zusammen.«

Tumler würfelte. Bis auf drei Steine hatte er nun schon alle in seinem Feld. So gesehen lag er weit voraus, aber im Backgammon kann ein glücklicher Wurf das ganze Spiel auf den Kopf stellen. Bedächtig setzte er seine weißen Steine.

»Was hat Stadelmaier Ihnen heute morgen noch gesagt?«

»Es sollen tatsächlich Waffen beschafft werden. Grüber hat wohl einen Großauftrag. Stadelmaier ging davon aus, daß es sich um eine Lieferung nach Libyen handelt. Zwar liegen in dem geheimen Waffenlager Grübers wohl genügend Bazookas und Maschinengewehre, aber es hapert an Munition. Außerdem verlangt der Auftraggeber Raketenwaffen. Mercier hat Grüber bei seinem Treffen auf dem Flughafen Endverbraucherzertifikate mitgebracht, vermutlich für Ghana, vielleicht auch für Costa Rica.«

»Ich denke, Costa Rica hat keine eigene Armee?«

Überrascht sah Tumler Schimanski an. »Ja schon, aber eine Polizei, und die wird zunehmend paramilitärisch ausgerüstet, seitdem in Nicaragua die Kommunisten regieren und die angrenzenden Länder bedrohen.«

»Hoppla«, sagte Schimanski, »einmal verrät jeder, wo er

politisch steht. Sie jedenfalls sind wohl auf dem rechten Auge blind.«

»Waren Sie schon in Nicaragua?«

»Nein, Sie?«

»Das nicht, aber ich komme an Informationen...«

»Ich auch«, Schimanski grinste breit, »ich war nicht dort, aber ich kenne Leute, die dort waren. Und denen glaube ich mehr als jedem Politiker. Das mal nur nebenbei.«

»Politisieren können wir auch noch nach Dienstschluß«, Tumler behagte der Verlauf des Gesprächs ganz und gar nicht. Schimanski nickte zustimmend und sagte: »Sie meinen also, Geibel beziehungsweise Stadelmaier mußte sterben, weil er das rausbekommen hat?«

»Ja!«

»Er war also als V-Mann schon verbrannt, ehe er heute morgen mit Ihnen sprach.«

»Vermutlich. Und wahrscheinlich waren Sie nicht der einzige, der ihm gefolgt ist.«

»Kann sein.« Schimanski war sehr nachdenklich geworden. Das Backgammon-Spiel hatte er ganz außer acht gelassen. »Wann kommt Mercier wieder nach Duisburg beziehungsweise Düsseldorf?«

Tumler hob die Schultern. »Das wußte Stadelmaier nicht.«

»Glauben Sie, daß Mercier eine Ahnung davon hat, wie dicht Grüber davor ist, von uns hopsgenommen zu werden?«

»Woher soll ich das wissen?«

»Wenn Mercier darüber Bescheid weiß, läßt er Grüber über die Klinge springen, und zwar eher heute als morgen, dafür verwette ich meine Jacke.«

»Möglich.« Tumler wurde immer einsilbiger.

»Wir sollten Grüber überwachen lassen. Tag und Nacht.«

»Damit warnen Sie ihn nur.«

»Den haben wir doch sowieso im Sack.«

»Noch fehlen uns die Beweise. Und die erwarte ich sozusagen stündlich.«

»Stadelmaier jedenfalls kann sie Ihnen nicht mehr liefern.«

»Aber Grüber wird einen entscheidenden Fehler machen.«

»Damit rechnen Sie?«

»Ganz fest sogar.«

»Sie wissen mehr, als Sie mir gesagt haben.«

»Ich habe Ihnen schon mal gesagt, Schimanski: Mein Wissen handhabe ich so, wie ich es im Interesse meiner Ermittlungen für richtig halte.«

Er reichte Schimanski die Würfel. »Sie sind dran!«

Schimanski warf eine Zwei und eine Vier. Mit der Zwei schnappte er Tumlers letzten Stein, mit der Vier fuhr er mitten zwischen die Säulen, die der BKA-Mann in seinem Schlußfeld aufgebaut hatte.

»Verdammt«, entfuhr es Tumler, »jetzt kann ich noch mal von vorne anfangen!«

Er würfelte und sagte dabei: »Erzählen Sie mir irgendwann einmal, wie Sie das damals geschafft haben, in Ankara?«

»Ich denke immer, wenn man ein Ziel so fest im Auge hat, schafft man's auch.«

»Ein bißchen blauäugig.«

»Ich bin blauäugig, Herr Tumler.«

Schimanski sagte das in einem Ton, daß nicht mal mehr Tumler weitere Fragen stellte.

Das Spiel war in einer verfahrenen Situation. Sie beschlossen, fürs erste aufzuhören.

Nach Büroschluß ging Schimanski auf dem direkten Weg nach Hause. Das war seit Monaten nicht passiert. Obwohl er die Wohnung selbst aufgeräumt hatte, blieb er überrascht in der Tür stehen. »So kann meine Wohnung also auch aussehen«, sagte er laut zu sich selber. Er zog Schuhe und Strümpfe aus, suchte sich eine Platte von Miles Davis, legte sie aber wieder zur Seite, kramte und kramte und fand endlich, was er suchte: Musik von John McLaughlin. Er säuberte die Platte sorgfältig, legte sie auf, griff sich ein Kissen von der Couch und schob es unter den Kopf. Als die Musik anfing, lag er längelang auf dem Teppichboden. Das war schon als Kind seine Lieblingshaltung gewesen. Die Aufnahme stammte aus einem öffentlichen Konzert, und die Stimmung kam wunderbar rüber, weil das Publikum jedes bekannte Thema mit Begeisterungsrufen aufnahm.

Früher hatte man zu solcher Musik einen Joint geraucht. Man war dann ganz entspannt im Hier und Heute und trotzdem wach. Hätte Eberhard mitgeraucht, er hätte alles leichter genommen. Die Welt verändern! Wie denn? Er war doch kein Kraftmensch gewesen und viel zu ernst. Wie hätte er denn die anderen mitreißen wollen? Wenn er einmal gelacht hatte, war das wie ein Weltwunder gewesen. Und wie er gelacht hatte! Sein ganzer Körper wurde davon erschüttert. Man konnte direkt Angst haben, er könnte dabei auseinanderbrechen.

Viel typischer freilich war für ihn seine Art zu dozieren. »Das ist die letzte Chance zu einem Aufbruch, die letzte Möglichkeit, etwas zu tun, ehe die Machtstrukturen bei uns festbetoniert sind.« Schimanski warf sich auf den Bauch herum und verschränkte seine Hände unter dem Kinn. McLoughlin spielte seine ganze Virtuosität aus.

Die letzte Chance! Jetzt hätte er mal da sein sollen, sein gescheiter Bruder. Ein Baulöwe schob den Politikern das Geld hinten und vorne rein und bekam dafür die Aufträge, die er haben wollte. Ein Konzern kaufte sich Parteivorsitzende und Parlamentarier, Minister und Staatssekretäre und stand sogar noch dazu. Die Chance war endgültig vorbei, zumal sich niemand mehr groß über sowas aufregte.

In Deutschland standen atombestückte Raketen. Schimanski fiel wieder einmal das Bild ein, das Hänschen neulich gefunden hatte: Die Amerikaner sind die eine Arschbacke, die Russen die andere. Und wir sitzen dazwischen. – Und was sitzt dazwischen? Das Arschloch.

Die Türkei gehörte längst zur Nato. Bundesrepublikanische Minister reisten nach Ankara und versicherten den dortigen

Machthabern ihre Sympathie. Es ging alles seinen Gang. Was hätte Eberhard wohl dazu gesagt, daß sein kleiner Bruder bei den Bullen war? Er hätte vermutlich gesagt: »Das mußt du mir erklären, Junior!« Und Schimanski hätte es wohl versucht. »Ich habe geglaubt, ich könnte es besser machen«, hätte er wohl geantwortet und wäre sich im gleichen Augenblick der Unzulänglichkeit seiner Worte bewußt gewesen.

Königsberg war die Schlüsselfigur. Der hatte ihn damals überredet. Sie hatten eine Nacht lang darüber diskutiert, daß Recht und Gerechtigkeit in der Praxis nicht dasselbe sind.

Königsberg hatte sich fast wütend dagegen gewehrt.

»Wenn du dich mal nicht mehr in jeder Phase auf das Gesetz berufen kannst, bist du verloren«, hatte er gesagt.

»Aber die uns gerade zusammenknüppeln, die berufen sich auch auf das Gesetz.«

»Wenn ich Polizeipräsident wäre, bei mir würde es das nicht geben: Knüppel frei. Ich würde meine Zustimmung dazu nicht geben, auf Demonstranten einzuschlagen. Und ich würde mich dabei auch auf das Gesetz berufen.«

»Und womit? Mit Recht!« witzelte Schimanski, »glaubst du dann etwa, wir sind im Recht mit unseren Demonstrationen gegen den Vietnamkrieg und Springer und den Schah von Persien?«

»Das kann ich dir so nicht beantworten, zum Teil ja, zum Teil nein. Wir müssen alle lernen, ihr und wir. Aber das weiß ich, mit einem Schlagstock läßt sich das nicht klären.«

»Wer sich dauernd aufs Gesetz beruft, macht mehr kaputt als ganz.« Schimanski wollte provozieren.

»Die Erfahrung spricht dagegen«, hatte Königsberg lakonisch erklärt.

»Die Erfahrung nicht, höchstens du, deine Person. Du kommst mir vor wie so 'ne Art Heiliger bei der Polizei.«

Königsberg hatte herzlich gelacht. »Du hättest auch das Zeug dazu, Horst. Wenn du auch dabei wärst, wären wir schon zwei.«

McLaughlin spielte seine Variationen über die Titelmusik zum ›Rosaroten Panther‹. Schimanski mußte heute noch grinsen, wenn er daran dachte, er und heilig. Aber er hatte damals schon verstanden, was Königsberg gemeint hatte.

Er legte sich wieder auf den Rücken und begann mit den Beinen in der Luft Rad zu fahren. Länger als eine Viertelstunde konnte er nicht ruhig liegen.

Eberhard hatte seit seinem vierzehnten Lebensjahr autogenes Training gemacht. ›Mein linker Arm ist schwer, mein rechter Arm ist schwer…‹ Schimanski versuchte es, aber er war viel zu sehr mit anderen Gedanken beschäftigt. Vor der ersten Wärmübung hatte er schon wieder vergessen, daß er sich eigentlich vorgenommen hatte, autogen zu trainieren.

Ein kleines Gefängnis war es gewesen, speziell für ausländische Gefangene. Der Botschaft gegenüber hatte die türkische Polizei verlauten lassen, man achte darauf, daß es den Angehörigen fremder Nationalitäten besser gehe als den einsitzenden Türken. Unvorstellbar, wie es dann bei denen aussah.

Eberhard war schon immer hager gewesen, jetzt war sein Körper ausgemergelt, ein Skelett von gelber, schlaffer Haut überzogen. Das Gesicht fremd und verzerrt, von den Qualen gezeichnet. Und die Augen standen übergroß in ihren Höhlen. Eberhard hatte Mühe zu zeigen, wie er sich freute, als der Bruder plötzlich in der Tür stand, »Krankenbesuch machen«, wie er, in einem hilflosen Versuch zu witzeln, sagte. Der Arzt sprach Deutsch. Auf dem Korridor hielt er Schimanski einen Augenblick am Arm fest und flüsterte: »Ihr Bruder muß raus hier, sonst überlebt er's nicht.«

Schimanski spürte plötzlich, wie eine eisige Kälte in seinen Körper kroch. »Ist es so schlimm?«

Der Arzt nickte.

»Und wie?« fragte Schimanski atemlos.

»Wenn es glückt, dann nur, solange er auf der Krankenstation liegt. Ich werde versuchen, ihn so lange wie möglich hier zu behalten, aber mir sind die Hände gebunden. Wenn ich für einen eintrete, wird's für den eher schlimmer als besser.«

Schimanski war fast mittellos. Und außer dem jungen Arzt, der offensichtlich in der Bundesrepublik studiert hatte, kannte er niemanden in Ankara.

»Das ist doch aussichtslos«, sagte er.

»Man muß es versuchen.«

Schimanski hatte sein Zweimannzelt weit vor der Stadt in die Macchia gestellt. Der Weg dorthin dauerte zu Fuß zweieinhalb Stunden. Für den Bus wollte er kein Geld ausgeben. Schimanski ging bei der deutschen Botschaft vorbei. Das Achselzucken kannte er längst. Erst ließ man ihn warten, dann kam diese hilflose Geste. »Schließlich hat es sich Ihr Bruder selbst zuzuschreiben«, sagte ein aalglatter, junger Botschaftsangestellter. Den Namen würde er nie vergessen: Lenzen, Botschaftssekretär Lenzen. Anzug, Hemd, Krawatte, alles vom Besten.

Im Vorraum hing Lenzens Mantel, ein teurer ›Swallow‹. Schimanski faßte im Vorbeigehen in die Tasche. Und dann hatte er plötzlich die Autoschlüssel in der Hand. Ganz schön leichtsinnig von Herrn Botschaftssekretär Lenzen, die Autoschlüssel in der Manteltasche zu lassen. Auf dem Hof stand nur ein Audi. Der Schlüssel paßte. Schimanski handelte in traumwandlerischer Sicherheit. Mit der größten Selbstverständlichkeit stieg er ein und brauste davon. Der Mann an der Pforte grüßte sogar.

Ein zweites Mal wollte man ihn nicht bei seinem Bruder vorlassen. Er log das Blaue vom Himmel. Er habe einen Brief von seiner Mutter vergessen. Die Botschaft habe doch schon angerufen, und man habe dem Sekretär dort verbindlich zugesagt, daß er Eberhard noch mal sprechen dürfe.

Der Arzt kam durch die Tür, er hatte Dienstschluß. Ein paar schnell hingeworfene Worte zu dem Polizisten und der Weg war frei.

»Wie kann ich Ihnen sonst noch helfen?« fragte der Doktor.

»Sie gefährden sich bloß selber, lassen Sie's mich alleine versuchen.« Der Arzt nickte und ging die Stufen hinab.

Was Schimanski dann tat, geschah wie unter Zwang. Er trat in das schäbige Zimmer der Krankenpfleger und schlug, ohne zu zögern, einen kräftigen Mann nieder, der dort saß und Formblätter ausfüllte. Minuten später hatte er ihm die Kleider abgenommen und den Mann in einem Schrank verstaut. Das Krankenrevier war wie ausgestorben. Hier kümmerte man sich nach Feierabend wohl nicht mehr um die Patienten. Wer starb, konnte auch noch am nächsten Morgen weggeräumt werden. Eberhard schlief. Es kostete Mühe, ihn wach zu kriegen. Er war offenbar mit einer starken Dosis Schlaftabletten ruhig gestellt worden. Wenn alle Patienten in einen derart todähnlichen Schlaf versenkt wurden, hatten die Krankenwärter tatsächlich wenig Arbeit über Nacht. Schimanski löste die Arretierung an den kleinen Rädern des Krankenbettes und schob es aus dem Zimmer. Am Ende jedes Korridors hielt ein Polizist Wache. Schimanski schob das Bett auf ihn zu. Der Mann drehte sich um und fragte etwas auf Türkisch.

»Geh aus dem Weg, du Kameltreiber«, herrschte ihn Schimanski an. Der Polizist griff nach seiner Waffe, die in einem blank geputzten Lederfutteral am Gürtel hing. Noch heute konnte Schimanski nicht begreifen, wie man eine Waffe, die stets zur Hand sein sollte, so bei sich tragen konnte. Ehe der Türke die Pistole herausgenestelt hatte, war Schimanski über ihm. Er hätte in dieser Nacht auch einen Menschen umbringen können. Seine Faust traf den Beamten in der Magengrube, und als er nach vorne klappte, schlug Schimanski ein zweites Mal zu, diesmal mit der Handkante gegen die Halsschlagader. Er hatte so etwas noch nie gemacht. Aber er verfuhr einfach so, wie er es im Kino viele Dutzend Male gesehen hatte. Verwundert darüber, daß es klappte, war er erst viel später. Der Polizist brach mit einem leisen Seufzer in die Knie. Schimanski nahm die Pistole an sich, schob den besinnungslosen Beamten in eine kleine Kammer und drehte den Schlüssel um.

Dort, wo der Polizist gestanden hatte, befand sich ein Fahrstuhl. Schimanski holte ihn mit einem Knopfdruck. Eberhard war längst wieder eingeschlafen. Die Minuten verrannen, der Lift kam und kam nicht. Und als er endlich mit einem lauten Klack vor Schimanski Halt machte, kamen zwei Schwestern heraus. Schimanski hatte gerade noch Zeit, die Pistole unter das Kopfkissen zu schieben. Mit tief gesenktem Kopf schob er das Bett in den Aufzug. Eines der Mädchen hielt ihm freundlich die Tür auf.

Im Aufzug drückte er auf den untersten Knopf. Er langte im Keller an. Vorsichtig deichselte er Eberhards Bett zwischen zwei Heizkessel und machte sich auf die Suche nach einer Tür. Im stillen rechnete er damit, daß jeden Augenblick die Alarmsirene losheulen würde.

Er fand eine Tür, durch deren verschmierte und vergitterte Scheiben eine Außentreppe zu erkennen war. Er holte Eberhards Bett und bewaffnete sich bei der Gelegenheit mit einem Schürhaken. Die Tür war aus schwerem Holz, die Schlösser braun vor Rost. Schimanski brauchte all seine Kraft, und er hatte auch damals schon eine Menge davon, um sie aufzubrechen. Der Schweiß lief ihm in die Augen und in Bächen zwischen den Schulterblättern hinab. Eberhard wurde einen Augenblick wach und flüsterte: »Sinnlos, Horst. Es ist sinnlos!«

Aber genau in dem Moment sprang die Tür auf. Schimanski, der noch nie in seinem Leben eine Pistole in der Hand gehabt hatte, sprang mit vorgestreckter Waffe die Treppe hinauf. Er hätte sie nicht einmal entsichern können.

Vor ihm lag eine dunkle, ausgestorbene Gasse mit einem groben Kopfsteinpflaster. Er traute seinen Augen nicht. Links von ihm erhob sich die Gefängnismauer. Oben hörte man Schritte. Die Krankenstation hatte also einen Ausgang zur Straße. Schimanski sputete los, um den Audi zu holen. Er parkte auf der entgegengesetzten Seite des Gebäudes. Als er um die Mauerecke bog, sah er zwei Polizeibeamte, die sich das

Fahrzeug von allen Seiten anschauten. Schimanski wich ein paar Schritte zurück und entledigte sich der Krankenpfleger-Klamotten, um dann so beiläufig wie möglich auf die neugierigen Beamten zuzugehen.

»Hallo«, grüßte er, »schönes Auto, was?«

Sie nickten, und einer sagte: »Audi gutt!« Dann deutete er auf das CD-Schild und sagte: »Du Diplomatt?«

Schimanski nickte und versuchte, so gut es ging, wie ein Diplomat auszusehen. Sehr glaubhaft schien es den beiden ja doch nicht zu sein. Schimanski lächelte breit: »Ich nicht, mein Bruder!«

»Aha«, sagte der Beamte, der ein wenig Deutsch sprach, »Bruder wissen, du Auto?«

Schimanski nickte heftig. »Mein Bruder ist ein Pfundskerl, müßt ihr wissen!« Das hatte der Beamte nicht verstanden, aber er machte dann doch den Weg frei. Schimanski stieg in das Auto ein und mußte sich beherrschen, um nicht mit einem Blitzstart davonzufahren. Langsam rollte er über den Platz, winkte den Polizisten noch mal zu und bog dann um die Ecke. Der Kittel des Krankenpflegers wickelte sich um das rechte Vorderrad und wurde ein Stück mitgeschleift. An der Treppe parkte Schimanski den Wagen. Noch immer war kein Alarm ausgelöst worden.

Erst sehr viel später erfuhr Schimanski, daß der Arzt noch einmal zurückgekehrt war und das elektrische System des gesamten Krankenhauses lahmgelegt hatte. Vermutlich wäre sonst spätestens bei dem Versuch, die Kellertür aufzubrechen, der Alarm losgegangen. Schimanski hob seinen Bruder vom Bett und trug ihn die Treppe hinauf. Eberhard stöhnte etwas, das wie »Mutter« klang. Schimanski legte ihn auf den Rücksitz und deckte ein teures Wollplaid über ihn. Er fuhr bis zum Stadtrand und ging dort in eine Kneipe. »Telefonieren«, sagte er. Der Wirt nickte freundlich und zeigte auf ein Telefon, das auf der Theke stand.

»Spricht hier jemand Deutsch?« rief Schimanski in den

Raum. Zwei Männer standen auf und kamen zu ihm herüber. »Ich habe in Deutschland gearbeitet.«

»Wenn du schlechte Erfahrungen gemacht hast, laß es jetzt nicht an mir aus«, sagte Schimanski fast flehentlich.

»Ich habe nur gute Erfahrungen gemacht.«

»Ich muß einen Mann finden. Er heißt Lenzen und arbeitet bei der deutschen Botschaft.«

Ein großes Palaver begann. Der Wirt schleppte einen Stapel Telefonbücher herbei. Er hatte sie nach und nach angeschafft, weil in jedem eine Menge Seiten fehlten. So aber war das Verzeichnis halbwegs komplett. Lenzen jedenfalls stand drin. Schimanski wollte wählen, aber man mußte Geldstücke in den Apparat legen und, sobald man Verbindung hatte, durch einen Schieber ins Innere befördern. Lachend gab ihm sein neuer Freund die Münzen.

Lenzen war am Apparat. »Ja, Hallo?« bellte seine Stimme.

»Hier ist Schimanski. Ich war heute bei Ihnen, wegen meinem Bruder, Sie wissen schon.«

»Ja!«

»Ich habe Ihr Auto!«

»Was?!?«

»Ja. Und ich behalte es auch vorerst. Ich habe meinen Bruder da herausgeholt, und jetzt bringe ich ihn weg. Und wenn Sie die Polizei rufen...«

»Das habe ich schon längst getan«, sagte Lenzen.

»Dann machen Sie es rückgängig.«

»Ausgeschlossen.«

»Wenn ich meinen Bruder nicht heil rauskriege, büßen Sie's«, brüllte Schimanski in den Apparat.

Die beiden Türken, die Deutsch sprachen, starrten ihn mit großen Augen an.

»Passen Sie auf, Schimanski, Sie kommen nicht weit. Ihr Bruder hat doch nicht mal Papiere.«

Daran hatte er nicht gedacht. »Kommen Sie in die Botschaft.«

»Und dann?«

»Sehen wir weiter.«

»Sie übergeben mich doch der Polizei, Mann!«

»Hören Sie, ich habe deutsche Interessen zu vertreten. Wir finden einen Weg, es muß aber schnell gehen und ohne Aufsehen.«

»Okay, in zwanzig Minuten bin ich da...«, sagte Schimanski in den Hörer.

»Ich auch, ich nehme ein Taxi.«

Lenzen wußte tatsächlich einen Weg. Keinen ganz legalen, aber einen, der Eberhards Zustand berücksichtigte. Er versorgte ihn mit gültigen Reisepapieren und stellte einen Eilantrag auf eine Krankenbeförderung mit der Flugrettung. Das alles lief wie am Schnürchen. Und keinen Augenblick lang verlor Lenzen seinen blasierten, gelangweilten Gesichtsausdruck.

»Alle Achtung«, sagte Schimanski, als Lenzen seine Vorbereitungen getroffen hatte.

»Kein Problem«, sagte Lenzen.

Eberhard erhielt von einem deutschen Arzt, den Lenzen kommen ließ, zwei Spritzen. Aus dem Fundus der Botschaft – so etwas gab es tatsächlich – wurde er mit Kleidungsstücken versorgt, die ihm halbwegs paßten. Ein Fahrer der Botschaft brachte sie zwei Stunden später zum Flughafen. Als sie ankamen, landete gerade auch die deutsche Maschine der Flugrettung mit einem kompletten Set an Bord. Am frühen Morgen erreichten sie Frankfurt, zwei Stunden später Berlin. Schimanski fragte sich manchmal, wie lange sein Zweimannzelt wohl noch in der Macchia weit vor den Toren Ankaras gestanden haben mochte. Inzwischen war das Gelände vermutlich längst überbaut.

Die Platte war abgelaufen. Der Apparat hatte sich ausgeschaltet. Schimanski schnellte mit einem Satz von der Rückenlage in den Stand. Er kramte unter seinen Tonbandkassetten, bis er ein altes Band fand. ›Sloop John B‹ und ›Hallo Mary Lou‹, das waren die Lieder, die sie damals gemeinsam gehört hatten, er und sein Bruder.

Königsberg, der Schimanskis Türkei-Abenteuer natürlich kannte, sagte manchmal: »Du glaubst noch immer, daß es so geht. Augen zu, Kopf eingezogen und mitten durch.«

Schimanski glaubte nicht, daß es noch immer so ging, und verhielt sich trotzdem immer wieder so. Karl Königsberg – so einen Menschen traf man nur einmal in seinem Leben, und dann mußte man auch noch unverschämtes Glück haben. Er war eine Zeitlang der Freund von Schimanskis Mutter gewesen und der einzige Mensch, der ihr zu allen Zeiten beigestanden hatte. Auch nachdem die beiden sich schon wieder getrennt hatten. Schimanski hätte sich damals eher gewünscht, sie wären zusammen geblieben.

Auf jeden Fall hatte es Königsberg auf sich genommen, die beiden Jungen im Auge zu behalten, was zumindest bei Horst Schimanski kein leichtes Unterfangen gewesen war. Denn der hatte es schnell gelernt, wie man sich strengen Blicken entzog.

Schimanski mußte sich davor schützen, die Vergangenheit weiter aufzurollen. Er fühlte das wie eine Verpflichtung in sich, aber er wußte auch, was dabei herauskam. Er kannte das. Am Ende wurde er sentimental, suchte eine Frau, die seine Mutter oder doch fast seine Mutter sein konnte, und warf sich ihr an den Busen. Zum Glück hatte er nichts getrunken. Er hatte verschiedene Möglichkeiten. Er konnte zu Thanner gehen oder bei Hänschen anrufen. Da wäre auch noch Hanna gewesen. Oder sollte er einen Zug durch die Gemeinde machen? Hanna, das wäre eigentlich genau das richtige jetzt.

Er ging zum Kühlschrank. Da war eine Flasche Korn drin, ein französischer Weißwein, Blanc de Blanc, und eine Dose Pulverkaffee. Schimanski ließ sich nicht davon abbringen, daß der da rein gehörte, weil er doch gefriergetrocknet war. Er warf die Kühlschranktür wieder zu.

Und dann tat er etwas ganz anderes. Er stieg die Treppe hinab, setzte sich hinter das Steuer seines Wagens und fuhr auf die Schrottinsel. Die Tunesier empfingen ihn freundlich. Nichts war geschehen seit der letzten Nacht. Diesmal hatten ihn die Wachen gemeldet. Aber Schimanski war für sie kein Grund mehr, auf das Schiff zu fliehen. Ali strahlte über das ganze Gesicht. »Du guter Mann«, sagte er.

Schimanski hob abwehrend die Hände. »Da gibt es Leute, die sind ganz anderer Meinung.«

»Das dumme Leute.«

Schimanski lachte unwillkürlich. Er fühlte sich wohl in der Baracke. Der Geruch gefiel ihm, er mochte die Gesichter und die Gastfreundschaft dieser Menschen, die sich hier fühlen mußten wie auf einem fremden Planeten und doch sofort begonnen hatten, sich ein Stück Heimat einzurichten.

»Du schon gegessen?« fragte Ali. Schimanski schüttelte den Kopf. Heute gab es ein Rindfleischgericht mit Fladenbrot – scharf zwar, aber wunderbar im Geschmack.

»Ihr seid sicher gute Maurer, aber bestimmt seid ihr noch bessere Köche«, sagte Schimanski. Ali übersetzte, und die Männer dankten ihm mit höflichen Verbeugungen.

»Paß auf«, sagte Schimanski zu Ali, »ich muß einen fangen, gegen den ist Weisser ein Heiliger. Der Typ wird irgendwann in allernächster Zeit ein paar hundert Kisten Munition und Waffen stehlen und hier verladen – wenigstens nehme ich das an. Es könnte sein, daß ihr etwas bemerkt. Wir müssen einen Weg finden, wie du mich benachrichtigst, ohne daß du dich und deine Leute gefährdest.«

Ali lächelte ihn freundlich an. »Ich durchaus können mit Telefon umgehen.«

Das wirkte auf Schimanski so komisch und nach seinen Grübeleien in den letzten Stunden so befreiend, daß er lauthals zu lachen begann. Und dieses Lachen wiederum wirkte so auf die Männer, daß sie begeistert mit einstimmten. Später fragte Schimanski nach einem Schnaps oder wenigstens nach einem Bier, aber Ali sagte ihm mit ernstem Gesicht, daß ihnen der Alkohol untersagt sei. Verschmitzt fügte er hinzu. »Wir nicht umsonst so gute Bauarbeiter – kein Bier, kein Schnaps, immer bei Verstand.«

Schimanski schämte sich ein wenig.

Er blieb bis kurz nach Mitternacht.

Und als er sich verabschiedete, wußte er, daß seine finsteren Gedanken für diese Nacht vertrieben waren. Zu Hause warf er sich auf sein Bett und schlief wie ein Stein bis in den Morgen des nächsten Tages.

6

Schimanski war früher als gewöhnlich ins Büro gefahren. Er hatte zu Hause gefrühstückt und fühlte sich angenehm frisch und fit. Das schöne Wetter hatte angehalten. Zwar zogen weiße Wolkenschleier über den blitzblauen Himmel, aber die Sonne hatte noch viel Kraft, und die Menschen verhielten sich wie in den ersten Frühlingstagen. Schimanski, der sich manchmal etwas darauf zugute tat, daß er einschneidende Ereignisse vorausahnte – verspürte an diesem Oktobermorgen nicht den leisesten Hauch einer Vorahnung. Er spürte nur, daß er mit sich selbst einigermaßen im Lot war.

Thanner brütete über dem Bericht der Spurensicherung. Stadelmaier war mit einer israelischen Pistole erschossen worden. Aber das gab wenig Aufschluß, zur Zeit wurden Waffen aus Israel reichlich gehandelt, Thanner meinte, wegen des Designs. Fingerabdrücke gab es im ›Manhattan‹ so viele, daß es leichter gewesen wäre, eine Träne im Ozean zu finden als die Prints des Schützen. Der Arzt hatte festgestellt, daß Stadelmaier von den Schüssen überrascht worden war. »Keine Adrenalin-Mehrausschüttung«, zitierte Thanner. »Weniger Spuren hat selten ein Killer hinterlassen.« Das Telefon klingelte. Schimanski nahm ab, am anderen Ende meldete sich Bernie.

»Sieht so aus, als ob's in der nächsten Nacht losginge«, sagte er.

»Erzähl's keinem weiter«, gab Schimanski zurück, »wo treffen wir uns?«

»Zehn Uhr am Schwanentor.«

»Gebongt, das heißt, sag mal, ist das nicht zu spät, wir müssen ja immerhin noch nach Führstadt raus?«

»Okay, neun Uhr.«

Schimanski legte auf. Thanner sah ihn an. »Führstadt – das ist doch die Geschichte mit dem Munitionsdepot.«

»Stimmt, aber häng's nicht an die große Glocke, sei so gut.«

Thanner nickte. »Verstehe. Aber ich sage Hänschen Bescheid.«

Eine Viertelstunde später wurden sie in Königsbergs Zimmer gerufen. Tumler, Hänschen und Dr. Born waren schon dort. Auf Königsbergs Schreibtisch lag ein Fernschreiben, auf das die drei starrten, als ob es explosiv oder giftig wäre. Schimanski deutete mit dem Daumen darauf. »Ist das der Grund?«

»Allerdings«, sagte Königsberg.

»Und das ausgerechnet jetzt«, meinte Tumler. Er sah übernächtigt aus.

»Und was steht da drin?«

»Die Ermittlungen sind mit sofortiger Wirkung einzustellen.«

»Kann ich das noch mal hören?«

»Ich denke, der Text ist klar.«

Thanner sagte: »Was Grüber anbelangt, stehen wir ja wohl unter dem gesetzlichen Strafverfolgungszwang. Der Mann ist hinreichend verdächtigt, einen Killer angeheuert und für zwei, vielleicht drei niederträchtige Morde eingesetzt zu haben.«

»Gemeint sind die Waffenlieferungen«, meldete sich Dr. Born. »Man befürchtet offensichtlich politische Verwicklungen.«

»Blödsinn!« sagte Schimanski.

»Der lange Arm des Monsieur Mercier«, sagte Thanner.

Hänschen meinte: »Das ist überall so, auch bei uns in Holland: Die Politik steht über der Kriminalistik.«

Schimanski tigerte im Zimmer auf und ab. »Das darf doch nicht wahr sein«, polterte er los, »da liefert so ein Schwein Waffen nach Persien und in den Irak. Die armen Säue da unten ballern aufeinander mit Gewehren aus der gleichen Lieferung. Und wir sitzen hier und üben uns in politischer Zurückhaltung. Ich glaube, ihr habt alle einen Vogel. Diesen Typen muß man doch das Handwerk legen. Die verdienen ihre Millionen doch mit dem Tod anderer Menschen. Und ausgerechnet wir Deutsche sollen das zulassen?«

»Das sind zu einfache Überlegungen«, sagte Tumler.

»Einfach, aber richtig«, knurrte Thanner, der schon Front machte, wenn Tumler nur den Mund auftat.

»Für mich jedenfalls ist meine Mission hier beendet«, sagte Tumler.

»Mission!« sagte Thanner verächtlich.

»Das passiert mir nicht das erste Mal«, Tumler schien gänzlich unbeeindruckt zu sein. »Ich räume morgen den Schreibtisch auf, der mir hier freundlicherweise zur Verfügung gestellt wurde...«

Schimanski ging dazwischen. »So schnell geben Sie auf?«

»Ich schreibe noch meinen Bericht, und morgen früh fahre ich zurück nach Wiesbaden.«

»Im nagelneuen silbermetallic Ford Scorpio«, sagte Thanner gehässig.

Schimanski ließ sich eine halbe Stunde später Toni vorführen. »Hör mal«, sagte er zu dem Zuhälter, »die Dinge spitzen sich zu. Grüber nehmen wir in den nächsten Stunden hops. Ich denke, daß man bei ihm den einen oder anderen Hinweis finden könnte auf den Killer, den du ihm beschafft hast.«

Um Tonis Augen spielte ein listiger Zug. »Dann kannst du dich ja wieder bei mir melden, Schimanski.«

»Ne, du, so läuft die Geschichte nicht mehr. Wenn du nicht auch ein bißchen Butter bei die Fische gibst, wird meine Aussage vor Gericht nicht sehr hilfreich für dich sein.«

»Schimanski, du bist ein Aas.«

»Du bist nicht der erste, der das zu mir sagt, Toni-Bär.«

»Du hast Übung darin, Leute unter Druck zu setzen.«

»Ich habe Übung in meinem Beruf, Toni.«

»Welche Garantien habe ich?«

»Wofür?«

»Dafür, daß ich nicht als Verräter gelte.«

»Keine.«

»Na – siehste.«

»Ich bin ehrlich zu dir, Toni. Du hast 'ne Chance, irgendwann wieder draußen zu sein. Dann sitzen Typen wie der Killer noch lange.«

»Und Grüber?«

»Der sitzt auch erst mal länger als du. Übrigens: Ich muß dir noch sagen: Geibel ist tot.«

»Du wirst nicht erwarten, daß ich darüber traurig bin.«

»Geibel hieß mit wirklichem Namen Günter Stadelmaier, war Hauptkommissar beim Bundeskriminalamt und ...«

»Ein Spitzel von euch also!«

»Ein verdeckter Ermittler, so heißt das.«

»Mir doch scheißegal, wie das heißt.«

»Er hat 'ne Menge rausgekriegt«, Schimanski blieb unbeeindruckt von Tonis Ausfällen, »du mußt wissen, wo dein Vorteil liegt.«

»Ich muß nachdenken, Schimmi.«

»Tut mir leid.«

»Heißt das, du läßt mir keine Zeit?«

»Du hast's erkannt, Toni-Bär.«

»Schimanski, mit dir darf man sich nicht einlassen.«

»Warum denn nicht?«

»Du bist unsereinem zu ähnlich.«

»Toni vergiß nicht, ich bin auf der anderen Seite!«

»Zufall!«

»Das würde ich nun wieder nicht sagen.«

»Leute wie ich bieten Leuten wie dir immer an, die Seite zu wechseln«, sagte Toni.

»Ja, im Kino, und dann haben die Leute, die Leuten wie mir so was anbieten, auch ein anderes Format als du, und Leute wie ich sagen trotzdem ›nein‹.«

»Bist du vielleicht Humphrey Bogart?«

»Jetzt hör auf, Toni, wir reden über hier und jetzt.«

Toni grinste. »In diesem unserem Land.«

»Ich will nur eins von dir, Toni, den Namen des Killers.«

»Und was wird aus mir?«

»Wir nehmen den Killer fest und überführen ihn. Er sitzt bis an sein Lebensende, und ich verwende mich für dich.«

Toni sah Schimanski direkt in die Augen.

»Ich habe den Killer vermittelt. Ich bin mitschuldig am Tod der beiden Mädchen. Vielleicht sogar am Tod von Mottenpaule.«

Schimanski horchte auf. »Sag mal, weißt du das denn nicht?«

»Ich weiß, daß ich keinen Killer vermittelt habe, der Mottenpaule ins Jenseits befördern sollte. Dazu hätte ich mich auch niemals hergegeben. Aber es ist natürlich möglich, daß sich Grüber ein zweites Mal den gleichen Mann genommen hat.«

»Und die Waffe?«

»Schimmi, ich weiß nicht, wie die Waffe in meinen Aktenschrank gekommen ist.«

»Da schüttelt sich aber langsam schon etwas zusammen.«

Schimanski ging zur Tür und bat den uniformierten Beamten draußen, er möge doch mal eine Flasche Whisky beschaffen – irischen. Er wußte, daß Toni viel lieber irischen Whisky trank als schottischen.

Schimanski kehrte an den Tisch zurück. Er stellte einen Fuß auf den Stuhl und sah auf Toni hinab.

»Toni, Grüber ist ein kaputter Typ. Der funktioniert, weiter nichts. Unsere Welt besteht heute hauptsächlich aus solchen Funktionierern. Leute, die auf eigene Faust was machen, Leute wie du und ich sind selten geworden.«

»Schimanski, halt mich nicht für dumm. Du machst dich doch niemals gemein mit einem wie mir. Trotzdem höre ich es gerne und möchte es irgendwie glauben.«

»Und?«

»Deine Sympathie wäre mir was wert.«

»Was denn, vor dem ersten Whisky?«

»Nach dem ersten Whisky erst recht.«

»Und was willst du mir damit sagen?«

»Daß du mich gleich da hast, wo du mich haben willst.«

»Dann könnteste das Verfahren aber auch abkürzen, Toni.«

»Damit ich um meinen Whisky komme?«

Der Whisky kam. Der Beamte brachte zwei Zahnputzgläser mit – die gleichen, die den Gefangenen zur Verfügung gestellt wurden und aus denen die Kriminalpolizisten ihr Bier tranken – Großeinkauf!

Schimanski schenkte ein und sagte: »Also, du Opferlamm, wehr dich nicht länger als nötig.«

Toni trank, und er genoß es.

Schimanski trank auch, aber er genoß es in diesem Augenblick nicht.

»Nun?« sagte er.

»Laß mir Zeit«, antwortete Toni.

Er leerte sein Glas. Schimanski goß nach.

»Hillermaier!« sagte Toni schließlich, »Karl Maria Hillermaier!«

»Ehrlich?«

»Glaubst du mir nicht?«

»Heißt er nicht vielleicht Killermaier?«

»Geschmacklos«, sagte Toni und goß sich selber noch mal ein.

»Prost, Toni«, sagte Schimanski, und der Gefangene antwortete: »So kriegst du jeden klein. Mit Alkohol ist fast alles möglich – vor allem nach ein paar Tagen Entzug.«

»Jetzt brauche ich noch die Adresse«, sagte Schimanski kühl.

»Aber es muß so aussehen, als wäret ihr über Grüber an ihn rangekommen.«

»Versprochen!«

»Also: Kernstraße 16 in Frankfurt. Der Mann hat übrigens studiert!«

»Der Hillermaier?«

»Ja.«

»Akademikerproletariat, hä?«

»Exakt.«

»Und was hat er studiert?«

»Jura!«

Die beiden brachen in schallendes Gelächter aus. Fröhlich klang es allerdings nicht, und Schimanski war auch unvermittelt wieder still.

»Wir haben die beiden Mädchen vergessen«, sagte er.

»Uschi und Monika?«

»Ja, die beiden.«

»Scheiße«, sagte Toni.

Und Schimanski hatte plötzlich so ein Gefühl, als ob er sich übergeben müßte.

»Mir wär's lieber, es wäre jetzt Abend«, sagte er.

»Solange ich hier bin, ist mir das egal«, meinte Toni und zog die Whisky-Flasche zu sich her.

»Jetzt noch ein Wort zu Mercier«, sagte Schimanski.

Toni schob die Whiskyflasche entschlossen wieder von sich. »So viel kann ich gar nicht saufen!«

»Okay«, erwiderte Schimanski, »lassen wir das. Ich geh' jetzt. Die Flasche kannst du mitnehmen. Ich sage Bescheid.«

Er ging zur Tür, wurde von Anton Keller aber noch mal aufgehalten. »Schimanski!«

»Ja?«

»Wenn ich dir sage, daß ich nicht wußte, wofür Grüber den Hillermaier angefordert hat...?«

»...glaub' ich dir kein Wort. Mach's gut, Toni-Bär!«

Schimanski ging hinaus und schlug, eigentlich gegen seinen Willen, die Tür hinter sich zu.

Früher hatte er sich nach solchen Situationen nach Hause zurückgezogen und sich den Kopf mit einer Brahmssinfonie vollgedröhnt. Heute ging er ins Freie und lief dreimal um den Block. Jetzt wußte er mit einem Mal, daß dieser Fall in seine entscheidende Phase getreten war. Schnell war es diesmal gegangen. Oft wartete man Wochen auf diesen Augenblick. Er kehrte in sein Dienstzimmer zurück.

Tumler hatte ihm eine Menge Akten auf den Schreibtisch gepackt. Schimanski dachte: ›Ein Glück, daß ich gar nicht erst angefangen habe, das Zeug alles zu lesen!‹

Tumler wirkte ruhig. Seine Bewegungen hatten etwas Abgezirkeltes, streng Bemessenes an sich.

Schimanski warf sich in seinen Schreibtischsessel und sah den Kollegen an. »Etwas wollte ich Sie die ganze Zeit fragen.«

»Nur zu!«

»Haben Sie ein Privatleben?«

Tumler lachte. »Das hat jeder Mensch.«

»Schön wär's«, sagte Schimanski, »aber wie sieht Ihres aus?«

»Sie sind indiskret!«

»Natürlich bin ich indiskret, ich war noch nie anders, wäre ich sonst Polizist geworden?«

»Und Sie sind viel intellektueller und sensibler, als Sie sich geben, Schimanski.«

»Und Sie sind ein Meister darin, die Dinge umzudrehen. Ich frage Sie nach Ihrem Privatleben, und wenn ich nicht aufpasse, sind wir plötzlich dabei, über meines zu reden. So geht's nicht, Genosse!«

»Nennen Sie mich nicht Genosse!«

»Ich wußte doch, daß Sie das trifft.«

Tumler schüttelte den Kopf. »Ich dachte, Sie fechten nur Säbel.«

»Ich fechte nicht, Tumler, ich bin nur auf der Hut!«

»Und wenn ich sage, daß ich Sie unterschätzt habe?«

»Sage ich: ›Mir schmeichelt das nicht.‹ Ich will immer noch wissen, wie Ihr Privatleben aussieht.«

»Ich lebe nicht mit einer Frau zusammen, wenn Sie das wissen wollen.«

»Haben Sie Freunde?«

»Ich hatte einen, das sagte ich Ihnen schon.«

»Familie?«

»Eine Mutter, die mich noch immer schurigeln kann, wenn sie es drauf anlegt.«

»Keine Geschwister?«

»Leider nein.«

»Schade. Wissen Sie, wenn einen alle im Stich lassen – die Geschwister halten am Ende doch immer zu einem.«

»Wir reden und reden«, sagte Tumler.

»Und es besteht die große Gefahr für Sie, daß wir uns dabei näher kommen«, sagte Schimanski.

Einen Augenblick lang sahen sich die Männer an.

»Ich habe noch eine Menge zu tun.« Der kalte Ton war in Tumlers Stimme zurückgekehrt.

»Und ich erst«, sagte Schimanski.

Tumler schob die Aktenordner ohne erkennbaren Sinn auf dem Schreibtisch hin und her. Unvermittelt sagte er: »Wir hätten uns mal früher kennenlernen sollen.«

»Glauben Sie, das hätte etwas geändert?«

»Für Sie wohl kaum!«

»Scheiße!« sagte Schimanski. »Irgendwie haben Sie mal die Weichen falsch gestellt.«

Tumler lächelte. »Wie recht Sie haben!«

Er verließ eilig das Zimmer.

Thanner drängte darauf, Grüber festzunehmen. Aber Schimanski bremste.

»Laß uns abwarten. Ich glaube zwar auch nicht daran, daß die Typen, die Bernie beobachtet hat, im Auftrag Grübers einbrechen, aber wenn...«

»Du glaubst doch nicht etwa, daß wir den auf frischer Tat ertappen?«

»Nein, aber einer der Diebe wird bestimmt auspacken. Immer vorausgesetzt, sie klauen tatsächlich im Auftrag Grübers.« Schimanski kannte Thanner so lange, daß er genau wußte, wann der nur ihm zuliebe nachgab. »Du glaubst mir wieder kein Wort«, sagte Schimanski.

»Richtig, aber es ist dein Törn, wir fahren auf deinem Kurs«, antwortete Thanner. Und dafür liebte ihn Schimanski. Thanner war ehrgeizig, das wußte jeder. Aber er war auch fair, und er war ein guter Freund. Das wußten die wenigsten.

»So einen wie dich kann man suchen«, sagte denn auch völlig unnötigerweise Schimanski. Und daß es unnötig war, gab ihm Thanner deutlich genug zu verstehen. »Du meinst: ›so einen Dummen wie mich kann man suchen‹!«

Schimanski grinste. »Einen Dummen darf es auf jedem Hof geben, nur der Bauer darf's nicht sein!«

»Und wer ist auf diesem Hof der Bauer?«

»Königsberg!«

Darin waren sie sich einig.

Königsberg hatte lange in seinem Schreibtischstuhl gesessen – weit zurückgelehnt und die Fingerspitzen beider Hände vor der Brust steil gegeneinander gestellt. Schimanski kannte diese Haltung und nannte sie »Karl Königsbergs Art zu meditieren«. Plötzlich schnellte der Kriminalrat nach vorne und griff nach dem Hörer. Er wählte zwei Nummern und sagte dann: »Eine Verbindung zum Bundeskriminalamt bitte – Herr Kriminaldirektor Dr. Horsmann!«

Es dauerte lange. Königsberg trommelte nervös mit den Fingern auf der Schreibtischplatte. Endlich meldete sich der Kriminaldirektor mit einer angenehm tiefen und weichen Stimme: »Ja, hier Horsmann!«

»Königsberg, Kripo Duisburg.«

»Ach ja?«

»Sie haben uns ein Fernschreiben geschickt!«

»Nicht daß ich wüßte, Herr Kollege.«

Thanner trat in Königsbergs Zimmer und fragte mit einer stummen Geste, ob er lieber draußen warten solle, Königsberg winkte ihn herein.

»Aber ich habe das Telex hier vor mir liegen«, rief Königsberg konsterniert ins Telefon. »Es hat die laufende Nummer 3171 und ist unterzeichnet mit Horsmann, Kriminaldirektor.«

»Kann ich Sie zurückrufen?« fragte Horsmann.

Königsberg gab ihm seine Durchwahlnummer und legte auf.

Thanner sagte: »Ich wollte gerne mit Ihnen über Tumler sprechen.«

Aber Königsberg hatte ihm gar nicht zugehört. Tief in Gedanken sagte er: »Eigentlich wollte ich mich beim BKA nur beschweren...«

»Ja, und?« Thanner trat dicht an den Schreibtisch heran.

»Horsmann gibt an, das Telex sei gar nicht von ihm.«

»Was?«

»Naja, kann ja sein, daß er erst mal zurückrufen will, um zu erfahren, ob er's tatsächlich mit der Kripo hier in Duisburg zu tun hat.«

Er sah Thanner fragend an. »Was kann ich für Sie tun?«

»Geben Sie mir die Erlaubnis, gegen Tumler zu ermitteln!«

»Was?« Königsberg war unwillkürlich aufgesprungen.

»Tumler hat gelogen«, sagte Thanner ruhig, »und wenn ich nach einer Erklärung suche, warum Paul Nieber und Stadelmaier sterben mußten, dann gibt's für mich nur eine: Tumler hat unser Wissen an die Gegenseite weitergegeben. Anders ausgedrückt, Tumler ist ein Maulwurf.«

»Nun reicht's aber, Thanner!«

»Wenn das Telex getürkt ist, haben wir ein weiteres Indiz!«

»Sie können den Mann nicht leiden, aber das sollte Ihnen den Blick für die Tatsachen nicht trüben, Kommissar Thanner.«

»Im Moment habe vielleicht nur ich hier einen klaren Blick.«

»Was sagt denn Schimanski dazu?«

»Ich habe ihn nicht gefragt, er würde Tumler auch die Stange halten.«

Das Telefon auf Königsbergs Schreibtisch klingelte. Der Kriminalrat hob ab und meldete sich mit einem kurzen »Ja?« Dann ließ er sich in den Sessel fallen und sah Thanner mit einem Blick an, der durchaus sagen mochte: »Sie haben recht, tut mir leid!«

Als Königsberg aufgelegt hatte, zog er umständlich sein Taschentuch heraus und wischte den Schweiß von der Stirn. Thanner wartete geduldig.

»Horsmann sagt, das Fernschreiben sei tatsächlich beim BKA rausgegangen und das gestrige auch. Allerdings hat er nichts davon gewußt. Die Fernschreiben müssen ihm beide unterschoben worden sein – meint er. Von einer Einstellung der Ermittlungen gegen Grüber und Mercier könne keine Rede sein und von politischen Rücksichten auch nicht!«

Thanner konnte seinen Triumph nur schwer verbergen.

»Also«, sagte er, »schalten Sie den Staatsanwalt ein?«

»Ja, sicher, sicher...« Königsberg rang noch immer um seine Fassung.

»Und Sie geben mir freie Hand, Chef?«

»Mhm.« Königsberg nickte fast schon ergeben. »Aber kein

Wort zu Schimanski vorerst, der ist imstande und schlägt den Kerl krankenhausreif, wenn nicht noch mehr!«

Thanner zuckte mit den Achseln. Er ging, sehr mit sich zufrieden, hinaus.

Königsberg lehnte sich in seinen Sessel zurück und nahm wieder seine Meditationshaltung ein.

Schimanski – wenn ihm damals jemand gesagt hätte, daß der einmal bei der Polizei und in seinem eigenen Dezernat landen würde.

Es war damals in Berlin gewesen. Er hatte Vera Schimanski zufällig kennengelernt. Bei Freunden – wie das halt so geht. Sie hatte ihm auf Anhieb gefallen. Eine herbe Frau, groß gewachsen mit grauen Strähnen im Haar und einer ungewöhnlich aufrechten, ja stolzen Haltung. Sie war damals knapp 40 Jahre alt, und sie hatte sehr blaue Augen. Seltsam, wie unzusammenhängend die Einzelheiten waren, an die er sich erinnerte. Vera Schimanski brachte ihre beiden Söhne allein durch – als Röntgenassistentin, wie er drei Tage später erfuhr. Er hatte sie wieder getroffen, bei einem Arzt, den er wegen seiner Rückengeschichte aufsuchen mußte. Es war ein Zufall. Natürlich! Aber erhielt es damals für einen Fingerzeig des Schicksals. Er lud sie zum Abendessen ein. Sie stimmte sofort zu. Und als er im Verlauf des Abends sagte, er sei zu alt, um lange herumzureden, ob sie mit ihm kommen wolle, er habe einfach das unbändige Bedürfnis, sie in den Arm zu nehmen und so schnell nicht wieder loszulassen – da stimmte sie ebenfalls zu. Ernst und gelassen.

Die Leidenschaft, die er in der Nacht damals bei ihr entdeckte, schien ihm in einem großen Widerspruch zu diesem Ernst und dieser Gelassenheit zu stehen. Und das sagte er ihr auch.

»Wie dumm du sein kannst«, hatte sie geantwortet, »als ob das eine nicht mit dem anderen zu tun hätte. Aber zugegeben, ich nehm's nicht auf die leichte Schulter.«

Er hatte dann Eberhard und Horst kennengelernt. Den ernsten älteren und den ungebärdigen jüngeren Sohn der

Vera Schimanski. Horst wuchs ihm schnell ans Herz. Und ihre Verbundenheit hielt sich über den Tag hinaus, an dem Vera gesagt hatte: »So geht es nicht weiter, Karl. Ich liebe dich, und ich würde gerne mit dir leben. Aber ich will dir auch nichts vormachen. Wenn mein Mann wiederkäme, würde ich mich wieder für ihn entscheiden. Es ist Unrecht gegen dich, wenn wir zusammenbleiben. Wir müssen es aufgeben.«

Er war wie vor den Kopf geschlagen gewesen. Aber wenn Vera so etwas sagte, war es überlegt und endgültig. Er wußte das, aber er wollte es nicht akzeptieren.

Er hatte in seiner Verzweiflung auch mit den beiden Jungen darüber gesprochen. Aber beide hatten ihm geantwortet, das sei nicht ihre Sache. Und auch Vera sagte: »Zwischen dir und den Jungs muß sich ja nichts ändern.«

Jahre später hatte er einen Einsatz gegen Demonstranten zu leiten, die gegen den Vietnamkrieg der Amerikaner protestierten. Horst ging auf deren Seite mit. Königsberg hatte das damals für die ohnmächtige Wut der jungen Generation auf den Krieg, auf jeden Krieg, gehalten – einer Generation, die er eigentlich für friedfertig und idealistisch hielt.

Seine Leute hatten die Straßen abgeriegelt und rückten gegen die Demonstranten vor, die Stimmung war aufgeheizt und aggressiv. Die ersten Steine flogen, es mußte gleich zum Knall kommen. Mit dem Megaphon in der Hand war Königsberg dem Zug entgegengetreten und hatte die Demonstranten aufgefordert, die Demonstration aufzulösen. Ruhig und beschwichtigend im Ton, wie es seine Art war. Da wurde er von einem Stein an die Stirn getroffen und ging in die Knie. Zwei Demonstranten wollten auf ihn losgehen, einer trat nach ihm. Da stellte sich Horst Schimanski gegen seine Genossen. Das würde er nie vergessen, wie der Horst schrie: »Seid ihr denn verrückt, der Mann ist verletzt. Ich kenn' den. Der ist genau so gegen den Scheißkrieg wie ihr!«

Sie verhöhnten Horst Schimanski. Und er drehte sich einfach um und hob, schon damals stark wie ein Bär, Königsberg auf und trug ihn auf den Armen aus dem ganzen Schlamassel heraus zum nächsten Sanka.

Königsberg lächelte. Horst war nicht der einzige Achtundsechziger, der heute bei der Polizei arbeitete. Allerdings unterschieden die sich alle von ihren Kollegen, zumal von den jüngeren. Jeder von denen dachte differenzierter und zeigte weit weniger Gehorsam als die anderen – vor allem nicht jenen vorauseilenden Gehorsam, den alle karrieregeilen Beamten besaßen, die ihm und anderen Vorgesetzten immer schon alles im vorhinein recht machen wollten. Wenn die gewußt hätten...!

Weissers Büros waren in einem häßlichen Wohnblock aus der Nachkriegszeit untergebracht. In seinem Gewerbe gab es keine Repräsentationspflichten. Zwei halbdunkle Räume auf den Hinterhof hinaus genügten dem Unternehmen. Die schäbige Einrichtung bestand aus Metalltischen und einfachen Bürostühlen, alles gebraucht gekauft. An den Wänden hingen Stecktafeln. Die Neonröhren brannten hier den ganzen Tag.

Schimanski ging hinein, ohne anzuklopfen.

Weisser war vielleicht 60 Jahre alt, er hatte ein rotwangiges Gesicht mit einer mächtigen, ebenfalls stark geröteten Knollennase. Er trug einen abgewetzten Anzug mit Weste, beides in mausgrau, aber keine Krawatte dazu. Seine spärlichen Haare hatte er in ein paar Strähnen quer über die Glatze gekämmt. Als er sich aus seinem Bürostuhl wuchtete, sah Schimanski, daß der kaum 1,70 m große Mann gut zwei Zentner wiegen mußte. Er schob sich um den Schreibtisch herum und sagte:

»Ja?«

»Sind Sie der Mann, der Arbeitskräfte beschafft?«

»Brauchen Sie welche?«

Schimanski war überrascht. »Ich? Ja sicher.«

»Ich habe keine.«

»Da habe ich aber andere Informationen.«

»So?«

»Ja!«

Die beiden schauten sich an. Jeder taxierte den anderen. Plötzlich streckte Weisser seinen fleischigen Zeigefinger vor. »Sie sind einer von denen, die sich nicht hätten selbständig machen sollen.«

»Ach, das sehen Sie?« Das Spiel begann Schimanski Spaß zu machen.

»Jeder kleine Meister hat irgendwann gedacht, er sei zum Unternehmer geboren. Mein lieber Herr... äh...«

»Schimanski!«

»Und dann auch noch so'n Pollackenname.«

»Na hören Sie mal, daß mein Ururgroßvater...«

»Sagen Sie das mal einem Juden!«

»Da haben Sie allerdings recht.«

Weisser blinzelte ihn mit seinen wäßrigen Augen an. »Wenn ich Arbeiter hätte...«

»Ich würde ein paar geschickte brauchen. Nur für einen Ausbau. Ein Kunde will seinen Innenhof neu gestalten, Säulen, Bogen und so'n Kram. Ich habe niemand, der das kann.«

»Aha. Vielleicht wüßte ich da jemand.«

»Können Sie mir da eine Adresse geben oder so?«

Weisser lachte, daß seine hängenden Backen wackelten.

»Ich betreibe ein sensibles Geschäft.«

»Von der Sorte kenne ich schon ein paar«, sagte Schimanski grinsend, »aber die sind in einer anderen Branche tätig. Man hat mir übrigens gesagt, Sie hätten da ein paar Nordafrikaner...«

»Ja, Leute, um die ich mich annehme. Arme Schweine. Die haben grade mal die Möglichkeit, hier ein paar Wochen zu bleiben. Ich bin für die wie'n Vater. Und am Ende kann ich ihnen ja doch nicht helfen.«

»Tja, das glaube ich.«

»Ich weiß nicht«, sagte Weisser bedächtig, »ohne Sicherheit läuft da gar nichts.«

»Was verstehen Sie denn unter Sicherheit?«

»Na ja, weiß ich denn, ob Sie mir nicht das Gewerbeaufsichtsamt auf den Hals hetzen?«

»Ach, haben Ihre Arbeiter denn keine Papiere?«

»Noch nicht. Aber soll ich die armen Schweine denn so lange hungern lassen. Und dann die Langeweile, während sie warten, daß dieser lahmarschige Staat was entscheidet. Die kommen doch auf die dümmsten Gedanken. Ich helfe denen und ich selbst..., also ich bewege mich da natürlich ganz im gesetzlichen Rahmen, aber für die Burschen ist's natürlich schwieriger.«

»Verstehe.«

»Also ich glaube nicht...«

»Was würden Sie denn pro Mann und Stunde verlangen?« fragte Schimanski.

»37 Mark.«

»Das ist nicht teuer. Ich berechne meinen Kunden 48 pro Mann und Stunde.«

»Und da sind Sie auch noch billig«, lachte Weisser.

»Kriegen diese Marokkaner oder Tunesier oder Algerier, oder was sie sind, denn irgendwann einmal eine Arbeitserlaubnis?«

»Das wäre ja wohl nicht Ihr Problem, denn so lange können Sie mit dem Innenhof ja garantiert nicht warten.«

»Da haben Sie natürlich auch wieder recht. Haben Sie denn nicht Sorge, daß Ihnen die Afrikaner ausbüchsen?«

»Warum denn? Ne, ne, ne, die sind sehr zuverlässig. Außerdem«, er patschte mit seiner rechten Hand auf einen kleinen Tresor, »ich habe ihre Pässe. Ohne die sind die Kerle doch in jedem Fall geliefert, wenn sie irgendwas auf eigene Faust probieren.«

»Ganz schön clever. Die Jungs glauben aber, daß Sie ihnen Arbeitspapiere beschaffen und nur deshalb die Pässe an sich genommen haben.«

Die Schweinsäuglein wurden schmal und verschwammen fast in dem feisten Gesicht des Menschenhändlers.

»Woher wollen Sie das wissen?«

»Na von wem wohl, von den tunesischen Bauarbeitern.«

»Ich wußte doch, daß Sie nicht koscher sind, Mann.«

Schimanski grinste. »Kann ja nicht jeder so ein anständiger Mensch sein wie Sie!«

»Jetzt aber raus hier!«

»Bleiben Sie gelassen, Weisser. Ich habe Ihnen noch etwas zu sagen. Wenn die Jungs ihre Pässe nicht kriegen, sobald sie danach verlangen, kriegen Sie's mit mir zu tun.«

Weisser lachte blubbernd. »Das wird was sein!«

Schimanski faßte über den Tisch, packte Weissers Hemd an der Knopfleiste und drehte es um seine Faust, bis der Kragen in Weissers fetten Hals einschnitt.

»Ich würd's nicht auf die leichte Schulter nehmen.«

Er ließ Weisser los, und der plumpste auf seinen Stuhl.

»Sie sind gar kein Bauunternehmer«, japste er.

»Ne, bin ich auch nicht.«

»Und wer sind Sie dann? Wie einer von der Polizei sehen Sie auch nicht aus.«

»Sagen wir mal so, ich bin so 'ne Art Ombudsmann für die Jungs, mit denen Sie handeln, und ich schaue da ganz anders nach dem Rechten als das Gewerbeaufsichtsamt oder irgend ein paar Streifenbullen. Sie können's glauben, Weisser, oder bleiben lassen. Aber an Ihrer Stelle wäre ich ab jetzt vorsichtig. Und zu meinen Arbeitern wäre ich tatsächlich wie ein Vater.«

Schimanski klopfte mit den Fingerknöcheln auf den Tisch und ging hinaus. Kaum hatte sich die Tür geschlossen, griff Weisser nach dem Telefon. Zehn Minuten später wußte er, wer Schimanski war.

Bis zu Hannas Kneipe waren es nur ein paar Schritte. Schimanski schlenderte die Gasse hinunter und betrat das kleine Lokal. Es war kurz nach zwölf Uhr. Hanna bot ihm Würstchen mit Kartoffelsalat an. Er nickte abwesend.

»Ist was?«

»Ja, langsam spüre ich's, heute ist was.«

»Gefährlich?«

»Vielleicht.«

»In meinem Horoskop steht, ich hätte heute Glück in der Liebe.«

»Heute?«

»Du bist nett.«

»Sag mal, könntest du nicht den Laden zumachen und für 'ne Stunde oder zwei mit mir rausfahren?«

Schimanski hatte nicht gedacht, daß sie zustimmen würde. Aber sie sagte ohne alle Umschweife: »Ja«, kassierte bei den wenigen Gästen, und eine halbe Stunde später saßen sie schon in ihrem 2 CV und gondelten Richtung Sechsseenplatte südlich der Stadt. Schimanski saß tief im Beifahrersitz und hatte die Schienbeine gegen das Armaturenbrett gepreßt. Er schwieg. Hanna klappte das Fensterchen an ihrer Fahrertüre hoch. Ihre langen schwarzen Haare wehten im Fahrtwind. Als sie die Stadt schon eine Weile hinter sich hatten, sagte sie:

»Kannst du denn so einfach abhauen?«

»Die denken, ich bin bei wichtigen Ermittlungen.«

»Kann ich denn auch mal was ermitteln?«

»Hm?«

»Warum bist du allein? Ich meine – so ein Mann wie du ...«

Schimanski hob abwehrend beide Hände. »Vergiß es!«

»Ich möcht's aber wissen!«

»Ich habe dazu aber nichts zu sagen.«

»Warum weichst du den Frauen aus?«

»Ich? Na hör mal, bin ich dir ausgewichen?«

»Lange genug. Dann hast du mit mir geschlafen und mir viele wunderschöne Zettelchen hinterlassen«, sie beugte sich schnell zu ihm herüber und gab ihm einen Kuß auf sein linkes Ohr, »und heute ist schon wieder alles wie vorher. Und ich kenn' dich ja auch schon ein bißchen länger. Du weichst den Frauen aus.«

Schimanski kratzte sich an der Stirn. »Frauen sind meistens

cleverer und auch stärker. Und in aller Regel gewinnen sie. Aber ich mag Frauen.«

»Ist das alles?«

»Ja, sicher.«

»Da muß doch mal was gewesen sein.«

Er lachte in sich hinein. »Da ist 'ne ganze Menge gewesen.«

»Ich denke, ein einschneidendes Erlebnis.«

»Mein Gott, warum wollt ihr Weiber denn immer alles so genau wissen!«

Hanna war nicht eingeschnappt wegen des rüden Tones. »Ich zum Beispiel, weil ich dich gerne sehr gut kennen würde.«

»Ich mich auch, kannste mir glauben.«

»Mann du bist doch mindestens 35!«

»40 – in vier Wochen etwa werde ich 40.«

»Da hast du dich aber gut gehalten!«

»Na ja, einer, der nichts mit Frauen hat.«

»Kindskopf!«

»Was hast du gegen Kindsköpfe?«

Sie antwortete nicht mehr. Vor ihnen lag jetzt einer der Seen. Hanna steuerte ihren Wagen unter eine Trauerweide. Die herabhängenden Zweige umgaben sie wie eine filigrane Glocke.

»Weißt du«, sagte Schimanski, »ich bin einer, der immer alles ernst nimmt. Erst mal, ich habe wirklich zu den Leuten gehört, die denken, eine Beziehung zu einer Frau, das ist etwas, was man durchhält. Ich hatte immer damit gerechnet, daß es Krisen gibt, Schwierigkeiten, Auseinandersetzungen. Aber sie ist bei der ersten derartigen Gelegenheit weggelaufen.«

»Entschuldige, aber ich glaube immer erst einmal, daß eine Frau für so einen Schritt gute Gründe hat.«

»Die hat sie auch gehabt, verdammt noch mal. Aber wir hätten das durchstehen können.«

»Wir? Oder meinst du sie?«

Schimanski schwieg. Erst nach einer Weile sagte er:

»Ich hätte dir vorher sagen können, wie das Gespräch verlaufen würde. Deine Frage, meine Antwort, deine Replik, meine Replik – es bringt nichts, ehrlich!«

Die Stimmung war plötzlich umgeschlagen.

»Vielleicht sollten wir lieber zurückfahren«, sagte Hanna nach einer weiteren langen Pause.

»Mhm.«

Sie rangierte den Wagen unter der Weide hervor. Die Äste schlugen gegen die Scheiben. Hanna fuhr einen schmalen Uferweg entlang.

»Jeder ist für sich allein«, sagte Schimanski unvermittelt.

»Es wäre aber besser, wenn es anders wäre«, antwortete Hanna.

»Ja, bloß erzwingen kann man's nicht.«

»Aber versuchen vielleicht.«

»Du und ich?«

»Warum nicht? Und jetzt fahre ich dich ins Präsidium«, sagte sie entschlossen.

Hänschen saß bei Thanner, als Schimanski zurückkam. »Ich habe Königsberg unterrichtet, daß wir heute nacht draußen bei dem Depot sein werden«, sagte Thanner.

»Weiß es Tumler auch?«

»Tumler war bei Königsberg.«

»Warum, willste den mitnehmen?« fragte Hänschen.

»Ne, du, ganz bestimmt nicht.«

»Königsberg hat gemeint, er sollte sich heute nacht hier bereit halten – für alle Fälle.«

»So'n Quatsch, auf den können wir doch verzichten!«

»Wer weiß, was Königsberg damit bezweckt.«

Bernie lehnte am Brückengeländer. Er stieg zu Hänschen in den Fond. »Ich dachte, du kommst alleine«, sagte er zu Königsberg, der vorne auf dem Beifahrersitz saß.

Thanner steuerte den Wagen. Sie verließen die Stadt Richtung Wesel, Dinslaken. Königsberg stellte seine Kollegen vor und versuchte, Bernie sein Mißtrauen auszureden.

Das Depot lag auf einer Anhöhe und war mit einem Stacheldrahtzaun und einem elektrisch geladenen Zaun umgeben. Die Waffen- und Munitionsbunker sahen wie große Maulwurfshaufen aus. Das Gelände war von einzelnen Lichtmasten schwach ausgeleuchtet. Im hinteren Teil standen nebeneinander zehn oder zwölf Lastwagen. Das Gelände war zur Zeit nicht bewacht.

Thanner versteckte den Dienstwagen in einiger Entfernung von der Zufahrtsstraße. Unter Bernies Führung pirschten sie sich heran. »Sind denn deine Kumpels heute nicht da?« fragte Schimanski.

»Doch«, gab Bernie einsilbig zurück.

Ein kleines Sträßchen führte zu dem Depot und endete vor dem mehrfach gesicherten Tor. An den Zäunen entlang führten Fußpfade innen und außen um das Gelände herum. Die Wachen machten ganz offensichtlich beiderseits des Doppelzauns ihre Rundgänge.

Nach etwa fünfhundert Metern kamen sie an die hintere, linke Ecke des Areals. Dort stieg das Gelände ein wenig an. Sie krochen durch dichtes Strauchwerk und erreichten nach fünf Minuten einen Waldrand. Dort stand ein Hochsitz. Bernie kletterte hinauf und Schimanski folgte ihm. »Daß sowas zugelassen ist«, staunte der Kommissar, als er neben dem Autonomen oben stand. »Von hier aus kann man ja wirklich alles überblicken.«

»Wie für uns gemacht«, Bernie grinste. »An anderen Standorten müssen wir erst solche Dinger bauen oder Baumlager anlegen.« Er schaute auf die Uhr. »Kann noch ein, zwei Stunden dauern, bis die anrücken.«

»Wenn sie anrücken«, ließ sich Thanner von unten hören.

»Die kommen schon.«

»Es sei denn, sie sind gewarnt worden.«

»Also von uns bestimmt nicht«, sagte Bernie.

»Das habe ich auch nicht gemeint«, rief Thanner herauf. Warten gehörte zwar zu Schimanskis Job, aber es machte ihn dennoch jedesmal aufs neue nervös. Er trat von einem Fuß auf den anderen und schaute immer häufiger auf die Uhr. Bernie dagegen saß seelenruhig auf der grob zusammengenagelten Bank.

»Macht dir das nichts aus?« fragte Schimanski.

»Ne, ich mag das sogar.«

»Komisch.«

»Find' ich nicht. Ich habe viel Zeit zum Nachdenken. Ich habe mich noch nie gelangweilt, wenn ich hier draußen war.«

»Furchtbar!« schimpfte Schimanski.

»Temperamentssache.«

»Wo, glaubst du denn, wollen die einsteigen?«

Bernie deutete mit dem ausgestreckten Arm nach links.

»Dort drüben, etwa 150 Meter von uns entfernt.«

Schimanski hob das Fernglas an die Augen und suchte die Stelle. »Sieht dort aber auch nicht anders aus als am ganzen Zaun.«

»Das wird sich dann schon ändern.«

Bernies Bierruhe ging dem Kommissar immer mehr auf die Nerven. Und dann war da plötzlich Bewegung. Von der linken Ecke des Zaunes her kamen vier Gestalten geduckt den Trampelpfad entlang gelaufen. Zwei von ihnen trugen schwer an irgendwelchen länglichen Gegenständen. Schimanski versuchte im Glas zu erkennen, was sie da mitschleppten, aber da sich die Gestalten ziemlich schnell bewegten, hatte er Mühe damit.

»Leitern, sieht aus wie Leitern!« zischte er.

»Klar, wie wollen sie sonst über die Zäune kommen?« sagte Bernie. Thanner und Hänschen hatten sich inzwischen vom Hochsitz entfernt und pirschten sich langsam an die Stelle heran, wo die vier Gestalten jetzt haltmachten. Bernie hatte recht gehabt. Die Stelle war 150 Meter entfernt. Mit großen Drahtzangen durchschnitten die Männer den Stacheldrahtzaun. Sie schienen keine Eile zu haben. Alles, was sie machten, wirkte überlegt und wie einstudiert.

»Die machen das nicht zum erstenmal«, sagte Schimanski. Bernie antwortete nicht.

Sorgfältig entfernten die Männer die herausgeschnittenen Stacheldrahtteile. Dann stellten sie dicht vor dem zweiten Zaun eine Leiter auf. Zwei Mann stützten die Leiter, während ein dritter Schritt für Schritt hinaufstieg. Auch dies wirkte wie tausendmal trainiert.

»Die reinste Zirkusnummer«, sagte Schimanski.

Der Mann stand nun auf der dritten Sprosse von oben.

Noch immer hielten zwei seiner Begleiter ihn und die Leiter in der Balance. Der vierte Mann reichte nun eine zweite Leiter hinauf. Mit unglaublicher Geschicklichkeit hob der vorsichtig balancierende Mann die zweite Leiter hoch, stützte sie auf seiner Hüfte ab und ließ sie dann jenseits des Elektrozauns wieder hinunter.

»Das sind keine rechten Spinner, das sind Profis«, sagte Schimanski. Das schwierigste Stück Arbeit hatte der Artist dort drüben aber noch vor sich. Der vierte Mann stieg ein paar Sprossen zu ihm hinauf. Er hatte ein Brett bei sich. Weit über die letzte Sprosse gebeugt, hielt der oberste Mann die Leiter innerhalb des Zauns mit der rechten Hand fest und versuchte mit der linken, das Brett auf die zweitoberste Sprosse dieser Leiter zu schieben. Als ihm dies gelungen war, zog er es so weit zu sich heran, daß er es auch auf die zweite Sprosse seiner Leiter auflegen konnte. Die beiden Männer unten hielten noch immer die Leiter fest, während der Artist nun über die oberste Sprosse auf das Brett stieg, das jetzt den Elektrozaun überbrückte. Vorsichtig testete er den Halt der Konstruktion. Sie schwankte zwar, blieb aber stehen und berührte nicht den Zaun. Fuß vor Fuß setzend balancierte er hinüber und stieg behutsam die innere Leiter hinab. Unten angekommen, hielt er die Holme mit ganzer Kraft fest. Ohne Mühe konnten so die beiden nächsten Männer hinübersteigen, während der vierte Mann die Außenleiter sicherte. Er stieg nicht hinüber, sondern sprintete sofort los, um das Gelände zu umrunden. Das Leitergerüst ließen sie stehen.

Die drei Männer verteilten sich im Depot. Zwei von ihnen liefen auf die Lastwagen zu, die am hinteren Zaun geparkt waren, einer lief zum nächsten Bunker.

Schimanski verfolgte die beiden Männer, die zu den Lastwagen liefen, mit dem Fernglas. Sie nahmen die Plane vom Führerhaus eines der Laster und öffneten die Motorhaube. Während einer offensichtlich die Fahrertür aufbrach, schien der andere Vorbereitungen zu treffen, um die Zündung kurzzuschließen.

Schimanski schwenkte sein Fernglas. Was die beiden vorhatten, brauchte er nicht weiter zu beobachten, das war auch so klar. In dem Augenblick, als er den dritten Mann ausgemacht hatte, gab es am ersten Bunker eine kleine Explosion. Sie war nur als ein leises ›Pflop‹ zu hören. Eine kleine Stichflamme leuchtete auf. Der dritte Mann hatte die Tür aufgesprengt. Im gleichen Augenblick rollte der LKW an. »Klappt wie am Schnürchen«, sagte Schimanski.

Der Mann, der die Bunkertür gesprengt hatte, lief jetzt auf das Tor zu.

»Verdammt«, rief Schimanski, »wir Hornochsen!«

Er hangelte sich an der Leiter hinab. »Warte, Schimanski«, rief Bernie. Aber Schimanski war schon unten auf dem weichen Waldboden und startete in Richtung Tor. Es lag genau auf der gegenüberliegenden Seite. Er mußte also um das halbe Gelände herumlaufen. Bernie folgte ihm.

Der dritte Mann hatte inzwischen das Tor erreicht und beschäftigte sich mit einem Sicherungskästchen, das neben dem Tor in eine Eisensäule eingelassen war. Auf der anderen Seite des Tores war inzwischen auch jener Mann angekommen, der nicht über die Leiterbrücke eingestiegen war.

Der Deckel des Kästchens sprang ab. Der Mann im Overall holte einen Lötkolben aus einer seiner Beintaschen, aus einer anderen fingerte er ein Stück Kupferdraht. Schimanski hielt einen Augenblick an und hob das Glas an die Augen. Bernie schloß zu ihm auf. »Der legt das ganze Alarmsystem lahm«, sagte der Kommissar, »alle Achtung.«

Funken sprühten auf.

Rasch trat der Mann im Overall zwei Schritte zurück. Nichts geschah. Nun brachte er auch am Torschloß eine kleine Haftladung an, zündete eine Lunte und trat ein paar Schritte zurück. Diesmal war die Detonation besser zu hören, und die Stichflamme leuchtete heller. Aber im Bruchteil einer Sekunde war alles vorbei. Der Mann im Overall trat gegen das Schloß. Das Tor schwang quietschend auf.

Der Mann, der draußen gewartet hatte, spurtete sofort los, um seinen Kameraden am Bunker zu helfen, während der andere durch das Tor auf die Straße heraustrat. Er ging ein paar Schritte und zog ein schweres Motorrad unter einem Busch hervor. Er schob es bis zum Tor und verstaute sorgfältig seine Geräte in den Satteltaschen, dann zog er seine Arbeitshandschuhe aus, stopfte sie in die Beintaschen des Overalls und machte sich auf den Weg zu seinen Freunden.

Aus dem Dunkeln tauchte Thanner neben Schimanski auf.

»Was jetzt?« fragte er.

»Ich denke, ich werde mir nachher das Motorrad ausleihen«, gab Schimanski zurück. »Und ihr greift euch den Jungen.«

»Und dann?«

»Fahrt ihr ins Präsidium, und ich gebe euch dorthin Nachricht, wo wir uns wieder treffen.«

»Ich fahre mit dir«, sagte Bernie.

»Geht nicht. Ich will dem Laster folgen. Und wenn die in ihrem Rückspiegel plötzlich zwei Gestalten auf der Maschine sehen, ist alles zu spät. Wo ist überhaupt Hänschen?«

»Der bewacht den Wagen!«

»Sehr umsichtig!«

In dem Augenblick heulte der Motor des Lasters auf. Der schwere Wagen rumpelte auf das Tor zu. Der Mann im Overall stand auf dem Trittbrett. Er sprang am Tor ab und schloß es, so gut es ging. Der Truck rollte davon. Als der Mann im Overall den Schlüssel ins Zündschloß seines Motorrads steckte, stand plötzlich Schimanski bei ihm.

»Ich leih' mir die Maschine mal aus«, sagte er.

Ansatzlos schlug der Mann im Overall zu. Der Fausthieb traf Schimanski in die Magengrube. Ein stechender Schmerz fuhr ihm bis ins Hirn hinauf. Schimanski schlug zurück. Unkontrolliert und wütend. Er traf den Mann mitten ins Gesicht, und dann war auch schon Thanner mit seiner Waffe und mit den Handschellen da.

Schimanski schwang sich auf die Maschine. Die Rücklichter des Lasters waren schon ziemlich klein, aber er hatte eine Fünfhunderter unter dem Hintern und gab ihr die Sporen. Der kalte Fahrtwind fuhr ihm ins Gesicht. Er fror an den Händen und wurde auf der gepflasterten Zufahrtsstraße so durcheinandergeschüttelt, daß er glaubte, er werde sich jedes Gelenk einzeln verstauchen, aber er genoß es. »Gebe Gott, daß mich kein Streifenbulle entdeckt«, dachte er. Es hatte ihm natürlich nicht mehr dazu gereicht, den Helm überzustülpen.

Die Fahrtroute überraschte ihn nicht. Es ging über Walsum und Beeck nach Ruhrort und zu den Häfen, und im Hafengebiet, wie er erwartet hatte, Richtung Schrotthafen. Schimanski hielt bei einer Telefonzelle am Eingang zur Schrottinsel an und bockte die Maschine auf. Er rief im Präsidium an und gab den Standort durch. Die Kollegen sollten versuchen, Thanner und Hänschen zu erreichen. Außerdem verlangte er, ein Einsatzkommando bereit zu halten. Dann setzte er seinen Weg zu Fuß fort.

Die Schrottinsel zog sich in die Länge. Zwei Tage zuvor war ihm das nicht so aufgefallen, aber da hatte er auch Zeit gehabt. Er war fast am Ziel, als ein Lastwagen langsam an ihm vorbeirollte, in dessen Windschatten eine große Limousine folgte. Am Steuer saß Grüber.

Schimanski konnte mit den beiden Autos Schritt halten. Er duckte sich hinter einem der riesigen Schrotthaufen, als Grüber aus seinem Wagen sprang und einen der Männer anherrschte:

»Wo ist der vierte Mann?«

Die beiden Lastwagen standen genau an der Stelle, die der Tunesier Schimanski gezeigt hatte. Am Kai lag ein geräumiger Lastkahn. Die drei Männer hatten schon begonnen, die Kisten zu verladen. Einer von ihnen antwortete Grüber:

»Keine Ahnung, er war hinter uns bis zum Eingang zur Schrottinsel. Wir haben uns auch schon gewundert.«

»Los, los, Beeilung«, kommandierte Grüber, »der Kahn muß in spätestens einer Stunde ablegen.«

Aus dem zweiten Lastwagen stiegen zwei Männer aus. Einer fragte Grüber: »Packen wir unser Zeug auch da rauf?«

»Sicher, sicher, was denn sonst?«

Plötzlich war ein Schatten neben Schimanski. Der Kommissar schrak zusammen und griff nach seiner Waffe.

»Du Hilfe brauchen?« flüsterte Ali.

»Vielen Dank, vorerst nicht. Halt dich besser da raus. Wenn ich euch brauche, melde ich mich.«

So geräuschlos wie er gekommen war, verschwand Ali wieder zwischen Schrott und Shredderanlagen. Schimanski schaute auf die Uhr. Hänschen und Thanner hätten eigentlich längst da sein müssen.

Die Männer arbeiteten zügig. Schimanski hatte schon über 50 Kisten gezählt, als er einen Wagen kommen sah. Das mußte Thanner sein. Schimanski löste sich aus dem Schatten des Schrottberges und trat auf Grüber zu. Der bemerkte ihn erst, als er dicht bei ihm stand und »Guten Abend, Herr Grüber!« sagte.

Grüber blieb erstaunlich ruhig.

»Ich nehme Sie vorläufig fest, und zwar unter dem Verdacht

der Anstiftung zum Mord, des Diebstahls und diverser Vergehen gegen die Waffengesetze. Alles, was Sie ab jetzt sagen, kann gegen Sie verwendet werden. Darauf muß ich Sie hinweisen.«

Grübers Gesicht hatte sich verfärbt. Kleine Schweißperlen traten auf seine Stirn, aber seine Stimme klang ruhig und beherrscht. »Das ist lachhaft, Herr Schimanski. Ich lasse hier meinen eigenen Schrott verladen.«

Ohne es voll bewußt zu registrieren, nahm Schimanski auf, wie sich links von ihm ein schwerer Kran in Bewegung setzte.

»Schrott in Kisten?«

Schimanski sah sich um. Der Wagen Thanners stand etwa 150 bis 200 Meter entfernt, die beiden Kollegen mußten jeden Augenblick da sein.

Mit häßlichem Knirschen und Quietschen krachte ein riesiger Haufen Schrott über die Kisten im Lastkahn. Der Arm des Krans, der das Altmetall dort abgelassen hatte, schwenkte über Schimanskis Kopf zurück. Ein riesiger Magnet, der an einer Kette am Ende des Kranarms hin- und herpendelte, senkte sich auf den Schrotthaufen und zog einen Ballen Metall heraus.

»Kisten? Ach so, Sie meinen die Kisten unter dem Schrott«, Grüber lächelte, »was soll denn, bitteschön, ungesetzlich daran sein, wenn ich auf meinem Kahn neben meinem Schrott auch noch andere Waren verlade, die auch ausschließlich mir gehören.«

»Die Nato dürfte da anderer Meinung sein«, gab Schimanski zurück.

»Die Nato?«

»Ja, ungefähr achtzig von den Kisten stammen aus dem Waffen- und Munitionsdepot in Führstadt.«

Zum erstenmal verlor Grüber die Kontrolle über sich. »Wie kommen Sie denn auf sowas?« Seine Stimme zitterte, und Grüber wischte in einer fahrigen Bewegung den Schweiß von seiner Stirn.

»Wie ich auf sowas komme? Ich hab's selber gesehen. Wir sind von Anfang an dabei gewesen und haben jeden Schritt Ihrer Leute beobachtet.«

Grüber lachte. »Bluff, alles Bluff. Das hätte ich gewußt...« Dann hielt er entsetzt inne.

Schimanski schaltete sofort. »Sie hätten das gewußt. Sie oder Mercier, nicht wahr, Sie haben immer alles gewußt, oder? Sonst wäre Mottenpaule noch am Leben und Geibel auch.«

»Ich verstehe kein Wort!« Grübers Stimme hatte sich noch immer nicht stabilisiert.

»O doch, Sie verstehen das ganz genau, Grüber!«

Im gleichen Augenblick schrie Thanner: »Horst, Vorsicht!!«

Schimanski reagierte instinktiv. Er machte zwei riesige Sätze und hechtete danach mit aller Kraft nach rechts. Krachend brach die Ladung Schrott nieder. Exakt an der Stelle, an der Schimanski gerade noch gestanden hatte. Schimanski rappelte sich wieder auf, hatte aber einen Augenblick lang Probleme, sich zu orientieren.

Thanner packte die blinde Wut, er kletterte auf den Kran und schlug ohne jede Kontrolle auf den Kranführer ein, besinnungslos und außer sich vor Empörung. Hänschen mußte dazwischen gehen und ihn mit Gewalt von dem Mann wegreißen. Und auch dann noch zitterte Thanner vor Zorn.

Reifen quietschten, ein Motor heulte auf. Grübers Wagen schoß davon. Die Männer, die für Grüber gestohlen hatten, suchten das Weite. Zwei von ihnen liefen dem Einsatzkommando in die Arme, das Minuten später eintraf.

Schimanski nahm Thanners Wagen und fuhr los. Er stellte eine Funkverbindung zum Präsidium her und sagte zum Kommissar vom Dienst: »Treib mir mal den Tumler auf, koste es, was es wolle.«

»Kein Problem, Schimmi, der sitzt in deinem Büro!«

»Na prima, ich muß ihn sprechen.«

Knacken in der Leitung, dann meldete sich Tumler.

»Wo steigt Mercier ab, wenn er in Düsseldorf oder Duisburg ist?«

»Stadelmaier sagte, im Duisburger Hof.«

»Danke. Übrigens, ich bin in spätestens einer Stunde im Büro. Wär' schön, wenn Sie noch so lange warten könnten.«

»Gerne. Ich kann gar nicht weg. Königsberg hat mich gebeten, mich heute nacht für alle Fälle bereit zu halten. Unser Spiel ist ja auch noch nicht zu Ende.«

Schimanski legte den Hörer zurück, ohne noch etwas zu sagen.

Herr Mercier wolle zu so später Stunde nicht mehr gestört werden, sagte der Portier, er habe seine Anweisungen.

»Er hat Besuch, nicht wahr?« Schimanski legte seinen Ausweis auf den Tisch.

»Ein echter Kriminalist«, sagte der Portier voller Ehrfurcht.

»Was ist daran so komisch?«

»Sonst haben wir hier nur welche als Hausgäste, die Kriminalisten spielen – Schauspieler eben.«

Schimanski reagierte nicht darauf.

»Suite 511«, bemühte sich der Portier schnell hinzuzufügen.

»Na bitte!«

Schimanski nahm nicht den Fahrstuhl. Er neigte zur Klaustrophobie und mied enge Räume. Er fuhr auch nur durch Tunnels, wenn es sich nicht vermeiden ließ.

Die Suite hatte eine Klingel. Schimanski ließ den Daumen drauf.

»Wer ist denn da?« rief eine Stimme von innen.

Schimanski nahm den Daumen nicht herunter, bis die Tür aufgerissen wurde.

»Wer sind Sie?«

»Schimanski.«

»Dieser ... äh ..., unorthodoxe Polizist?«

»Auf jeden Fall kein orthodoxer Christ. Ich komme grade mal rein, ja?«

Schimanski schob Mercier zur Seite. In einem Sessel saß Grüber. Schimanski baute sich vor ihm auf. »Nur die allerdümmsten Kälber gehn zu ihrem Schlächter selber«, sagte er.

»Was ist?« fragte Mercier von der Tür her.

Schimanski sah auf Grüber hinab. »Haben Sie da denn nicht kapiert, Mann. Warum sind Sie denn diesmal nicht gewarnt worden?«

»Bitte?« fragte Grüber.

»Ist doch klar. Dieser Gentleman aus Genf hält sich ein erstklassiges Informationssystem. Er weiß, was die Polizei so macht. Nicht nur von uns hier in Duisburg weiß er das, er ist auch über die Maßnahmen des Landeskriminalamtes und des Bundeskriminalamtes informiert. Deshalb kann er auch immer rechtzeitig Zeugen aus dem Weg schaffen lassen. Ob das der Herr Hillermaier aus Frankfurt für ihn macht oder die Polizei...«

Mercier hob lächelnd seine Hand und sagte: »Nur daß die Polizei honorarfrei arbeitet, was man sonst von niemandem sagen kann. Übrigens: Wer, bitte, ist Hillermaier?«

Schimanski sah den Schweizer gar nicht an. »Haben Sie es jetzt verstanden, Grüber?«

Grüber sah zu ihm auf. »Sie meinen...«

»Ich meine, daß Sie für Mercier schon nicht mehr tragbar waren, als Sie die beiden Mädchen umbringen ließen.«

»Schon früher«, sagte Mercier mit seiner leisen, kultivierten Stimme, die durch den französischen Akzent noch charmanter klang. »Er hätte niemals zu denen gehen dürfen. Ich dulde es bei meinen Geschäftspartner und Mitarbeitern nicht, wenn sie schlechten Umgang haben und wenn sie dabei gar noch die Contenance verlieren.«

»Sehen Sie, Grüber. Und deshalb kam Monsieur Mercier diesmal nach Duisburg, um Sie zu eliminieren. Der Zufall oder vielleicht sogar seine eigene Regie wollten es, daß er sich dabei – wieder einmal – nicht die Finger schmutzig machen muß. Er konnte es so deichseln, daß die Polizei Sie festnagelt.«

Grüber sah Mercier hilfesuchend an. Aber der ließ es bei seinem verbindlichen Lächeln. Schimanski drehte sich zu Mercier um. »Sie haben dafür aber einen tüchtigen Mann gebraucht, nicht wahr. Einen, der immer alles im Auge hat. Ich weiß bis heute nicht, warum man so einen bei uns und bei den Geheimdiensten einen Maulwurf nennt. Maulwürfe sind doch bekanntlich blind.«

»Herr Schimanski«, sagte Mercier mit seiner feinen Stimme, »wenn Sie Herrn Grüber mitnehmen wollen – bitte! Ich habe Geschäfte mit ihm gemacht, zugegeben, aber mein Part dabei war absolut legal. Was er zu verantworten hat, soll er verantworten. Aber Sie werden verstehen, daß ich meinen Schlaf brauche. Es ist schon fast zwei Uhr morgens, und ich habe morgen, nein heute früh einen Generalkonsul zu Gast, und um zwölf Uhr muß ich in Bonn sein.«

»Grüber ist ein schlimmer Finger«, sagte Schimanski, »aber sie, Mercier, Sie sind schlimmer als die Pest.«

»Ich schreibe das Ihrer Erregung zu, Herr Schimanski.«

»Das dann bitte auch«, sagte Schimanski und schlug zu. Seine Faust traf Mercier am Kinn. Der zweite Schlag zerbrach ihm die Nase. Mercier flog auf das Bett, stand aber sofort wieder auf, zog ein Taschentuch heraus und tupfte das Blut ab. Dann ging er um das Bett herum und wählte eine zweistellige Nummer.

»Hier Mercier«, sagte er, »ich brauche ein wenig ärztliche Hilfe.« Dann legte er wieder auf. Er sah Schimanski ernst an.

»Hart im Nehmen, was?« höhnte Schimanski.

»Und hart im Geben«, sagte Mercier. »Ich warne Sie, Schimanski.«

Schimanski grinste. »Wollte ich zu Ihnen auch gerade sagen!«

Einen Augenblick lang sahen sich die beiden an. Unterschiedlicher konnten zwei Männer nicht sein.

»Sie weisen mir nichts nach, Schimanski«, sagte Mercier.

»Und Sie machen mir keine Angst, Mercier.«

Dann wandte sich Schimanski zu Grüber um und zog ein Paar Handschellen aus dem Hosenbund.

Grüber leistete keinen Widerstand.

Thanner hatte die Schrottinsel ebenfalls schnell verlassen. Am späten Nachmittag schon hatte er Tumlers Ford Scorpio fachgerecht aufgebrochen und untersucht. Das Auto war klinisch rein gewesen.

Aber Thanner war sich seiner Sache sicher. Tumler wohnte im Penthouse eines Freundes, wie er sagte. Der Freund hielt sich geschäftlich in Südamerika auf. Zum Glück mußte jeder Mitarbeiter der Polizei stets angeben, wo er privat zu erreichen war. Königsberg hatte Thanner die Adresse gegeben.

Das Haus lag in Düsseldorfs bester Gegend. Die Innenausstattung war von erlesenster Qualität. Thanner wurde neidisch, sobald er die Tür hinter sich ins Schloß gedrückt hatte. Einen Augenblick lang überlegte er, wie er reagieren sollte, wenn Tumler sich nicht an die Anweisung Königsbergs hielte und plötzlich nach Hause käme. Er beschloß, in diesem Fall sofort die Waffe zu ziehen und Tumler auf den Kopf zuzusagen, daß er ein hinterhältiger, gemeiner, feiger... undsoweiter... undsoweiter.

Thanner war ein systematischer Mensch. Eine Hausdurchsuchung lag ihm. Und er gehörte zu jenen Polizisten, die stets wieder die alte Ordnung herstellen. Manchmal hinterließ er eine durchsuchte Wohnung sogar in einem ordentlicheren Zustand, als er sie angetroffen hatte.

Er fand die Waffe in einem Schnellkochtopf ganz hinten in einer tiefen Topfschublade. Er fuhr mit seinem Kugelschreiber in den Lauf und hob die Pistole vorsichtig heraus. Dann setzte er den Deckel wieder exakt auf den Topf.

Er ging in den luxuriös ausgestatteten Wohnraum zurück, legte die Waffe behutsam auf den Tisch und suchte in der reichen Schallplattensammlung des Penthouse-Besitzers. Er fand die Tondichtung für großes Orchester, Opus 30, »Also sprach Zarathustra« von Richard Strauß, legte die Platte auf und setzte sich in den bequemsten Sessel, dann rief er Königsberg an, um zu berichten.

»Kommen Sie sofort her«, sagte der Kriminalrat. »Ich muß vielleicht nach Hause. Mein Rücken! Ich habe starke Schmerzen, fühlt sich an, als hätte sich mal wieder der Ischiasnerv eingeklemmt.«

»Ja, ich räume nur noch auf«, sagte Thanner mit einem Blick auf die tadellos aufgeräumte Wohnung.

Dann legte er auf.

In der Hausbar fand er einen jungen Genever und goß sich ein Wasserglas zu einem Viertel voll.

Jetzt erst ließ er den Tonarm auf die Platte nieder und setzte sich wieder in den Sessel. Er trank in ganz kleinen Schlucken.

Schimanski tat ihm leid. Horst hatte Tumler zwar nicht ausstehen können, anfangs, aber er war doch auch neugierig gewesen auf den Typ, der so windschnittig und kalt distanziert wirkte. Irgendwie hatte er wohl immer noch gehofft, daß hinter der Fassade ein guter Kumpel zum Vorschein kommen würde. Und zumindest hatte er seine beruflichen Fähigkeiten ziemlich hoch eingeschätzt. Zu Recht, wie Thanner zugeben mußte. Das Doppelspiel, das Tumler getrieben hatte, beherrschten nur die besten Köpfe oder ein besessener Spieler. Aber Schimanski würde enttäuscht sein. Wieder einmal ein Flop.

Irgendwann zieht er vielleicht doch noch los, dachte Thanner, und sucht seinen verschwundenen Vater.

Thanner fragte sich, ob er vielleicht eifersüchtig auf Tumler gewesen war? Vor sich selber konnte er es ja ruhig zugeben. Vielleicht, ja vielleicht war er eifersüchtig auf Tumler gewesen und hatte ihn deshalb immer so scharf rangenommen. Aber warum auch nicht? Er mochte Schimanski. Er fragte sich zum tausendsten Mal, warum eigentlich. Er kam nicht drauf.

Dabei wäre die Antwort so einfach gewesen: Weil Schimanski ihn so sehr brauchte!

7

Tumler saß noch im Büro. Er ging sofort hinüber zum Backgammon-Brett, als Schimanski hereinkam.

»Das Spiel ist in der Endphase«, sagte er. »Ein Viererpasch und einmal fünf und drei, und Sie sind geliefert, Schimanski.«

Schimanski setzte sich Tumler gegenüber. »Wir haben Grüber. Er steckte hinter dem Einbruch in das Nato-Depot.«

Tumler hob leicht die rechte Augenbraue. Er würfelte. »Na bitte, ein Viererpasch!«

»Halten Sie es für möglich, daß Mercier es zuläßt, wenn Grüber Waffengeschäfte auf eigene Kappe macht?«

»Kaum – Sie sind dran!« Tumler reichte Schimanski die Würfel. Schimanski würfelte ohne eigentliches Interesse.

»Dann glauben Sie also, daß Grüber die Bazookas und Maschinengewehre im Auftrag Merciers ...?«

»Bazookas und Maschinengewehre?« unterbrach in Tumler. »Ich denke, es ging nur um Munition?«

»Das dachte Mercier vermutlich auch!«

Tumler lachte. »Und woher wollen Sie das wissen?«

»Ich habe mit ihm geredet. Grüber war übrigens bei ihm. Ich habe ihn in Merciers Suite verhaftet, Herr Tumler!«

Schimanski zog und konnte einen Stein Tumlers kassieren. In gleichen Augenblick steckte Thanner seinen Kopf durch die Tür. »Kannst du mal einen Augenblick kommen, Horst?«

Schimanski stand auf. Er warf noch einen Blick auf das Brett. Dann sagte er: »So kann's kommen. Grade hat's noch so ausgesehen, als ob Sie schon gewonnen hätten!« Dann folgte er Thanner hinaus auf den Korridor.

»Königsberg meint, du sollst Grüber verhören«, sagte Thanner, als er die Tür hinter sich zugezogen hatte.

»Ist er im Haus, der Karl?«

»Ja.«

»Wo?«

»Drüben bei Hänschen.«

Schimanski begann zu rennen. Er stürmte in das Büro und rannte Hänschen fast um, der gerade mit zwei Bechern Kaffee in der Tür stand. »Karl, ich brauche einen richterlichen Haftbefehl.«

»Gegen wen?«

»Tumler!«

»Das gleiche habe ich heute schon von Thanner gehört. Hast du Beweise?«

»Nein, aber ich weiß es, und aus Grüber kann ich es rausholen, noch heute nacht.«

»Thanner hat den Beweis: die Waffe, mit der Geibel erschossen worden ist.«

Schimanski drehte sich zu Thanner um und sagte: »Du Kanaille!« Aber es klang eher anerkennend.

Zwei Beamte brachten Grüber herein. Schimanski ging auf ihn zu. Grüber wich ängstlich gegen die Wand zurück. Aber Schimanski fuhr ihm nur leicht mit dem gekrümmten Zeigefinger über den Nasenrücken und sagte: »Tja, dann schlachten wir mal den Sündenbock!«

Tumler hatte während Schimanskis Abwesenheit versucht, sein Glück zu korrigieren. Er war aufgestanden, zum Fenster gegangen, ans Brett zurückgekehrt, hatte die Steine ein wenig verrückt, grade so viel, daß er eine Chance gehabt hätte, das Spiel schnell und endgültig für sich zu entscheiden. Dann war er wieder ans Fenster getreten und hatte in die helle Nacht hinausgeschaut. Plötzlich war er wieder am Brett, um mit fliegenden Fingern die alte Spielsituation wieder herzustellen – gerade noch rechtzeitig, bevor Schimanski das Büro wieder betrat.

Schimanski sagte: »Wenn ich mich recht erinnere, sind Sie dran.« Tumler würfelte und konnte nicht fahren.

»Keine Chance«, sagte er mit einem dünnen Lächeln.

Schimanski beachtete das Spiel gar nicht mehr. Er schaute Tumler direkt ins Gesicht.

»Man muß wissen, wenn man verloren hat.«

Dann würfelte er mit einer fast beiläufigen Geste und erwischte genau die Zahlen, die er brauchte, um Tumlers Aufstellung in dessen eigenem Feld vollends zu zerstören.

Tumler sagte: »Ich gebe auf!«

Schimanski ging zum Fenster und sah hinaus.

»Was zahlt Ihnen Mercier?«

»Sie irren sich, Schimanski!« Noch immer hatte Tumlers Stimme diesen kühlen, hohen Klang.

»Ich irre mich nicht, leider. Nicht, daß es mir um Sie leid tut. Ganz bestimmt nicht. Jeder zahlt seine Rechnung. Mir tut's leid um Uschi von Berg, Monika Kilgus, Anton Keller, Günter Stadelmaier, und das sind bestimmt noch nicht alle.«

»Wenn es so wäre, wie Sie sagen, Schimanski, wäre Ihnen Grüber heute nacht nicht ins Messer gelaufen.«

»Ja, das hat Grüber auch gemeint!«

»Bitte?«

»Er hat gesagt, er hätte es wissen müssen – hören Sie: müssen, wenn die Polizei tatsächlich in Führstadt... Menschenskind, mich kotzt das an. Sie sind Merciers Mann. Ich weiß das, und Mercier weiß, daß ich es weiß. Und jetzt sagen Sie mir, was Sie dann noch für eine Chance haben!«

Schimanski ließ die Würfel über das Backgammon-Brett tanzen.

»Noch eine Partie?« fragte Tumler

»Was denn, eine neue?«

»Sie haben doch Zeit, oder?«

»Ich schon.«

»Haben Sie einen richterlichen Haftbefehl beantragt?«

»Sowas erledigt Königsberg.«

Tumler nickte.

Er stellte die Steine auf. »Sie haben wirklich mit Mercier geredet?«

»Ja!« Auch Schimanski stellte die Steine auf. Diesmal spielte er mit Weiß.

»Er hätte also noch Zeit gehabt, mich zu warnen?«

»Ungefähr eine Stunde, aber warum sollte er? Sie sind für ihn nichts mehr wert.«

»Ich habe immer geglaubt...«, Tumler sprach nicht weiter.

»Warum?« fragte Schimanski, nachdem sie eine Viertelstunde schweigend gespielt hatten. »Warum haben Sie sich dafür hergegeben?«

»Wegen des Geldes.«

»Aber die Morde?«

»Ich habe niemals einen Mord begangen, Schimanski!«

»Da bin ich anderer Meinung. Außerdem, man muß nicht selber abdrücken...«

»Und warum spielen Sie dann noch mit mir?«

»Ich habe zu viele Mörder kennengelernt, seitdem ich diesen Job mache!«

»Und wissen Sie«, er sah Tumler voll ins Gesicht, »die subtilste Form der Verachtung ist, sie nicht zu zeigen.«

Tumler wollte in einer jähen Bewegung die Steine vom Brett wischen. Da ging die Tür auf.

Königsberg kam auf einen Stock gestützt herein.

»Es war nicht ganz einfach, um diese Zeit einen Richter aufzutreiben«, sagte er, »und natürlich wollte er dann auch was sehen. Tut mir leid, Herr Tumler, wir haben Ihre Wohnung und Ihr Auto durchsucht.«

Die Backgammon-Partie war noch in ihren Anfängen, aber es stand schlecht für Tumler.

»Und? Was haben Sie gefunden?« fragte Tumler.

»Unter anderem die Waffe, mit der Günter Stadelmaier erschossen wurde.«

Tumler stand auf. »Schade«, sagte er zu Schimanski, »aber Sie haben ja auch so gleich zweimal gewonnen.«

Auch Schimanski stand auf.

»Lieber hätte ich gar nicht gespielt!«

Nachbemerkung

Horst Schimanski, der Duisburger Kriminalkommissar, verdankt seine Existenz der Redaktion der Produktionsfirma BAVARIA ATELIER GMBH, den Autoren und Produzenten Bernd Schwamm und Harmut Grund, dem Regisseur Hajo Gies, den Autoren Horst Vocks und Thomas Wittenburg, und ich selbst war in die Vorbereitungen zweitweise auch mit eingebunden. Einen wesentlichen, wenn nicht den wesentlichsten Einfluß auf die Gestaltung der Figur hatte von Beginn der Dreharbeiten an deren Darsteller Götz George.

Ein 90-Minuten-Film wäre überfordert, wollte er die ganze persönliche Geschichte des Helden mit transportieren. Im Kriminalfilm dominiert der Fall. Natürlich spielen der Fall und seine Lösung auch im Roman eine entscheidende Rolle, aber der Roman kann darüber hinaus eine Menge mehr erzählen. Daß der Darsteller Götz George, der sich in der Arbeit stark mit Horst Schimanski identifiziert, schon lange darüber nachgedacht hat – Was ist das überhaupt für einer? Wo kommt der her? Was hat er für ein Leben hinter sich? – wundert keinen, der Georges Art kennt, sich intensiv mit Figuren und Stoffen auseinanderzusetzen.

Und so haben wir uns eines Tages gemeinsam auf die Suche nach Schimanskis Vergangenheit gemacht. Gemeinsam wollten wir einen Roman entwickeln, der einen spannenden Kriminalfall erzählt und erste Einblicke in Schimanskis Vorleben gibt.

Das Ergebnis liegt jetzt vor.

Stuttgart, 16.2.1986 *Felix Huby*

Zabou

1

Schokolade fiel ihm ein. Drachen und Wind. Norden und Süden. Orangefarbener Schallplattenapparat. Eine Scheibe, grausam verkratzt. Die Melodie – vielleicht. Was noch auf Anhieb? Blonde Locken mit roter Schleife. Große, blaue Augen. Ein trauriger Mund.

Als Schimanski Conny zum erstenmal sah, schielten neugierig blitzende Augen über einem winzigen Näschen und einem großen Schokoladenmund um die Ecke – den Fremden zu begutachten, den die Mutter mitbrachte. Daß die Kleine die halbe Tafel noch in der Hand hielt, merkte er erst, als er sie schon auf dem Arm hatte und Conny beim Schmusen die klebrige Masse gleichmäßig in seinen Haaren und auf seiner hellen Jacke verteilte. Dann wurde er von Schokoladenhänden mit ins Zimmer gezogen. Eine Platte wurde auf den Kinderapparat aus orangefarbenem Kunststoff gelegt, und Conny vollführte wilde Bewegungen zur Musik. Tanzte vor ihm, tanzte mit ihm. Nach dem Tanz holte sie ein Spiel hervor. Schimanski hatte keine Lust, deshalb war er nicht gekommen. Aber sie bettelte. Er sah den Glanz zum erstenmal. Ihre Augen baten, flehten – gleichzeitig strahlten sie, als sei die Bitte längst erfüllt, als sei man schon beim Bedanken und Genießen. Ihm wurde keine Chance gelassen.

Drei lange Stunden mußte er auf dem Boden hocken, mußte sich mit Osten und Westen, Frühling und Herbst, Orchideen und Chrysanthemen und anderen chinesischen Zeichen auf Dominosteinen plagen. Der Eifer erhitzte ihr Köpfchen, rötete die Wangen und ihre helle Haut. Beim Überlegen schürzte sie die Lippen übereinander, verlieh ihrem kleinen Gesicht einen Ernst, eine Traurigkeit, die sich erst wieder lösten, wenn der Punkt gewonnen war. Er stieg nicht dahinter, wer stärker –

der Drachen oder der Wind –, wer mehr wert war – der Sommer oder der Winter. Conny schlug ihn haushoch.

Als Schimanski dann bei Karin und ihrer Tochter eingezogen war, schlich er nachts ins Kinderzimmer, holte das chinesische Spiel und studierte es heimlich. Ohne großen Erfolg. Conny legte die Regeln auf ihre Weise aus. Der Drachen verschlang den Wind, der Herbst war kein Welken, sondern konnte mit seinen Farben den Frühling ausstechen, ihn mit seinen Stürmen vertreiben. Also spielte Schimanski auch nach eigenen Regeln – und gewann.

Das Garagen-Abenteuer war sein Spiel. Wenn die kleine Familie von Reisen, von ihren Ausflügen zurückkam, hielt Schimanski den Wagen vor der Einfahrt an, nahm Conny auf seinen Schoß, ließ sie durch die schmalen, steilen Kurven der Tiefgarage steuern. Das verlief nicht immer ohne Kratzer, ein Scheinwerfer mußte auch mal dran glauben. Schwierigkeitsgrad, Spannung und Vergnügen wurden erhöht, da Schimanski die Geschwindigkeit von Mal zu Mal steigerte. Bis sie durch die engen Fluchten bretterten – zwar mit quietschenden Reifen, aber ohne Schrammen.

»Ich gehe auch zur Polizei«, verkündete Conny eines Tages.

»Willst du dein Leben lang Falschparker aufschreiben?« fragte Schimanski zurück.

»Machst du das etwa?«

»Das ist auch was anderes.«

»Wieso?«

Schimanski betrachtete die Kleine in ihrem hellblauen Kleidchen mit der roten Schleife im Haar, wie sie mit glitzernden Augen zu ihm heraufsah. Er nahm sie auf die Arme, wirbelte sie durch die Luft. »Du bis zu schwach, zu zart, zu klein.«

»Ich bin nicht schwach, ich bin nicht zart«, protestierte Conny heftig, als sie wieder Boden unter den Füßen hatte. »Und ich wachse noch. Überall.«

Als Schimanski sie dann wiedertraf, war sie gewachsen.

2

SUNFLASH – der Schein der Neon-Buchstaben tauchte die eleganten Anzüge und rauschenden Roben der eintreffenden Gäste in fahles Blau. Fackeln und Luftballons säumten den schmalen Weg zwischen Eingang und Parkplatz. Er sah nur eine Silhouette mit rasanten Formen auf einem Bein hüpfen.

»Kann ich helfen?« fragte Schimanski und faßte mit beiden Händen zu.

»Verpiß dich!« zischte die Dame, deren Hüften er hielt. Und der geschniegelte Knabe, der nun vom Beifahrersitz des weißen Mercedes' federte, hatte die Fäuste schon geballt.

»War bloß eine Frage«, meinte Schimanski, nahm augenblicklich die Hände von der Holden in dem engen Kleid und überließ sie ihrem schwankenden Schuhwechsel.

Es machte Klack und Klatsch. Die Blondine wollte sich am Kofferraum festhalten, der Deckel klappte zu, und sie landete mit einem Fuß – dem ohne Schuh – in der Pfütze. Schimanski zuckte nur die Achseln, schlängelte sich an den geparkten Luxuskarossen vorbei, hinter seinem Kollegen her.

Die Empfangsdame suchte vergebens ihre Namen auf der Liste, sie waren nicht geladen. Während Thanner dienstlich wurde, sich als Polizeibeamter zu erkennen gab, bahnte sich Schimanski schon einen Weg durch die fein herausgeputzten Herrschaften. Wurde von einem Bauchladen aufgehalten. Ein Mädchen im knappen, weinroten Trikot hielt ihm lächelnd eine schwarze Augenmaske hin. Der schmächtige graumelierte Herr neben ihm, der sich gerade solch eine überzog, stieß ihm den Ellbogen in die Seite. Stellte sich bei der Maskierung so ungeschickt und zapplig an, als sei er mit etwas sehr Unanständigem beschäftigt oder habe noch Unanständigeres vor.

Schimanski lehnte das Angebot des Mädchens mit dem Bauchladen dankend ab, schob den dicken Vorhang zum Lokal beiseite.

Chic und Pseudo-Chic. Echtes neben Nachgemachtem und ganz Falschem. Nur der eitle Protz war bei allen echt, vereinte Unter- und Halbwelt mit Vertretern der gehobenen Schicht.

SUNFLASH hieß eine Kette von Amüsierbetrieben, von Nachtlokalen, Diskotheken, Peep-Shows, Spielsalons und was nicht allem, die sich langsam im gesamten Ruhrgebiet ausbreitete. Heute die feierliche Eröffnung der Filiale in Duisburg, wie die Aufschriften der Luftballons und Girlanden stolz verkündeten. Die silbernen Wände reflektierten die farbigen Lichter, überzogen die Festgesellschaft mit buntem Flirren. Aus einer Konfettikanone rieselten flimmernde Papierschnitzel auf die Gäste nieder.

Schimanski dachte an finstere Gänge, mit No-Future-Parolen beschmierte Wände. An das Mädchen, das ihnen schreiend entgegenkam, ihnen die blutigen Hände entgegenstreckte. Hasten über Eisentreppen. Thanner neben ihm, hinter ihnen Uniformierte. Rufen und Hilfeschreie. Endlich die Halle der alten Kupferfabrik. Fliehen zwischen verrosteten, verrotteten Kesseln, über heruntergestürzte Balken. Sprünge aus dem Fenster. Hinterherstürmende Beamte. Zwei Mädchen, die wimmernd und blutüberströmt über das Geröll am Boden krochen. Über einer Eisenbank ausgestreckt ein Junge, der Arm hing schlaff herunter in einer Blutlache. Neben ihm ein anderer, rotblonder Flaum über den Lippen, Sommersprossen auf den Wangen, der schweißperlenden Stirn – höchstens 17 Jahre alt –, drehte sich herum, kam mit drohend erhobenem Messer auf Schimanski zu. Schimanski fühlte sich elend mit seiner Pistole vor dem Kind. Dem Jungen floß Speichel aus den Mundwinkeln, der Blick kam von weither aus glasigen Augen. Er holte aus, deutete Stiche an. Mit verzerrtem Grinsen riß er plötzlich die Klinge hoch an seine eigene Kehle, schnitt zu. Schimanski stürzte sich auf ihn, schleuderte ihn gegen den nächsten Kessel. Der Junge schrie, trat, schlug. Das Messer schwebte über Schimanskis Arm, neben seinem Hals, der Junge ließ es nicht los, hielt es krampfhaft fest. Schimanski mußte jeden Finger einzeln knicken, endlich schepperte es zu Boden. Das Kind schnappte nach ihm wie ein Tier, Zähne bohrten sich in sein Handgelenk. Schimanski wirbelte den Jungen herum, schmiß ihn zu Boden, hielt ihn so, daß er sich nicht mehr wehren konnte, band ihm die Gelenke mit Handschellen zusammen.

In einer mit Tüchern abgetrennten Ecke der Halle brannten Kerzen, warfen ihr flackerndes Licht auf runde Glaspfeifen und leere Röhrchen. Dazwischen schimmerten kleine weiße Brocken. Schimanski sammelte sie, ließ die Kügelchen in seiner Hand rollen. Crack. Das neueste Ballspiel aus Amerika. Traum des Dealers, Alptraum des Benutzers. Kinder-Droge, Killer-Droge.

Sie hatten alle Jugendlichen, die sich während des Gemetzels in der Fabrik aufhielten, schnappen können. Nur einer von den beiden älteren war ihnen entwischt. Aber der sollte hier beschäftigt sein, hier im SUNFLASH.

»Er arbeitet in der Küche«, piepste ein Stimmchen hinter ihm. »Hintenrum, hintenrum, bitte.« Jemand zupfte aufgeregt an seinem Ärmel.

Schimanski drehte sich ruppig um, schaute in ein spitzes Gesicht mit angstvollen Augen. Den Block mit den Eingeladenen wie ein Schild bis zur Nasenspitze gehoben. Ein Goldfischchen unter Haien, dachte Schimanski mitfühlend. Die müssen nicht mal das Maul aufmachen, um es zu schlucken.

»Hintenrum, bitte hintenrum«, piepste das Empfangsdämchen wieder. Die Augen loderten noch wilder, die Finger zerrten noch heftiger an seinem Arm. Solch eine Angst vor einem Fehler, Angst, daß er mit seiner Alltagsjacke für einen Fleck auf dem Glimmer sorgen könnte.

Schimanski spitzte seinen Mund zu einem Küßchen. »Dir zuliebe«, versuchte er zurückzupiepsen. »Aber wirklich nur dir zuliebe.«

»Raus!« schnauzte eine Stimme, noch ehe sie drin waren. Die Tür klemmte, sie stießen heftig dagegen. Der Bottich mit

Fischen hinter der Tür schwappte über. »Raus! Hier ist kein Eingang!«

Thanner hielt dem Mann mit dem weißen Koch-Zylinder seine Marke unter die Nase. »Norbert Sandrowski – wer ist das?«

»Sandro!« schrie der Koch durch den Raum, meinte einen Gehilfen mit blauer Schürze und Punkfrisur unter dem karierten Käppi.

Der sah die beiden Beamten und wußte sofort, was los war. Aber wenn er wirklich fliehen wollte, war es zu spät. Schimanski versperrte ihm schon den Weg. »Toilette verschieben wir auf später«, meinte er grinsend.

Die große Küche wimmelte von weißen Zylindern und karierten Käppis, weißen und blauen Schürzen. Mit Löffeln, Kellen, Messern, Tellern und Schüsseln wurde klappernd hantiert. An reichverzierten Speisen wurde letzte Hand angelegt, bevor sie ins Lokal getragen werden konnten. In riesigen Töpfen brodelten Hummer, in breiten Pfannen bruzzelten farbige Soßen.

Der Küchengehilfe Sandrowski war dabei, Austern für den Nachschub zu öffnen. Konnte sich plötzlich überhaupt nicht mehr vorstellen, was die beiden von ihm wollten. Thanner klärte ihn geduldig auf. »Die Messerstecherei in der alten Fabrik. Einer von den Jungen ist eben gestorben.«

»Was geht mich das an? – Ich weiß überhaupt nicht, wovon Sie sprechen.«

»Sie waren dabei.«

»Quatsch. Totaler Blödsinn.«

Thanner behielt die Ruhe. »Ihr Kumpel hat's ausgesagt. Der ist uns nämlich nicht entwischt.«

»Ich laß' mir von euch nichts anhängen«, regte sich Sandrowski mit seiner lauten, grölenden Stimme auf.

»Warst nicht dabei. Kennst die Fabrik nicht. Weißt gar nicht, wie ein Messer aussieht –«, sagte Schimanski leise, nahm ihm das Austern-Messer aus der Hand, piekte Shrimps vom Tablett neben sich, probierte sie. Weitere Garnierungen zu stiebitzen, kam er nicht dazu – die Platte wurde hastig weggetragen. Der Küchengehilfe mit den schwulstigen Lippen führte sich immer pampiger auf. »Scheißtypen, ihr könnt mich nicht linken«, gröhlte er. »Ich war nicht dabei.«

Schimanski war das Theater so leid, das Getue, das ganze ›Hintenrum‹ und ›Weiß-von-nichts‹. Thanner ging es offensichtlich genauso. Er zauberte ein Paar Handschellen hervor, meinte: »Und ohne Anwalt sagen Sie gar nichts mehr.« Legte sie dem verdutzten Austern-Punk um. »Unterhalten wir uns doch lieber bei uns weiter. Von da aus können Sie auch Ihren Onkel anrufen.« Womit der Anwalt gemeint war.

»Das könnt ihr nicht machen«, stotterte Sandrowski.

»Sie sind vorläufig festgenommen«, stellte Thanner lakonisch fest. Schimanski schnappte sich noch eine Handvoll Oliven, hielt Thanner und dem gefesselten Küchengehilfen die Tür zum Lokal auf.

»Um Gottes willen nicht durchs Lokal«, raunzte der Koch, der sie eben angeschnauzt hatte. »Hintenrum!« Deutete auf die Tür, durch die sie reingekommen waren.

Schimanski nickte ihm freundlich zu. »Danke, aber wir finden uns schon zurecht«, meinte er mit vollem Mund und schloß die Tür hinter sich.

Die Gäste schienen langsam in Stimmung zu kommen. Wieder einmal feuerte die Kanone eine Ladung Konfetti über die Feiernden ab. Die Mädchen, die außer den Sternen auf den Brüsten und zwischen den Beinen nur noch Champagner auf einem Tablett trugen, hatten es schwer im Gewühl. Es herrschte dichtes Gedränge auf den verschiedenen Ebenen des Lokals, bis in die kleinen Nischen hinein. Dort, wo sich auffällig viele schwarze Masken gesammelt hatten, war die Attraktion des neueröffneten Etablissements zu bestaunen. Zwanzig Zentimeter über den Köpfen der Zuschauer turnten in einem Netz zwei dunkle Schönheiten mit langen, roten Stiefeln, ebenso langen und roten Handschuhen. Ein Prospekt würde sicher von Ausdruckstanz schwärmen. In Wirklichkeit ging es lediglich darum, daß sich die beiden Exotinnen das wenige, das sie anhatten – die Stiefel und die Handschuhe –, unter wildem Gehopse gegenseitig auszogen.

Schimanski ging vor, drängte die feiernden Herrschaften höflich, aber bestimmt zur Seite. »Achtung. Vorsicht!« rief er immer wieder laut. Thanner schob den Küchengehilfen in Handschellen wie Sperrgut nach.

Von der anderen Seite, vom Eingang her, wurde ebenfalls jemanden ein Weg durch das Gedränge gebahnt. Das lange, wallende blonde Haar war zu einer Seite hin frisiert, machte die Stirn und blaue Augen frei. Ein Seidenschal im sanften Rosa ihrer Lippen umspielte ihre nackten Schultern. Unter dem schwarzen Spitzenkleid schimmerte zart die helle, weiße Haut.

Schimanski erblickte den Traum, als er gerade genüßlich eine Auster schlürfte, die er sich im Vorbeigehen vom Buffet geangelt hatte. Er hatte den Eindruck, die Schöne sehe ihn an, lächle ihm sogar zu. Einen Moment lang schien ihm ein gelungener Abschluß des Abends noch möglich. Aber dann war die Erscheinung schon wieder im Getümmel verschwunden.

Dafür tauchte ein schneeweißes Jackett mit schwarzer Fliege bei ihnen auf. »Was machen Sie? Was ist passiert?« fragte aufgeregt ein nicht sehr großer Mann. Stellte sich als Geschäftsführer Hocks vor, als er keine Antwort erhielt.

»Lassen Sie sich nicht stören«, meinte Schimanski, während er die zweite Auster schmatzte.

»Vorläufige Festnahme. Messerstecherei«, erklärte Thanner in genauso beruhigendem Ton und schob den Küchengehilfen in Handschellen vor sich her.

»Feiern Sie ruhig weiter«, sagte Schimanski und ließ wieder sein »Vorsicht, Vorsicht, einen Moment zur Seite, bitte«, hören.

Bevor sie das Bufett verließen, entschied sich Thanner doch

noch für eine Auster. Ließ sich aber so wenig Zeit, schlürfte sie so aufgeregt hinunter, daß er seinen guten, dunklen Mantel bekleckerte.

»Nehmen Sie doch bitte den Hinterausgang«, bat der Geschäftsführer eindringlich.

»Hintenrum? Haben Sie ›hintenrum‹ gesagt?« fragte Schimanski.

Hocks nickte eifrig und wollte schon vorgehen.

»Danke, wir bedienen uns schon selbst.« Schimanski nahm einem lächelnden Sternen-Mädchen genauso lächelnd ein Glas Champagner vom Tablett, leerte es in einem Zug, stellte es zurück.

»Es ist nichts passiert, kein Grund zur Unruhe. Nichts passiert«, versuchte der Geschäftsführer seinen pikierten Gästen zu versichern. Wirkte wie ein Gummimännchen, das nicht weiß, zu welcher Seite er sich biegen soll. »Amüsieren Sie sich!« rief er den verunsicherten Festlichen zu, gab dabei mit seinen Armen einer imaginären Schaukel Schwung.

Schimanski entdeckte unter einer der Masken Bekanntes. Zuletzt hatte er die immer leicht gerötete, leicht feuchte Nase hinter einem wuchtigen Schreibtisch einer Amtsstube des Innenministeriums in Düsseldorf gesehen. »Das ist eine Frage der Moral«, hatte die Nase ihm damals ein angebliches Ordnungsvergehen vorgehalten.

»'n Abend, Herr Oberregierungsrat«, grüßte Schimanski den Herrn mit der Maske freundlich. »Auch mal unter die Leute? Mal frische Luft schnappen, finde ich auch. Schönen Abend noch und einen lieben Gruß an die Frau Gemahlin zu Hause.«

Der maskierte Oberregierungsrat reagierte so verschreckt, daß er sich am Champagner verschluckte und fürchterlich husten mußte. Schimanski klopfte ihm auf die Schulter und meinte: »Nicht so hastig, Herr Oberregierungsrat. Immer schön langsam.«

»Alles in Ordnung?« erkundigte sich das Gummibärchen

mit der Fliege bei dem immer noch Hustenden besorgt. Bog sich wieder zu Thanner, der die Handschellen nachschob. »Aber Sie müssen doch wirklich nicht durchs *ganze* Lokal!« Wollte wenigstens ihn samt Gepäck zum Hinterausgang lokken.

Schimanski drängte weiter die noblen Gäste, mit Gesichtern, als wenn man ihnen in den Sekt gepinkelt hätte, beiseite. »Vorsicht, Vorsicht!« Faßte eine Dame an den bloßen Schultern, schob sie sanft aus dem Weg. Senkte seinen Kopf zu ihrem Nacken, atmete genießerisch den Duft ihres Parfüms ein. »Hm.« Schaute auf und blickte direkt in die großen, blauen Augen der Erscheinung von eben. Wußte plötzlich, wem die glänzenden Augen gehörten. »Conny«, stieß er hervor. Aber schon waren Begleiter und andere Gäste wieder zwischen ihnen.

Thanner schob den Festgenommenen weiter Richtung Ausgang, Schimanski drängte der betörenden Unbekannten nach. Stand schließlich wieder vor ihr. »Conny!« wiederholte er immer noch überrascht.

»Ich heiße Zabou«, entgegnete die Schöne in dem schwarzen, durchsichtigen Kleid.

Schimanski starrte sie an und konnte nur stammeln: »Mensch, Conny...«

»Zabou«, beharrte sie mit leichtem Lächeln.

»Wo hast du gesteckt? Wie geht's dir? Wie kommst du hierher? Was machst du hier?«

»Ich arbeite hier.« Ein Blick der Schönen genügte, und ihre Begleiter ließen Schimanski in Ruhe. Er bekam gar nicht mit, daß sie ihn wegdrängen wollten. Konnte seine Augen nicht von ihren lösen, stotterte: »Wie arbeiten? Als was?« Wiederholte er: »Was machst du hier?«

Conny oder Zabou schwieg, antwortete mit einem geheimnisvollen Lächeln.

»Gehen wir einen trinken«, schlug Schimanski vor. »Irgendwo in 'ner netten Atmosphäre.«

Sie lachte, schüttelte den Kopf, sagte nochmals: »Ich bin hier beschäftigt.«

Er sah sie von der Seite an, deutete fragend auf ein Sternen-Mädchen, auf das Netz weiter hinten im Lokal, in dem sich die beiden Dunkelhäutigen nun ohne Stiefeln nackt tummelten. Aber die Schöne bestätigte nicht, noch stritt sie ab, lächelte weiter ihr geheimnisvolles Lächeln.

Ob Animierdame oder nicht, als was auch immer sie hier beschäftigt war, für ihn war der Fall ohnehin klar. »Conny, zieh dich an! Wir gehen«, sagte Schimanski streng.

Sie lachte ihn nun offen an. »Die Zeiten sind vorbei, wo du so mit mir umspringen konntest. Adieu!« Damit drehte sie sich um und ließ ihn stehen.

Schimanski schob sich hinter ihr her. »Conny, komm – wir gehen.« Er hielt ihren Arm fest. »Komm!«

»Laß mich in Ruhe.«

»Du kommst mit.« Er zog sie Richtung Ausgang. Doch sie machte sich los. Da packte er die Grazile im Spitzenkleid, nahm sie auf den Arm, schleppte sie durch das Gedränge.

»Bist du verrückt?! Laß mich runter, laß mich sofort runter!« Conny trommelte auf seine Schulter. Er spürte ihre spitzen Fingernägel im Gesicht, sie gab ihm Ohrfeigen. Ihre Begleiter zerrten, rissen an seinen Armen. Gäste sprangen erschrocken zur Seite. Conny rutschte ihm weg, er mußte sie runterlassen. Das weiße Jackett mit der Fliege, das Thanner nach draußen geleitet hatte, schoß mit hochrotem Kopf heran. »Dazu haben Sie kein Recht«, fauchte der Geschäftsführer. »Verschwinden Sie sofort aus dem Lokal!«

»Halten Sie sich da raus – das ist eine Privatangelegenheit«, schimpfte Schimanski ihn an. »Conny kommt mit.« Wieder faßte er ihren Arm, zerrte sie durch das Gewühl. Hocks sprang in die Höhe, wedelte wild mit den Händen. Was das bedeutete, wurde gleich darauf klar. Zwei Dampfwalzen schoben sich heran. Zwei Hünen von Menschen befreiten Conny von Schimanski, griffen ihn. Er mußte zu ihnen hinaufschauen, sie waren beide einen Kopf größer als er. Was er dort oben sah, vielmehr was er nicht sah, ließ ihn von jeglichem Versuch, sich zu wehren, Abstand nehmen. Sie trugen ihn durch die Festgemeinde, deren Mitglieder mit sichtlicher Erleichterung und Genugtuung aufnahmen, wie der Störenfried entfernt wurde. Dann spürte er die harten Stufen der Treppe unterm Hintern, rollte schließlich gegen bekannte Füße. Über ihm schüttelte Thanner den Kopf. Reichte ihm die Hand, half ihm auf die Beine.

3

Conny – die Siebenjährige mit dem Schokoladenmund. Die Kleine, die sich schutzsuchend unter seiner Jacke versteckte. Das blonde Mädchen zwischen ihnen im Doppelbett, ein Ärmchen um seinen Nacken geschlungen, das andere um den der Mutter. Als romantische Liebesreise gedacht. Mauritius. Einzige Sommer-Insel, wo auf die schnelle etwas zu haben war. Zwanzig Stunden Flug für sechs Tage Sonne. Wie hatte sie es geschafft mitzukommen? Er wußte es nicht mehr. Jede Nacht kam Conny angekrochen. Angst vor Verbrechern, Mördern, die vor ihrem Fenster, unter ihrem Bett lauerten. Flucht vor Spinnen und Skorpionen, die in ihrem Zimmer wimmelten. Ihr fiel immer etwas ein. Die Stunden, in denen er mit Karin allein sein konnte, mußten gestohlen werden. Dazu mußte man die kleine Tochter überlisten. Sie hatten trotzdem viel Spaß und gerade drum. Sie lachten viel bei ihren Ausflügen, den gemeinsamen Abendessen, im Lokal, zu Hause. Die Drei-Zimmer-Wohnung im sechsten Stock des Hochhauses in Duisburg-Wedau. Wenn das Mädchen ihn nicht mit chinesischen Spielen und ähnlichem nervte, konnte er ausspannen, entspannen. All den dreckigen Kleinkram vergessen. Karin vermittelte Gelassenheit. Unbeschwertheit, Unbekümmertheit – das war Conny. Er fand bei ihnen etwas, das er nicht umschreiben konnte. Er hatte nicht das Gefühl, kämpfen zu müssen – sich zu wehren, aufzupassen. Er konnte ruhig sein.

Schimanski zog polternd eine Schublade nach der anderen aus dem Schreibtisch, durchwühlte Papiere. Er suchte nach Bildern, die er irgendwann mal hier abgelegt hatte. Suchte nach Vergewisserung, Bestätigung der Erinnerungen, die durch seinen Kopf jagten.

Thanners Schreibmaschine klapperte eifrig. Der festgenommene Sandrowski saß abseits auf einem Stuhl, überlegte ernsthaft, ob sich die beiden Beamten wohl noch in dieser Nacht mit ihm beschäftigen würden. Rutschte dabei hin und her, bohrte ausgiebig in seiner großen Nase. Dann begann er zu flöten, um vielleicht so die Aufmerksamkeit auf sich zu ziehen.

»Könnten Sie das bitte unterlassen«, fuhr Thanner ihn an. »Das macht mich nervös.«

»Was tippen Sie da überhaupt?«

»Ihre Aussage.« Thanner bearbeitete weiter die Schreibmaschine. »Sie brauchen dann praktisch nur noch zu unterschreiben.«

»Ich hab doch noch gar nichts gesagt.«

»Aber Ihr Kumpel. Das reicht für euch beide.«

Sandrowski drehte die immer noch zusammengebundenen Hände in schnellen Kreisen vor der Stirn. »Hammer, Hammer, Hämmerlein. Ihr seid doch echt beknallt.«

Thanner warf etwas vor Sandrowski auf den Tisch – ein Päckchen mit kleinen weißen Brocken. »Darum geht's. Das haben wir bei Ihrem Spezi sichergestellt. Und er sagt, er hätte es von Ihnen.«

Der Küchengehilfe verzog höhnisch seine wulstigen Lippen: »Was soll'n das sein?«

»Crack – das Koks für Arme«, ließ Thanner sich nicht aus der Ruhe bringen. »Ihr wolltet da draußen einen Deal machen, aber plötzlich gab's Schwierigkeiten. Die Kinder sagen, ihr hättet zuerst das Messer bei der Hand gehabt.«

Sandrowski blies die Backen auf und ließ die Luft unter eindeutigen Tönen wieder ab.

Thanner sprang auf, stieß ihm dabei unabsichtlich oder nicht den Schreibtisch in die Seite, hielt ihm vor: »Ihr habt angefangen. Dann hat einer von den Jungen total durchgedreht und ist sogar auf seine eigenen Freunde los, weil er schon voll auf Crack ist. Ihr habt sie abhängig gemacht von dem Zeug.«

»Krick, kräck, krack – balla, balla«, kommentierte Sandrowski mit erregt gröhlender Stimme.

Schimanski zerrte einen abgegriffenen Karton aus der untersten Schublade, zerknitterte Belege, vergilbte Ansichtskarten flogen heraus – ein Gruß aus Gran Canaria, den Thanner ihm vor acht Jahren geschickt hatte. Er hörte ihn mit unterdrückter Wut zischen: »Genau – das macht krack im Kopf.«

Thanner preßte dem Küchengehilfen das Päckchen mit den weißen Kügelchen fest gegen Backe und Nase. Sprach weiter in eindringlichem Ton, mühsam beherrschtem Ausbruch in der Stimme: »Wirkt in Sekunden, macht gleich beim erstenmal abhängig – vor allem Schulkinder, weil's billiger ist als alles andere. Die Kids landen nacheinander im Irrenhaus, aber ihr macht euren Schnitt. Das Geschäft blüht, oder?« Thanner drückte Sandrowskis Kopf so weit nach unten, daß er fast vom Stuhl rutschte. Er sprach immer leiser, doch immer drohender. »Egal, was da draußen in der Fabrik genau abgelaufen ist, ihr seid es gewesen, ihr allein, ihr seid verantwortlich, ihr habt den Kindern das Zeug gebracht.« Er ließ von ihm ab, bebte vor Zorn und Erregung.

Der Küchengehilfe mit der Punkfrisur richtete sich wieder auf, die Brocken hatten viele rote Flecken in seinem Gesicht hinterlassen. Er strich darüber, meinte: »Was quatschen Sie mir die Ohren damit voll?! Ich hab nichts damit zu tun. Ihr könnt mir das nicht anhängen.«

»Hören Sie auf, Sandrowski«, fauchte Thanner ihn an. »Wir haben die Aussage von Ihrem Kumpan. Die ist eindeutig.«

»Kumpan! Was denn für ein Kumpan?« Der Festgenommene wurde wieder laut, seine Stimme unangenehm. »Euer Lügenspitzel. Da müßt ihr euch schon was Besseres einfallen lassen.«

Das kleine Mädchen trug ein blaues Kleid, hatte eine rote Schleife im blonden Haar und saß auf seinem Schoß. Die Frau neben ihm, genauso blond, hatte einen Arm um das Kind gelegt, stützte ihr Kinn auf seine Schulter. Ein schönes Gesicht vermutlich. Leider war es unscharf. Die Phasen ihres Niederbeugens waren in verschwommenen Konturen abgebildet. Sie hatte wohl den Selbstauslöser betätigt und war zu spät gekommen – zur Familienidylle mit lächelndem Schimanski in der Mitte. Schimanski betrachtete das zerknitterte Foto, starrte auf das Mädchen auf seinem Schoß. Das Haar, die Augen, die Haltung – die kleine Ausführung des Traums im durchsichtigen Spitzenkleid, der Schönen aus dem SUNFLASH, die sich Zabou nannte.

Er spürte seinen Magen. Keine Klumpen, das waren ausgewachsene Felsbrocken, die in seinem Bauch drückten. Du bist einfach nur ein sentimentaler Hund, dachte er. Klar, das wußte jeder. Aber hier ging es verdammt nochmal um was anderes. Hier ging es darum, daß die Kleine mit der roten Schleife, frank und frei herausgesagt, in der Scheiße gelandet war. Daß sie ihre schöne Haut anscheinend billig und sicher nicht unter besonders ehrenwerten Umständen verkaufte, tat weh. Aber daß seine Conny mitten im Gesocks von halbseidenen, gefährlichen Kriminellen steckte, ging ihn nicht nur privat was an. Das war Polizeiarbeit. Denn das war kein Zufall, daß sie den pampigen Nasenbohrer dort rausgeholt hatten. Der war garantiert nicht ohne Grund im SUNFLASH beschäftigt. Das konnte kein Zufall sein, das durfte kein Zufall sein.

»Sie bekommen das Zeug aus dem SUNFLASH«, unterbrach Schimanski unvermittelt den Streit von Thanner und Sandrowski.

Der Küchengehilfe wandte den Kopf, grinste ihn unverschämt an und meinte: »Von dir – von dir Holzbirne laß' ich mich schon gar nicht ficken. Ich sag's euch zum letztenmal: ich war nicht dabei, ich hab mit eurem Krack- und Kack-Kram nichts am...«

Den Hut verschluckte der Kragen, an dem Schimanski den Küchengehilfen hochriß. Er zerrte ihn aus dem Zimmer, schleifte ihn über den Flur, öffnete eine Tür, stieß ihn in ein kleines, halbdunkles Büro. Stieß ihn gegen eine Scheibe, hinter der in einem größeren Büro ein Verhör stattfand. Die breiten Rücken der Beamten drehten sich um und machten den Blick frei auf etwas, das auf einem Stuhl kauerte, von dem man zuerst nur eine weiße Halskrause sah. Es war ein dicker Verband, in dem sich langsam ein Kopf drehte. Rotblonder Flaum und Sommersprossen. Die glasigen Augen, die mit dem Messer auf Schimanski zugekommen waren. Ein 17jähriger mit Zügen eines Greises. Doch plötzlich blitzte es in den müden Augen, schoß Leben in den apathisch, ausgezehrten Körper. Der Junge sprang auf, kam hergelaufen, trommelte gegen das Glas, griff danach, knetete es. Stieß Schreie aus, gab Laute von sich wie ein gequältes Tier. Wollte Sandrowski fassen, deutete auf ihn, indem er wild gegen die Scheibe hämmerte. Sandrowski wand sich, aber Schimanski ließ nicht locker, drückte sein Gesicht weiter gegen das Glas. Von der anderen Seite quetschte der Junge seine Lippen, haute seine Zähne dagegen, als wenn er die Scheibe zerbeißen wollte. Sandrowski keuchte und brüllte. Schimanski riß ihn endlich weg, schleifte ihn über den Flur zu Thanner ins Büro zurück.

Der wartete geduldig an der Schreibmaschine, rückte nun seinen Stuhl zurecht und meinte: »So, Herr Sandrowski – nun wollen wir mal Nägel mit Köpfen machen.«

Der Küchenjunge ließ erstmal einen Haufen Flüche und Verwünschungen vom Stapel, ließ seine Fäuste dabei auf den Schreibtisch sausen. Dann begann er: »Was sollte ich machen? Ich wollte schlichten, aber die...« Seine Miene wurde die eines um Mitleid Werbenden. »Die waren total fickrig, besoffen – die waren völlig hinüber, die...«

»Sie kriegen das Zeug aus dem SUNFLASH«, fuhr Schimanski in das Gejammer dazwischen.

»Nein«, rief Sandrowski in Furcht, schon wieder von seinem Gleis geworfen zu werden. »Die waren total daneben, ausgerastet. Sind aufeinander los. Ich wollte dazwischen...«

»Sie haben das Messer zuerst gezogen«, fuhr ihm diesmal Thanner ins Wort.

»Nein. Bestimmt nicht. Ich sag's Ihnen doch, die...«

»Das Crack-Zeug kommt aus dem SUNFLASH.«

»Nein. Nein.« Sandrowski warf verzweifelt den Kopf hin und her, gab nur noch die jammer- und angstvolle Karikatur seiner eben noch überheblichen Schnoddrigkeit ab.

»Doch«, versteifte sich Schimanski.

»Sie haben mit der Stecherei angefangen«, bohrte Thanner weiter.

»Nein.«

»Es kommt aus dem SUNFLASH.«

Der Junge war fertig, wußte nicht mehr, was er bestreiten, gegen was oder wen er sich wehren sollte. »Das war ein Zufall«, beteuerte er mit Leiden in der Stimme. »Eine einmalige Sache, 'ne günstige Gelegenheit. Ich hab sonst mit dem Zeug nichts zu tun. Das müßt ihr mir glauben – ehrlich.«

»Ich werde beweisen, daß es daher kommt«, kündigte Schimanski an. Seine Finger strichen über gesprungenen Lack, über die Knitterfalten des Fotos mit dem Mädchen auf seinem Schoß. Er würde es beweisen, er mußte es beweisen. Um Conny dort rauszuholen – sie mußte dort weg.

Fische glitschten aus der Kiste über den glatten Kachelboden der Küche. Er hob einen auf, faßte hinein – nur weiche Gedärme, keine weißen Brocken. Untersuchte den nächsten – fühlte ebenfalls nur schmaddrige Masse. Riß einer anderen Kiste den Deckel ab, kippte die Fische heraus. Es kam immer noch Nachschub. Fische und Meeresfrüchte wurden gerade geliefert. Arbeiter in Overalls trugen die Kisten von einem Laster in die Küche herein.

Thanner bekam die Tür zum Lokal ins Kreuz. Hocks stürzte herein, starrte entsetzt auf die Fische und Austern zu seinen Füßen. »Hören Sie sofort auf mit dem Terror, ich schmeiß Sie wieder raus«, herrschte er Schimanski an. Der kippte als Antwort die nächste Kiste um! Mit stoischer Miene nahm er die Fische auseinander, suchte verbissen weiter.

Der Geschäftsführer im hellgrauen Trainingsanzug mit weißem Kragen, weiß abgesteckten Rändern, in genauso weißen Turnschuhen, mit dickem Schlüsselbund in Händen, wandte sich zu Thanner um. »Was soll der Mist? Was suchen Sie?«

»Ihr Küchengehilfe war in eine Messerstecherei verwickelt. Wir versuchen, den Fall zu klären«, antwortete Thanner in dienstlichem Ton.

»Hier? So ein Quatsch!«

»Es waren Drogen im Spiel«, fügte Thanner kühl hinzu.

»Haben Sie einen Durchsuchungsbefehl? Zeigen Sie den Durchsuchungsbefehl!« Die Augen des Geschäftsführer funkelten gefährlich, sein Gesicht nahm kontrastierend zum gedämpften Ton des Trainingsanzugs wieder die rote Farbe an.

»Durchsuchungsbeschluß«, verbesserte Thanner ruhig.

»Wird nachgeliefert«, murmelte Schimanski zwischen den Zähnen. Machte sich über die Kartons auf dem Tisch her, zog Packungen Zucker und Mehl heraus. Hock hüpfte in seinen weißen Turnschuhen um ihn herum, fuchtelte mit den Armen, ließ seine Schlüssel rasseln. Wenn es einen Wettbewerb geben würde, Schimanskis Mißfallen möglichst schnell und nachhaltig zu erregen, dachte Thanner, dieser Gummi-Zwerg von Geschäftsführer hätte alle Voraussetzungen zu einem echten Champion.

Schimanski schüttelte Zucker und Mehl auf dem Tisch aus.

»Das darf er doch nicht, da hat er kein Recht zu«, wandte sich Hock erregt wieder an Thanner.

»Ganz korrekt ist es sicher nicht«, gab der vorsichtig zu.

»Dann hindern Sie ihn daran!«

»Ich bin nicht sein Vorgesetzter.« Thanner schüttelte entschieden den Kopf. »Aber Sie können sich beschweren. Sie wären nicht der erste.«

»Allerdings. Darauf können Sie sich verlassen. Aber sofort. Sofort«, schnaubte der Geschäftsführer. »Wer ist bei euch der Chef?«

»Oberrat Königsberg«, zeigte sich Thanner kooperativ.

»Die Durchwahl ist 692«, half auch Schimanski.

»Aber um diese Zeit ist er zu Tisch«, mußte Thanner den Wutschäumenden enttäuschen.

Die Küche sah aus wie ein Schlachtfeld, mit den umgekippten Kisten und Kartons, den Fischen und Austern am Boden, dem verstreuten Zucker und Mehl dazwischen. Aber Schimanski fand nichts. Er stürmte hinaus Richtung Lokal.

Vergessene Girlanden wehten im Durchzug wie übriggebliebene Blätter nach einem Herbststurm. Eine Putzkolonne in Blau wischte das Konfetti auf. Das Netz war noch nicht in Betrieb, hing schwarz im Dunkeln. Das trockene Arbeitslicht im übrigen Raum verwandelte Glitzer und Flimmer in stumpfe Trostlosigkeit. Zwei Damen im Mieder hatten ihre mächtigen Oberweiten auf der Bar abgelegt, mühten sich gemeinsam um einen einsamen Kunden.

Der Geschäftsführer, der um Fassung rang, hielt Thanner zurück, klagte ihm sein Leid. Wechselte sein Schlüsselbund unablässig von einer in die andere Hand, sprach immer wieder von seinem ersten Ding. Ob er sich vorstellen könnte, was er meine?

»Nicht so ganz«, gab Thanner ehrlich zu.

Das sei sein erstes Lokal, erklärte Hocks, er könne sich keinen Mist erlauben. Und was im Moment hier ablaufe – ob er ganz offen sein dürfe? Thanner nickte ihm aufmunternd zu. »Das ist Granaten-Kacke für mich. Können Sie nicht was für mich tun?«

Thanner schaute dem Geschäftsführer ernst in die auf einmal treuherzigen Augen. »Sie hätten bei der Auswahl Ihres Personals sorgfältiger sein müssen. Am ersten Tag gleich eine Verhaftung«, meinte er vorwurfsvoll. »Und Kollegen Schimanski in der Art vor die Tür zu setzen, war auch nicht besonders klug.«

Der Mann im flauschigen Trainingsanzug nickte einsichtig, preßte die Lippen aufeinander – was bei ihm auf verstärktes Nachdenken zu deuten schien. Sein Gesicht hellte sich auf. »Ich könnte ihm was anbieten. Soll ich ihm was anbieten?«

»Whisky oder was? Wir dürfen im Dienst nicht trinken«, meinte Thanner trocken.

Hocks wurde geschäftlich. »Ein großes Gedeck bei uns – mit allem Drum und Dran.« Er deutete die Größe mit den Händen an, reckte seinen Kopf vertraulich zu Thanner hinauf. »Für Sie natürlich gleich mit, Herr Thanner. Die Damen können Sie selbst aussuchen. Wir haben alle Preis- und Altersklassen, für jeden Geschmack etwas. Wir bedienen auch ganz ausgefallene Wünsche.« Er zwinkerte Thanner zu. »Da lassen wir uns nicht lumpen. So'n Gedeck – das ist schon was, echt.« Sprach im Ton eines Vertreters für Unterwäsche. Für schmutzige Unterwäsche, fand Thanner. Er versuchte, sich einem kurzen Augenblick dieses ›Gedeck‹ vorzustellen, sah sich und Schimanski mit Messer und Gabeln an Zehen und anderen weiblichen Teilen schnibbeln und nagen. Dann wurde er förmlich: »Verstehe ich Sie richtig? – Sie wollen uns bestechen?«

»Nein, ncin. Um Himmels willen«, wies der smarte Geschäftsführer diesen Verdacht empört von sich. »Einladen. Ich will Sie einladen. Da kommen noch ganz andere Leute zu uns, das kann ich Ihnen sagen. Da brauchen Sie keine Hemmungen zu haben. Das ist feinste Sahne – Spitzenklasse.«

Thanner setzte nun seine strengste Miene auf, beugte sich zu dem Kleineren hinunter und meinte: »Herr Hocks, Sie können das dem Kollegen Schimanski gern vorschlagen – ich kann Sie nicht daran hindern. Aber wenn ich Ihnen einen persönlichen Rat geben darf – tun Sie's nicht.«

Ein spitzer Schrei hallte durch das leere Lokal. »Herr Hocks, Herr Hocks!« Hohe Silberabsätze trippelten aufgeregt heran. »Ein Verrückter!« Das Mädchen hatte sich nur flüchtig einen kurzen Bademantel in schäbigem Rot übergeworfen, unter dem noch nicht geschminkte blaue Flecken hervorschienen. »Da ist ein Verrückter in unserer Garderobe.«

Mit dem Verrückten war Schimanski gemeint. Er durchstöberte die Schränke der Damen, zog Kleider heraus, Unterrükke, Spitzendessous. Über einem Bügel hing eine komplette Ledergarnitur. Daneben baumelten Peitschen und Ketten. Im Fach darüber noch weitere Werkzeuge, die er keine Lust hatte, näher zu untersuchen. Er wandte sich der Kommode mit dem großen Spiegel zu, schraubte eine Puderdose auf.

Hocks schoß herein, griff nach der Dose, so daß der Puder zu Boden rieselte. »Raus! Dir haben sie wohl ins Hirn geschissen«, schrie er außer sich.

»Pfoten weg«, zischte Schimanski. »Das ist eine Amtshandlung.« Er nahm die Handtasche, die am Spiegel hing, klappte sie auf und kippte den Inhalt auf der Kommode aus.

»Der ist wahnsinnig. Tun Sie was!« forderte der Geschäftsführer Thanner auf.

Schimanski kämpfte mit molligen, reich beringten Fingern einer nicht mehr ganz jungen Dame, die versuchte, ihre Habseligkeiten schnell wieder einzusammeln. Die eine der beiden Netz-Frauen nahm hastig ihr Täschchen an sich. Doch Schimanski riß ihr die Tasche weg. Die vier kaum bekleideten Damen hüpften um ihn herum wie aufgescheuchte Hühner, kreischten: »Tun Sie doch was! Wozu sind Sie denn da?« Meinten ihren hilflosen Geschäftsführer.

Zu spät. Schimanski zog ein Briefchen Silberpapier aus der Leoparden-Tasche, faltete es auseinander. Schneeweißes Pulver, Kokain. »Wer sagt's denn?« murmelte er. »Für den Anfang reicht's.«

In der Garderobe war es still geworden. Von der Besitzerin der Tasche sah man nur den dunklen, nackten Rücken und die langen roten Stiefel. Sie kniete auf dem Boden und hob unter leisem Schluchzen ihre Sachen auf.

»Für den Anfang reicht's«, wiederholte Schimanski laut und blieb vor dem Mann mit den weißen Turnschuhen stehen.

Der lachte dreckig. »Das können Sie mir doch nicht anhängen. Sie sind ja nicht mehr dicht im Schädel.«

»Aber der Laden ist morgen dicht. Dafür sorge ich«, konterte Schimanski. »Verstoß gegen das Drogengesetz. Rauschgifthandel, Prostitution – wahrscheinlich zwingen Sie die Frauen dazu. Erpressung. Jede Schweinerei kommt auf den Tisch. Sie sind erledigt.«

Das Gesicht des Geschäftsführers verzerrte sich endgültig zur Grimasse. Wenn der Mann im grauen Trainingsanzug so etwas wie Sicherungen besaß, brannten sie in diesem Moment mit zischenden Pfeifen durch. Er pfiff, zischte durch die Zähne, reckte seinen Kopf wie ein Vogel in die Höhe, wedelte mit den Händen vor Schimanskis Gesicht, plärrte: »Lange keine Muschi mehr geknackt. Jetzt kreist der ganze Rotz da oben. Ihr Bullen seid doch alle hin.«

Schimanski packte seinen weißen Trainingskragen, zog den Mann zu sich, blickte in das hämisch grinsende Gesicht. Nein, er mußte sich nicht schmutzig machen. Er ließ den Geschäftsführer los und wiederholte nur noch einmal bestimmt: »Morgen ist der Laden zu. – Bestellen Sie Conny einen schönen Gruß –«

»Meinst du etwa Zabou?« höhnte Hocks dazwischen.

»Sagen Sie Conny, sie kann sich einen neuen Job suchen. Schönen Tag noch.« Schimanski verließ schnell die Garderobe.

Hocks grinste noch immer, aber es gelang ihm nicht mehr, seine Angst und Unsicherheit hinter der Häme zu verbergen. Thanner sah den Geschäftsführer kopfschüttelnd an. Dann drehte er sich um, verschloß die Tür hinter sich.

Die blaue Neon-Schrift leuchtete auch tagsüber. Neben dem Pfad zum Parkplatz steckten noch die Stümpfe der abgebrannten Fackeln. Dazwischen die bunten Luftballons mit den Namen der Städte, in denen es SUNFLASH-Lokale gab: Bochum, Gelsenkirchen, Wuppertal, Duisburg fett unterstrichen.

»Findest du nicht, du hast etwas zu dick aufgetragen?« fragte Thanner.

»Klar«, gab Schimanski ohne weiteres zu. »Aber ich habe recht, das weiß ich.«

»Bis jetzt gibt es noch nichts, keinen Anhaltspunkt«, zweifelte Thanner. »Daß Sandrowski hier in der Küche ausgeholfen hat, muß noch lange nicht bedeuten, daß das SUNFLASH in die Crack-Geschichte verwickelt ist.«

»Ich sage dir, der Laden ist heiß«, beharrte Schimanski. »Dieser Hocks hat so viel Dreck am Stecken, das stinkt zum Himmel.« Er zog die kleine, rote Ansteckrose, für die er dem Müttergenesungswerk immerhin fünf Mark gespendet hatte, vom Kragen, ließ mit der Nadel einen Luftballon nach dem anderen platzen. »Früher hat er in den SUNFLASH-Peepshows die Kabinen geputzt. Bei den Jungen ändert sich nur, daß sie irgendwann ihre Sauereien nicht mehr selbst aufwischen müssen.« Er zog die Hülle eines Luftballons von der Stange, hielt nachdenklich das schlaffe Gummi mit der SUNFLASH-Aufschrift in der Hand.

»Wer ist Conny?« fragte Thanner.

»Meine Tochter.«

»Ach – ich wußte gar nicht, daß du eine Tochter hast.« Thanner hob gespielt überrascht die Augenbrauen.

»Du weißt einiges nicht von mir.« Schimanski kramte das Familienfoto aus der Tasche, gab es Thanner. »Ich war mit ihrer Mutter zusammen«, erklärte er. »Vier-, viereinhalb Jahre lang. Ich hab die Kleine praktisch großgezogen.«

Thanner lachte, tippte amüsiert auf das Bild. »Das gibt's nicht. Das bist du – der Grinsemann ohne Schnauz?«

»Ja, das bin ich«, antwortete Schimanski und nahm ihm das

Foto wieder weg. »Wir hatten eine wahnsinnig schöne Zeit, waren ein tolles Team – wir drei.« Die beiden Katzen fielen ihm ein, er hatte bis jetzt nicht mehr an sie gedacht. Die Siam hatte er Conny geschenkt, damit sich der weiße Angora-Kater – damit sich Schneeball nicht so einsam fühlte. »Und die Katzen – die gehörten auch zur Familie.«

»Waren deine Pantoffeln aus Leder oder Plüsch?«

Schimanski sah Thanner an. Er hatte keine Lust, sich auf den Arm nehmen zu lassen. »Das war eine ernste Geschichte, wirklich«, meinte er. »Ich habe sie sehr geliebt.«

»Wen?«

»Ihre Mutter – beide. Conny auch. War ein tolles Mädchen, unheimlich fix. Haste wirklich was verpaßt. Hättest uns mal erleben sollen, uns drei.«

»Und warum ging es zu Ende?«

Warum? – Mann, Thanner, frag mich nicht so'n Kappes, dachte er. Wie sowas eben zu Ende geht. Alles geht irgendwann mal vorbei. Das ›Warum‹ hatte er vor vielen Jahren nicht beantwortet, aber gut verpackt, weit weggestellt.

»Warum?« hörte er den Kollegen insistieren.

Er war eines Tages nicht mehr nach Hause gegangen. Hatte nicht mal mehr seine Sachen abgeholt.

Warum? stand immer noch auf Thanners Gesicht, als sie schon in den Wagen eingestiegen waren.

»Die Pantoffeln«, meinte Schimanski. »Ich wollte sie nicht mehr ausziehen. Kennst mich doch. Ich war einfach zu häuslich.«

Thanner nickte grinsend. Auch Schimanski mußte lachen.

4

Es gab Nächte, da konnte er nicht allein nach Hause gehen, Nächte, da konnte er nicht nüchtern nach Hause gehen. Und es gab Nächte, da konnte er weder allein noch nüchtern nach Hause.

Thanner mit seinem blöden Warum war schuld. Warum ließ man etwas sausen, was doch eigentlich schön, toll, angenehm war? – Weil ein Wurm sich eingenistet hatte, heimlich und emsig die saftige Kirsche zerfraß. Weil aus allen Ecken plötzlich böse Tierchen krochen und ihr Gift verspritzten. Weil man auf einmal nicht mehr ertragen konnte, was man bis vor kurzem noch genossen hatte. –

Job und Zuhause. Kind und Frau. Zwei Frauen, die ihm still und klamm Verantwortung aufbürdeten, Verantwortung für ihr Leben. Und schlechtes Gewissen. Die unsichtbaren Maschen zogen. Aber er konnte kein Netz gebrauchen, auch keins, das seine Stürze auffangen sollte. Er arbeitete ohne Netz. Im Graben, auf der Straße. Keine Auffanggeräte, keine Begrenzungen. Kampf ohne Limit. Das war sein Job.

Er wollte es nicht, aber er brachte den Schmutz mit nach Hause. Jeden Tag. War wütend darüber, wütend, daß er es nicht schaffte, ihn vor der Tür abzustreifen. Wurde wütend auf die beiden, auf die Harmonie, auf die Ruhe. Er wollte es nicht, aber er fing nun auch zu Hause an zu kämpfen. Er wollte nicht, daß jemand auf ihn wartete, wollte keine Verantwortung und kein schlechtes Gewissen. Aber er wollte den beiden auch nicht wehtun. Er blieb weg, Tage, Nächte. Blieb hängen – in der Kneipe, bei Bekannten, bei Frauen. Es war oft so einfach. Kein Wort, ein Satz, eine Geste. Bei jeder fand man ein -ste oder -sten. Schönsten, sanftesten, sinnlichsten – Mund, Augen, Hände, was auch immer. Nur das Gefühl vermitteln, gewollt zu werden, begehrt – die Begehrenswerteste zu sein. Oder die Widerspenstigste, die Schwierigste. Irgendwas mit -ste. Die Erste, die mich durchschaut, die Erste, der ich nichts vormachen kann und so weiter. Für die schöne Illusion, die -sten zu haben, die -ste zu sein – wenigstens für eine kurze Weile –, waren offenbar viele schnell bereit, Freund und Mann zu vergessen, wenigstens eine kurze Weile. Schnelles Handeln war in jedem Fall angesagt, frisch die unbedingte Voraussetzung – die Verderblichkeit lag in der Natur der Sache. Fort sein, bevor die ersten Blätter welkten, bevor der Rahm dick wurde, vor dem ersten Stich des Abgestandenen. Bevor mit der Gewöhnung Enttäuschung, Rache und ähnlich dämliche Gefühle siegen konnten.

Warum schmiß Connys Mutter ihn nicht raus? Sie sollte ihn rausschmeißen. Sie schimpfte, tobte, zertrümmerte Geschirr, aber dann verzieh sie ihm. Oder Conny krabbelte nach so einem Streit auf seinen Schoß, schlang die Arme um seinen Nacken, legte den Kopf auf seine Schulter – hielt ihn fest. Oder ließ mitten im Gezeter eine bestimmte, verkratzte Scheibe auf ihrem orangefarbenen Plattenspieler laufen, nahm ihn an die Hand, nahm ihre Mutter an die Hand – Auftakt zu einem Tanz zu dritt. Er wollte den beiden nicht wehtun.

Sein nicht gerade ehrenwerter Abgang war die einzige Möglichkeit für ihn gewesen, wegzukommen. Anrufen, schreiben, sich melden – erst konnte er nicht, dann hätte er es als unfair empfunden. Er hatte Conny noch ein paarmal von weitem beobachtet, wenn sie aus der Schule kam. Er hätte gern mit ihr gesprochen, hätte sie gern angerufen, hätte gern gewußt, was aus ihr geworden war. Aus dem Mädchen auf seinem Schoß. Aus der Zwölfjährigen, die ihm stolz die ersten hohen Absätze vorführte, die ersten raffinierten Seidenstrümpfe, die auf einmal das Bad vor ihm verschloß. Hatte er sein Warum ehrlich beantwortet? Warum kreiste es schon wieder in seinem Bier?

»Das ist schon der erste Fehler«, meinte sein Nachbar am Tresen. »Bei einer Frau darfst du nie warum fragen.« Es war ein langer, dünner Mensch mit kleinen Äugelchen hinter stumpfen Brillengläsern, mit Schnauzhaaren, die fransig über die Lippen hingen. Schimanski mußte an einen Seehund denken.

»Andersherum. Umgekehrt«, versuchte er ihm zu erklären. »Ich bin weg.«

Der Lange nickte verständig, verstand aber gar nichts und meinte: »Frauen haben einen Busen und keinen Schwanz. Verstehst du, was ich meine?«

Schimanski schüttelte den Kopf und orderte ein neues Bier.

»Frauen – Frauen sind Frauen. Verstehst du, was ich meine?«

»Nee.«

Der Seehund blickte ihn aus tiefsitzenden Augen hinter runden Gläsern an, mitleidig, als wenn er es mit einem besonders schwierigen Fall zu tun hätte. Seufzte, leerte sein Glas, bestellte ein zwölftes. Wischte den Schaum aus seinem Bart, beugte sich zu Schimanski hinunter, deutete auf den Hosenschlitz, tippte gegen seine Brust, gegen seine Stirn. »Da – da und da sind Frauen anders. Verstehst du, was ich meine? Schwarz ist weiß und weiß ist schwarz. Ein Viereck ist rund und ein Kreis ein Quadrat. Ein Dreieck hat mindestens sechs Ecken. Sie haben ein Herz, aber das ist ... das ist wie bei uns die Lunge.« Er japste heftig, um seinen Vergleich zu verdeutlichen. »Verstehst du, was ich meine?« Die kleinen Äuglein blickten ihn erwartungsvoll an, der Mund unter dem Seehund-Schnauz stand ovalrund offen.

Schimanski wurde das ›Verstehst du, was ich meine?‹ allmählich leid, zumal er dabei immer eine Ladung Spucke ins Gesicht bekam. »Klaro«, antwortete er. »Die haben die Leber, wo wir das Herz haben und wir haben das Herz in der Leber. Die haben das Hirn im Dünndarm, und du hast den Dünndarm im Hirn. Verstehst du, was ich meine?«

Der lange Lulatsch sah ihn zweifelnd und irritiert an. »Hirn im Darm, Darm im Hirn«, ließ er schnell prüfend über die Zunge rollen, aber der Sinn drang durch den Nebel von Bier nicht mehr bis zu seinem Hirn vor. Sein Gesicht hellte sich auf.

Er frohlockte, jubelte: »Siehst du, du hast es kapiert. Du hast es kapiert.« Er stieß mit ihm an, beugte sich wieder nah zu Schimanski hin, tippte gegen seine Brust, gegen seine Stirn. »Da, da und da. Frauen sind Frauen. Verstehst du, was ich meine?«

Wieder spürte Schimanski Tropfen im Gesicht. Neben seinem feuchten Nachbarn kicherte jemand. Es sah nur eine Hand mit schwarz lackierten Fingernägeln an einem langen Glas mit giftgrüner Flüssigkeit.

Die pechschwarze Mähne hing bis zum Kinn, versteckte Augen und Nase. Nur die Lippen blitzten ab und zu hellrot hervor. Der Nacken war ausrasiert, an den Ohren klimperten silberne Dreiecke. Sie trug einen dünnen, schwarzen Mantel mit viel zu kurzen Ärmeln. Sie war höchstens zwanzig und kicherte in einem fort. Schimanski schob sie vor sich her über den Flur, summte beschwingt eine Melodie. Er wußte nicht, wie das Lied hieß, von wem es war. Wußte nur, daß er es zuletzt verkratzt auf einem Kinderapparat gehört hatte.

»Links, links herum.« Er mußte den Kurs korrigieren. »Noch einmal, noch einmal in die Kurve legen. Und stopp!« Sie standen vor seiner Wohnungstür. Er schob das Mädchen beiseite, suchte seinen Schlüssel. Die kleine Punkerin wippte mit dem Oberkörper, knabberte an ihren schwarz bemalten Fingernägeln und beobachtete kichernd Schimanski bei seinen Schwierigkeiten mit Schlüssel und Schloß. Er lächelte sie an, hielt ihr die Tür elegant auf, ließ ihr den Vortritt, wie ein echter Kavalier. »Bitte schön.« Die Mähne strich gicksernd an ihm vorbei. Schimanski schloß summend von innen ab.

Das Gekichere verstummte abrupt, das Mädchen trat erschrocken zu ihm zurück. Schimanski drängte vorbei in die Wohnung, und sein Alkoholspiegel sank mit einem Schlag um viele Zentimeter. Im einzigen Sessel, den er besaß, der früher weiß gewesen war, inzwischen dunkel-, schwarzgraue Töne angenommen hatte, thronte eine Blonde mit blauen Augen und ernsten sanftroten Lippen. Sie trug eine einfache schwarze Jacke mit weißen Punkten über einem dunkelblauen Pullover. Die Stehlampe mit dem schiefen Schirm warf effektvolle Schatten auf ihr Gesicht. Conny blickte ihn an, als erwarte sie eine Entschuldigung, warum er so spät nach Hause komme.

»Wie kommst du hier rein?« bellte Schimanski sie an.

Conny hob lächelnd ein Kärtchen in die Höhe. »Wir hatten mal einen Polizisten in der Familie, der hat's mir beigebracht.«

»Was willst du?« fragte er unfreundlich. Conny gehörte jetzt zu seinem Job. Sie hatte hier nichts zu suchen. Das war ein Fall, der geklärt werden mußte. Nicht die Dinge durcheinanderbringen!

»Ich will mit dir sprechen«, antwortete sie.

»Mach schnell!«

»Allein.«

Schimanski spürte einen Kopf, der sich an seine Schulter schmiegte. Zärtliche Hände unter seiner Jacke. Kichernd zog die Punkerin sie ihm aus.

Conny erhob sich, blieb dicht vor den beiden stehen; schaute nur Schimanski an. »Ich muß mit dir sprechen. Es ist wichtig.«

Die Kichernde rieb ihre Nase an seinem Oberarm, hob ihren Kopf, pustete die schwarze Mähne zur Seite, zeigte zum erstenmal ihr überraschend feines, liebes Gesicht. Zupfte an seinem Ärmel, wollte ihn zum Bett locken.

Conny wiederholte: »Es ist wichtig.« Legte ihre Hand auf seinen anderen Arm.

Das genügte. Schimanski spürte nur noch ihre Hand auf seinem Arm. Er drehte die schwarze Mähne, schob sie sanft auf eine braune Tür zu. »Da ist das Bad – da ist das Bett. Ich komme gleich«, sagte er und nahm Conny mit in den Hausflur.

»Haben sie dich schon entlassen?« wollte er wissen. »Hast du gekündigt oder was?«

Conny betrachtete ihn im spröden Licht des Treppenhauses. Die Züge wirkten hart und kantig, die Haut schimmerte grau. Der Tag, der Alkohol hatten Spuren in seinem Gesicht hinterlassen. »Trinkst du immer noch so viel?«

»Komm – worum geht's?«

»Du hast dich nicht geändert.«

Schimanski drehte seine Augen nach oben, seufzte.

»Ich bin immer noch ein großer Fan von dir«, fuhr Conny ungerührt fort. »Obwohl du viel Mist gebaut hast. Du bist der beste Vater gewesen, den ich je gehabt habe.«

Schimanski nickte ungeduldig. »Zur Sache, Mädchen!«

Conny betrachtete ihn immer noch mit leichtem Lächeln. Dann wurde sie ernst. »Was hast du gegen Peter?«

»Wen?« Als ob man von jedem Eierkopf den Vornamen wissen müßte, von dem man den Nachnamen schon nicht behalten will.

»Hocks«, vervollständigte sie.

»Ist das der Knabe im Strampelanzug?« Schimanski stützte sich mit der Hand an der Wand ab. »Nichts – gar nichts.« Dann sprudelte es aus ihm heraus: »Außer, daß er eine Pfeife ist. Ein mieser, schmieriger Typ. Mir wird schlecht, wenn ich an ihn denke.« Er sah ihr in die Augen. »Ich lasse nicht zu, daß du für so einen mickrigen Möchtegern-Zuhälter arbeitest, der dich mit seinen Drogen kaputt macht.«

Ein Anflug von Lächeln umspielte ihre Lippen. Conny meinte blanke Eifersucht aus seinen Sätzen herauszuhören. »Das macht er nicht, so ist er nicht«, sagte sie leise.

»Ich werde dafür sorgen, daß der Schuppen geschlossen wird. Conny, kapier doch endlich: die Läden sind nur Vorwand. Dahinter stecken Typen, die ganz dick im Drogenhandel mitmischen. Crack, und wie das Zeug heißt. Weißt du überhaupt, was das ist? Was das anrichtet?!«

»Du hast dich in was verrannt«, meinte Conny. »Peter – Hocks will mit dir reden. Jetzt gleich. Er wartet auf dich. Er weiß, daß er sich blöd benommen hat.«

Schimanski lachte auf. »Für wie bekloppt hältst du mich? Ich bin vielleicht betrunken, vielleicht – aber ich bin nicht wahnsinnig. Wenn er was will, soll er in mein Büro kommen. Aber viel Zweck hat es nicht.«

Das Licht im Flur ging aus. Nur aus der Wohnung fiel durch einen schmalen Spalt ein schwacher Streifen. Schimanski spürte ihren Atem, ihre Lippen an seinem Hals. Er reckte sich, als könnte er ihr so entkommen. Ihr Kopf folgte seinem. Ihre Zähne faßten sanft sein Ohrläppchen. Das ist unfair, dachte er. Seine Hand suchte den Schalter, traf aber nur auf rauhe Mauer.

»Bitte, tu's für mich. Es ist sehr wichtig für mich«, hörte er Conny in sein Ohr flüstern. Sie bewegte den Kopf von der einen zur anderen Seite. Ihr dichtes, welliges, duftendes Haar streifte sein Kinn, seine Lippen, seine Nase. Und wieder zurück. Der Kopf blieb an der linken Schulter.

»Ich weiß nicht, wie ich dir's erklären soll...« Stille im dunklen Hausflur. Er spürte ihre feuchten Lippen durch das T-Shirt auf seiner Schulter, ihren heißen Atem. »Aber wenn du mich da wegholen willst, mußt du mit Peter sprechen.«

Schimanski schaltete das Licht wieder an, faßte Conny an den Schultern. »Wieso, was hast du mit dem?« Er hob ihr Kinn. »Erpreßt er dich, der Drecksack? Was hat er gegen dich in der Hand?«

Conny schüttelte leicht den Kopf. »Nichts, aber...« Sie biß sich auf die Unterlippe, blickte ihn an. »Bitte, sprich mit ihm. Tu mir den Gefallen, hilf mir. Bitte!« Sie flehte leise. Ihre Augen suchten ängstlich in seinen. Schimanski sah wieder das kleine Mädchen vor sich, das ihn anbettelte. Um ein Spiel bettelte, um seinen Schutz, daß er bei ihnen bleiben sollte. Er sah wieder den Glanz. Ihre Augen strahlten, versprachen Belohnung. Was für eine Belohnung?

Die Wohnungstür ging auf, die Punkerin lehnte im Rahmen, Schimanskis Jacke über den bloßen Schultern. Pustete ein zweites Mal ihre Mähne aus dem Gesicht, blickte ihn auffordernd an. Schimanski schob sie in die Wohnung zurück, nahm ihr die Jacke ab. »Bin gleich wieder da. Wärm das Bett schon mal an.« Dann zog er die Tür von außen zu.

Musik und Lärm des Lokals waren fern. Ein düsterer Gang, eine einzige kleine Lampe für den langen Flur. Es roch nach frischer Farbe. Der Boden war mit Plastikbahnen ausgelegt. Leitern standen im Weg, große gelbe Farbtöpfe mit Pinseln und Rollen. Halb verputzte Wände. Er gelangte zu der Tür mit der Milchglasscheibe. Der Druckknopf ließ sich nicht drehen. Er klopfte gegen die Scheibe, fand neben der Tür eine Klingel. Von drinnen rief eine Stimme, wer da sei. Schimanski war es zu albern zu antworten, er klopfte und klingelte wieder. Die Stimme fragte noch einmal. Schien aus dem ersten Stock zu kommen, hinter der Tür war es dunkel. Widerwillig nannte er seinen Namen. Er solle die Treppe heraufkommen, forderte man ihn auf. Aber es passierte nichts, Ewigkeiten passierte nichts. Was bildete sich dieser kleine Ganove ein? Wie konnte Conny auf so einen Schmierlaps reinfallen? Verdammt. Frauen können so schlau sein und doch plötzlich vor dem letzten Knecht in die Knie sinken. Was sie sich dann sagen, was sie mit sich machen lassen, was für einen Schwachsinn sie glauben – wenn man dabei wäre, müßte man sich den Bauch vor Lachen halten. Na gut, er würde gleich erfahren, was für eine Schweinerei dahintersteckte, mit was für einer Sauerei er Conny eingewickelt hatte. Dann würde er dem Miesepeter das Fell über beide Ohren ziehen, würde ihm klar machen, was mit ihm geschehe, wenn er es noch einmal wagen sollte, Conny mit seinen stinkenden Fingern zu begrapschen.

Endlich ertönte der Summer, er drückte die Tür auf, betrat geladen, voll Wut den Raum. Finster. Kühle Luft wehte ihm entgegen, irgendwo mußte ein Fenster oder eine Tür offen sein. Er suchte den Lichtschalter, stolperte gegen eine Leiter. Auch hier die Maler. Seine Finger berührten Zellophan, darunter der Schalter. Er drückte drauf, es blieb dunkel. Versuchte es noch einmal. Nach dem dumpfen Klicken des Schalters ein Knall. Ein Geschoß hämmerte neben seiner Hand in die Wand, Putz spritzte ihm ins Gesicht. Er duckte sich, klammerte sich im Dunkeln an der Leiter fest, als ob die ihm Schutz geben könnte. Noch zwei Kugeln schlugen über ihm ein. Er zog seine Waffe, feuerte ins Dunkle. Meinte dort Mündungsfeuer gesehen zu haben. Glas splitterte, fiel klirrend zu Boden. Eine Scheibe, ein Spiegel? Dann war jemand hinter ihm, über ihm, warf ihn herum. Die Leiter kippte krachend, die Pistole flog ihm aus der Hand.

Es waren mehrere, sie kamen von allen Seiten. Er schlug um sich, seine Fäuste trafen. Er bekam etwas zu fassen – Stoff, einen Wollkragen. Zerrte mit beiden Händen daran, verlor das Gleichgewicht, fiel hin, begrub einen Körper unter sich. Sie lagen mit den Köpfen an der Tür. Für Bruchteile von Sekunden sah er im schwachen Lichtschein, der durch die Milchglasscheibe fiel, ein Gesicht mit dünnem Schnurrbart und dichtem, krausem Haar unter sich – ein südländisches Gesicht. Dann wurde er hochgerissen. Drei, vier Männer schleppten, schleiften ihn durch den dunklen Raum. Er strampelte, trat, traf aber nur einen Farbtopf. Die kalte, nasse Luft schlug ihm voll ins Gesicht. Die Hände ließen ihn los, stießen ihn. Er suchte Halt, fand aber keinen. Wie ein Sturz in ein kühles Loch. Stufen unter seinen Füßen. Er torkelte, rutschte eine Treppe hinunter. Wurde unten wieder von Händen ergriffen. Getrampel auf der Treppe, noch mehr Hände zerrten an ihm. Der Keller war so finster wie der Raum oben. Dunkel und kalt.

Man drückte ihn auf einen Stuhl. Ein Scheinwerfer leuchtete auf, das grelle Licht blendete ihn. Er wollte schützend den Arm vor die Augen halten, man riß ihn herunter, hielt beide Arme fest, hielt seine Schultern. Das Licht tat ihm weh, er mußte die Augen schließen. Als er sie vorsichtig wieder öffnete, blitzte dicht neben ihm eine Nadel. Er sah nur eine Hand, die eine Spritze aufzog. Sein Ärmel wurde aufgerollt. Die Nadel näherte sich seinem bloßen Arm. Er biß die Zähne zusammen, stemmte sich mit aller Kraft gegen die Hände, die ihn festhielten. Ein Arm legte sich um seinen Hals, drückte ihm fast die Luft ab. Die Nadel stach in seine Vene. Von fern ein dumpfer Knall – wie ein Schuß. Er versuchte den Kopf zu bewegen – unmöglich. Er stöhnte und ächzte. Die Nadel wurde aus seiner Vene gezogen. Ein helles Klicken, das durch seinen Schädel dröhnte. Ein Feuerzeug glänzte silbern vor seinen Augen. Die Flamme wurde hin und her bewegt.

Er suchte dahinter etwas zu entdecken. Aber die Flamme zwang seine Pupille, ihr zu folgen. Dann sah er auch die Flamme nicht mehr. Starrte geradeaus in einen Schleier von Nebel und Dunst. Die Welt um ihn herum schien zu versinken, mit ihr sank die Schwere von ihm. Er fühlte sich schwebend und frei – denn die Hände ließen ihn los.

»Danke schön. Vielen Dank«, murmelte er. Ein Vogel in der Luft. Der Himmel hat keine Balken, man kann nicht stehen, nicht gehen. Deshalb segelte er, als er sich erheben wollte – die Beine knickten ihm weg, er stürzte zu Boden. Neben ihm schlug etwas auf. Instinktiv griff er danach. Seine Pistole.

Er steckte sie ein. Noch etwas polterte die Treppe herunter, ein Körper. Blieb direkt neben ihm liegen. Schimanski hob den Kopf ein wenig, sah eine schwarze Fliege an einem weißen Kragen, sah rote Punkte darauf tropfen. »Maikäfer flieg«, sagte er und zog an der Fliege. Aber der Maikäfer flog nicht. Der hatte vielleicht dieselben Probleme mit dem Fliegen wie er. Schimanski krabbelte enttäuscht weiter, wollte hoch. Sein Gesicht klatschte auf das Gesicht unter ihm. Tief, tief im Dunst zeichneten sich Konturen, signalisierten schwach Erkennen. Schimanski stützte seinen Körper auf das verzerrte Gesicht mit den verdrehten Augen, mit dem roten Faden über der Nase, der aus einem Loch in der Stirn kam, und lallte: »Bursche, mit dir habe ich noch ein Hühnchen zu rupfen. Hände weg, verstanden?! – Aber jetzt muß ich in die Heia fliegen. Bis zum nächstenmal.«

Wieder stützte er sich auf den toten Hocks unter sich. Hände griffen ihm unter die Arme, schleppten ihn die Treppe hinauf. »Wirklich nicht nötig, Jungs«, murmelte Schimanski. »Ich bin in Ordnung, ich finde allein nach Hause.«

Er hatte Kraushaar im Mund. Sein Kopf lag auf dem des Südländers, der ihm den Gurt anlegte. Der Motor des Mercedes' lief schon. Schimanski schwankte in den Riemen wie ein angeschlagener Boxer in den Seilen. Der Automatikhebel wurde in Start-Position geschoben. Endlich geht's los, dachte Schimanski. Der Spanier oder Marokkaner, an dessen Schulter er lehnte, steuerte den Wagen über den Parkplatz auf die Straße, ließ sich dann hinausrollen. Schimanski rutschte nach, hing über dem Beifahrersitz, betrachtete eingehend das Brandloch im Lederüberzug und überlegte, was es sein könnte. Sah durch die offene Tür die Straße sich bewegen und wartete darauf, daß er abhob. Der kriegt den Vogel nie hoch, fuhr es ihm durch den Kopf, der ist viel zu langsam. Er mußte das selbst in die Hand nehmen. Er rappelte sich auf, zog am Steuerrad. Gas, mehr Gas, dachte er und trat auf das Gaspedal. Ein riesiges Glas mit Eiswürfeln in hellbrauner Flüssigkeit kam auf ihn zugeflogen. Mit Namen Malibu. Ein Vorgeschmack auf das Paradies, priesen die Lettern den exotischen Drink an.

Schimanski brauste auf die Plakatwand zu. Riß, zerrte, drehte am Steuer, verfehlte das Paradies nur um Millimeter. Es gab einen lauten Schlag. Wo eben noch die rechte Tür klappte, klaffte nun ein Loch, zog der Fahrtwind herein. Ganz ruhig, redete Schimanski sich zu, cool bleiben. Was mache ich falsch? Warum kriege ich die Maschine nicht hoch? Gas, es kann nur am Gas liegen. Er wunderte sich über die vielen Autos auf der Startpiste. Dann konnte es ja nicht funktionieren. Wenn man noch auf Gegenverkehr achten mußte! Der Sattelschlepper, der auf ihn zugerast kam. Auf der Startbahn und dann noch auf der falschen Seite. »Idiot!« schrie er aus Leibeskräften. Aber der schwere Lastwagen stand, war ordnungsgemäß geparkt. Ein kreischendes Geräusch in der Nacht, Funken sprühten, Schimanski ratschte an dem Sattelschlepper entlang. Ein Pkw nach dem anderen schoß an ihm vorbei. »Vollidioten! Könnt ihr nicht rechts fahren?!« Der Witz mit dem Geisterfahrer fiel ihm ein, dem unendlich viel ›Geisterfahrer‹ entgegenkommen. Wenn er es war, wenn er auf der falschen Seite fuhr. Er riß das Steuer herum, schlingerte nach rechts hinüber. Die Fahrbahn vor ihm bog sich, teilte sich in unzählig viele Spuren. Welche nehmen? Die machen es einem aber auch schwer, dachte er. In der Mitte bleiben zwischen den tanzenden Begrenzungslichtern, dann konnte ihm nichts passieren. Kugelblitze sausten auf ihn zu, pfiffen mit Trompeten an ihm vorbei. Wild hupende Autos, die ihm gerade noch ausweichen konnten. Er raste auf eine rote Ampel zu. Das Rot verschmolz mit seinem Widerschein auf der regennassen Straße, wurde für ihn zu einem unendlichen Strahl, der nach oben führte. Er war auf dem richtigen Weg, da ging es endlich nach oben. Er beschleunigte noch einmal, damit er das nächste Rot noch erreichen konnte. Er schwebte, schwebte auf der roten Welle. Die Melodie fiel ihm ein, die verkratzte Melodie. Er wollte sie summen. Nein, das war sie nicht. Wie ging sie noch? Ein Kugelblitz von rechts. Keine Sorge, den würde er schaffen, der würde vorbeischweben.

Der Autofahrer, der grün hatte, sah Schimanskis Mercedes in die Kreuzung schießen, trat auf die Bremse. Sein Wagen wurde auf der nassen Straße wie ein Kreisel herumgewirbelt, schlitterte knapp an Schimanski vorbei, blieb auf dem Bürgersteig liegen.

Schimanski war immer noch auf der Suche nach den verlorenen Takten. Pfiff, flötete. Er fand die Melodie nicht mehr, sie war mit all dem anderen in dichten Schleiern versunken. Ein Blaulicht durchbrach den Nebel, streifte ihn im Rückspiegel. Er drehte sich um. Das kreisende Licht kam näher, er hörte eine Sirene. Also auch hier oben in der Luft war man vor den Burschen nicht sicher. Wenn er ins Röhrchen blasen müßte! Nein, danke. Er trat das Gaspedal wieder durch.

Die beiden Beamten des Streifenwagens, die noch sehr jung

waren, sagten später aus, sie seien in der Düsseldorfer Straße etwa in Höhe der Abbiegung zur Königsgrätzer Straße auf den gelben Mercedes, der auf der linken Fahrbahn gerast sei, aufmerksam geworden. Der Fahrer habe nie die Spur halten können, habe jegliches Verkehrszeichen ignoriert. Sein gesamtes Fahrverhalten habe ihn zu der Annahme veranlaßt, meinte der ältere der beiden, daß der Mann im gelben Mercedes mit voller Absicht sein Leben und das anderer aufs Spiel setzte. Es sei also klar gewesen, daß man es mit einem Amokfahrer zu tun gehabt hätte. Solche Kamikaze-Unternehmungen zu stoppen, meinte der jüngere, sei eben besonders diffizil und ohne Blut zu vergießen, beinahe unmöglich. Während der gesamten Verfolgungsjagd bis zu ihrem tragischen Ende sei man eine Geschwindigkeit von 130 bis 180 Stundenkilometer gefahren. Ihr Bemühen sei die ganze Zeit gewesen, den Wahnsinnsfahrer unter allen Umständen zum Halten zu bewegen, um das Leben Unschuldiger nicht zu gefährden.

»Bist du wahnsinnig?!« schrie der Beamte am Steuer, als sein Kollege in der Mercatorstraße die Scheibe runterkurbelte, seine Pistole aus dem Fenster hielt, den Mercedes ins Visier nahm.

»Die Räder. Ich muß die Reifen treffen. Zieh weiter nach links«, verlangte der junge Polizist mit der Pistole.

»Nicht. Der ist hin.«

»Der ist sowieso hin.«

»Schieß nicht.«

»Sonst müssen noch andere dran glauben.«

»Es müssen garantiert andere dran glauben. Du hast noch nie getroffen«, schrie der ältere. »Jedenfalls noch nie das Richtige.«

»Was soll das denn jetzt?« In sausendem Fahrtwind drehte sich der verhinderte Schütze beleidigt zu seinem Kollegen um. Dann donnerte es, er schlug mit dem Kopf gegen die Decke. Der Streifenwagen flog über einen hohen Bordstein. Vor ihnen brauste Schimanski durch die Fußgängerzone, raste auf die

Arkaden, raste durch den schmalen Durchgang unter den Säulen zu.

»O Gott!« rief der am Steuer.

»Der ist Mus«, meinte der andere.

Sie hätten befürchtet, selbst dran glauben zu müssen, erzählte der Fahrer später. Die Fußgängerzone sei naß und spiegelglatt gewesen. Ein Wunder, daß er den Streifenwagen ohne Schaden zum Stehen habe bringen können. Instinktiv hätten sie in Erwartung der Explosion des Mercedes' ihre Köpfe nach unten geworfen, führten sie weiter aus. Der Wagen sei mit solcher Geschwindigkeit auf die Säulen zugerast, habe mit derartiger Wucht aufprallen müssen...

Es pfiff, rauschte, kratzte, knarzte. Der Mercedes schoß zwischen den engstehenden Säulen unter den Arkaden her. Ein gelber Strich hinter dunklen Pfeilern. Schimanski jubelte, trommelte ausgelassen auf das Lenkrad. Rechnete nicht mit den Verzierungen am Ausgang. Den mächtigen Blumentrögen. Es krachte, knallte. Stein splitterte, Erde und Blumen spritzten auf, prasselten auf den Wagen. Dreck und lila Blüten verklebten die nasse Windschutzscheibe. Er hatte nur noch Schmiere vor Augen.

Auf einmal war alles anders. Das war kein Flug mehr, das war kein schöner Rausch mehr. Der Rausch war gerissen. Er hatte Angst zu ersticken. Er mußte raus. Sein Fuß wußte nicht, was sein Kopf wollte. Er brauste mit unverminderter Geschwindigkeit weiter. Öffnete die Tür, der Gurt hielt ihn fest. Seine Hand tastete nach dem Verschluß, fand aber nur den vom Beifahrersitz. Schimanski ließ das Steuer endgültig los, beugte sich hinüber, zerrte nun mit beiden Händen an der falschen Schnalle.

In der Schwanenstraße, kurz vor der Brücke, hatte der Streifenwagen den Todesfahrer wieder eingeholt. Die beiden Beamten beobachteten, wie der Kopf im Wagen vor ihnen verschwand, auf- und niedertauchte. Wie der Mercedes schleuderte, auf die Brücke zubrauste, über die Brücke schleuderte, auf den Bürgersteig krachte, das Geländer touchierte und schließlich gegen einen Laternenmasten prallte. Der Wagen habe sich buchstäblich um den Pfosten herumgewickelt, gaben sie später zu Protokoll.

Die beiden Polizisten sprangen aus dem Streifenwagen, rannten über die Brücke zu dem dampfenden Blechhaufen an der Straßenlaterne. Wußten nicht, wo sie das verbogene, geborstene Blech zuerst anpacken sollten. Suchten nach einer Tür, die aber ein paar Meter weiter auf der Brücke lag. Entdeckten nichts Lebendiges in dem Wrack.

Sieh hüpften hilflos um den hupenden Schrottberg herum. Denn die Hupe schien das einzige zu sein, was noch funktionierte – ein gellender, klagender Ton in der Nacht.

Dann raschelte es doch im Blech. Eine hellgraue Jacke kroch aus den Trümmern hervor, kugelte auf die Straße. Blieb liegen in Splittern und Scherben auf den regennassen Pflastersteinen der Brücke. Das kreisende Blaulicht streifte über den blutüberströmten Körper hinweg.

5

»Schimanski, Horst. Geboren 2. 11. 43 in Breslau. Beruf: Hauptkommissar, ledig...!« Im routiniert gleichgültigen Ton gab eine Krankenschwester ihren Kollegen von der Anmeldung die Personalien des eingelieferten Notfalls durch. Der in aller Eile in den Operationssaal gekarrt wurde, über den sich flinke Finger in durchsichtigen Handschuhen hermachten – zusammenzuflicken, zu stopfen und zu kleben.

Die Krankenschwester biß beherzt in einen knackigen Apfel, bevor sie kauend die Diagnose des Notarztes weitergab: »Gehirnerschütterung, Rippenprellungen, Schnittwunden, Verdacht auf innere Verletzungen...«

Zuerst sah er nur die Birne. Der Fleck an der Decke über ihm hatte die Form einer Birne. Er vernahm ein seltsames Röhren. Er konnte das Geräusch so wenig einordnen wie das Obst über ihm. Er drehte den Kopf zur Seite und schaute gegen die kahle Wand. Bewegte den Kopf noch etwas und blickte in das Gesicht eines Menschen mit Turban, der ihn furchtbar dumm anstarrte. Sieh mich nicht so bescheuert an, dachte er und schnitt dem Fremden eine Grimasse. Der Affe mit dem Turban grimassierte genauso blöd zurück. Er faßte sich an den Kopf, fühlte den Verband und mußte erkennen, daß der Komiker von gegenüber er selbst war. Im glänzenden Silber eines aufgestellten Tabletts. Hektisch ließ er seine Hand unter die Decke gleiten, tastete ängstlich seinen Körper ab, hob das Federbett hoch – er hatte anscheinend Glück gehabt, die Glieder schienen noch alle dran zu sein. Allerdings war der Brustkorb ebenfalls mit einem dicken Turban umwickelt. Wohl der Grund für seine Atembeschwerden.

Der Taschenwecker auf dem Nachttischchen zeigte viertel nach sieben. Was für ein sieben? Was für ein Tag? Morgens, abends? Er hoffte morgens. Dann könnte er noch eine halbe Stunde schlafen, könnte das Aufwachen nochmal versuchen. Vielleicht würde es ihm dann ohne Turban und in seiner Wohnung gelingen. Dann könnte er über den Traum lachen und darüber nachdenken, was er zu bedeuten hatte. Aber als er die Augen wieder aufmachte, kam es ihm vor, als sei es noch dunkler geworden. Und morgens wird es normalerweise heller.

Am Schrank hing ein dunkelblauer Mantel, der ihm nicht gehörte, der ihm aber bekannt vorkam. Sein Blick wanderte weiter, dann entdeckte er ihn. Er saß, vielmehr er lag über dem Stuhl am Fenster. Den Kopf weit nach hingen, den Mund offen. Das merkwürdig röhrende Geräusch war sein Schnarchen.

»Thanner... Thanner!« rief Schimanski ihn an.

»Ja?! Was ist los?« Thanner fuhr erschrocken in die Höhe, blickte wild um sich.

»Das möchte ich auch gern wissen«, meinte Schimanski. »Leben wir noch, oder sind wir schon über den Jordan?«

Thanner reckte und streckte sich, ließ seine Gelenke knakken. »Wir leben – leider.« Er kam zu Schimanski ans Bett.

»Gott sei Dank. Wenn ich mir vorstelle, ich hätte meine nächsten Millionen Jahre mit dir verbringen müssen...«

»Das ist aber wohl die einzige gute Nachricht«, gab Thanner frostig zurück. »Erzähl mal, was passiert ist.«

»Ich? Ich soll erzählen?« Schimanski hätte lachen können, wenn ihm nicht sein Gesicht so wehgetan hätte. »Erzähl du! Hatte ich einen Unfall oder was? Ich weiß nur noch, daß ich mit dieser kleinen Punkerin ein paar Drinks gekippt habe! So ein grünes, giftiges Zeug – wahrscheinlich süß. Pfefferminz diabolica oder diabolus oder so'n Krampf...«

›Diabolus heißt Teufel«, klärte Thanner ihn auf.

»Ach, tatsächlich?«

»Das ist Latein.«

»Wußte gar nicht, daß du Latein kannst.«

»Du weißt einiges nicht von mir«, meinte Thanner, ohne die Miene zu verziehen.

»Und ich hab gedacht, da ist gar kein Alkohol drin...« Schimanski fiel auch wieder die Melodie ein, die er auf seiner Amokreise vergebens gesucht hatte. Summte ein paar Takte, hielt aber gleich wieder inne. Stöhnte und ließ sich in die Kissen zurücksinken. »Mann, ist mir schlecht.«

Thanner zog eine Zeitung aus seiner Manteltasche, die Ausgabe vom heutigen Tag. Hielt sie ihm unter die Nase. »Polizist dreht...« konnte Schimanski von der Schlagzeile entziffern. Nach dem ›dreht‹ drehten sich die fetten Buchstaben, tanzten vor seinen Augen. »Mir ist schwindlig, ich kann nichts lesen.«

Thanner nahm die Zeitung, blickte ihn ernst und beinahe vorwurfsvoll an. Der soll nicht so behämmert dreinschauen, dachte Schimanski, der soll mir lieber mal erklären, was hier gespielt wird. »Polizist dreht durch, Barbesitzer tot«, hörte er

Thanner überdeutlich und pointiert vorlesen. Wer mochte der Polizist sein, überlegte Schimanski, während Thanner den Artikel weiterlas. Er sah den Freund an. Doch nicht Thanner? Nein. Thanner blieb immer cool, behielt doch meistens die Ruhe. So etwas würde er nie tun. Aber wer? Einer aus ihrer Abteilung? Von einer Amokfahrt war die Rede, sein Name wurde erwähnt. Schimanski, schon wieder. Peter H. – wer war denn das noch? Peter H.? Verdammtes Vornamen-Getue. Dienstwaffe. Was für eine, wessen Dienstwaffe? Er strengte sich an, versuchte sich auf Thanners leiernden Vortrag zu konzentrieren, verstand nun deutlich: »...über eine halbe Stunde dauerte die Jagd durch die Stadt, nach Aussage der beiden Beamten, bis es ihnen endlich gelang, ihren Kollegen auf der Schwanentorbrücke zu stoppen, und sie so noch Schlimmeres verhüten konnten. Noch erscheinen die Ereignisse dieser Nacht reichlich mysteriös, liegen Tathergang und die wahren Gründe für die beispiellose Tat im Dunkel. Aber so viel scheint festzustehen. Der Streit, den die beiden Männer seit längerem hatten, mußte gestern abend zum Höhepunkt gekommen sein. Muß dazu geführt haben, daß Hauptkommissar Schimanski seinen Widersacher, den 33jährigen, unbewaffneten Peter H. mit einem Schuß aus seiner Dienstpistole aus nächster Nähe tötete. Der Polizist stand unter starker Alkoholeinwirkung – über zwei Promille – und möglicherweise sogar unter Drogeneinfluß...

»Stopp, stopp! Halt!« unterbrach Schimanski. »Was soll der Käse?«

»Das möchte ich von dir wissen.« Thanner schmiß die Zeitung wütend auf das Bett, blickte ihn böse an. »Hocks ist mit einer Kugel aus deiner Pistole gefunden worden, und dich hat man aus seiner total zertrümmerten Kiste rausgezogen. Hat dir die Punkerin was gegeben? Habt ihr gekokst oder gedrückt?«

»Quatsch. Das ist doch kompletter Wahnsinn. – Glaubst du den Schwachsinn etwa?«

»Was ich glaube, spielt überhaupt keine Rolle«, antwortete Thanner erregt. »Was der Staatsanwalt feststellt, darum geht's. Und da sieht es verdammt düster für dich aus. Zumal eine Menge Leute bei uns endlich aus ihren Startlöchern rauspreschen können. Die haben nur auf so eine Chance gewartet. Die Treibjagd auf Schimanski ist eröffnet, mit Pauken und Trompeten.«

Schimanski verzog das Gesicht vor Schmerzen. Sah sie vor sich – die Kollegen, die sogenannten. Die Vorgesetzten, die vorgesetzten Regierungsbeamten. All die Naserümpfer, Duckmäuser und Korinthenkacker. Die keinen Millimeter von ihrer Spur abwichen. Auf deren Kriechspur er aber ausgerutscht war, auf der er lag.

Wie sie sich freudig geifernd und sabbernd dranmachten, ihn einzuschleimen. Kein harmloses Ordnungsvergehen, nicht nur eine Frage der Moral. Ein Mord! In den sie das Ärgernis, das Sicherheitsrisiko, den verhaßten Schimanski, einwickeln, verschnüren und für ewige Zeiten in die Wüste schicken konnten.

»Thanner, ich muß schiffen«, flüsterte Schimanski.

Thanner bückte sich und holte unter dem Bett den Glasbehälter für diese Zwecke hervor. Lüftete das Federbett, hielt seinem Kollegen das gläserne Trumm mit dem langen Hals hin. Aber Schimanski schüttelte den Kopf.

Der Uniformierte vor dem Krankenzimmer erhob sich, als die beiden herauskamen. Schimanski fühlte sich wie ein Englein in dem weißen Hemd, das ihm knapp über das Knie reichte. Ein Engelchen mit lahmen Flügeln. Er suchte Thanners stützenden Arm.

Der Beamte schlenderte langsam hinter ihnen her über den Krankenhausflur. Schimanski kannte ihn flüchtig. Wenn Thanner als korrekt und genau galt, gegen Kollege Schäfer war er auf diesem Gebiet ein Wicht. Der würde seine eigene Frau anzeigen, wenn sie bei Rot über die Straße ginge. Aber bei Schäfers ging niemand bei Rot, auch nicht bei Gelb.

»Was macht denn die Trachtengruppe hier?« fragte er Thanner, indem er weiterhumpelte.

»Kollege Schäfer? – Der paßt auf dich auf.«

»So'n Quatsch.«

»Was glaubst du?! Du bist verhaftet. Hast Glück, daß sie dich nicht ins Krankenhaus vom Gefängnis gebracht haben.«

Schimanski klammerte sich an dem Freund fest. »Mensch Thanner – die wollen mich wirklich fertigmachen. Das schaffen die doch nicht, oder?«

Thanners Augen blickten ihn fest und bestimmt an. Seine Stimme mußte sich anstrengen, damit die Worte nicht im Geklapper und Gequietsche der Wägelchen, die über den Flur geschoben wurden, untergingen. »Sie schaffen es nicht, wenn wir zusammenhalten«, meinte er. »Du mußt mir genau erzählen, was los war. Du mußt mir vertrauen.«

Vertrauen – ohne Gequietsche und Geklapper, aber schmerzlich hämmerte es durch seinen Schädel, während er in der Kabine auf dem zugeklappten Klodeckel saß. Vertrau dir selbst, wenn du jemandem zum Vertrauen suchst. Genau. Aber das Leben, der Alltag, war voll von Vertrauensforderungen und -beweisen. Zum Beispiel: Wenn man in die Straßenbahn einsteigt, geht man davon aus, daß der Fahrer oder die Fahrerin – des Fahrens einigermaßen mächtig sind und die Bahn wenigstens in den Schienen halten kann. Oder: Wenn man ein Flugzeug nimmt, muß man drauf vertrauen, daß im Cockpit wenigstens einer von den Burschen schon mal geflogen ist und sich ungefähr mit den Instrumenten auskennt. Wenn er Thanner nicht in einigen brenzligen Situationen vertraut hätte, gäbe es ihn schon längst nicht mehr. Umgekehrt genauso. Großen blauen Augen hatte er auch vertraut. Scheiße. Er hatte einen Verband um den Kopf, und das bedeutete doch was. Vielleicht durfte er gar nicht nachdenken, vielleicht war das ungeheuer gefährlich für ihn.

Vielleicht würde er gleich hinstürzen und auf den grauen Fliesen dieser muffigen Kabine in einem miefigen Krankenhaus seinen letzten Atemzug tun. Er wollte schnell wieder ins Bettchen schlüpfen, die Decke über die Ohren ziehen, die Augen schließen, schlafen, ausruhen, gesund werden. Thanner würde es schon richten. Er wollte ihm alles erzählen, haargenau bis ins klitzekleinste Detail. – Eine Bekannte kam vorbei und meinte, ob ich nicht Lust hätte, noch einen Sprung zu einem anderen Bekannten mitzukommen. Warum nicht mitten in der Nacht? Wo ist das Problem? Wieso sollte ich mir was denken? Was ist denn dabei, mit einem guten Bekannten plaudern zu wollen? Für den man doch eine allerseits bekannte und eingestandene Schwäche hat. Was ich genau mit ihm bekakeln wollte? Kurz und gut, Thanner, ich kann es dir ja offen sagen: Es ging darum, ob der Bursche in den Strampelhosen mein Schwiegersohn werden wollte oder nicht...

»Warum hast du das gemacht?« störte Thanner von draußen seine Gedanken. »Du warst schon voll, als du die Punkerin abgeschleppt hast. Da gibt es eine Latte Zeugen. Warum bist du dann noch zu dem beknackten Hocks hingegangen?! Das haben wir immer so gehalten – wenn wir gesoffen haben, war Schluß mit dem Dienst.«

»Ja, haben wir immer so gemacht«, sagte Schimanski und ließ die Wasserspülung rauschen. »Keine Ahnung, warum...« Er kam von der Toilette. »Aber ich werde herausfinden, warum – was dahintersteckt.«

»ICH werd's herausfinden«, betonte Thanner. »Du hältst dich ruhig.«

Schimanski wickelte vor dem Spiegel den Kopfverband ab. Der Turban wirkte schlimmer, als es darunter aussah. Zum Glück nur Kratzer und Schrammen.

»Wir schaffen es nur, wenn du nicht querschießt und dich voll auf mich verläßt«, hörte er Thanner beschwörend und streng. Ihre Blicke trafen sich im Spiegel. Wie gern hätte er sich auf den Freund verlassen. Thanner war sein Freund, aber er war auch Beamter. Gehörte zu einem Räderwerk, das ihn zermalmen wollte. Er nickte ihm kurz zu.

Nächtliche Stille im Krankenhaus. Nur der Beamte Schäfer wachte auf seinem Posten vor Schimanskis Zimmer. Er hatte seine Kappe abgesetzt. Die wenigen Strähnen waren kompliziert um den Kopf gedrechselt. Es mußte lange her sein, daß sie so lichte Stellen bekämpfen konnten. Kahlheit hatte einen glänzenden Sieg davongetragen.

Der Polizeibeamte saß kerzengerade auf dem Stuhl, preßte die Lippen, nach innen geklappt, fest aufeinander, hielt die Arme ausgestreckt von sich und betrachtete angestrengt die Rückflächen seiner Hände. Vielleicht auch eine Methode, Müdigkeit und Schlaf zu bekämpfen. Er hörte von innen seinen Namen rufen. Die Pupillen bewegten sich, aber er verharrte in seiner Position. Doch das Rufen wurde lauter und lauter. Er gab seine Stellung schließlich auf, ließ seine Arme locker runter baumeln, atmete tief durch. Das Rufen des Kranken wurde immer dringender. Der Beamte Schäfer erhob sich widerwillig, betrat das Zimmer. »Was ist? Brauchst du eine Schwester?«

»Nein, dich.« Schimanski hatte die Decke bis ans Kinn gezogen, nur sein Kopf schaute hervor. »Ich hab Alpträume, ich kann nicht schlafen.«

»Na und? Was soll ich da machen?«

»Erzähl mir was.«

»Spinnst du...? Soll ich dir etwa auch noch Händchen halten?«

»Jetzt hast du's erfaßt.« Schimanski zog seinen Arm unter der Bettdecke hervor, streckte dem korrekten Beamten freudestrahlend seine Hand entgegen. Der starrte darauf wie auf ein monströses Etwas, blickte sich verunsichert im Zimmer um. Sie waren allein. Nur Thanners Mantel und Hut hingen am Schrank, er hatte sich in einem freien Zimmer schlafen gelegt. »Bist du schwul geworden oder was?« fragte der Beamte.

»Nicht geworden.« Schimanski ließ das ›geworden‹ gurrend über seine Zunge rollen. »Weißt du noch, als wir zusammen auf Streife waren... die eine Nacht im dunklen, kalten

Hausflur, als wir uns ganz dicht aneinander drücken mußten... Nimmst du immer noch dein geiles Rasierwasser? Laß mal riechen, Schäfchen – komm mal her.«

Auf dem Gesicht des armen Burschen gaben sich Überraschung, Geschmeicheltsein und Furcht ein verwirrtes Stelldichein. Stotternd und stammelnd trat er ans Bett. »Schimanski, ehrlich... ich wußte gar nicht... Schimanski, ich dachte...«

»Nicht denken, Schäfchen, nur fühlen«, flüsterte Schimanski mit sanfter Stimme. »Komm, laß mich mal schnuppern.« Er zog den Polizisten mit einer Hand zu sich runter, drückte die Nase gegen seinen Nacken, seufzte tief und laut. Mit der anderen Hand zog er den Glasbehälter unter der Decke hervor, schlug ihn dem Betörten über den Kopf. Brauchte nur anzutippen. Ein dumpfes Knacken, der Beamte verdrehte die Augen und sackte über ihm zusammen. »Tut mir leid, Schäfchen«, meinte er entschuldigend. »Vielleicht ein andermal. Wenn wir mehr Ruhe haben. So 'n überstürztes Quicky bringt's ja auch nicht.« Er rollte den bewußtlosen Schäfer von sich, hüpfte aus dem Bett. Er hatte Hose und Schuhe schon an. Er steckte eilig seine Sachen vom Nachttischchen ein, schlüpfte in Thanners Mantel, setzte sich den Hut auf, warf dem schlummernden Schäfchen eine letzte Kußhand zu und schlich hinaus.

Vor dem Zimmer war der Wachtposten nur noch ein verlassener Stuhl mit Kappe. Der Flur lag öde und leer vor ihm. Er ließ endgültig das frisch gestärkte Krankenhaushemd unter dem Mantel verschwinden, indem er ihn sorgfältig zuknöpfte. Eilte zum Aufzug. Niemand begegnete ihm im Treppenhaus. Er mußte nur noch an der Pforte vorbei. Der Pförtner schaute müde von seinem Buch auf, raunte: »Gute Nacht, Kommissar Thanner« und betätigte den Öffner. Die Glastür schob sich surrend vor ihm auf, und Schimanski trat rasch ins Freie.

6

Seine erste Berührung mit der wiedergewonnenen Freiheit war feucht. Es goß in Strömen. Gemeinerweise hatte Thanner den Autoschlüssel bei sich, hatte ihn nicht zufällig im Mantel gelassen. Er mußte möglichst schnell vom Krankenhaus weg. Wenn der Tölpel in seinem Bett aufwachte, würde er Großalarm schlagen. Über ihm prasselten die Tropfen auf die Blätter, seine Schritte knirschten im Kies. Von dem kleinen Park, der das Krankenhaus umgab, kam er auf die Straße. Sie führte in einem Bogen ein Stück bergab und dann schnurgerade auf die Stadt zu. Eine dunkle Landstraße. Ein Taxi zu nehmen, wäre zu gefährlich gewesen. Jeder Idiot, der zufällig sein Bild in der Zeitung gesehen hatte, konnte auf ihn zeigen. Da ist er – Schimanski, der Verbrecher, der Totschläger, der Mörder. Er war der Gesuchte, er war der Gejagte.

Der Hut half nicht viel. Der Regen klatschte ihm von der Seite ins Gesicht. Er schlug den Mantelkragen noch höher. Bei jedem Scheinwerfer, der ihn traf, beschleunigte er seine Schritte. Wenn sie gar nicht im Telefonbuch stand, fiel ihm plötzlich ein. Wie hieß sie überhaupt mit Nachnamen? Manche Leute haben nur einen Nachnamen – wie er. Paßt nichts davor. Und andere nur einen Vornamen. Er versuchte es mit Karin. Karin – wie weiter? Das durfte nicht wahr sein, es fiel ihm nicht ein. Er sah das dunkle fein geschwungene Messingschild auf der weißen Tür vor sich. Darunter klebte der ›Schimanski‹ auf mickrigem Pappdeckel. Immerhin mit viel Liebe von Conny aufgemalt. Aber was stand auf dem Schild? Ein Fußballer. Genau. Manglitz. Wie der Torwart vom Meidericher SV. Sie waren aber nicht verwandt mit ihm. Der außerhalb des Feldes die Hand zu viel und im Tor zu wenig aufgehalten hatte. Bundesligaskandal. Aber sonst ein guter Mann, Nationalspieler. Wahrscheinlich hatte er den Druck nicht ausgehalten. Ein Stürmer kann sich verdribbeln, kann fünfmal danebenhauen – dann trifft er einmal, und ist der

Held. Der Tormann darf nicht danebengreifen. Beim Torwart werden die Fehler gezählt, nur die Fehler – beim Stürmer nur die Treffer. Das war der Unterschied, ein großer Unterschied. Und jetzt hatte man ihm so ein Ding reingebrezelt. Aber was machte er im Tor? Wer hatte ihn ins Tor gestellt? Er war kein Keeper. Warten und auf Thanners Verteidigung hoffen – das war nicht seine Sache. Er mußte nach vorn in den Sturm, in den gegnerischen Strafraum preschen und die Kugel ins Netz donnern. Er war Stürmer, war es immer gewesen. – Wenn sie so ein jämmerliches Früchtchen Marke Hocks geheiratet hatte, wenn sie gar nicht mehr Manglitz hieß, fuhr es ihm durch den Kopf. Das würde sie doch nicht tun. Wenn sie schon so eine Oberdummheit beging, dann würde sie doch nicht so weit gehen, auch noch den Namen von dem Kerl anzunehmen, versuchte er sich selbst zu beruhigen.

Er spürte einen stechenden Schmerz in der Brust. Wie lange würde er durchhalten? Er hatte mit Absicht nicht unter den Verband geschaut. Wer wußte, wie groß das Loch darunter war? Er mußte sich beeilen. Er hatte die Überraschung auf seiner Seite, die Nacht. Morgen früh würde er unter Umständen schon aus dem Schlamassel raus sein. Und dann würde er Conny übers Knie legen. Das hatte sie verdient: eine Tracht Prügel.

Aus dem dunklen Regenschleier tauchte ein erleuchtetes, gelbes Häuschen auf. Er betrat die Telefonzelle. Nach dem L kam gleich das P, seine Füße steckten in einem Berg von zerfledderten, zerrissenen Telefonseiten. Er stapfte weiter durch die nasse Nacht. Im nächsten Häuschen sah das Telefonbuch aus, als sei es eine Saison lang Fußball gewesen und nur auf schlammigem Boden eingesetzt worden. Er hatte keine Lust nachzuschauen, ob ausgerechnet das M leserlich geblieben war. Beim dritten Anlauf fand er das M beinahe unversehrt. Auf der Seite, die mit Mrzal begann, hatte jemand seinen Füller ausprobiert und dabei eine ganze Patrone verbraucht. Aber das ging ihn nichts an, er war bei Ma: Mandel,

Manglitz, Arno, Beate, Elmar. Keine Conny, keine Cornelia. Sein Finger suchte weiter. Der letzte Vornahme war nur ein Z. Hatte Conny nicht sowas Affiges mit Z. gesagt? Zuzzu oder Zazzu? Irgend so einen Käse mit Z.?

Er notierte die Adresse und marschierte weiter – weiter Nacht, weiter Regen. Er mußte noch ungefähr zwanzig Minuten gehen. Dann wurde es gemütlich. Viele Bäume, Hecken mit kleinen Gärten dahinter. Die Straße machte eine letzte Biegung, stieg etwas bergan – er ging auf einen Wohnblock zu. Dahinter tauchten noch zwei Gebäude auf. Eine Wohnanlage mit Park – Wiesen und Wegen zwischen den Häusern. Sicher reizend ohne den dichten Regenvorhang.

Er steuerte auf den Block mit der Nummer 11 zu. Die Haustür war nicht eingeschnappt, ließ sich aufdrücken. Er schaute auf die Klingelschilder und fuhr in den achten Stock. Im Fahrstuhl war ein Spiegel. Schimanski sah einen Menschen mit durchweichtem Mantel und tropfendem Hut. Zumindest den wollte er absetzen, um sich etwas vom Aussehen des Wassermanns zu entfernen.

Seine feuchte Verfassung hinterließ auf dem grünen Teppichboden eine beinahe unanständige Spur. An der Tür war ein Schild, aber es stand kein Name drauf. Sie mußte es sein, die anderen zierten fremde Namen. Eine weiße Tür aus massivem Holz, den Türen in Altbauten nachgemacht mit eingekerbten Leisten und gold blinkender Klinke.

Ding, dong, klang es drinnen. Er klingelte noch einmal. Nichts rührte sich. Er beließ seine Hand auf dem Klingelknopf, ließ die Glocke läuten. Hörte drinnen Schritte, hörte ihre Stimme unwirsch in die Sprechanlage rufen: »Wer ist denn da?«

»Ich.« Schimanski hämmerte gegen die Tür. Die Tür öffnete sich endlich, aber nur einen Spalt. Conny lugte verschlafen über die Sicherheitskette hinweg, starrte den Mann im durchnäßten Mantel ärgerlich an.

»Mach auf!« forderte Schimanski streng.

»Ich bin nicht allein«, antwortete Conny leise und wollte die Tür schon wieder schließen.

»Mach auf!« Schimanski warf sich mit Wucht gegen die weiße Tür, die Kette sprang ab. Er stürmte an Conny vorbei in die Wohnung.

Ein Typ mit Zigarette im Mundwinkel kam ihm entgegen. James Dean auf dem verregneten menschenleeren Times Square in New York, den Kopf in den hochgeschlagenen Mantelkragen geduckt, einsam – ein wandfüllendes Poster in der Diele. Drei Zimmer, die wie ein einziger großer Raum wirkten. Es gab keine Türen. Geschwungene Bögen als Durchgänge. Eine Fensterfront vom Boden bis zur Decke, hinter deren regenfließenden Scheiben die Lichter des nächtlichen Duisburgs glitzerten. Der Teppichboden in hellem Grau. Weiße, lange Schrankwände. Tische aus Glas, Regale aus Glas. Vasen, Kerzenständer und andere Glasobjekte. An einer Wand im Wohnzimmer stellte das Gemälde eines amerikanischen Foto-Realisten einen chromblitzenden Cadillac dar. Daneben Andy Warhols Marilyn in Rosa und Gelb.

Mitten in dieser Traumwohnung wartete Conny in einem Morgenmantel aus dunkelblauem Satin, daß Schimanski sich ausgetobt hatte. Er riß die Decke vom Bett, warf die bunten Kissen hinunter – als ob sich darunter jemand versteckt haben könnte. Conny hatte gelogen, sie war allein. Schimanski stürzte sich auf sie. »In was hast du mich reingeritten? Ich hätte dabei draufgehen können.« Fassungslose Wut und Enttäuschung warteten auf Erklärung.

Die Antwort war eine rotzige Frage und tönte ihm rauh entgegen: »Wieso? Wobei denn draufgehen?« Hart wie Metall klang es aus einer sanften Erscheinung. Der Kragen des Morgenmantels umschmeichelte mit seinen kuschligen Federn ein zartes Dreieck aus weißer Haut, in dessen Spitze sich der Ansatz des Busens wölbte. Dichtes ungebändigtes Haar bildete ein weiches Kissen für das klare Gesicht mit den feinen Zügen. Die blaßen vollen Lippen einen Spalt geöffnet, wobei die obere ein klein wenig mit winziger Spitze über die andere ragte – was dem Mund den Anschein von Ernst und Trauer verlieh. Sie war schön, auch ungeschminkt und unfrisiert. Aber das Blau ihrer Augen war matt, strahlte nicht. Frostige Kälte schlug ihm entgegen. Ein Biest in sanftem Samt, dachte Schimanski. »Mit deinen großen Augen hast du mich in die Falle gelockt«, sagte er. »Wer hat dich geschickt? Wer steckt dahinter?«

»Von was für einer Falle faselst du da? Ich wollte vermitteln – aber du hast ja wohl wieder mal durchgedreht.«

Schimanski griff ihren Arm, zog sie zu sich. Im Weiß ihrer Augäpfel schimmerten rote Äderchen, ihr Atem schlug ihm zornig ins Gesicht. »Ich warne dich. Ich prügle es aus dir heraus.«

»Du tust mir weh. Laß mich los!« Conny versuchte, ihn wegzudrücken. Er hielt sie immer noch mit einer Hand. Mit der anderen wollte er sie schlagen. Links, rechts. Patsch, patsch. Zwei Ohrfeigen ins schöne Gesicht. Statt dessen packte er eine Vase in Rosa und knallte sie gegen die Wand. Es splitterte und klirrte.

»Du bist ja wirklich total durchgedreht. Ich rufe die Polizei.« Conny ging zum Telefon und nahm den Hörer ab.

Schimanski hielt die nächste rosa Vase in der Hand. Mußte sie wieder hinstellen, mußte sich an der Kommode festhalten. Als wenn ihm ein Messer in die Brust gestoßen worden wäre. Der Boden unter ihm kippte, er knickte in die Hocke. Sah Conny verschwommen am Telefon – schief, als ob sie an der Schnur hinge. Das Messer verschwand. Der Boden pendelte wieder in die Waagrechte. Er stürzte zum Telefon, riß Conny weg, schleuderte sie gegen die Wand, drückte sie gegen den Schrank, daß drinnen das Geschirr schepperte.

»Conny, du hast nur eine Chance – du bringst mich zu den Leuten, die das gemacht haben. Sofort. Verstanden?«

»Zu wem denn? Ich weiß doch gar nicht zu wem«, stammelte Conny.

»Du weißt es, du weißt es genau.«

»Nein, bestimmt nicht.« Ihre Stimme war tonlos, sie mußte schlucken. »Ich weiß es nicht.«

»Die SUNFLASH-Läden – wer steckt dahinter? Wer hat da alles seine Finger drin?«

Conny kämpfte gegen die Tränen, schüttelte wieder und wieder den Kopf. »Ich hatte nur mit Hocks zu tun.« Ihre Worte kaum hörbar, im Schluchzen erstickt. »Und ich wollte doch nur vermitteln. Damit nicht so eine große Sache daraus wird.« Conny weinte leise.

Schimanski lockerte etwas den Griff. »Die wollten zwei Fliegen mit einer Klappe. Hocks und mich. Wer kann das sein?«

Die blauen Augen voll hilfloser Tränen. Schimanski faßte den kuscheligen Kragen ihres Morgenmantels wieder fester. »Conny – ich hab keine Zeit. Denk nach«, drängte er.

Conny blickte ihn angestrengt an. Leise wimmernd zuckte sie die Achseln.

Schimanski ließ sie los, schien erst jetzt zu bemerken, in was für einer Wohnung er sich befand. »Wem gehört der Schrott? Wer bezahlt das alles? Wer zahlt das für dich?«

Conny schwieg, hob nur die Schultern.

»Wo hat der Kerl seine Klamotten?« Er mußte das Engelchen-Hemd und Thanners durchweichten Mantel loswerden. Er zog an den goldenen Griffen am Einbauschrank in der Diele. Kleider, Pullis, ein Haufen Schuhe – Damenschuhe. »Du mußt mir jeden einzelnen aufzählen, der bei euch beschäftigt ist. Hast du gehört?« Er kramte in zarten Wollsachen, warf die Klappen wieder zu. »Das waren mindestens fünf, die mich fertiggemacht haben. Einen hatte ich fast – dunkler Typ, Spanier, Tunesier, aus der Ecke. Gibt es solche bei euch?« Schimanski war im Schlafzimmer, riß Schubladen auf. Seine Finger trafen auf flauschige Badetücher. Negligés aus Seide, Slips und T-Shirts. »Was für Ausländer sind bei euch beschäftigt?«

Conny kniete am Schränkchen gegenüber, holte ein Kleidungsstück vor, warf es vor Schimanski auf das Bett. »Die Leute vom Großmarkt – die Typen, die unsere Eßsachen vom Großmarkt bringen, sind meistens Ausländer«, sagte sie. »Da könnten solche dabei sein.«

Schimanski starrte auf die Jacke auf dem Bett, nahm sie in die Hand. Eine beigefarbene Windjacke mit dunkelblauem Futter, von beiden Seiten zu tragen. Er hatte lange nach ihr oder einem ähnlichen Modell gefahndet, bis er seine geliebte hellgraue Jacke fand. Deren Schicksal nach der Amokfahrt ungewiß war. Er hatte sie immer getragen, sobald er die Streifenuniform ausziehen konnte. Vier, viereinhalb Jahre lang. Sogar die Ränder auf der rechten Schulter erkannte er wieder. Ihre erste Begegnung – die Flecken waren nie ganz rausgegangen. Er hatte die Jacke damals mit all seinen Sachen bei Connys Mutter zurückgelassen.

Er spürte Connys beobachtenden Blick von der anderen Seite des Bettes. Er schaute sie nicht an, während er Thanners Mantel abstreifte und sagte: »Zieh dich an!«

Sie hatten keine Zeit für sentimentale Gefühle. Trotzdem mußte Schimanski an die kleine Conny auf seinem Schoß denken, als sie ihren weißen Sport-Nissan aus der Tiefgarage auf die Straße steuerte. Dachte sie das gleiche? Sie drehte kurz den Kopf – ein funkelnder Strahl traf ihn aus dem Dunkeln.

Die Scheibenwischer bewegten sich gemächlich – beschwichtigend. Aus dem Platzregen war leichtes Nieseln geworden. Ihr Haar war mit einer schwarzen Schleife aus Leder in aller Eile gebändigt, steckte im hochgeschlagenen Kragen ihres Trenchcoats. Im Flirren vorbeifliegender Lichter wirkte ihr Profil, als lächle sie. Warum war es so schwer, sich gegen das Gefühl zu wehren? Es war immer noch finster und naß. Das Gestrüpp schien immer noch dicht und undurchdinglich. Trotzdem fühlte sich Schimanski leichter. Er war nicht mehr allein in der Nacht. Sie sprachen nicht miteinander.

7

Die ersten grauen Streifen durchzogen das Dunkel. Über dem Rhein stiegen Nebel auf. Es war fünf Uhr morgens, und auf dem Großmarkt herrschte Hochbetrieb. In den Hallen, vor den Hallen, zwischen den Buden und Ständen fuhren Elektrowagen und Gabelstapler, wurden Laster beladen.

Dichte Rauchschwaden. Zigarettenqualm in der Baracke. An der langen Theke Arbeiter in dreckigen Overalls, mit schmutzigen Schürzen; Palaver, Gegröhle. Es stank nach allem möglichen, besonders nach Bier. Es gab sicher gemütlichere Orte, sein Frühstück einzunehmen.

Schimanski zog Conny hinter sich her. Fragte einen nach dem anderen, ob er für SUNFLASH arbeitete. Erntete nur Kopfschütteln und blöde Blicke. Auch Conny kam niemand bekannt vor. Dann schien sie jemand zu entdecken. Sie machte sich von Schimanski los, drängte zu den Fässern hin, die in einer Ecke der Baracke als Tische aufgestellt waren.

Schimanski sah, wie sie Leute befragte, dann bei einer Gruppe stehenblieb. Sie sprach auf die Männer ein, kam ihm vor, mit entschiedenen Gesten. Connylein – was spielst du für ein Spiel? dachte er und wäre um ein Haar mit einem Bierglas zusammengestoßen.

»Vorsicht, Freundchen«, raunzte der dickbäuchige Besitzer, ohne sein Glas nur einen Deut aus der Gefahrenzone zu bewegen.

»Wissen Sie zufällig, wer das SUNFLASH beliefert?« fragte Schimanski ihn.

»Warum?« Der Bierwanst stierte ihn unter seiner Pudelmütze mißtrauisch an.

»Wissen Sie's?«

»Warum?« schlug es ihm, begleitet von frisch gerülpsten Bier, jetzt drohend entgegen.

Schimanski seufzte genervt. »Nur diese kleine Frage, ich frag ja noch gar nicht weiter: Wissen Sie's?«

Der Dicke beäugte ihn immer noch argwöhnisch mit glupschigen Augen. »Nee«, grunzte er endlich. »Muß ich?« Ein breites Grinsen dehnte das Pfannkuchengesicht unter der Pudelmütze ins unmögliche.

»Danke – sehr schlau«, murmelte Schimanski und wollte sich an ihm vorbeizwängen.

»Was war das, Freundchen?« hörte er an seinem Ohr krächzen. Eine fleischige Pranke hielt seine Schulter fest. »Sag das noch mal!«

Da ging es um das letzte Wort oder den ersten Schlag. Mit dem Schlagen tat sich der Fettwanst garantiert leichter. Aber Schimanski hatte das unbedingte Gefühl, sich schonen zu müssen, fand sich genug verletzt, um auch noch einen ausgekugelten Arm gebrauchen zu können. Deshalb drehte er sich ruhig um, sah dem Dicken gelassen in die bierschwammigen Augen und meinte: »Sehr schlau, habe ich gesagt. Und schlau ist das Gegenteil von dumm, bescheuert, tölpelhaft, töricht, einfältig, total unterbelichtet, beknackt, besoffen, hirnverbrannt.« Die Tatze auf seiner Schulter wußte nicht recht, ob sie Presse beim Zudrücken oder Lockern war. Er fuhr fort: »Das Gegenteil von Matschbirne, Kartoffelkloß, Pfannkuchen mit Pudelmütze...« Sein Arm mußte gleich rausspringen, es konnte nicht mehr lange dauern. Die Lippen am Bierglas zuckten gefährlich. »Das Gegenteil«, beruhigte Schimanski. »Schlau, sehr schlau fand ich das von dir. Denn du mußt natürlich nichts wissen. Du mußt gar nichts wissen. Je weniger du weißt, desto besser geht es deiner Pudelmütze. Wir sollten alle weniger wissen. Das ist die große Krankheit unserer Zeit. Wir wissen zu viel. Du bist ungeheuer schlau mit deiner Bommelmütze. Ich möchte auch eine haben und sie mir über die Ohren ziehen und die Augen und die Zehen. Die ganze Welt sollte sich eine Bommelmütze überziehen – und wenn du nicht sofort dein fettiges Patscherchen von meiner Schulter nimmst, reiß ich dir sämtliche Bommeln ab.« Schimanski zog dem verdutzten Kloß die Mütze übers Gesicht.

Der ruderte mit den Armen in der Luft, wollte ihn treffen, tappte daneben.

Conny zwängte sich heran, deutete aufgeregt in die Richtung, aus der sie gekommen war. »Ich hab welche gefunden. Die dahinten. Die arbeiten für SUNFLASH.«

Gerade drängte ein neuer Schub Durstiger von draußen herein zur Theke. Schimanski wurde geschubst und gestoßen. Die Männer beim Faß tranken ihr Bier aus und gingen. »Warten Sie, warten Sie mal«, rief Schimanski. Auch der letzte der Gruppe – ein Typ in schmuddelig schwarzem Overall – legte sein Geld hin und verschwand nach draußen. »Warten Sie doch mal!« rief Schimanski wieder, arbeitete sich hinter ihm her durch das Gewühl. Er schaute sich nach Conny um. Sie versuchte nachzukommen, hatte es schwer, wurde von Arbeitern angehauen, aufgehalten.

Draußen sah er den schwarzen Overall hinter einer Halle verschwinden. Schimanski rannte hinterher. Blickte sich wieder nach Conny um. Sie hatte es endlich auch geschafft, kam aus der Baracke. Er gab ihr ein Zeichen und lief weiter. Der Mann vor ihm fing nun auch an zu rennen. Der haute vor ihm ab. Zwischen Buden und Ständen, Lastern, die beladen wurden, Stapeln von Obst- und Gemüsekisten hastete er hinter dem Fliehenden her. Der Typ bog in einen Durchgang zwischen zwei Hallen ein. Ein Elektrowagen, die beiden Anhänger mit Bergen von Kohlköpfen beladen, zuckelte Schimanski in den Weg, stoppte seinen Lauf.

Der schwarze Overall war verschwunden, der Durchgang – die Gasse leer. Geradeaus fiel senkrecht eine Wand mehrere Meter tief aufs Steinufer hinab. Hinter der Halle links wurde der Großmarkt von einer hohen Mauer begrenzt. Die mächtige Eisentür rechts von ihm war die einzige Möglichkeit. Schimanski probierte die Klinke, die Tür war offen. Er schob sie auf und betrat die Halle.

Von der Dämmerung draußen in totale Finsternis. Hinter ihm fiel die schwere Tür mit dumpfem Knall ins Schloß. Seine

Augen mußten sich erst an die Dunkelheit gewöhnen. Er machte Umrisse aus. Ein Schrank, ein Regal? Tastete vorwärts, stieß gegen gestapelte Kisten und Kartons. Von fern hörte er das gleichmäßige Plätschern des Flusses. Es schlug ihm etwas ins Gesicht. Er griff danach. Ein Seil, das von oben herabhing. Schritte, Scharren. Über ihm. Es wurde hell, und gleichzeitig krachte es. Schimanski spürte einen Luftzug, hechtete kopfüber nach vorn. Hinter ihm schlugen Eisenplatten und Stangen auf. Sie wurden aus einer Luke geschmissen.

»Hey... Hey...«, schrie Schimanski hinauf. Doch oben zeigte sich niemand, er sah nur Schatten, die sich vor einer grellen Lampe bewegten. Eisenklötze und schwere Holzkisten wurden heruntergestoßen, die Kisten zersplitterten auf dem Boden. Schimanski quetschte sich zwischen die Kartons, suchte hinter einem schrankhohen Kasten Deckung. Weitere Kisten polterten von oben herab. Auf den abgesprungenen Latten konnte er Buchstaben erkennen, mit Filzstift aufgemalt. Ein M, ein E, ein L. Das stand auch auf dem Kasten, hinter dem er sich verkrochen hatte. Sein Kopf lehnt an einem riesengroßen M. Darunter genauso groß E und L. MEL.

Schimanski konnte sich kaum vorstellen, daß er zufällig in den Beginn von Ausmistungsarbeiten geraten sein sollte. Aber er wollte sich auch nicht lange den Kopf darüber zerbrechen. Bevor das Eisenstangen oder Geräte ähnlichen Kalibers besorgten, mußte er hier raus. Den Gang weiter war zu gefährlich. Dann würde er womöglich erst richtig in der Falle sitzen. Er mußte den geeigneten Moment abpassen. Aber erstmal prasselte weiter Unrat von oben herab. Dann wurde es einen Augenblick still, die Schatten verschwanden, um Nachschub zu holen. Schimanski sprintete los, kletterte hastig über das Gerümpel, lief hinaus.

Er eilte die Gasse zwischen den Hallen zurück. Sah Conny an einem Stand, mit einem Arbeiter im Gespräch. Sie schien erregt, gestikulierte wild. Sah ihn jetzt, kam ihm langsam entgegen. Noch mehrere erleuchtete Buden zwischen ihnen.

Ein Licht wie auf einem Weihnachtsmarkt kurz vorm Dunkelwerden. Aber es wurde hell, und es wurden keine Lebkuchen und Zimtsterne verkauft – Tomaten, Zwiebeln, Rüben in riesigen Mengen.

Er hatte ihn zuerst nicht bemerkt, hatte nicht bemerkt, woher er gekommen war. Aber plötzlich sah er Conny nicht mehr. Sah nur noch die aufgeblendeten Scheinwerfer und spitzen Zangen des Gabelstaplers, die direkt auf ihn zuhielten. Schimanski drehte um und rannte los. Nicht wieder in die Gasse! Da war er verloren. Er rannte vorbei.

Er hörte das unheimliche Surren des wieselflinken Ungetüms hinter sich. Spürte schon die Zangen, wie sie sich in den Rücken bohrten. Er lief, lief um Ecken und Buden herum, lief. Plötzlich vor ihm eine hohe Mauer. Er war im Kreis gelaufen. Rechts das steile Ufer, der Abgrund. Hinter ihm sauste das Gefährt mit den stechenden Augen und scharfen Zangen heran. Es gab keinen Ausweg. Er blieb abrupt stehen. Im letzten Moment sprang er zur Seite, riß den Fahrer vom Sitz. Das Monster surrte allein weiter, zermalmte rauskullernde Muscheln, zerquetschte Fische. Schoß weiter auf das Ufer zu – kippte hinunter. Mit Getöse prallte der Gabelstapler auf den Steinen auf, rollte scheppernd ins Wasser.

Der Fahrer unter Schimanski schrie wie am Spieß: »Hilfe, ein Verrückter! Ein Wahnsinniger! Hilfe!«

Seine Rufe wurden gehört. Arbeiter kamen aus der Halle, aus den Buden gerannt, bewaffneten sich mit Latten und Stangen. Zwischen ihnen eilte Conny herbei. Gegen den Schlägertrupp würde er nicht ankommen. Schimanski ließ von dem Schreihals ab, lief los. Die Männer griffen nach ihm, schlugen nach ihm, hielten ihn fest. Er riß sich los, wirbelte herum, haute blind um sich, lief weiter. Conny raste zum Wasser hinunter. Schimanski bekam eine Stange zu fassen, hieb damit auf die Latten der Arbeiter ein, drosch sie ihnen aus der Hand. Schlug wie ein Wilder damit um sich. Bekam Luft, gewann einen Vorsprung. Sah Conny, wie sie in ein Boot sprang und ablegte. Hatte keine Ahnung, ob sie vor ihm fliehen oder ihm helfen wollte. Aber er mußte nur geradeaus weiterlaufen, um den Weg abzukürzen. Rannte zu dem Silo, dem Container, von dem ein Arm zum Entladen von Frachtern weit über den Fluß reichte. Conny mußte drunter her. Er sprang hoch und schwang sich an dem Gewinde über das Wasser. Conny brauste heran, und er ließ sich fallen. Zwei Sekunden, in denen ihm unklar war, ob er treffen würde oder nicht. Dann knallte er auf die Planken und wußte, daß er nicht im Rhein gelandet war. Versuchte auf die Beine zu kommen, die Geschwindigkeit riß ihn gleich wieder um. Der Bug des Schnellbootes ragte hoch aus dem Wasser heraus. Schimanski lugte über die hintere Bordwand und erkannte, warum Conny solch ein Tempo vorlegte. Im hellgrauen Dunst ein blaues Licht auf einem dunkelgrauen Schiff. Ein Polizeiboot.

Conny beschrieb plötzlich einen Bogen, Wasser bäumte sich haushoch auf, das Schnellboot preschte vom Rhein in die Ruhr. Vor ihnen die Tore einer Schleuse. Hinter ihnen heulte alarmierend die Sirene. Es blieb ihnen nichts übrig. Sie mußten hinein in die Schleuse. Das Polizeischiff kam mit seinem kreisenden Blaulicht nach. Ein Frachter lag zwischen ihnen. Die Polizisten riefen, wedelten mit den Armen, schickten sich an, außen herum zu klettern. Conny drehte das Schnellboot in der Schleuse. Die Tore schlossen sich weiter und weiter. Sie fieberte wie ein Rennpferd vor dem Start. Nur noch ein schmaler Spalt zwischen den Eisengittern. Schimanski schrie: »Nein.« Hielt sich die Hände über den Kopf, im gleichen Moment ratschte es schon. Die Windschutzscheibe splitterte, das Boot schrabbte zwischen den Eisenklappen der Schleusentore hindurch, die rasselnd zufielen. Sie waren draußen, und das Polizeischiff drinnen. Und die Polizisten schauten dumm dem davonrauschenden Boot nach. Conny lachte den Ängstlichen an. Mit hitzig geröteten Wangen und Perlen von aufgespritztem, wild im Wind flatternden Haaren. Sie sollte nicht lachen. Schimanski hatte Schmerzen in der Brust, der Kopf tat ihm weh, alles tat ihm weh. Sie durfte nicht lachen. Das war kein Spiel. Das war Ernst, blutiger Ernst. Er hatte es satt, mit seinem Leben als Einsatz zu dienen.

»Das war das zweite Mal. Das zweite Mal hast du mich in die Falle gelockt«, schrie er sie an. Conny drehte das Steuer, Wasser spritzte ihnen ins Gesicht. Sie waren wieder auf dem Rhein. »Du hast mit denen geredet. Du steckst mit denen unter einer Decke. Du kennst sie.«

»Du spinnst«, schrie Conny gegen den Motorenlärm an: »Ich wollte dir helfen, deshalb hab ich mit denen geredet, du blöder Kerl!«

Schimanski faßte sie an den Schultern. »Wer ist es? Wer will mich fertigmachen?« schrie er.

»Niemand«, brüllte Conny. »Niemand. Du bildest dir was ein, gehst auf harmlose Leute los. *Du* machst den Terror!«

Er schlug zu. Ein verunglückter Schlag. Er verlor das Gleichgewicht, seine Hand rutschte auf ihrem Gesicht ab, sein Ellbogen traf sie unter dem Kinn. Sie fielen beide hin. Den Bug nach oben brauste das kleine Boot führerlos über den breiten Rhein. Und auf dem Boden keuchte Schimanski über Conny: »Sag, was du weißt. Sag, wer dahintersteckt.«

Sie warf ihren Kopf hin und her, versuchte, den schweren Körper von sich zu stoßen.

»Was ist Mel? Wer ist das? Ist das der Boß?«

Ein ohrenbetäubendes Tuten. Conny schrie entsetzt auf. Schimanski drehte den Kopf ein wenig und sah nur die gewaltige schwarze Wand über sich. Beide griffen sie nach dem Steuer. Um Haaresbreite zischte das Boot an dem tutenden Frachter vorbei. Brauste auf das Ufer zu. Schoß aus dem Wasser. Ein Kratzen, als würde ein riesiger Reißverschluß aufgerissen. Das Boot kratzte gleich wieder über den schrägen Beton ins Wasser zurück.

Schimanski, hingestreckt auf den Planken, bekam nur undeutlich mit, wie Conny aus dem Boot springen wollte. Er schnellte hoch und riß sie zurück. »Du lügst«, flüsterte er, »du lügst.« Es waren nur noch seine Lippen, die sich bewegten. Conny stand vor ihm, und er sah sie nicht mehr. In seiner Brust ein Schwert, das auf- und niedersauste. Sein Kopf fiel auf ihre Schulter. Conny, dachte er. Dann war da nur noch die Schwärze.

Schimanski rutschte langsam an ihrem Körper nach unten. Eine Hand hielt immer noch ihren Arm fest umklammert, zog Conny mit auf den Boden.

Sein Körper schwer auf ihren Beinen, sein Kopf mit dem Gesicht nach unten in ihrem Schoß. In kleinen Fontänen sprudelte das Wasser durch die Löcher ins Boot. Schluchzend löste Conny seine Finger und kroch unter Schimanski hervor. Kletterte über ihn hinweg und sprang aus dem sinkenden Boot. Hastig robbte sie die schräge Betonwand hinauf, ihre Füße kämpften mit nassem Laub.

Die ehemaligen Besitzer der Blätter, kahle Buchen und Kastanien, begrenzten ein umgepflügtes Feld, hinter dem Conny Autos fahren sah. Das lange Frachtschiff, mit Stahlrohren beladen, mit dem sie beinahe zusammengestoßen wären, fuhr schon in weiter Ferne. Die Nebel über dem Rhein lösten sich langsam auf. Gegenüber donnerte ein Zug vorbei. Dann wurde es wieder ruhig, und nur das Glucksen war deutlich zu hören. Der Bug des sinkenden Boots ragte immer noch hervor.

Schimanskis Totenlager, in dem er mit dem Kopf nach unten schwamm, war ein Bett aus rotbraunem Laub, schwarzgrünem Schlick und aufsteigenden Kreisen öliger Schmiere vom zerstörten Motor. Das Gestell bildeten die Kanten des Bootes unter Wasser. Noch hielten sie den sich leicht drehenden Körper mit der beigefarbenen Jacke. Aber gleich, wenn das Boot auf den Grund gesackt war, würde der Strom ihn mit sich führen. Es sollte Gegenden geben, in denen es Brauch war, hervorragenden Persönlichkeiten, verstorbenen Wohltätern und Heiligen auf diese Art die letzte Ehre zu erweisen. Lediglich die Kränze aus geflochtenen

Chrysanthemen fehlten. Vielleicht würde Schimanski schon am Abend die Mündung erreichen, würde schon morgen im weiten Meer treiben.

Ein letztes Mal blickte Conny auf die Jacke, die noch ab und zu ihren Ärmel beige aus dem Schlamm scheinen ließ, die ihr einmal so viel bedeutet hatte. Auf den Körper, über den schmutzige Brühe schwappte, den Mensch, den der Fluß jeden Augenblick für immer mit sich nehmen mußte. Auf den verlorenen Mann, der ihr so viel Kummer bereitet hatte. »Ich hasse dich«, schrie sie aus tiefster Seele. Und unter Tränen lief sie endlich los. Sie mußte über das Feld zur Straße hin. Aber sie spürte nicht lehmigen Ackerboden unter ihren Füßen, sie rutschte auf glitschigen Blättern, rutschte wieder zum Wasser hinunter.

Vom Betonsteg aus wollte Conny ihn herausziehen. Das klappte nicht. Sie stieg in die Brühe. Packte ihn unter die Arme, stemmte ihn über die gesunkene Bordwand. Der schwere Körper zog sie nach unten, sie glitschte aus – das Wasser schwappte über beide hinweg. Aber sie hielt ihn fest. Tauchte auf und riß ihn wieder hoch. Im fließenden Schmutz, mit angeklatschten Haaren, eine Last schwer und naß in den Armen, heulte sie, daß sie ein paar Schritte zum Ufer schaffte. Sie schrie ihn an, schlug ihm mit einer Hand ins Gesicht. Tief, tief unten in seinem finsteren Loch klopfte es bei Schimanski an. Piekste ihn was. Schlug ihn was. Er bäumte sich auf und schlug zurück. Sein Ärmel platschte Conny ins Gesicht, er klatschte mit dem ganzen Körper auf sie drauf – die Köpfe stippten wieder in die Soße. Aber sie hielt ihn, kämpfte unermüdlich gegen die Strömung, hievte den Ohnmächtigen aufs neue hoch. Brüllte ihm seinen Namen ins Ohr, verabreichte ihm weiter Ohrfeigen. Wer schlägt mich da, wer macht da so einen Lärm, erboste sich Schimanski in seinem Tran. Na gut, die sollte ihn kennenlernen. Dafür suchte er eine Basis, fand aber nur wackligen Boden. Zum Glück war das was, an dem er sich festhalten konnte. Seine Füße suchten weiter tretend und strampelnd nach Grund – Conny zerrte, schleppte ihn aus dem Wasser. Dann fiel sie erschöpft auf das Betonufer. Auf den Knien prusteten, husteten, spuckten sie Schlamm. Die grausame Pampe, die er kotzte, war das erste, was Schimanski wieder bewußt wahrnehmen konnte. Sein Magen, sein ganzer Leib schien voll davon. Als habe er den gesamten, versauten Rhein geschluckt. Es strengte ihn so sehr an, daß er hinkippte und auf den Rücken rollte. Hinter einem schmierig grünen Vorhang sah er einen Streifen blauen Himmels über sich. Nach all dem Dunkel, dem Schwarz und dem Grau! Seine Hand tastete über kalten Stein, verfaultes Laub, traf auf etwas, das genauso naß, aber eine Idee wärmer war. Das zu leben schien. Seine verschmierten Finger umschlossen fest wie Fesseln ein zartes Handgelenk. Nur ein hilfloses Rucken, mit dem sich Conny nicht mehr wehren konnte. »Du bist mein Pfand«, krächzte es aus öligen Schlingpflanzen zu ihr herüber. »Du bringst mich zu den Leuten.«

Sie weinte über sie viel Ungerechtigkeit. »Warum habe ich das bloß gemacht?! Hätte ich dich doch verrecken lassen«, jammerte sich. »Ich hasse dich. Warum bist du überhaupt wieder aufgetaucht? Zwölf Jahre hast du nichts von dir hören lassen. Warum jetzt auf einmal?«

»Weil ich mich um dich kümmern muß«, sagte Schimanski und entließ eine weitere Ladung verdorbenen Rheins aus seinem Rachen. Conny mußte lachen. Aber das Lachen tat ihr weh, sie ließ es gleich wieder sterben.

Schimanski spuckte den Dreck von den Lippen und fügte hinzu: »Weil ich dich aus dem Sumpf rausziehen muß.«

Sie drehte den Kopf mit den verklebten Haaren zu ihm und meinte: »Du ziehst mich rein.« Es kam sanfter heraus, als sie wollte. Sie sträubten sich dagegen, aber sie mußten sich anlächeln, denn genauso sahen sie mit ihren Mohrenköpfen und schlammtropfenden Gliedern aus: als wenn sie gerade einem Moor oder Sumpf entstiegen wären. Conny befreite ihn von dem Vorhang, strich die Schlingpflanzen von seinen Augenbrauen, zupfte unter ihrem Mantel ein Zipfel vom Pullover, der nicht dreckig war, hervor und wischte Schimanski die Schlieren aus dem Gesicht. Er ließ es sich wie ein braver Junge gefallen. Dann fummelte er unter der Jacke einen Fetzen vom Verband hervor, fand ein Eckchen, das nicht schwarz, das nicht rot war, spuckte darauf, nahm Connys Gesicht in die Hand, rieb sorgsam ihre Stirn, ihre Nase, die Lippen, das Kinn. Er arbeitete mit dem letzten Stückchen Verband, das noch nicht rot von Blut war.

»Du brauchst einen Arzt«, sagte Conny.

»Nein«, antwortete er.

»Du mußt ins Krankenhaus.«

»Nein.«

»Sei vernünftig.«

»Nein.«

»Du mußt ins Bett.«

»Ja.«

8

Eine aufgekratzte Frauenstimme turnte zu spritziger Musik die Morgengymnastik vor. Sieben Uhr und siebenundzwanzig Minuten, verkündete eine männliche Stimme dazwischen, um auch den letzten Langschläfer aus den Federn zu treiben. Das Radio stand im Zimmer nebenan, aber die Wände des Hotels waren so dünn, daß es sich anhörte, als wäre es im Raum. Durch das gekippte Fenster drang der Lärm des Berufsverkehrs herein. Weiter weg tuteten Schiffe. Die Leiste über dem Fenster war schwarz von Ruß. Die orangefarbene Gardine hing auf einer Seite schief und traurig herunter. Die ehemals bunten Blumen auf der Tapete waren sämtlich von einem Braunstrich befallen. Wie auch das Blütenmuster auf dem Sesselpolster. Der klotzige Sessel stand eingebildet vor dem kleinen, filigranen dreieckigen Tischchen, dessen Unglück noch vergrößert wurde, da von seinen drei Beinchen eins gebrochen war und sich auf einen Stapel angegammelter Bierdeckel stützen mußte.

Die lila und gelben Blumen auf den Bezügen wirkten im Verhältnis zur mattbraunen Umgebung erstaunlich frisch. Die beiden Betten mit wuchtigen Kopfenden in Buchenholz waren zu einem Doppelbett aneinandergerückt. Auf dem einen hockte Schimanski auf der bloßen Matratze und mochte nicht ansehen, womit sich Conny ausgiebig beschäftigte. Sie behandelte den aufgeplatzten Reißverschluß auf seinem Brustkorb. Tupfte mit einem Stück Laken sorgfältig gerissene Nähte, blutende Schnittstellen ab. Schimanski hatte ihr dichtes, blondes Haar vor der Nase und bemerkte, daß es trotz Rhein-Spülung noch etwas von seinem ursprünglichen Duft behalten hatte. Conny riß einen weiteren Streifen vom Laken und umwickelte damit seine Brust. Mit den Fransen knotete sie den Verband auf dem Rücken zusammen. Die Seide ihres Unterhemdchens in glänzendem Rosa rieb weich an seiner Schulter. Die Spitzen der Locken kitzelten in seinem Ohr, im Nacken spürte er ihren Atem. »Das reicht«, meinte Schimanski, schob Conny weg und die Betten auseinander. Das war gar nicht so einfach. Wenn die Möbelstücke drumherum auch einen eher unstabilen, hinfälligen Eindruck machten, die Betten waren es nicht. Mochten aus der Erbmasse besserer Zeiten stammen. Conny schaute ihm bei seiner Plackerei belustigt zu. Endlich konnte er sich fallenlassen und die lila Blumen über sich ziehen. Schlafen, nur schlafen. Eine winzige Stunde würde genügen. Dann wollte er die Bagage endgültig aufmischen.

»Du kannst nicht in der nassen Hose schlafen«, hörte er Conny schon aus weiter Ferne. Fühlte aber nah ihre Finger an der Hose sich schon wieder mit einem Reißverschluß beschäftigen. Flink und geschickt streifte sie ihm das klamme Kleidungsstück von den Schenkeln.

»Dein Bett ist nebenan«, röchelte Schimanski und verkroch

sich wieder unter der Decke. Das schien sie nicht weiter zu beunruhigen. Er spürte ihren Körper durch die Daunen, ihren Blick durch die geschlossenen Lider. Er öffnete sie einen Spalt und ihre großen, blauen Augen strahlten ihn an. »Bitte, laß mich schlafen«, flehte er. »Ich muß schlafen.«

»Schlaf doch«, hauchte Conny und war plötzlich unter der Decke. Ohne Seidenhemd. Sie schmiegte sich an ihn, überdeckte die freien Stellen über dem Verband mit Küssen.

»Hör auf!« ächzte Schimanski unter den Liebkosungen. Sie rieb ihren Kopf mit dem kuscheligen Haar an seinem Kinn. Vor vielen Jahren war er so von einem Schneeball mit Angorafell geweckt worden. – Das ging nicht, das durfte nicht sein, er war kein Kinderschänder. »Hau ab!« forderte Schimanski streng.

»Erst willst du mich nicht loslassen, auf einmal soll ich abhauen«, hörte er sacht in seinem Ohr wispern, während am Läppchen geknabbert wurde. »Findest du das nicht ein bißchen unlogisch?«

Mit einem weiblichen Wesen über Logik oder Nicht-Logik zu diskutieren – das fehlte noch. Er stemmte sich hoch, wollte sie von seinem Körper schieben. Zärtlich, aber kräftig drückte sie ihn in die Kissen zurück. Ihre Zähne gruben sanft in seiner Schulter, arbeiteten sich langsam zur anderen Seite hinüber. »Hast du Angst?« flüsterte Conny.

»Ich bin dein Vater.«

Ein leises gurrendes Lachen. »Du bist nicht mein Vater. – Und ich bin kein Kind mehr.« Ihre Lippen schienen sich nun zwischen Hals und Brustbein einzunisten, schienen sich dort festzusaugen.

Er war nicht ihr Vater. Und sie war kein Kind mehr. Mit ein wenig gutem Willen ließ sich das deutlich bemerken. Mit ihrem ganzen Körper drückte sie ihn. So war das also, wenn man vergewaltigt wurde. Er war krank, durch seine Verletzungen geschwächt – er hatte sein Bestes getan, er konnte sich nicht mehr wehren.

Er fühlte Tropfen auf seiner Haut, nasse Lider, die sich an seinen Nacken schmiegten. Tröste sie, forderte er sich auf. Nimm sie in den Arm, nimm sie richtig in den Arm – hast du früher auch gemacht, wenn sie Kummer hatte. Ist doch deine Conny. Beschütze sie, drück sie fest an dich. Warum tust du das nicht? Warum nicht? – Mann Thanner, frag mich nicht so'n Kappes. Warum? – warum nicht?

»Ich bin dein Vater.« Mit äußerster Kraftanstrengung stieß Schimanski Conny von sich, rollte sich aus dem Bett. Mit dem übriggebliebenen Streifen Laken knotete er ihre Hände an dem massiven Gestell fest. »Ich bin krank, ich bin verletzt. Laß mich in Ruhe!«

Sie schickte ein spöttisches Lächeln als Antwort zu ihm rauf. Er legte sich in das andere Bett auf die nackte Matratze und mümmelte sich in die lila Blümchen ein. »Angsthase«, zischte es von gegenüber. Mit dem Angsthasen im Ohr sackte er weg, schlief er ein.

Gong, klang es nebenan im Radio. »15 Uhr – die Nachrichten.«

Schimanski drehte sich verschlafen um und blickte in den Lauf einer Pistole. »Aufstehen! – Langsam, ganz langsam!« forderte eine schneidend scharfe Stimme. Er erkannte sie nicht, und als er weiter hinaufschaute, konnte er es nicht glauben.

»Los, auf! Und keine Mätzchen!« kommandierte Thanner streng und hielt ihm weiter die Kanone vor.

Schimanski mußte nicht den Kopf drehen, um zu wissen, daß Conny nicht mehr da war. Er versuchte ein freundschaftliches Grinsen, um den Kollegen dazu zu bewegen, das Spielzeug wenigstens von seiner Stirn zu nehmen.

»Mach noch einen Mist, und ich geb dir sowas auf die Fresse«, pfiff Thanner ihn an. »Ist mir scheißegal, wie schwer du verletzt bist.« Der Verband um Schimanskis Brust war schon wieder rot. »Du bist vollkommen irre, damit rumzulaufen.«

»Dreh dich wenigstens um, damit ich mich anziehen kann.«

»Nein.« Thanner hielt seine Waffe auf ihn gerichtet, als er aus dem Bett hüpfte. Schimanski suchte seine Hose. Conny hatte sie fürsorglich über die Heizung gehängt. Thanner warf sie ihm zu. »Du hättest dabei draufgehen können. Ich hab gesagt, ich box dich raus. Ich hab dir gesagt, ich hol dich raus. Aber du mußtest mich reinlegen, mußtest mich verarschen.«

Er wußte, daß er den Freund verletzt hatte. »Es tut mir leid«, sagte er, schlüpfte in die Hose, die vor Schmutz knisterte. »Aber...« Aber nicht nur Thanner tat ihm leid, er tat sich selbst auch leid. Es ging verdammt noch mal um seine Haut, und der Kollege überschätzte seine Möglichkeiten, wenn er glaubte, sie allein retten zu können.

»Mir kann man ja nichts zutrauen«, lamentierte Thanner weiter. »Jetzt kann ich dir auch nicht mehr helfen.« Er öffnete die Tür, vor der Uniformierte den Festgenommenen in Empfang nehmen wollten.

Schimanski klappte die Tür noch einmal zu. »Auf welcher Seite stehst du?«

Er erhielt keine Antwort, nur einen Blick mit einer Mischung aus getroffenem Stolz, Bedauern und Entschlossenheit.

»Auf welcher Seite stehst du?« fragte er den Freund noch einmal.

»Ich stand auf deiner, aber du läßt einem ja keine Chance.« Thanner hatte die Hand auf der Klinke, wollte ihn wegschieben. Schimanski hielt die Tür zu. Er sprach schnell und eindringlich, seine Worte überschlugen sich: »Thanner – die wollen mich aus dem Weg schaffen, das ist ernst. Ich hab ins Wespennest gestochen. Das Crack-Zeug kommt aus dem SUNFLASH, ich hatte recht.«

»Hast du'n Beweis?« fragte Thanner kalt.

»Überleg doch mal...« Was hatte er für einen Beweis? Er kam ins Schleudern. Wußte einen Moment überhaupt nichts mehr. Was war los? Was war passiert? Warum war was passiert? – Der Beweis war er selbst. »Was die mit mir gemacht haben. Weil ich ihnen auf der Spur war«, versuchte er. »Das sind eiskalte Killer. Wir müssen die Läden hochnehmen. Warum hast du das nicht längst gemacht? Warum kümmerst du dich nicht darum? Warum kümmert sich denn niemand um den Fall?«

Thanners Augen blitzten böse. »Wir kümmern uns um den Fall – um den Fall Schimanski. Um den geht es nämlich im Augenblick. Mach dir das mal klar. Und da gibt es eine Leiche mit 'ner Kugel aus deiner Pistole im Kopf, da gibt es eine Menge demolierter Autos, da gibt es einen Kollegen, den du niedergeschlagen hast, Arbeiter auf dem Großmarkt, die du tätlich angegriffen hast...«

Schimanski wollte protestieren, beließ es beim Versuch, da Thanner die Stimme noch hob: »...ein Boot, das du geklaut, zu Schrott gefahren und versenkt hast...«

»So siehst du das?« Schimanski bedrückt.

»Das sind Tatsachen«, antwortete Thanner kühl.

Tatsachen. Ein Gefühl von Ohnmacht, Ausweglosigkeit. Er konnte nur noch resignieren. »Du hast recht«, meinte Schimanski. »Mach, was du für richtig hältst.«

»Wenn auf Capri die rote Sonne im Meer versinkt«, schnalzte es aus dem nimmermüden Radio nebenan. Eine rauschige Kaffee- und Kuchen-Stimme begrüßte zur Sendung mit Omis Hits und ließ den Capri-Fischer weitersahnen.

Die Blümchen auf der Tapete im Flur schimmerten genauso gammelig braun wie im Zimmer. Eine nackte Glühbirne sorgte für wenig Licht im fensterlosen Treppenhaus. Zwei Uniformierte trampelten vor ihnen, zwei hintern ihnen die schmale Holztreppe hinunter. »Wer hat dir Bescheid gesagt?« fragte Schimanski.

»Jemand, der dir gut will.«

»Conny?«

»Laß endlich das Mädchen zufrieden«, war Thanners Antwort.

Er hätte lachen können, aber dann schlugen ihnen an der Rezeption die Dunstfahnen des erbitterten Gefechts zwischen frischem Duft von Bohnerwachs und abgestandenem Kohlgeruch entgegen. Hungergefühle konnten auf lange Zeit vertrieben werden. Die Rezeption war eine offenstehende Küchentür, aus der ein Kittel mit obligatorischem Blumenmuster geschossen kam und Schimanski festhielt. »Das Zimmer ist noch nicht bezahlt«, krähte es in seinen Ohren. »Neunzig Mark.« Hinter dicken Brillengläsern starrten ihn Froschaugen unerbittlich an. Und Schimanski überlegte, ob der Kittel vom Bettzeug oder der Tapete abstammte.

»Wenn Sie über Mittag bleiben, wird noch eine Nacht berechnet«, krähte es weiter. »Das habe ich Ihnen gesagt«, zerrte die Wirtin an seinem Ärmel. »Neunzig Mark! Ihre Frau hat gesagt, Sie zahlen.«

Schimanski hätte liebend gern gezahlt, aber seine gesamte Barschaft bestand aus zwei armseligen Groschen. »Übernimmst du das?« fragte er Thanner.

»Ich hab kein Geld dabei«, antwortete der und wandte sich an den Kollegen hinter sich. »Können Sie mal bitte... wieviel?«

»Das habe ich gesagt«, schrillte es. »Das habe ich den Herrschaften klipp und klar gesagt. Nach Mittag wird noch eine Nacht berechnet. Schon allein wegen dem Putzen. Ich kann ja nicht den ganzen Tag putzen und aufräumen, für nichts und wieder nichts. Meine Tochter auch nicht. Die pfeift mir was, wenn sie hier nachmittags antanzen soll. Die hat Familie. Drei Kinder, und ihr Mann hat einen Unfall gehabt. Vom Dach ist er gefallen, der Tolpatsch. Warum muß er aufs Dach steigen, der Unglücksrabe. Was der macht, macht er falsch. Was er anfaßt, geht kaputt. Dem fällt noch mal das Haus überm Kopf zusammen. Um ihn wär's ja nicht schade, aber meine Tochter – wie soll ich mit dem Hotel allein fertigwerden?«

»Wieviel?« stöhnte Thanner aus Angst vor den nächsten siebenundachtzig Folgen der bewegten Familienserie.

»Neunzig Mark«, tönte es noch einmal schrill. »Das habe ich den Herrschaften gesagt.«

Thanner wandte sich aufs neue an den Kollegen hinter ihm. »Könnten Sie die 90 Mark mal bitte auslegen?«

»Für Schimanski? – Auf gar keinen Fall«, antwortete der.

»So kommen Sie mir nicht davon, Früchtchen«, keifte die Besitzerin, faßte Schimanskis Arm mit beiden Händen. »Sie zahlen auf der Stelle. Wo kämen wir denn da hin?! Wir sind ein anständiges Haus. Letzte Woche hatten wir einen Vertreter, der wollte sich auch so davonstehlen. Da war aber ganz schnell die Polizei da. Stangen voll Hemden hat er gehabt. Oben haben sie gestanden, und ich hab ihm gesagt, er darf nichts auf den Flur stellen...«

»Sammeln«, übertraf Thanner mit seinem Brüllen das Schrillen und drehte sich zu seinen Leuten um. »Neunzig Mark sammeln! Aber schnell!«

Vor dem ›Rheinblick‹ – was man mit Geduld über dem Eingang entziffern konnte, inzwischen aber gelogen war, von Wohntürmen hinter dem kleinen Hotel verhindert wurde – war es wie beim Schützenfest oder einer ähnlichen Großveranstaltung.

Gegenüber auf der Treppe vom Zeitungsgeschäft standen sie. In der Metzgerei hatten die Frauen ihre Einkäufe vergessen. Mitten auf der Straße drängten sie sich und gafften. Hätte er jedem ein Dankkärtchen schreiben müssen, seine Finger wären wund geworden. Er vermißte den Jubel, als er von den Uniformierten aus dem Hotel geführt wurde. Meinte beinahe so etwas wie Enttäuschung in den Gesichtern der Schaulustigen zu entdecken. Wahrscheinlich hatten sie gehofft, Lady Di wäre mit Boris Becker beim Tie-Break im ›Rheinblick‹ erwischt worden. Na, die hätte sich für die lila Blümchen im Bett bedankt. Er konnte nur mit dem etwas erbärmlichen Spektakel aufwarten, wie ein Polizist von anderen Polizisten verhaftet wurde, von denen einige ihre Freude darüber nicht verhehlen konnten. Vier Streifenwagen zählte Schimanski. Etwas abseits entdeckte er sogar einen Krankenwagen. »Für wen ist denn der?« fragte er Thanner.

»Du mußt doch mindestens zwei Wochen liegen«, antwortete der und kündigte an: »Ich stelle sechs Leute an dein Bett, darauf kannst du dich verlassen.«

Er parkte zwischen Schreibwarengeschäft und Fleischerei, hatte die Scheibe seines silbergrauen Fords runtergekurbelt und beobachtete mit offensichtlicher Genugtuung das Schauspiel von Schimanskis Festnahme. Der Mann mit der dunklen Haut, dem dünnen Schnurrbart, dem dichten, krausen Haar.

»Thanner! Da!« schrie Schimanski außer sich, als er plötzlich im Gewühl den Spanier oder Tunesier erblickte, den er schon auf dem Großmarkt gesucht hatte.

Der Erkannte gab augenblicklich Gas. Die Schaulustigen stoben kreischend von der Straße, stürzten, fielen übereinander. Die Beamten wurden von der in Panik drängenden Menge geschubst und gestoßen. Totales Durcheinander. Schimanski sah nur den davonbrausenden Ford. Er hastete, stolperte, zwängte sich durch das erregte Gewimmel. Erreichte den Krankenwagen, sprang hinein und raste hinter dem Ford her.

Thanner kommandierte, niemand gehorchte. Er hetzte zu einem Streifenwagen, befahl dem Beamten hinterm Steuer loszufahren. Es rummste. Ein Kollege war dabei, mit Karacho zurückzustoßen. Die beiden Streifenwagen hatten sich ineinander verkeilt. Thanner arbeitete sich aus dem Fahrzeug. Nichts ging mehr. Zwischen sich gegenseitig blockierenden Polizeiautos hüpften panisch die Schaulustigen.

Thanner brüllte und gestikulierte. Endlich hatte er ein Fahrzeug aus dem Chaos befreit und konnte einsteigen. Auch der andere Streifenwagen, der noch intakt war, preschte hinterher.

Mit Blaulicht und Sirenen schob Schimanski den Krankenwagen immer näher an den silbernen Ford heran. Die Straßen wurden eilig und ängstlich für sie freigemacht. Passanten schauten den Vorbeirasenden erstaunt nach. Ein Krankenwagen, der seinem Kunden, seinem Opfer nachjagt – den Eindruck hätten sie haben können. Erschrocken mußten sie auf das Trottoir zurück, als noch zwei Blaulichter vorbeiflitzten.

Noch jemand rechnete nicht mit der sirenenheulenden Nachhut und kam mit Tempo in die Kreuzung gefahren. Um Zentimeter entging Thanner einer zweiten Karambolage in wenigen Minuten. Nach der hätte er den Wagen gebraucht, dem sie nachbrausten – wenn nicht gar die Trauer-Ausführung. Zurück blieben schwarze Bremsspuren und ein schlotternder Autofahrer, dem es nicht mehr gelang, sein Fahrzeug ordnungsgemäß über die Kreuzung zu lenken. Fuhr rückwärts, floh es schließlich und mußte sich aschfahl auf den Bordstein setzen.

Die Zeiger zitterten zwischen 140 und 150, Schimanski trat das Gaspedal durch, raste neben dem silbernen Ford. Sah, wie unter dem Kraushaar eine Miene wie im Auto-Scooter gezogen, im gleichen Moment auch das Steuer in der Art verrissen wurde. Nur der Lärm des Zusammenpralls war lauter als auf dem Rummel. Der Krankenwagen haute über den Bordstein, der die vierspurige Straße teilte, schlingerte wie ein tollgewordener Schlitten über die Schienen der Straßenbahn. Trotz seiner Sirene vernahm Schimanski wildes Gebimmel, bekam auch funkensprühende Räder mit. Wie er es geschafft hatte, wußte er nicht. Vor der Straßenbahn, in der die Gäste überstürzt ihre Plätze tauschten oder sich auf dem Boden kugelten, heulte der Krankenwagen von den Schienen, schoß wie über eine Schanze auf die Fahrbahn zurück.

Und Schimanski griff den Ford gleich wieder an. Bevor sie in der City waren, mußte er ihn gestellt haben. Zog vorbei, ließ dem Krauskopf keine Chance zum Abdräng-Manöver, setzte sich vor den silbernen Ford. Dann mußte er im Rückspiegel sehen, wie der dunkelhäutige Fahrer das Steuer herumriß – diesmal zur anderen Seite. Er wollte wohl rechts in die kleine Straße vor dem Kaufhaus einbiegen, fuhr aber ein viel zu hohes Tempo, so daß er die Kontrolle über den Wagen verlor. Der Ford schleuderte auf den Bürgersteig, über den Bürgersteig und donnerte in ein Schaufenster mitten in eine Winterlandschaft. Die weißen Tannen knickten um, Mond und Sterne polterten vom gemalten Firmament, Puppen in wattierten Anoraks wurden zermalmt, Skier und Schlitten zerbrachen, künstliche Schneeflocken wurden vom umgestürzten Ventilator durch die zersplitterte Scheibe nach draußen geweht.

Schimanski rannte an entsetzten Passanten und Kunden vorbei, kletterte ins Schaufenster, riß die verklemmte Tür des Fords auf, zerrte den Fahrer aus dem Wrack. Den Kopf aufgeschlagen, das krause Haar blutig, das Gesicht blutüberströhmt, tropfte, floß das Blut von den Händen auf den künstlichen Schnee. Von dem Mann konnte er nichts erfahren, der konnte ihm nichts sagen. Wenn überhaupt noch einmal – lange nicht. Immer mehr Schaulustige eilten herbei, Kunden steckten vom Innern des Kaufhauses neugierig ihre Köpfe ins Schaufenster. Er hörte das Geheul der Streifenwagen, die mit quietschenden Bremsen hielten.

Schimanski griff in die Taschen des Schwerverletzten, riß hastig heraus, was er zu fassen bekam. Sah Thanner mit gezogener Waffe vor das Schaufenster springen. Neben ihm, hinter ihm, richteten die anderen Beamten die Pistole durch die zerbrochene Scheibe auf ihn. Schimanski stand im pfeifenden Wind des Ventilators, mitten im Treiben des künstlichen Schnees. Er ließ den Blutüberströmten langsam aus seinen Armen gleiten.

»Bleib stehen!« schrie Thanner.

Die Köpfe verschwanden eilig aus dem Schaufenster ins Kaufhaus, Passanten warfen sich auf der Straße zu Boden. Schimanski bewegte sich rückwärts, eine Hand an der zerstörten Karosserie des silbernen Fords. Er stolperte über einen Skifahrer mit eingedrücktem Schädel.

»Schimanski, bleib stehen!« hallte es flehend durch die zertrümmerte Winterlandschaft. Schimanski bewegte sich weiter rückwärts auf den Vorhang zum Kaufhaus zu. Starrte auf die auf ihn gerichteten Läufe, starrte auf den Freund mit der Pistole in der Hand, streckte abwehrend und kopfschüttelnd die Hände aus und drehte sich um.

Der Beamte neben Thanner fuhr sich mit der Zunge über den blonden Flaum über den Lippen, wippte ein wenig in die Hocke, visierte noch einmal genau, um den Zeigefinger zu spannen. Thanner hörte schon den Schuß knallen, hieb dem Jungen den Arm nach oben, die Kugel flog ins Leere. »Sie Idiot!« schrie er außer sich, streckte den jungen Kollegen mit einem gezielten Schlag zu Boden. »Sind Sie völlig wahnsinnig geworden?!« Dann kletterte er durch das Schaufenster über gefällte Bäume und Puppen, hastete hinter Schimanski her ins Kaufhaus.

Schimanski hetzte die Rolltreppe hinauf. Unten sah er Thanner hereinlaufen. Hinter ihm zwei Uniformierte, immer noch die Waffen in der Hand. Er raste die nächste Rolltreppe hinauf, drängte sich an Einkaufstaschen und -tüten vorbei. Rannte durch die Kinderabteilung, hastete wieder über eine Rolltreppe. Diesmal hinunter. Die beiden Beamten staunten blöd, als er ihnen entgegenkam. Thanner starrte ihn wütend an, versuchte über die schnurrenden Geländer nach ihm zu greifen – vergebens. Oben angekommen, sauste er herum, sauste die Rolltreppe wieder hinunter. Schimanski war nicht mehr zu sehen. Thanner sprang von den rollenden Stufen zurück, blickte runter – auch auf der übernächsten Rolltreppe war Schimanski nicht. Er drehte sich um. Ein riesiger Teddy klappte seine Schellen zusammen, um ihn in die Kinderabteilung einzuladen. Die beiden Gesichter um ihn herum hatten in etwa den gleichen honigschmachtenden Ausdruck, die Beamten schauten nur ein bißchen verwirrter als der Teddy. Thanner schickte sie durch die Abteilung mit dem Spielzeug, lief selbst zu der Verkäuferin für Damenoberbekleidung nebenan. Die hatte keinen Flüchtenden in beigefarbener Jacke gesehen. Er rannte an den Umkleidekabinen vorbei, schlug Vorhänge beiseite und bekam einen Bügel über den Kopf. Eine mollige, nicht mehr ganz junge Dame in Schlüpfer und BH war damit beschäftigt, ihre üppigen Rundungen in ein offenbar mit rosa Brille gewähltes Kleid zu zwängen. Eine Kanonade von Beschimpfungen prasselte auf ihn nieder. Wobei Ferkel, Schmutzfink, Dreckspatz so ungefähr die gröbsten Ausdrücke waren.

»Tschuldigung«, murmelte Thanner und ließ den Vorhang schnell wieder zufallen. Was das erboste Fräulein dahinter nicht daran hinderte, sich weiter lautstark über den Sittenstrolch zu empören. Der befühlte seine Stirn – da wuchs etwas heran. Die Blicke der Verkäuferinnen vertrieben seine Lust, sein Glück noch bei anderen Kabinen zu versuchen. Thanner entzog sich den Entrüsteten, sprintete an den Kleiderständern vorbei durch den Notausgang ins Treppenhaus.

Sie war erheblich jünger als Thanners Kabinenbekanntschaft, auch hübscher, aber sie hatte genauso wenig an. Schimanski linste durch den Vorhang, sah den Kollegen verschwinden, nahm endlich die Hand aus dem Mund der kleinen Schwarzhaarigen und bedankte sich höflich. Ihre dunklen, tiefbraunen Augen starrten ihn verletzt an, die Lippen blieben zum Schrei offen – aber es kam kein Ton heraus. »Ich habe nämlich meinen Wagen falsch geparkt«, meinte Schimanski lieb und zog den Vorhang vor dem immer noch offenen Mund zu.

Der verunglückte Fahrer des silbernen Ford war nicht Spanier, auch nicht Tunesier. Der Paß war in Lissabon ausgestellt. Das Foto war einige Jahre alt und zeigte das etwas verschüchterte Gesicht eines Jungen mit weichen Zügen. Was machte ein gutaussehender Bursche aus solch einer schönen Stadt mit so einem wunderbaren Klima im Ruhrpott? War er extra gekommen, um ihn umzulegen?

Schimanski hockte in einem Abteil einer öffentlichen Toilette und zog auf schmutzigen Kacheln die blutverschmierten Papiere auseinander. Verfallene Eintrittskarten, nicht bezahlte

Strafzettel. Auf denen undefinierbare Kürzel notiert waren. Weitere portugiesisch bekritzelte Fetzen. Stoß-Paradies und Love Machine, hielt er in Händen – Visitenkarten von Nacht- und Sex-Clubs. Darunter auch so etwas wie eine SUNFLASH-Generalkarte. Verknitterte, aus einem Notizbuch gerissene Zettel mit Adressen und Telefonnummern. Eine von den vielen Nummern war mit drei Buchstaben gekennzeichnet: Mel.

»Sie sind mit dem Anschluß 2536982 – Herbert Melting – verbunden«, meldete sich ein automatischer Anrufbeantworter. Nach dem üblichen Käse wurde am Schluß noch eine Nummer für dringende Fälle verraten. Kein Anschluß in Duisburg – mit Vorwahl. Aber er hatte sowieso gerade seine letzten zwanzig Pfennig eingeworfen. Er war blank.

Die Telefonzelle war eine von vieren auf einem kleinen Platz mit Kreisverkehr drumherum. Zwischen kahlen Bäumchen eine Bank, auf der sich drei Jungen in Lederjacken um eine 11- bis 13jährige mit furchtbar rotem Kopf mühten. Stolzierten und gockelten um das Mädchen herum.

Schimanski steuerte auf eine Oma mit Einkaufstasche zu. »Könnten Sie mir vielleicht mit etwas Kleingeld aushelfen?« fragte er höflich. »Fünfzig Pfennig vielleicht – zum Telefonieren?«

»Mir schenkt auch keiner was«, antwortete die Dame, ohne ihren Schritt zu verzögern.

Er wagte sich nun doch zu der Bank mit den balzenden Mopedburschen. »Hey, Kumpels. Habt ihr mal einen Fünfziger für mich oder 'ne Mark?«

»Nöö.«

»Naa.«

»Nee.«

Das Konzert wortgewandter, charmespritzender Kavaliere. Die Umworbene – von nahem sah er, daß sie die 15 schon erreicht haben mußte – ließ sich nicht mal zu solch einem Kurzkommentar hinreißen, grinste ihn nur unter ihrer erhitzten und viel zu dick aufgetragenen Schminke an.

»Nichts für ungut, wollte nicht stören«, meinte Schimanski und drehte schnell ab.

Eine Kleine mit Schulranzen und Einkaufstüte kam ihm auf dem Rondell entgegen. »Haste noch ein bißchen Taschengeld übrigbehalten?« sprach er sie an.

Das Mädchen blickte zu ihm hinauf, kniff die Augen zusammen und fragte: »Warum?«

»Möchte gern was mit dir tauschen.«

»Was hättest du denn anzubieten?« fragte das Kind mit dem Ranzen auf dem Rücken und der prallen Tüte im Arm altklug.

Schimanski kramte in seinen Taschen und förderte sein Schreibgerät zutage, einen Kugelschreiber. »Kuli gegen fünfzig Pfennig.«

Die Kleine schüttelte entschieden das Köpfchen. »Will keinen Kuli.«

Schimanski schwante schon, daß es kein leichter Handel würde. Also auch bei solch einer winzigen Ausgabe von Mensch, die ihm nicht einmal bis zum Bauchnabel reichte, mußte er kämpfen. Er kramte weiter, legte auf die flache Hand, was er in seinen Taschen fand. Zum Beispiel eine ordinäre 80-Pfennig-Briefmarke. »Die leg ich dazu, dann kriege ich eine Mark von dir«, schlug er vor.

»Nein.« Die Kleine schüttelte wieder den Kopf. Schaute aber fasziniert auf seine Polizeimarke, die er mit herausgezogen hatte. »Das.«

»Nein.« Schimanski ahmte ihre Sprechweise nach. Er fand noch zwei bleiche Kugeln Kaugummi und legte sie auf die Hand dazu. »Kaugummi, Kuli und Briefmarke gegen eine Mark – das ist doch ein Super-Geschäft.«

»Nein!« Das Mädchen blieb stur, deutete hartnäckig auf die Marke. »Das.« Die Kleine wußte, was sie wollte und das war Schimanskis Polizeimarke. Sie zog sie ihm einfach von der Hand, um sie aus der Nähe zu betrachten. Fehlte nur noch der prüfende Biß, ob sie echt war. Dann holte sie mit ernstem Gesicht ihren Geldbeutel aus der Einkaufstüte, suchte ein

Markstück heraus und übergab es ihm feierlich. Schimanskis Blick fiel auf Knuspriges, das aus einer offenen Tüte in der Plastiktasche hervorlugte und ihn daran erinnerte, daß er bis auf sehr viel Rhein, den er leider nicht bei sich behalten konnte, und einer Nase voll Bohnerwachs mit Kohl seit beinahe zwei Tagen nichts zu sich genommen hatte. Er stiebitzte die Schnecke mit den vielen Rosinen heraus und meinte: »Dann krieg ich die aber noch dazu.« Fischte zum Abschluß aus einer kleineren Tüte noch einen Schoko-Riegel und verschwand essend Richtung Telefonzellen.

Die Kleine nahm schon längst keine Notiz mehr von ihm, beschäftigte sich nur noch mit ihrer Eroberung, drehte die Marke in den kleinen Fingern, hielt sie sich an das rote Mäntelchen, probierte aus, ob sie zu den goldenen Knöpfen paßte.

»SUNFLASH Wuppertal«, meldete sich eine gelangweilte Sekretärinnen-Stimme, als er Meltings Nummer für dringende Fälle gewählt hatte. »Wer spricht bitte?«

»Ich hätte gern Herrn Melting«, antwortete Schimanski, indem er die letzten Rosinen verputzte.

»Wer spricht bitte?« flötete die Stimme, als wenn er noch gar nichts gesagt hätte. Er blätterte im Paß des Portugiesen, »Mario Hernandez....«

»Sie sind nicht Mario«, kam es spitz und schlau aus dem Hörer, bevor er weitersprechen konnte.

»Nein, ich bin nicht Mario, Mäuschen. Zum Glück nicht. Sonst könnten wir nämlich jetzt nicht so nett miteinander plaudern. Dem guten Mario geht es gar nicht gut. Und das sollte Herr Melting wissen. Verbinden Sie mich mit ihm – hop!«

»Herr Melting ist in einer Besprechung und ist heute nicht mehr zu erreichen«, flötete die Stimme ohne eine Spur von Aufregung oder sonstiger Veränderung. »Sie können es aber wieder ab morgen mittag versuchen.«

Der Flötenton wich aus seinem Ohr – aufgelegt. Es knackste

noch einmal, und das kostbare Markstück fiel durch. Ihm war für Sekunden klar, warum so viele Apparate in Telefonhäuschen ein trauriges Schicksal ereilt. Er warf den Hörer auf die Gabel.

Direkt vor ihm am Rondell heilt ein gelber Golf an. Abschiedsküßchen wurden getauscht, die Beifahrertür öffnete sich, ein junger Mann zog eine sperrige grüne Mappe mit schwarzer Schleife vom Rücksitz. Er war noch keine zehn Meter weg, da nahm Schimanski seinen Platz im Auto ein. »Nach Wuppertal bitte«, forderte er wie selbstverständlich.

Hinter runden Gläsern einer Nickelbrille schauten ihn die verdutzten Augen einer etwa 24jährigen an. »Hören Sie – das ist kein Taxi.«

»Hören *Sie*«, entgegnete Schimanski, »ich habe weder Lust noch Zeit über solche Kleinigkeiten zu diskutieren. Die nächste rechts über die Mühlheimer Straße und dann auf die Autobahn.«

Von den mächtigen Reifen des Lasters vor ihnen aufgewirbelt, klatschte das Wasser auf die Windschutzscheibe. Den Fleck blauen Himmel, den er am Morgen entdeckt hatte, hatten dichte grauen Schleier verpackt. Von oben goß es in Strömen, von links spritzten die Überholenden.

Sie klammerte sich krampfhaft am Steuer fest, schaute immer wieder in den Rückspiegel, ob die Kette hinter ihnen nicht endlich abreiße. Schimanski drehte sich um und half der ängstlichen Autofahrerin: »Jetzt können Sie rüber.«

Der gelbe Golf scherte aus. Aber vor dem lästigen Laster fuhr eine ganze Reihe von Mehrtonnern. Die Scheibenwischer hätten doppelt so schnell und nochmal so eifrig wischen können und wären mit den aufgeschleuderten Fluten nicht fertig geworden. Wie in einer Waschanlage, nur war das Wasser nicht ganz so sauber.

»Sie brauchen keine Angst zu haben«, meinte Schimanski beruhigend. »Ich tue Ihnen nichts. Ich muß nur so schnell wie möglich nach Wuppertal.«

»Hm.« Das schwache Wimmern schaffte es durch Wetter- und Motorenlärm nicht bis zu ihm hinüber. Sie hatte das kastanienbraune Haar streng aus dem Gesicht gekämmt und mit einem schwarzsilbernen Gummi zusammengebunden. Beim zweiten Hinsehen, fand Schimanski, sah die Trägerin der Nickelbrille gar nicht so übel aus. Eine klare, reine Haut – einen Teint, für den andere Frauen viel Geduld und viel Geld der Kosmetikindustrie opfern müssen. Eine kleine Nase, deren süße Flügel aufgeregt zitterten. Ein niedliches Grübchen in der Wange, die ihm zugewandt war. Eine silberne Brosche auf dem weiten Rollkragen ihres olivgrünen Pullovers, die eine Rose darstellte. Er bekam Lust, etwas über Rose und Grübchen zu erfahren. »Was machen Sie, wenn Sie mich abgesetzt haben?« fragte er.

Das Mädchen versuchte, den Kloß im Hals zu schlucken, und antwortete: »Ich wollte zum Volleyball, aber das schaffe ich nicht mehr.«

Hinter dem Steuer wurde sie etwas entspannt, da man endlich an der Schlange der Wasserspeienden vorbei war. Die Scheibenwischer mußten sich für eine Weile nur mit dem Regen von oben auseinandersetzen.

»Und danach? Was haben Sie heute abend vor?« wollte Schimanski wissen.

»Arbeitsgruppe. Mittwoch ist Arbeitsgruppe.«

»Was wird da gearbeitet?«

Noch ein letztes Mal schluckte die Fahrerin, und der Kloß war unten. »Stoffwechsel – und Erregungsphysiologie der Pflanzen«, antwortete sie.

Schimanski grinste und meinte: »Aha.« Schaute die Ernstblickende einen Moment an und fragte weiter: »Und dann? – Dann bringen Sie sicher Ihren eigenen Stoffwechsel auf Vordermann, gehen gut essen in ein gutes Restaurant – französisch mit weißer Stoffserviette und Silberbesteck! Erregen den Jungen mit der grünen Mappe, halten Händchen bei Kerzenschein, oder?«

Die Biologiestudentin schüttelte den Kopf. »Ich muß mich noch auf das Seminar für morgen früh vorbereiten.«

»Worum geht's da?«

»Osmose.«

»Was ist das? Ist das auch was Unanständiges?«

»Das ist – das geht um Druckausgleich.« Die Studentin mußte sich auf den spuckenden Bus konzentrieren, der sich noch nicht entschieden hatte, ob er noch vor dem gelben Golf ausscheren sollte, um den Laster davor zu überholen. »Das ist der Austausch von gelösten Stoffen durch eine durchlässige Wand, die zwei verschiedene Lösungen voneinander trennt«, erklärte sie weiter. »Also die Aufnahme von Nährstoffen durch die Zellwände. Nicht durch Kapillaren oder so, sondern durch die Wände hindurch. Das geschieht durch Druckausgleich. Als wenn wir statt mit dem Mund die Nahrung durch die Haut aufnehmen würden. Als wenn wir nicht mit einem Organ was von außen aufnehmen würden, sondern durch die Poren. Verstehen Sie ungefähr?«

»Wie heißt das?«

»Osmose.«

»Ich dachte, Sie sprächen über mich. Ich mach das meistens so, das ist praktisch mein Job. Alles durch die Poren. Wußte nur noch nicht, daß man das Osmose nennt. Vielleicht sollten Sie mir noch ein paar Geheimnisse aus der Biologie verraten.«

»Was wollen Sie wissen?«

»Alles. – Was sagt der Junge mit der grünen Mappe dazu, wenn Sie sich dauernd mit fremden Zellen beschäftigen?«

»Der steht kurz vor dem Examen. Der arbeitet auch.«

»Sind Sie da sicher?«

»Ja.«

»Und wenn er andere Pflänzchen be...hegt, während Sie über dem Mikroskop hocken?«

»Das macht er nicht.«

»Wie können Sie da so sicher sein?«

»Ich vertraue ihm.«

»Man kann niemandem ganz vertrauen.«

»Man muß doch nicht in jedem einen Betrüger oder Gangster sehen«, sagte sie und schaute den Mann in der verschlammten Jacke an.

»Ich bin kein Gangster«, meinte Schimanski. »Ich bin Polizist.«

»Das glaube ich Ihnen nicht.«

»Sie müssen mir vertrauen«, lachte er.

»Sie haben noch nichts dafür getan. Kostet Mühe und Zeit. So schnell geht das nicht.«

»Ich vertrau mir selbst nicht. Weiß nicht mehr, was ich bin.«

»Identitätsprobleme?«

»Was für'n Kram?«

»Wenn Sie nicht mehr wissen, wer Sie sind.«

»Geht eigentlich mehr um die anderen. Ich hab Identitätsprobleme mit denen. Die wollen mich fressen.«

»Verfolgungswahn?«

»Aber ausgewachsen.«

»Warum versuchen Sie es nicht mal mit einer Therapie?«

»Zwecklos. Der Doktor sagt, ich sehe selbst Feinde in einem unbelebten Schrebergarten.«

»Schlimm.«

»Noch schlimmer ist, daß sie wirklich da sind.«

Sie lachte glucksend.

»Sie vergessen die anderen Pflänzchen«, sagte Schimanski.

»Welche?«

»Die mit süßen Düften und Giften operieren. Die lassen dem Jungen mit der grünen Mappe unter Umständen gar keine Chance.«

Der kastanienbraune Kopf mit der Nickelbrille wurde heftig geschüttelt. »Da glaube ich nicht dran. Das steht in Romanen und ist in Filmen so. Daß man nichts dafür kann – man kann immer was dafür. Alles andere sind Ausreden. Aber wenn er wirklich drauf reinfallen würde, wäre er sowieso nicht mehr der Mensch, mit dem ich gern zusammensein möchte. Also könnte ich dann nur froh sein, wenn ich ihn los bin.«

»Sie kann wohl nichts erschüttern.«

»Doch – jede Kleinigkeit. Deshalb denke ich so.«

»Und Liebe auf den ersten Blick, die Macht des Schicksals, die züngelnden Flammen der Leidenschaft existieren in Ihrem Pflanzenreich nicht?!«

»Doch. Warum denn nicht? – Ich glaube nur nicht, daß es erst dann richtige Liebe ist, wenn es weh tut, wenn man sie wehtun muß. Ich halte nichts von der großen Leidenschaft, vor der alles kuscht und in die Knie sinkt. In deren Namen man grausam sein darf oder Grausamkeiten erdulden muß. Die Leidenschaft, das sind die ersten hochschlagenden Flammen – aber die Kunst ist doch wohl, das Feuer überhaupt am Brennen zu halten.«

»Ja«, sagte Schimanski. »Das ist eine Kunst.«

»Ich halte nichts davon, die Flammen hochschlagen zu lassen, sich dann nicht mehr darum kümmern und das Feuer ausgehen lassen«, redete die Studentin weiter. »Immer wieder ein neues anzünden, das ist mir zu simpel. Außerdem muß dabei mit zu viel Stroh und Papier gearbeitet werden. Ich mag mehr die festen Stämme.«

»Und was ist mit Ölfedern, die brennen?« fragte Schimanski.

»Was soll damit sein? Solche Brände müssen mit Dynamit gesprengt oder gelöscht werden, oder nicht?« Die Grübchen lachten ihn an.

Die großen Brände müssen mit Dynamit gesprengt werden. Er saß in einem gelben Golf, auf den der Regen trommelte, auf den von allen Seiten das Wasser platschte, fuhr über die Autobahn, die inzwischen einem See glich, diskutierte mit niedlichen Grübchen über Erregung der Pflanzen, Osmose, Liebe und Leidenschaft, kleinen und großen Flammen. Und hinter den Scheiben mit den fließenden Bächen, draußen in den dunklen Schleiern, gab es einen Haufen Leute, die ihn jagten. Die einen, um ihn einzusperren, den Polizisten aus dem Verkehr zu ziehen, die anderen wollten gleich den ganzen Schimanski ausradieren. Einen davon hatte er im künstlichen Schnee zurückgelassen, ein anderer hatte die Anfangsbuchstaben Mel. Mel wie Melting. Wenn er den Herrn erst auseinandergenommen hatte, würde er sich mit einem anderen Mädchen mit heller, weißer Haut beschäftigen. Was würde er mit ihm machen? Den Hintern versohlen oder mit ihm über Osmose und brennende Ölfelder sprechen?

Die großen, blauen Schilder mit dem Hinweis Wuppertal-Mitte tauchten aus dem dunklen Regen auf.

9

Beinahe lautlos bewegten sich die Waggons der Schwebebahn über ihn hinweg. Blau leuchtende Buchstaben huschten verzerrt über die Scheiben. Die Fassade gegenüber wirkte mit seinen bunt blinkenden Neon-Gebilden wie ein überdimensionaler Flipper.

Eine Dame aus weißen Röhren zog ihr rot flimmerndes Neon-Höschen aus und an. SUNFLASH-Strip leuchtete die Schrift daneben, wobei der Punkt auf dem i durch ein glimmerndes Herzchen ersetzt war. SUNFLASH-Game und SUNFLASH-Disc, Spielsalon und Diskothek. Ein Vergnügungscenter auf mehreren Stockwerken.

Schimanski tobte an den ratternden und klingelnden Automaten vorbei durch den Spielsalon, fegte durch die Peep-Show, stürzte direkt auf die Tür mit der Aufschrift: ›Eintritt strengstens verboten‹ zu.

Eine Wolke streng süßen Parfüms schlug ihm entgegen. Wenn dieser finstere Gang überhaupt gelüftet werden konnte, so war das vor Urzeiten das letzte Mal geschehn. Das ferne

Gejaule der Spielautomaten vermischte sich mit nahem Seufzen und Stöhnen.

Die erste Klinke, die er zu fassen bekam, drückte er runter. Der Raum mit der Drehscheibe, auf der sich drei Nackte räkelten. »Touch me«, klang es dazu. Schimanski behielt die Klinke in der Hand. »Melting – wo finde ich den?« bellte er die drei Grazien an. Die unterbrachen augenblicklich ihre anmutigen Darbietungen, verwandelten sich in feuerspeiende Furien: »Raus, du Wichser. Verpiß dich, Arschficker. Kannst du nicht lesen, du Spanner...« Diesmal ging auf ihn die Kanonade nieder, nur wurde mit anderem Kaliber geschossen. Die harmloseren Ausdrücke waren schon gefallen.

Schimanski verließ seinen Klinken-Platz, bewegte sich auf die Scheibe zu, die in gleißend weißem Licht bestrahlt wurde. Da er seine Marke leider unter den bekannten Umständen abgeben mußte, zog er seinen Ausweis hervor. »Schimanski«, stellte er sich vor. »Kripo Duisburg. Ich hatte selbst schon fast vergessen, daß ich zu dem Verein gehöre. Wenn ihr nicht sofort das Maul aufmacht, nehm ich euch mit.« Er hüpfte auf die Drehscheibe. »Ich hab die Faxen dick. Wo ist Melting?«

Zwei der Frauen sprangen runter, die jüngste hielt Schimanski am Arm fest, drehte sich mit ihr im weißen Licht. Sie hatte das Gesicht einer Sechzehnjährigen, den Busen von zwölf. »Wie alt bist du? Bist du schon achtzehn?« schnauzte er sie an. »Zeig deinen Ausweis! Los!«

Wo sollte die Arme ihn herzaubern? Sie starrte ihn mit verschreckten Kinderaugen an und fistelte kaum hörbar: »Ich bin heute den ersten Tag hier.«

Einen ihrer beiden älteren Kolleginnen kam der Kleinen zu Hilfe: »Die Büros sind im dritten Stock.«

Schimanski ließ das Mädchen los. Die Verschüchterte rutschte eilig von der Scheibe. Die sich noch immer drehte. Auch das ›Touch me‹ dröhnte noch auffordernd durch den Raum. Die verstörten Nixen griffen sich Tücher und Bademäntel und huschten hinaus.

Er drehte sich vor einer runden, schäbig dunklen Wand mit unbarmherzig aufklappenden Schlitzen, hinter denen aufgeregte Augenpaare blitzten. Es klapperte und raschelte. Die Kunden, die gerade erwartungsvoll ihr Markstück eingeworfen hatten, rechneten höchstwahrscheinlich mit einem anderen Anblick. Er würde sie restlos enttäuschen – er wollte nicht ein einziges Kleidungsstück abwerfen. Schimanski streckte den Schlitzen seine rechte Hand als Schnabel entgegen, ließ die Finger auf- und zuschnappen und meinte dabei: »Piep, piep – ausgepiept.«

›Geschäftsleitung‹ prangte an der Tür, und in kleineren Buchstaben darunter stand: Herbert Melting. Aber sie war verschlossen. Auch die daneben mit dem Hinweis ›Anmeldung‹ ließ sich nicht öffnen. Gegenüber stand eine Tür offen. Der Eingang zu einem Restaurant, das zum SUNFLASH gehörte.

Ein langer, schlauchartiger Gang mit Zweier-Tischen auf der einen, einer Theke auf der anderen Seite mündete in einen Saal, in dem er mehrere Herren um einen Tisch versammelt sah. Ihre Stimmen drangen gedämpft zu ihm herüber. Das leise Surren der Lüftung wurde in regelmäßigen Abständen von einem metallenen Röhren unterbrochen. Anscheinend war die Klimaanlage defekt. Die Tapete aus einem dicken Stoff mit rotem Muster, das Fell auf dem Boden im gleichen Farbton. Während seine Schritte vom wichen Teppich verschluckt wurden, dachte Schimanski darüber nach, worin der Unterschied zwischen der Peep-Show unten und dem Restaurant hier oben bestand. Wahrscheinlich eine Frage des Details.

Die Männer unterbrachen ihre angeregte Unterhaltung, blickten dem Eindringling entgegen. Schimanski hatte das sichere Gefühl, angelangt zu sein. Greifbar nah schien die Lösung des Falls, die Demaskierung des Drahtziehers, des Verantwortlichen für seinen Alptraum.

»Wer von Ihnen ist Melting?« fragte er die Herren knapp.

»Und wer sind Sie, bitte?« wurde er zurückgefragt.

Alle sechs der Runde sahen für ihn gleich aus. Träge,

farblos, unscheinbar. Graue Gesichter mit grauen Anzügen über grauer Unterwäsche – bestimmt. Und wenn des darunter noch etwas geben sollte, war das garantiert auch grau. Lediglich das Leder ihrer Aktenköfferchen, die sie vor oder neben sich verwahrten, glänzte schwarz.

Es war ihm zu dumm zu antworten. »Wer ist Melting?« wiederholte er seine Frage. Einer von ihnen erhob sich. Sieh an! Doch ein Farbtupfer im biederen Einheitsgrau. Ein blauer Anzug mit silbernen Nadelstreifen über ebenfalls gestreiftem Hemd. Die Krawatte im Blau des Anzugs zierte Sternensprenkel in Weiß und Gold. Sein dunkles Haar war modisch kurz geschnitten und mit einem wohlriechenden Wasser gefestigt. Er war deutlich jünger als die grauen Mäuse oder Ratten um ihn herum. Er schätzte ihn auf dreißig bis fünfunddreißig.

»Hauptkommissar Schimanski, wenn ich nicht irre«, sprachen ihn die Nadelstreifen mit einem leichten Näseln an. »Die Zeitungen sind ja voll von Ihnen.« Das war er also, der große Zampano – Melting. Typ dynamischer Jungaufsteiger, blasiert und arrogant.

Schimanski wollte sich nicht lange mit überflüssigen Kunststückchen aufhalten. Packte die Sachen des Portugiesen aus und knallte die blutverschmierten Papiere auf den Teller vor Melting, mitten in die halbverzehrte Mousse au chocolat. Der junge Mann blickte einen Moment betroffen auf seinen veränderten Nachtisch, fragte dann aber kühl und gefaßt: »Was soll das? Was ist passiert?«

»Mieser Autofahrer. Er ist abgehauen, als ich ihn erkannt habe«, erklärte Schimanski, bemüht ebenso kühl zu bleiben.

»Haben Sie ihn auch erschossen?« fragte Melting ernst.

Schimanski mußte seine letzten Kühlungs-Reserven aufbieten, um dem Geschniegelten nicht an den gesprenkelten Schlips zu gehen. »Ich habe niemanden erschossen, das wissen Sie genau«, antwortete er. »Es geht um was anderes.«

»Und um was, bitte?«

»Crack.«

»Was?«

»Crack oder Krack, oder wie nennen Sie es?«

»Was?« wiederholte der Jungmanager, als ob er von nichts eine Ahnung hätte, und schaute seine grauen Genossen an, die genauso wenig zu verstehen schienen.

»Was!« meinte nun Schimanski höhnisch. Sie hätten noch Stunden mit dem Was? – Was! verbringen können.

»Krick oder Krock«, brachte Melting seine Männer zum lachen. »Tut mir wahnsinnig leid, ich weiß wirklich nicht, wovon Sie sprechen.« Maria hätte nicht jungfräulicher dreinschauen können.

»Huch, huch, er weiß es nicht«, jubilierte Schimanski, beugte sich über den Tisch zu dem Grauen, der ihm am nächsten saß. »Und du, Opa, weißt auch von nichts. Keine Ahnung, womit beim SUNFLASH die Kohle gemacht wird. Nichts hören, nichts sehen, nichts wissen. Brav – Bravo!« er fuhr dem pikiert Zurückweichenden mit der Hand durch das Gesicht.

Hinter sich hörte er den jungen Mann mit den Nadelstreifen näseln: »Anstatt mit Ihrer Impertinenz so zu provozieren, daß wir Sie gleich an die Luft setzen, könnten Sie uns vielleicht vorher verraten, was Sie überhaupt von uns wollen.«

»Ich will Ihnen das Handwerk legen«, antwortete Schimanski auf die komplizierten Ausführungen einfach. »Ich will Ihren dreckigen, stinkenden Laden ausräuchern.«

»Moralapostel?«

Schimanski nickte. »Wenn es um mein Leben geht – ja. Wenn es um Drogen geht – ja. Wenn es um Mord geht – ja.« Er baute sich vor dem arroganten Jüngling auf. »Sie haben Hocks umgebracht und wollten es mir in die Schuhe schieben. Jetzt wollen Sie mich umbringen. Aber mich schaffen Sie nicht. Ich schaffe Sie.«

Der Junge vor ihm zog die rechte Augenbraune eine Idee nach oben, sonst regte sich nichts in seinem Gesicht. Schimanski deutete auf die blutigen Papiere im Schokoladenmus.

»Der war dabei, als Hocks die Kugel und mir 'ne Spritze verpaßt wurde. Und der arbeitet für Sie.«

»Würde ich nie bestreiten«, versicherte Melting bereitwillig und eilig. »Wir haben Hunderte von Beschäftigten, wir sind ein expandierendes Unternehmen. Aber Sie können uns doch nicht für einen einzelnen Angestellten verantwortlich machen, der vielleicht was mit Drogen zu tun hat.«

»Und mit Mord«, betonte Schimanski noch einmal.

Der smarte Manager musterte ihn einen Moment, nickte dann, als sei er schon immer seiner Meinung gewesen, habe es nur gerade erst gemerkt. War mit einem Mal wie verwandelt. Jovial nahm er Schimanskis Arm und rückte ihm einen Stuhl zureckt. »Kommen Sie, setzen Sie sich. Lassen Sie uns in Ruhe darüber reden.« Schob ihm sogar noch eine Schale mit orientalischen Früchten über den Tisch. »Wenn Sie mögen – bedienen Sie sich.«

Schimanski bediente sich, steckte eine nach der anderen der gezuckerten Früchte in den Mund und wartete darauf, daß der junge Mann seine Vorbereitungen zu einem offenbar längeren Diskurs abgeschlossen hatte. Packung Zigaretten und Feuerzeug wurden sorgfältig zurechtgelegt. Nachdenklich und behutsam, als handle es sich um etwas Kostbares, wurde eine Zigarette herausbugsiert. Gleichzeitig zauberte der Künstler aus einer unsichtbaren Schachtel den vertrauenerweckenden, um Vertrauen werbenden Blick hervor. »Sehen Sie, Herr Schimanski«, begann Melting behutsam und fuhr fort, indem er mit einer Geste die gesamte Runde einschloß. »– ich glaube, ich darf für uns alle sprechen. Mir kommt es sehr entgegen, daß Sie zu uns gekommen sind. Die Sache muß aus der Welt. Hocks hat eine Menge zwielichtiger Figuren reingebracht. Ja, und ich schmeiß sie alle wieder raus. Aber leider geht das nicht von heute auf morgen. Es gibt Verträge, auch bei uns. Nicht?!« Er lehnte sich zurück, schaute Bestätigung heischend in die Runde seiner Geschäftspartner. Die nickten, verhielten sich aber sonst reserviert, abwartend. Wie eine Kommission, die später den Prüfling zu benoten hatte, fand Schimanski, betrachteten sie ihren jungen Chef. Und der war auf eine Eins aus, das war eindeutig. Er hatte die Arme verschränkt, ließ in Gedanken an das zu Sagende die Zigarette, halb in den Fingern, halb im Mund, über die Lippen wandern, nahm sie dann doch wieder heraus, um sich mit beschwörendem Blick zu Schimanski zu beugen: »Ich weiß, wie schnell wir in Verruf geraten können. Die Peep-Shows – nicht leicht, sie sauber zu halten. Wir wollten nicht darauf verzichten, geb ich offen zu. Sie werfen halt immer noch den größten Gewinn ab.«

Schmatzend verputzte Schimanski die letzte kandierte Orange. Melting sah ihm dabei mit einem Blick zu, dessen jugendliche Offenheit und Ehrlichkeit seinen jämmerlichen Verdacht beschämen, ihn zerschmettern sollten. »Wir machen Umsatz genug«, fuhr Melting fort. »Wir brauchen keine Drogen. Aber die Peep-Shows sind nur ein Teil unseres Geschäfts. Und sie sind ein Geschäft.« Er skandierte beinahe. »Und sie müssen genauso geführt werden wie ein Geschäft, wie die Restaurants, wie die Diskotheken, wie man ein gutes Geschäft führen muß.« Dann senkte er die Stimme in vertrauensseligem Ton, schob dabei Schimanski eine weitere Schachtel mit Kandiertem zu. »Ich darf Ihnen nebenbei verraten, daß wir dabei sind, eine Reihe von Delikatessen-Läden zu eröffnen – wir wollen noch in ganz andere Märkte vorstoßen. Ja – deshalb sitzen wir auch hier.« Wieder lehnte er sich zurück, wieder ließ Melting die Zigarette auf seinen Lippen tanzen.

Die Wort des beredten Managers und das leise Rattern der defekten Lüftung wurden für Schimanski zu einem Geräusch. Er verstand nur ›Geschäft‹, ›Markt‹, wieder ›Geschäft‹ und ›Delikatessen‹. Dachte an drei Nackte auf einer Drehscheibe. Sah die glacierten Früchte vor sich, schmeckte den Zucker auf der Zunge und schmeckte weiße, kleine Kügelchen. Blickte in ein verzerrtes Kindergesicht mit Schaum um den Mund – und Messer an der Kehle. Blickte in kalte Augen in knitterfreien, grauen Anzügen. Auf schmalen, grauen Lippen ein schleimiges, süßes Lächeln, aus dem bitterer Honig floß. Er fühlte ihn auf seinem Körper. Es würde nur noch Augenblicke dauern, bis er als kandierter Schimanski serviert werden konnte. Auf einer Drehscheibe, mit Räucherstäbchen, Wunderkerzen und Lametta.

Ein helles Klicken schallte alarmierend durch seinen Schädel. Melting hatte endlich die Zigarette angezündet, paffte zufrieden den Rauch aus, klappte sein Feuerzeug wieder zu. Klack. Widerhallte das Geräusch durch Schimanskis Kopf. Er nahm das silberne Zippo in die Hand, klappte es auf. Klick. Melting saß direkt vor ihm, doch er hörte ihn aus weiter Ferne röhren: »Aber mit solchen Typen wie Hocks geht das natürlich nicht. Die kapieren das nicht. Die interessiert nur die schnelle Kohle. – Ich komme aus der Wirtschaft, habe zehn Jahr praktische Erfahrung bei großen Konzernen hinter mir. Ich habe studiert – Volkswirtschaft, Betriebswirtschaft.«

Klick. Schimanski ließ den kleinen silbernen Deckel auf- und zuschnappen. Das Klicken und Klacken hallte durch das Restaurant, war plötzlich das einzige Geräusch. Als er es das letzte Mal gehört hatte, steckte eine Nadel in seiner Vene. Schimanski bewegte die Flamme des Zippos vor Meltings Augen. »Wo haben Sie denn so alles studiert?« fragte er in einem möglichst beiläufigen Ton.

Meltings Augen flackerten irritiert, als er antwortete: »In Köln und New York.«

»Köln und New York«, stieß Schimanski triumphierend aus, packte die eleganten Nadelstreifen und riß sie vom Stuhl, der krachend umkippte. Die grauen Geschäftsleute flatterten entsetzt in die Höhe.

»Köln und New York«, wiederholte Schimanski drohend zwischen den Zähnen, schleifte den Quasselkopf vom Tisch weg, schleuderte ihn gegen die rote Wand. Wollte hinterherstürzen und wurde von dem Ding in Meltings Hand aufgehalten. Nur wenige Zentimeter vor ihm, zielte der schwarz glänzende Lauf auf seinen Bauch. Meltings Augenbraue zuckte wild, beinahe genauso aufgeregt zitterte sein Zeigefinger am Abzug.

Trotzdem schlug Schimanski zu, schlug ihm mit Wucht die Waffe aus der Hand. Mit ersticktem Poltern kam sie auf dem roten Fell auf. Schimanski griff blitzschnell danach. Noch ehe sich der Manager vom Fleck rühren konnte, hatte Schimanski ihn wieder gepackt, donnerte ihn wieder gegen die Wand. »Du bist die Drecksau, du hast mir die Spritze verpaßt. Du willst mich die ganze Zeit umbringen. Du bist dran. Dich mach ich fertig.« Ließ ihm keine Chance, sich zu wehren. Schleifte ihn weiter, vom gestreiften Hemd sprangen die Knöpfe ab. Schmiß ihn gegen eine andere Wand, rüttelte ihn, stieß zu. »Du spuckst jetzt aus. Wer mischt alles mit bei euch? Wer sind diese Leute? Wo sind sie? Wo kriegt ihr das Zeug her? Wie wird's verteilt? Ich prügle es aus dir raus, ich schlag dich zusammen. Wer, wann, wo? Mach das Maul auf!«

Ein dumpfes Floppen wie beim Entkorken einer Weinflasche. Neben ihm hämmerte etwas in die Wand, zerfetzte den roten Stoff, Putz spritzte drunter hervor. Schimanski drehte den Kopf und sah die beiden Läufe auf sich gerichtet. Zwei der Geschäftsleute hielten statt Aktenköfferchen Kanonen in der Hand. Er riß Melting mit sich herum und schrie: »Euer Boß!«

Es knallte wieder, kleine Flämmchen spritzten und Schimanski spürte, wie der Körper in seinen Armen zusammensackte. Sie kümmerten sich einen Dreck um ihren angeblichen Chef, feuerten auf ihn wie auf eine Zielscheibe. Schimanski riß seinen einzigen Schutz wieder hoch. Wollte sich mit Melting zu der Tür zum Treppenhaus schleppen, die links von ihm halb offenstand. Doch er schaffte es nicht, schaffte es nur bis zu der Nische mit der Anrichte. Sie stürzten hin, fielen übereinander, lagen hinter einem Mauervorsprung. Schimanski feuerte mit Meltings Pistole auf die beiden Schützen. Die gingen hinter der Theke in Deckung, die drei anderen Geschäftsleute ließen sich unter die Tische fallen. Wieder knallten Schüsse, Kugeln schlugen in die Wand vor ihm ein, über ihm splitterte das Geschirr auf der Anrichte. Die weißen und goldenen Sternchen der blauen Krawatte hingen in einer Lache – aus anderem, hellerem Rot als dem des Teppichs. Es tropfte, rann, floß, strömte aus dem Hals, aus der Brust über das Hemd, über die Nadelstreifen. Schimanski sah nur noch Blut unter sich. Hastiger Atem blies ihm ins Gesicht. »Wer? Wer steckt dahinter?« fragte er den Sterbenden.

Meltings Augen blickten ihn an, seine Lippen wollten sich bewegen, aber nur sein heftiges, stoßendes, kurzes Atmen war zu hören. Ein überdrehtes Uhrwerk kurz vor dem Kollaps. Wieder klirrte es über ihnen, schlugen die Geschosse ein, prasselten Splitter auf sie nieder. Schimanski mußte sein Ohr auf Meltings Lippen legen. Es war kein Sprechen mehr – zwischen Stöhnen und Schlucken gehauchte Fetzen von Worten. Aber Schimanski verstand, verstand: Großmarkt Duisburg, verstand: heute nacht, die Uhrzeit: drei Uhr. Und mit letzter Anstrengung, letzter Kraft stammelte, stieß Melting die Silben hervor: »Ca – la – bre – se.«

»Was ist das? Was ist das?« zischte Schimanski.

Der Atem verebbte wie eine auslaufende Welle, die Augen blickten ins Nirgendwo, starrten ins Leere. Der Mann unter ihm war tot. Über ihm krachte es wieder, fielen Scherben herunter. Er duckte sich, beugte sich ein wenig um die Mauer, feuerte auf die Theke. Traf Flaschen, die zersplitterten, traf den Spiegel, der zersprang und unter lautem Getöse zu Boden ging. Nutzte den Lärm, sprang hinter seiner Deckung hervor, hechtete zur Tür. War im Treppenhaus, hetzte die Treppen hinunter. Schüsse hallten durch das Gebäude, hinter ihm trampelten, polterten Schritte die Stufen herunter. Er riß eine Tür auf, stürmte durch einen Flur. Eine andere Tür. Ein langer schmaler Gang im schummrigen Licht. Zu beiden Seiten Kabinen. Die Peep-Show. Der eine von den beiden hatte seine graue Jacke ausgezogen. Mit weißem Hemd und Krawatte und spritzender Kanone sprang er herein. Über Schimanski zerschmetterte ein rotes Lämpchen. Er warf sich gegen die Tür der besetzten Kabine. Sie gab nach. Er drängte sich rein, drückte den Kunden vom Guckkasten weg gegen die Wand der engen Zelle, ließ ihm keine Möglichkeit, die Hose hochzuziehen. Seufzen und Stöhnen, Miß Fox sang: »Touch me.« Im Gang knallten Schüsse. Kunden tauchten auf, wieselten genauso schnell wieder zurück, als ihnen die Kugeln um die Ohren pfiffen. Auch die Geschäftsleute gingen in Kabinen in Deckung.

Die Klappe vor dem Sehschlitz schloß sich klackend, die Minute war um. Schimanski mußte sich immer noch gegen den Mann mit den runtergelassenen Hosen pressen. Wie konnte man bei einem Menschen mit dichten, schwarzen Bartstoppeln, tiefen Rändern unter den Augen, buschigen Brauen und Bürstenhaarschnitt an ein verängstigtes Reh denken? Aber er dachte daran. Ein Reh, bei dem der Totstellreflex nicht ganz funktionierte. Der Atem stand still, die Augen bewegten sich nicht, aber seinen Körper fühlte er zittern wie Espenlaub.

Der Boden voll mit zerknüllten Papiertüchern, die aus einem überfüllten Blecheimer quollen. »Touch me«, klang es immer noch. Nach der Drehscheibe, den ungnädigen Schlitzen in dunklen Wänden nun die andere Seite des Glücks. »Touch me, I want feel your body«, hallte es unbarmherzig, und im Gang hagelten die Kugeln.

In der Eile überdacht, fand Schimanski, hatte er zwei Möglichkeiten: von verrücktgewordenen Unscheinbaren in grauem Anzug und weißem Hemd abgeknallt zu werden oder in dieser winzigen, heißen Kabine in einer Glocke von süßem Parfüm, Schweißgeruch und anderen intensiven Dünsten zu ersticken. Er entschloß sich, wenigstens handelnd zu sterben. Sprang schießend aus der Kabine. Im gleichen Moment kam auch der mit dem graumelierten Anzug aus seiner Deckung. Schimanski traf ihn am Bein. Der Herr in Grau hüpfte im schmalen Gang, knickte schreiend zu Boden. Schimanski erwischte die Tür am Ende des Flurs, die Tür zum Spielsalon. Er kam nur bis zum dritten Automaten. Der Desperado mit weißem Hemd und Krawatte ließ seinen Ballermann spucken.

Schimanski schmiß sich hinter den Spielapparat – und dann war endgültig Krieg. Spieler warfen sich schreiend auf den Boden oder hasteten in Panik aus dem Spielsalon. Bunte Scheiben und Lampen zerplatzten, Automaten gingen jaulend zu Bruch. Die wirklichen Schüsse waren von nachgemachten nicht zu unterscheiden. Ein Video-Spiel schoß zischend Raketen ab, in einem anderen explodierten pfeifend Granaten. Ein wildgewordenes Maschinengewehr ratterte in einem fort. Treffer wurden mit kreischend elektronischem Gejohle bedacht. Schimanski robbte von Automat zu Automat über das Schlachtfeld. Der Ausgang war nur noch zwei Apparate entfernt. Er hockte hinter einem Gerät, in dem mit quietschenden Reifen und heulenden Motoren Grand Prix gefahren wurde. Er mußte nur noch auf das weiße Hemd aufpassen. Der Kollege in Grau hatte die Peep-Show nicht überstanden. Die Rennautos über ihm wurden getroffen, rasten aber unentwegt weiter. Die Scheibe des Spiels zersprang, splitterte – und die Motoren heulten dazu auf Hochtouren wie klagende Sirenen. Das weiße Hemd flitzte zwischen den bunten Apparaten, arbeitete sich mit spritzender Kanone heran. Schimanski schoß, das weiße Hemd duckte sich, verschwand. Schimanski ballerte, sprintete zum Ausgang, spurtete hinaus. Feuerte in den Spielsalon, rannte rückwärts weiter.

Schon wieder quietschende Reifen, ein heulender Motor – diesmal ein richtiges Auto, das auf der wirklichen Straße neben ihm hielt. Ein weißer Nissan, dessen Tür aufgestoßen wurde. Hinter dem Steuer blonde, wallende Locken. Schimanski sprang hinein. Der Desperado mit Hemd und Krawatte kam aus dem Spielsalon gestürzt, feuerte. Der weiße Nissan preschte davon.

10

Schimanski warf sich herum. Der Mann mit der Pistole rannte auf der Straße hinter ihnen her, wurde kleiner und kleiner. Der Nissan schoß um eine Kurve, brauste eine steile Straße hinunter.

»Wie kommst du hierher?« schrie Schimanski die schöne Blonde außer Atem an.

»Wie oft muß ich dir noch das Leben retten?« fragte Conny erregt zurück.

»Wie kommst du hierher?« wiederholte er streng.

»Die Mädchen haben mich angerufen. Was ist passiert?«

»Wieso rufen sie dich an?«

Conny nahm den Fuß vom Gas, der Wagen fuhr mit normaler Geschwindigkeit weiter. Sie drehte den Kopf zu ihm und sah das Mißtrauen. »Weil sie wissen, daß das wegen mir ist«, antwortete sie.

»Was? Was ist wegen dir?«

»Daß du den ganzen Aufstand nur meinetwegen machst. Und weil ich retten will, was noch zu retten ist. Was ist passiert?«

»Melting ist tot. Wer ist der wirkliche Boß?«

»Was für ein Boß?«

»Von euren Läden, was weiß ich – der hinter allem steckt.«

»Keine Ahnung. – Melting.«

»Nein. Sie haben ihn umgenietet, ohne mit der Wimper zu zucken.«

»Oder Hocks war es. Ich weiß es nicht, ich habe keine Ahnung.«

»Ich werd's rauskriegen«, meinte Schimanski und steckte Meltings Pistole ein.

»Überall, wo du hinkommst, gibt es Tote. Hast du noch nicht genug?«

Er schüttelte heftig den Kopf. »Nein, ich habe noch nicht genug. Ich möchte nämlich noch ein bißchen leben. Überall, wo ich hinkomme, will man mich daran hindern. Verstehst du das? – Es geht um meinen Kopf.«

»Ich versteh's, Gott, ich versteh's!« Sie schrie fast. »Und ich habe keine Lust mehr, deinen Schutzengel zu spielen.«

»Meinen Schutzengel?!« lachte Schimanski.

Conny trat auf die Bremse. Er konnte sich noch im letzten Moment abstützen, sonst wäre er gegen die Scheibe geprallt. »Ich kann nicht mehr, ich halt das nicht mehr aus, ich halte dich nicht mehr aus«, schluchzte sie.

»Aber ich halt's aus«, entgegnete Schimanski trocken.

Ihr Kopf lag auf den Händen, das Haar fiel wallend über das Lenkrad. Der schwarze Pullover mit dem flauschigen roten Rand ließ den Rücken frei. »Laß mich in Ruhe. Geh ins Krankenhaus, leg dich ins Bett, halt dich still – du richtest nur Wahnsinn an. Hau endlich ab und laß mich zufrieden«, kam es flüsternd von dem bebenden weißen Rücken unter dem blond gewellten Haar.

Schutzengel oder nicht – für ihn war klar, daß sie die Geschichte zusammen beenden mußten, so wie sie sie auch zusammen angefangen hatten. Und für Schimanski würde die Geschichte erst beendet sein, wenn er das Mädchen mit dem weichen Pullover und den sanften Lippen dort weggeholt hatte, wo es jetzt war. Er streichelte Conny über das lockere, frisch gewaschene Haar, drehte ihren Kopf zu sich. »Du hängst doch an mir«, meinte er selbstbewußt lächelnd.

»Raus!« Conny stieß die Beifahrertür auf. »Steig aus!«

Unbeeindruckt und in aller Ruhe zog Schimanski die Tür wieder zu. »Connylein – das willst du doch nicht wirklich. Nein.« Er streichelte ihre wütende Wange, sie wich zurück. Er strich behutsam über ihren Nacken, der sich versteifte. Aber sie konnte nicht weiter zurück. »Es gibt keine Zufälle, das weißt du doch«, mußte sie hören. »Es war kein Zufall, daß wir uns wiedergetroffen haben nach all den Jahren. Jemand mußte sich um dich kümmern, ich mußte mich um dich kümmern. Es war kein Zufall, daß du eben gekommen bist. Du kommst nicht von mir los. Und ich lass' dich nicht los.« Seine Finger umschlossen fest das zarte Genick, und er lächelte lieb dabei. Er drehte das widerspenstige Köpfchen zu sich herum, blickte in ein zorniges Gesicht und strahlte mit lachendem zurück. Connys Lippen wehrten sich gegen ein Lächeln.

»Weißt du, wo wir jetzt hinfahren?« fragte Schimanski sie. Die schwarzen Fächer auf den Seidenstrümpfen hasteten vor ihm die Stufen hinauf. Als die Beine noch in bunten Söckchen steckten, hatte er ihnen mehrere Absätze Vorsprung gegeben. Heute hätte er gut eine oder zwei Treppen vor gebrauchen können. Aber er war auch verletzt, entschuldigte er seinen kürzer werdenden Atem vor sich selbst. Die gewundenen Treppen im düsteren Turm nahmen kein Ende. Endlich schimmerte von oben Licht herein. Schimanski griff nach dem schwarzen Pullover vor ihm, hielt ihn fest, drängte sich vorbei. Das hatte er der weinenden, so um den Sieg betrogenen kleinen Conny erklärt: »Damit du lernst, daß das Leben ungerecht ist, daß die Menschen unfair und ungerecht sind.« Diesmal spürte er eine Hand an der Jacke, die ihn nicht losließ. Gemeinsam stolperten sie auf die Plattform.

Über ihnen donnerten Laster hinweg, unter ihnen brausten Autos vorbei. Ein Gewirr von untereinander, übereinander geschwungenen Brücken und Straßen – ein riesiges Autobahnkreuz. Ein scharfer Wind wehte ihnen in die erhitzten Gesichter, der Gang zwischen den Pfeilern war zu beiden Seiten offen, die Brücke vibrierte von rasenden Autos. Mit Schrecken dachte Schimanski daran, als er einmal die Söckchen auf der schmalen Mauer über dem Abgrund balancieren sah. Er hatte Conny heruntergerissen und so fest an sich gedrückt, daß sie schrie.

»Du sentimentales Arschloch«, prustete die größer gewordene Conny immer noch außer Atem.

»Spaß muß sein«, keuchte Schimanski lachend zurück.

Hinter dem verzweigten Kreuz der Bahnen wurden Wälder und Wiesen allmählich in Schwarz getaucht. Die meisten

Autos hatten schon ihre Lichter an. Eilige Ameisen, denen die nasse Straße leuchtende Fühler verlieh. Der Wind brachte noch feuchte Luft, aber es regnete nicht mehr.

Schimanski betrachtete die Frau am Geländer, die in die aufsteigende Nacht starrte. Das flatternde Haar, das gerötete Gesicht mit den traurig geschwungenen, leicht bebenden Lippen, die hastig atmenden Schultern, auf denen sich der rote Flaum des Pullovers kräuselte. Die Frau warf den Kopf zu ihm herum, lachte ihn ungezwungen und unbeschwert an. Sie wußte, was er dachte. Sie wußte, was er hier oben wollte. Und er glaubte, es würde reichen, die Abtrünnige vor das Bild zu führen. Daß er nur noch die Arme ausbreiten und auf sie warten müsse. Sie kam zu ihm und lehnte ihren Kopf an seine Schulter. Der Wind wehte ihm die blonden Strähnen ins Gesicht.

Ihr Fuß stieß gegen eine Cola-Dose, die klappernd in die Ecke zu den leeren Hamburger-Packungen zurückrollte. »Wir sind nicht mehr allein hier oben«, sagte sie. »Unser Geheimnis ist entdeckt.«

»Müssen wir uns ein neues suchen«, antwortete Schimanski und kickte die andere Dose scheppernd gegen die Wand.

Conny schüttelte ihr zerzaustes Haar. »Du bist ein kleiner Junge. Du wirst nie erwachsen.«

»Wenn das Bescheuert-Sein und Mies-Sein bedeutet, werde ich es hoffentlich nie«, entgegnete er trotzig, suchte eine geschütztere Ecke, setzte sich auf einen Mauervorsprung. Der Lärm der rasenden Autos, der pfeifende Wind.

Aus der Dämmerung kam die schlanke Silhouette langsam auf ihn zu. Zum vibrierenden Beton noch ein Zittern. Umständlich schob Conny seine Knie zusammen, umständlich ließ sie sich darauf nieder – wie ein kleines Mädchen, das den Papa becircen will. Sie umschlang ihn mit ihren Armen, er spürte Zähne und Atem am Hals. »Schimanski –« Der Name schmolz auf ihrer Zunge zur Liebeserklärung. Und sie hauchte ihn gleich noch einmal in sein Ohr: »Schimanski –«

»Ja?«

»Hören wir auf mit dem Quatsch«, sagte sie plötzlich rauh und nahm seinen Kopf in beide Hände. »Bitte, bitte, laß mich endlich wieder in Ruhe. Verschwinde aus meinem Leben. Es ist so viel passiert.«

»Du hast dich mit den falschen Leuten zusammengetan.«

»Die oder andere. Sind auch nicht schlechter.«

»Doch, die sind schlechter. Wie konntest du nur auf solche Sauköpfe reinfallen?! Das sind Verbrecher.«

»Du siehst es falsch, mußt es wahrscheinlich falsch sehen.«

»Was muß denn noch alles geschehen, damit du endlich kapierst? Das sind Gangster, Totschläger, Killer. Wach endlich auf, Conny!«

Sie preßte ihre Stirn gegen seine und schüttelte den Kopf. »Bitte – laß mich mein Leben leben. Du kannst mir nicht helfen. Laß mich wieder allein. Verschwinde!«

»Ich zieh dich raus aus dem Dreck – ich zieh uns beide raus.«

»Nein«, schluchzte sie auf. Ihre Gesichter berührten sich noch immer, er fühlte ihre weiche Haut, ihre Augen glitzerten im Dunkeln. »Man darf doch nicht die Augen verschließen, was passiert ist, was mit mir passiert ist. Ich bin nicht mehr Connylein, ich bin nicht mehr Conny.«

»Doch«, entgegnete Schimanski stur. »Mit ein paar Kratzern, aber das kriegen wir schon wieder hin.«

»Ich bin Zabou«, flüsterte ein Mund im Dunkeln.

»Scheiße«, antwortete er.

»Ich bin Zabou«, wiederholte ein flehendes Schluchzen. Und dann hatte die Stimme den Klang eines kalten, scharfen Messers: »Ich bin Zabou«, stieß sie ihm ins Herz.

11

Das Neon-Mädchen an der Fassade des SUNFLASH zog sein rot blinkendes Höschen aus. Conny hatte ihre noch an. Es war aus schwarzem Netz wie die Strümpfe, wie die Handschuhe mit den halben Fingern. Sie hatte sich einen kurzen orangefarbenen Bademantel übergeworfen, unter dem eine breite goldene Kette blitzte. In den Strähnen glitzerte Gel. Die Lippen glänzten feucht – schwarzrot, dunkelbraun. »Wir wechseln jede Woche«, sagte der Schokoladenmund in hartem, geschäftlichen Ton. »Bochum, Köln, Gelsenkirchen – jede Woche eine andere Stadt. Die Kunden brauchen Abwechslung.«

»Es reicht, Conny«, sagte Schimanski.

»Wenn es dir reicht, dann geh«, entgegnete sie. »Geh!«

»Du kommst mit.«

Ein kalter Luftzug wehte durch den Gang, konnte aber nicht den Geruch von frischer Farbe vertreiben. Sie standen zwischen den Leitern und Töpfen der Maler, die den Flur immer noch nicht fertig gestrichen hatten. Das matte Licht der Glühbirne über ihnen konnte nur dem grellen Orange ihres Bademantels nichts anhaben. Bunte Verpackung eines Bonbons. Conny riß sich von ihm los und verschwand im Lokal.

Er sah erstmal nur Blau, in dem die Gesichter um ihn herum unkenntlich wie auf einem Negativ wirkten. Finger in Netz schlichen sich in seine Hand. Das Licht wechselte in Weiß, eine sehr Kleine, deren enges Trikot einen umso größeren Busen preßte, klimperte mit silbernen Lidern zu ihm hinauf und zirpte: »Wollen wir beide was Schönes zusammen machen?« Er schüttelte den Kopf und zog seine Hand weg. »Warum nicht?« griff die Kleine wieder zu.

»Hab gerade viel Schönes hinter mir«, antwortete Schimanski.

»Bei mir wird's noch schöner.«

Links von ihm das aufgespannte Netz mit den dunkelhäutigen Stiefel-Frauen. Er entdeckte das Orange. »Schlappschwanz!« schmollte es hinter ihm.

Die kaffeebraunen Schönen hatten die Stiefel gerade abgestreift, gingen mit einem Weißen in den Clinch, der genauso nackt war. Turnten und legten sich so, daß die Köpfe wenige Zentimeter unter ihnen auch deutlich sehen konnte, was sie sehen wollten. Sie unterbrachen zögernd ihre reizvolle Vorstellung, als Conny oben erschien, und verließen schließlich das Netz. Conny schleuderte ihr orangefarbenes Mäntelchen fort und schwang sich in die Maschen. Über ihren Handgelenken klirrten silberne Armreifen, auf ihrem nackten Busen wippte glitzernd die goldene Kette.

Schimanski drängte sich durch die Gaffenden, bis er direkt unter Conny stand. »Komm sofort da runter!« schrie er zu ihr hinauf.

»Zisch ab!« gab sie zurück und schrie: »Geh! Geh! Geh!«

Sie mußte die Nationalhymne des SUNFLASH übertönen: »Touch me« klang es in heißen Rhythmen aus den Lautsprechern. Über dem Netz drehten sich Scheinwerfer, tauchten die Szene in Blau und Rot und für lange Phasen in gleißend weißes Licht. Die Schatten der Maschen zeichneten ein Gitter auf Schimanskis Gesicht, rahmten die Gesichter der Erwartungsvollen um ihn herum ein.

»Zieh dich an«, befahl er. »Wir gehen.« Ellbogen stießen ihn, Schultern wollten ihn wegschieben.

»Mach 'ne Mücke, du Arsch!« wurde er angeschrien.

»Laß die Dame zufrieden, wir wollen was sehen«, meinte ein anderer Ungeduldiger und bekam lüsternen Beifall.

Conny ließ sich fallen und kniete über ihm. Wie willst du es haben?« fragte sie funkelnd vor Zorn. »Die Kunden dürfen Wünsche äußern. Was soll ich zuerst ausziehen? Handschuhe oder Höschen. Was soll ich machen? Soll ich auf den Knien bleiben oder mich legen – wie hättest du es gern. Auf den Rücken? Auf den Bauch?«

»Bauch«, raunte es hinter ihm. »Leg dich auf den Bauch!«

»Mach voran, Mädchen«, gröhlte einer. »Wirf den Fummel ab und zeig uns deinen Spagat!«

Tränen schossen in die Augen über ihm. Er sah sie so nah vor sich wie eben auf seinem Schoß. Die Maschen des Netzes waren dazwischen. Ein goldenes Kettchen blinkte, ein dunkelroter Mund glänzte feucht. Öffnete sich wie im Schmerz, und Conny streckte sich langsam über ihm aus. Die Armreifen glitten an ihrem Körper entlang zum schwarzen Slip.

Schimanski stieß die Gaffenden beiseite, rannte außen herum, sprang das Treppchen hinauf. »Warum machst du das?« fragte er enttäuscht und so leise, daß sie es kaum verstehen konnte.

Conny schwang sich auf, wippte zu ihm herum. »Weil ich das immer mache, weil ich das bin. Weil ich bin, was ich bin. Weil du endlich abhauen und mich in Ruhe lassen sollst.«

»Warum willst du mich los sein?«

Conny starrte unter Tränen zu dem Mann auf dem Podest hinauf. »Dreizehn Jahre hast du dich nicht um mich gekümmert. Dreizehn Jahre war ich dir scheißegal«, sagte sie. »Du warst mein Gott, du warst alles für mich. Ich hab dich geliebt wie nichts auf der Welt. Du bist abgehauen, von einem Tag auf den anderen, einfach weg. Hast dich um nichts geschert – nicht um die Mutti, nicht um mich. Weg.«

»Glaubst du, für mich war das leicht?« fragte Schimanski. Er bekam die sich neugierig reckenden Hälse unter ihnen nicht mit, sah nur das nackte Mädchen im Netz im weißen Scheinwerferlicht, über dessen Wangen naß schimmernde Perlen rannen.

»Nein, für dich war das bestimmt nicht leicht«, hörte er Conny höhnen. »Einfach wegzugehen, nachdem du in unser Leben eingebrochen warst und es total verändert hattest. Weißt du überhaupt, was du angerichtet hast?« Sie kam auf dem Netz auf ihn zu. »Wie das für mich war – so verlassen zu werden. Ich war zwölf Jahre alt. Mit deinem Mist, den du mir beigebracht hattest. Deinen Versprechungen. Was wir noch alles zusammen machen wollten, was du mir zeigen wolltest. Nächste Woche, nächstes Jahr. Connylein, du brauchst keine Angst vor der Matheprüfung zu haben. Du schaffst es. Und dann essen wir übermorgen ein großes Eis zusammen und lachen über die Aufgaben. Das Eis mußte ich allein essen, aber ich habe nicht gelacht. Weil du übermorgen nicht mehr da warst, weil ich plötzlich allein mit deinen blöden Sprüchen war. Nur allein bist du stark, hattest du mir ja beigebracht. Deine Sprüche. Was du willst, mußt du dir nehmen – von allein gibt dir keiner was. Der Tiger im Dschungel. Über Grenzen gehen, niemals Halt machen und, und, und ...« Das ›Touch me‹ war zu Ende, Connys Worte hallten durch den Raum, trafen Schimanski wie Schläge.

»Du warst ein Kind, du hast es falsch verstanden«, sagte er. Sprang auf das Netz, wollte zu ihr hinlaufen. Sackte weg, geriet ins Wanken, mußte langsam einen Schritt vor den anderen setzen.

»Ich hab's verstanden, ich hab's genau verstanden«, entgegnete Conny leise. »Deshalb laß mich endlich wieder allein. Geh in dein Polizistenbüro und laß mich zufrieden.« Ihre letzten Worte schluckte die wieder knallig einsetzende Musik, aber er konnte das ›Hau ab‹ auf ihren Lippen lesen.

»Du kriegst mich nicht weg. Nur mit Dynamit«, sagte Schimanski und blieb schwankend vor Conny stehen.

Die Nackte starrte ihn an. »Was willst du von mir?« fragte sie. Ihre Augen suchten verzweifelt in den seinen. Was willst du mit mir? Sag mir das!«

»Ich will dich hier rausholen. Ich will dich mitnehmen.«

»Wohin?«

Er zuckte die Achseln. »Hier weg«, antwortete er leise.

»Was gibst du mir dafür?«

Er schwieg.

»Was kannst du mir denn bieten?«

Er hob die Augenbrauen in die Höhe.

»Was steht auf deinem Lohnstreifen nach allen Abzügen?«

»Knapp dreitausend – willst du's genau wissen«, gab er grinsend zurück.

Conny blieb ernst. »In der Woche?«

»Im Monat. Ich bin Beamter.«

»Ich krieg das Dreifache. Mit Extras das Vierfache. Wenn ich mich anstrenge noch mehr. Wie willst du mir denn geben, was ich brauche, du kleiner Polizist?« zischte sie ihm ins Gesicht. Das Blau des Scheinwerfers verwandelte das Gesicht vor ihm in ein Negativ, in eine dunkle Maske mit weißen Löchern für Augen und Mund.

»Ich hab dich einmal im Stich gelassen – diesmal nicht«, sagte Schimanski und wollte sie an sich ziehen.

»Nein, nein«, flüsterte der Schatten mit dem Reifen um den Hals, den hellen Spitzen auf der Brust, dem weißen Dreieck zwischen den Beinen und wich vor ihm zurück. Schimanskis Schatten schwankte hinterher. Plötzlich drehte sich Conny um und war mit einem Satz vom Netz.

Ehe Schimanski nachhüpfen konnte, hatte Conny die Verankerung gelöst. Im nun aufstrahlenden weißen Licht senkte sich das Netz, und in ihm fiel Schimanski. Die Maschen legten sich über die Köpfe der Zuschauer, über Tische und Stühle. Flaschen kullerten zu Boden, Gläser klirrten. Schimanskis Fuß steckte in einem Eiskübel, seine Hände ruderten in Gesichtern von fuchsigen Kunden.

Die Zuschauer krochen unter dem Netz hervor und beschimpften lautstark den Mann, der sich im Gewebe verfangen hatte. Schimanski riß verzweifelt die Maschen auseinander und fand kein Loch. Endlich glaubte er, ein Ende erwischt zu haben. Da zurrte sich das Netz wieder enger.

Connys Kolleginnen taten alles andere, als ihm zu helfen. Die Frauen mit den roten Stiefeln und den knappen Kostümen wickelten die Maschen wieder um ihn herum. Er stieß mit Ellbogen um sich, versuchte bei allem noch höflich zu bleiben. Entschuldigte sich für jeden Treffer. Eine von den beiden dunklen Schönen sprang ihm ins Kreuz, brachte ihn zu Fall. Halbnackte Leiber auf ihm, schneidende Schnüre und kratzende Fingernägel im Gesicht. Er roch vergossenen Sekt, Parfüm und Schweiß. Er stieß die Klammernden von seinem Rücken, kam wieder auf die Beine. Sah durch die Maschen Connys blonde Locken aus dem Lokal wischen. Er schlug um sich mit aller Kraft und nun ohne Höflichkeit, riß das Netz von sich und damit die wilden Damen zu Boden. War aus dem Gestrüpp der Hanfschnüre befreit, hatte aber gleich wieder einen Busen im Nacken und spitze Nägel im Gesicht. Wieder traf seine Faust, die andere Rotgestiefelte spuckte einen Zahn vor ihm aus. »Pardon«, meinte er. Die Kleine mit dem großen Busen und dem Silberblick machte wirklich was Schönes mit ihm. Mit seinem Bein. Sie biß mit Ausdauer hinein. Er trat, stolperte, schleifte sie mit. Kurz vor der Treppe zum Hinterausgang blieb sie endlich liegen. Er raste die Stufen hinunter, raus auf den Hof. Die Scheinwerfer des weißen Nissan kamen auf ihn zu.

Er faßte nach dem Türgriff, als ob er den Wagen festhalten könnte. Donnerte mit der Faust gegen das Heck, lief hinter dem Wagen her auf die Straße. Rannte mitten auf der Fahrbahn in tanzenden Lichtern zwischen hupenden Autos hinter dem Nissan her. Hoffte auf das Rot der nächsten Ampel. Bei Gelb brauste Conny über die Kreuzung. Ihre Rücklichter tauchten ein in das Flirren blinkender Farben.

12

»Mach keine Dummheiten«, rief Schimanski Thanner zu, der mit gezogener Waffe auf ihn zukam.

»Du bist verhaftet«, schrie der zurück.

In den Kegeln aufgeblendeter Scheinwerfer von Streifenwagen gingen die beiden Freunde aufeinander zu wie Western-Helden beim Showdown.

»Gib mir noch zwei Stunden!« bat Schimanski.

»Keine Minute mehr.«

»Mensch, ich hab dich angerufen«. Er hatte Thanner über den Notruf Bescheid gegeben. Weil er kostenlos war. Nur Ort und Zeit mitgeteilt und eine Mannschaft gefordert. Die letzte Stunde war er im Zweifel gewesen, ob die Nachricht Thanner überhaupt erreicht hatte. Es war bereits ein Uhr geworden.

»Ich lauf nicht mehr weg«, versprach er ihm. »Bei unserer Freundschaft!«

»Bei unserer Freundschaft«, wiederholte Thanner höhnisch. »Die gibt es nicht mehr.«

»Ich werde dir beweisen, daß ich recht hatte. Hier auf dem Großmarkt. In zwei Stunden läuft das Ding, dann entscheidet es sich. Gib mir noch die zwei Stunden – dann kannst du machen, was du willst. Ehrlich.«

Sie blieben voreinander stehen, und Schimanski schlugen Zweifel und Argwohn entgegen. »Ich habe dir zweimal zu viel vertraut«, hörte er den Freund sagen. »Ein drittes Mal gibt es nicht mehr.«

»Thanner, was mit uns schief gelaufen ist, was du mir vorwerfen kannst – verschieben wir es auf später. Jetzt geht es erstmal um den Fall. Den müssen wir zu Ende bringen. Deshalb habe ich dich angerufen, deshalb habe ich dich hierher bestellt. Ich kann's nicht allein. Ich brauche dich. Die fiesen Säcke dürfen doch nicht von unserem persönlichen Kram profitieren. Laß das nicht zu! Nehmen wir sie zusammen hoch und klären dann das andere Zeug. Bringen wir die Sache erst zu Ende.«

Thanner blickte den Bittenden schweigend an. Drehte sich zögernd zu seinen Beamten um und nickte Schimanski schließlich kurz zu.

Auf dem Rhein tutete ein spätes oder frühes Schiff. Das Schild an der Rampe vor der Halle war nicht besonders repräsentativ. Schmuddelig, verwittert, eine Kante abgesprungen. Aber im Schein der kleinen Lampe, die über dem Tor der Halle hing, waren die Buchstaben noch gut leserlich. Bildeten das Wort, das der sterbende Melting Schimanski zugeflüstert hatte: »Calabrese«.

Es war noch keine drei Uhr, als über die Schienen, die zwischen Halle und Rheinufer verlegt waren, von einer Maschine geschoben, leise ein Güterwaggon heranglitt. Mit schleifenden Rädern stoppte er bei der Rampe direkt vor dem Schild ›Calabrese‹. Dann war es wieder still. Niemand stieg aus, niemand stieg zu. Lange zwanzig Minuten passierte nichts. In denen die Beamten im Schutz der dunklen Halle gegenüber langsam ungeduldig wurden. Bis sie die Motoren von schweren Lastwagen vernahmen. Zwei hielten beim Waggon, ein Personenwagen blieb weiter vorn stehen. Männer in Overalls, ein paar von ihnen hatten Pudelmützen auf, kletterten aus den Lastern, schoben die Tür des Waggons auf, sprangen hinein, zogen weiße Kisten heraus und begannen, sie zu verladen. Sie arbeiteten eilig und still.

Gegenüber warteten die Beamten mit angehaltenem Atem auf ein Zeichen. Thanner stubste ihn in die Seite. Aber Schimanski ließ die fleißigen Pudelmützen noch gewähren – als wolle er die Vorfreude noch ein bißchen auskosten. Dann atmete er tief durch und gab das Zeichen. Die Streifenwagen blendeten gleichzeitig auf, Beamte liefen zu den Lastern hin. Schimanski voran, die Pistole in der Hand. »Ende der Vorstellung«, rief er. »Alles liegen und stehenlassen!« Unter den Überraschten bekannte Gesichter. Der Fahrer des Gabelstaplers, dem er nur knapp entkommen war, der Typ, dem er aus der Baracke gefolgt war, der ihn in den Hagel von Eisenplatten gelockt hatte. Er nickte ihnen kurz Erkennen zu und pfiff sie an: »Rüber! Alles an die Wand.« Die Beamten stießen und drängten die Männer in den Overalls zu der Rampe, klopften sie nach Waffen ab. Einer im Waggon hatte anscheinend noch nicht mitgekriegt, was passiert war, schleifte quietschend eine Kiste hinter sich her. »Stehenlassen, hab ich gesagt«, fauchte ihn Schimanski an. »Wir machen das schon. Hopp rüber.« Der

Junge mit der Pudelmütze nahm die Hände hoch und stolperte hastig zu seinen Kumpanen an der Mauer. Schimanski riß von der Kiste den Deckel mit der Aufschrift ›Calabrese‹ ab, kippte sie um. Fische flutschten heraus, gebröckeltes Kühleis kullerte über den Boden. Er griff einen Fisch, faßte hinein, zog ein Päckchen mit kleinen weißen Kügelchen heraus. Mit stoischer Miene nahm er die nächsten Fische auseinander – sie hatten die gleiche Füllung. »Na also«, murmelte er, ging zur offenen Ladefläche des Lasters, zerrte die Kisten mit dem Calabrese-Etikett herunter, kippte Fische und Eis aus. Wie in der Küche des SUNFLASH wütete er, genauso verbissen suchte er. Nur diesmal fand er. Ein Päckchen weißer Kügelchen nach dem anderen förderte er aus den schmierigen Fischbäuchen heraus. »Ich hab's gewußt, ich hab's gesagt«, sprach er mit sich selbst. »Das sind ihre Freunde.«

Er türmte die Päckchen zu einem Haufen auf. Ein Berg weißer Brocken – Cracks. Eine Ladung im Wert von Millionen.

Etwas stieß ihn hart in die Seite. Eine Stimme zischte hinter ihm: »Wirf die Knarre weg!«

Schimanski wollte sich umdrehen, aber der Druck in der Seite wurde stärker und die Stimme zischte: »Nicht umdrehen! – Knarre weg!«

Er kannte die Stimme, nur der Klang war ihm fremd. Obwohl er ihn auch schon ein paarmal gehört hatte. »Wieso? Wobei denn draufgehen?« hatte sie ihn in diesem harten, kalten Ton gefragt. »Ich bin Zabou«, hatte sie ihn schon einmal frösteln lassen. Er ließ seine Pistole auf die ausgenommenen Fische platschen und dachte an komische Sachen. Wenn einen etwas sehr heftig und überrascht trifft, so ist es, als werde der Schlag von einem Panzer abgewehrt, als hindere ein Schutzschild den Speer, bis ins Bewußtsein vorzustoßen. So machte Schimanski als einzigen Grund für seine mißliche Lage aus, daß er die Besitzerin der Stimme nicht über das Knie gelegt hatte. Verfluchte sich, daß er die Gelegenheit dazu ungenutzt verstreichen ließ. Besonders die vor Jahren. Der Pkw fiel ihm ein, der den beiden Lastern gefolgt war. Den nicht beachtet zu haben, warf er sich als zweites Versäumnis vor. Die Lächerlichkeit der Situation wurde ihm bewußt. Mit erhobenen Händen in einem Berg von Fischen und Eis zu stehen, während drüben Thanner und die anderen Kollegen immer noch eifrig beim Verhaften waren.

»Schieß, wenn er was versucht«, hörte er nun die Stimme sehr laut befehlen. Es war zweifellos der Halter des Eisens gemeint, das ihm in die Rippen drückte. Aus den Augenwinkeln erkannte er, daß der auch kein Unbekannter war. Bei ihrer Begegnung hatte das Ding auch schon eine nicht unerhebliche Rolle gespielt. Der graue Geschäftsmann, der sich in den Desperado mit weißem Hemd und Krawatte verwandelt hatte.

»Stehenbleiben!« hörte er die Stimme mit dem harten Klang hinter sich fauchen. Thanner blieb stehen, blickte von der Frau mit dem blonden, wallenden Haar zu dem Mann, der seinen Kollegen mit der Waffe bedrohte.

»Bleibt, wo ihr seid«, schrie die Blonde den Beamten zu, die herbeieilen wollten. »Sonst ist Schimanski hin.«

»Thanner, hör nicht auf sie«, rief er seinem Freund zu.

Er war noch nicht zu Ende, da krachte ein Schuß. Schräg hinter Thanner zerplatzte das Vorderlicht eines Streifenwagens. Die Waffe in der Hand, stand er auf halbem Weg zwischen den Polizisten mit den Verhafteten und den beiden Lastern – machtlos. »Mike, Paolo – einpacken und wieder aufladen«, mußte er die Frau kommandieren lassen.

Die Arbeiter in den Overalls machten sich von den Beamten los, klaubten ihre Schießeisen aus, kamen hergelaufen. Einer von ihnen hielt seins Schimanski an die Schläfe, bedrohte ihn von der anderen Seite.

»Helfen! Los!« wurden die Polizisten aufgefordert, die schauten, als hätte man ihnen die Geschenke unterm Weihnachtsbaum geklaut. »Aufladen. Beeilung.« Die um die Bescherung Betrogenen drehten ihre Köpfe zu Thanner – der konnte nur hilflos nicken.

Zusammen mit den Overalls und Pudelmützen trugen die Uniformen den weißen Berg ab, verstauten flüchtig die Päckchen mit den Kügelchen in den glitschigen Fischen, verpackten sie und luden sie wieder auf. Holten die restlichen Kisten aus dem Waggon, schleppten sie zum Laster. Die gesamte kostbare Fracht wurde auf einen Wagen geladen, die Gangster verzichteten auf den zweiten. Schließlich kletterten die Männer in den Overalls auf die Ladefläche und zogen die Türklappen von innen zu.

Aus der Seite verschwand der Druck, der an der Schläfe blieb. Zwang Schimanski zum Führerhaus des Lasters, zwang ihn, einzusteigen. Hinter dem Steuer wurde er von der kurzfristig verlorenen Kanone erwartet. Im Licht der Kabine hatte er zum erstenmal Gelegenheit, das Gesicht des Desperados zu betrachten. Erst war es nur eins von mehrerend Grauen gewesen, dann hatte er kein Gesicht gesehen, sondern nur ein weißes Hemd mit Krawatte und schwarzem Ding. Aber auch von nahem blieb es unscheinbar – ohne besondere Merkmale. Nicht markant, nicht weich. Längliche, ovale Form. Zwischen dünnen Lippen und Kinn sammelten sich auf dunklen Bartstoppeln Schweißtropfen. Vom kurzgeschnittenen, nach hinten gekämmten dunkelblonden Haar war über der Stirn nur noch ein Büschel übriggeblieben. Ende des Steckbriefs. Doch eins war in diesem schmalen, blassen Gesicht deutlich geschrieben: »Du bist mir einmal entwischt – diesmal lass' ich dir keine Chance.«

»Wenn jemand folgt, ist euer Kollege hin«, wurde draußen gerufen. »Wenn irgendwas passiert, wird Schimanski abgeknallt.«

Sie kletterte hinein, klappte die Tür zu, löschte das Licht in der Kabine. Aus dem Dunkel richtete sie die Pistole auf ihn. Ohne seine Waffe aus der Hand zu legen, startete der Mann hinter dem Steuer den Motor und legte den Gang ein. Die wendenden Scheinwerfer trafen Thanner inmitten seiner uniformierten Leute. Nach den Geschenken wurde ihnen nun auch noch der Weihnachtsbaum weggenommen. Ohnmächtig und voll Wut starrte Thanner den Rücklichtern nach.

Die Scheinwerfer tasteten an einer runden Mauer entlang. Langsam holperte der Lastwagen durch die Kurven einer Unterführung. Die Waffe vor seinen Augen schwankte. Er suchte nach dem Gesicht dahinter. Doch es hatte sich weit ins Dunkle zurückgezogen. Ein Schemen, aus dem sich ihm drohend der Arm entgegenstreckte. Unter dem hellen Ärmel des Mantels lugte der flauschige Rand eines schwarzen Pullovers hervor, umschloß das Handgelenk mit den Armreifen, aus denen der Lauf wie aus einem silbernen Kreis herausragte. Ab und zu wischte der Schein einer Lampe von draußen über ein in dichtes Haar gebettetes Gesicht mit starren Augen, harten, abfallenden Zügen, zu einem Strich gepreßten Lippen. Schimanski kannte die Maske nicht. Ihn fror. Er wandte sich nach vorn. Der Laster ächzte durch eine steile Kurve aus dem Tunnel heraus. Die Scheinwerfer streiften die Böschung des Rheinufers, bewegten sich dann auf eine Halle zu. Die letzte oder die erste Halle des Großmarktes. Nach einer weiteren Biegung der leicht abschüssigen Straße verließ man durch ein Tor das Gelände und bog auf die Landstraße ein. Dort, wo er sich eben mit Thanner getroffen hatte.

Wenn er noch eine Chance haben wollte, mußte er jetzt handeln. Sofort. Der Fahrer schaltete höher, sie fuhren immer noch auf die Halle zu. Die Pistole neben seinem Kopf bewege sich sacht. Plötzlich duckte sich Schimanski weg, stürzte sich auf den Fahrer, stieß gleichzeitig die Tür auf, flog mit dem Mann aus dem fahrenden Wagen. Die Kugel zischte knapp über sie hinweg ins Leere. Sie rollten einen kleinen Abhang hinunter. Der Laster brauste führerlos weiter auf die Rampe vor den Hallen zu. Eine Figur in hellem Mantel sprang mit wehenden Haaren aus dem fahrenden Wagen. Der Laster schoß über die leicht ansteigende Rampe, kippte und donnerte gegen die Mauer dahinter. Der Motor stand sofort in Flammen, auf der Ladefläche schrien die Arbeiter.

Schimanski bearbeitete das unscheinbare Gesicht unter ihm, ließ seine Fäuste wirbeln. Er sah die hochschlagenden Flammen des brennenden Wagens. Er sprang auf, wurde festgehalten. Mit Wucht stieß er dem Desperado seinen Ellbogen unter das Kinn, drehte sich blitzschnell um und ließ einen Haken folgen. Der Geschäftsmann ging wieder zu Boden und blieb liegen. Schimanski sah nur ihren Schatten im flackernden Schein an der Wand der Halle entlanghuschen. Er schrie: »Conny, bleib stehen!« Rannte hinterher. Die Arbeiter kletterten, sprangen, hasteten in Panik von der Ladefläche. Die Streifenwagen preschten heran. Die Polizisten sausten zu Fuß oder im Wagen hinter den Flüchtenden her. Sirenen heulten auf.

Schimanski lief zwischen abgestellten Anhängern, zwischen Trümmern von leeren Kisten und Kartons. Er sah sie nicht mehr. Hörte sie nicht. Nur das Knistern des brennenden Lasters, die Sirenen der Streifenwagen, entfernte Rufe und Schreie von Flüchtenden und Verfolgern. Seinen eigenen schnellen Atem. Er stand vor einem Zaun, machte kehrt, rannte zwischen den Anhängern zurück. Vernahm spitze Absätze auf einer Treppe, hörte sie hinuntertrippeln. Im Schein des Feuers glänzte ein Geländer, wurde ein Eingang erleuchtet. Er hetzte die Treppe hinunter. Nässe und Kälte. Auf der Wand hinter ihm der Widerschein der lodernden Flammen. Vor ihm schwarze Löcher. Die spitzen Absätze knallig hallend, durch Wasser pitschend. Er tastete an der Wand entlang, seine Hand drückte auf einen Schalter. Neonleuchten flammten surrend auf, warfen Licht auf Bretterverschläge, Müllcontainer, den Müll daneben. Die Wände schimmerten feucht, von der Decke tropfte es in die Pfützen am Boden. In alle Richtungen führten Gänge ab. Er hastete durch den äußersten. Hörte die Schritte näher. Schrie: »Conny, bleib stehen!« Es war, als liefe sie nah vor ihm. Dann war der Gang zu Ende, er stürzte beinahe in den Schacht für eine Pumpe. Mußte zurück. Lief einen anderen Weg. Hintereinander, nebeneinander hasteten sie durch das Gewirr der Gänge, hin und her trampelnde Schritte auf nassem Steinboden. Er kam den spitzen Absätzen wieder näher, stampfte hinterher, schrie wieder ihren Namen. Ein Schuß hallte donnernd durch das unterirdische Labyrinth. Ohne Deckung zu suchen, rannte Schimanski weiter durch den engen finsteren Gang, brüllte abermals: »Conny, bleib stehen!« Da drehten die Schritte um, die Absätze ihm klackend entgegen, begleitet von einem donnernden Schuß.

»Hau ab!« hallte es durch das weite Gewölbe mit den mächtigen Säulen, in das beide zur gleichen Zeit von verschiedenen Seiten hereingehetzt kamen. »Verschwinde aus meinem Leben!« Wieder krachte ein Schuß, Schimanski blieb stehen. Lehmiger, aufgeweichter Boden zwischen ihnen, in Pfützen schwammen verfaultes Obst und anderer Abfall im Sägemehl. Zwischen zwei Säulen Conny mit weißem Mantel und wallendem Haar. Die Pistole in ihrer Hand zielte auf ihn.

Plötzlich platschten aus einem dritten Gang Schritte herbei. »Thanner, halt du dich da raus!« rief Schimanski dem Freund zu.

Die Kugel pfiff knapp an seinem Kopf vorbei, schmetterte gegen die Säule hinter ihm. Thanner schrie auf vor Schmerz, hielt sich den Fuß. Der Abpraller hatte ihn erwischt. Er hüpfte auf einem Bein in den Gang zurück, aus dem er gekommen war.

»Verschwinde ein für alle Mal aus meinem Leben«, schrie Conny und schoß, ohne zu treffen.

»Du warst es, du steckst dahinter«, brüllte Schimanski vor Wut und Enttäuschung. »Du wolltest mich die ganze Zeit umbringen.«

»Ja, genau«, dröhnte es zurück. »Und ich werde es auch tun.«

Hinter ihm spritzte Stein von der Säule. »Warum? Warum hast du das getan? Warum hast du mir das angetan?«

»Weil ich dich hasse. Weil ich geschworen habe, mich zu

rächen. Weil du mir das damals nicht umsonst angetan hast. Weil ich mir nicht noch einmal alles von dir kaputtmachen lasse. Heute bin ich stärker als du. Ich bestimme. Ich hab die Macht. Du hast keine Chance gegen mich. Ich bin der Stärkste.« Conny stakste auf Schimanski zu und feuerte weiter. Er ging ihr entgegen, seine Füße versanken in der Pampe am Boden.

»Du bist die größte Sau, die ich in meinem Leben kennengelernt habe«, hallte es durch das Gewölbe.

»Und du bist der größte Dreckskerl, den ich in meinem Leben getroffen habe«, hallte es von Conny zurück. Sie kamen immer näher aufeinander zu. »Ich gehe über deine Leiche wie nix – so wie du über meine gegangen bist.« Wieder drückte sie ab, wieder schoß sie daneben. Obwohl sie nur noch wenige Schritte voneinander entfernt waren. Er sah die Tränen in ihren Augen. Sie ballerte. »Alles oder nichts, Halbes gibt es nicht – kennst du das noch, Schimanski?« Sie feuerte. Die Kugel klatschte gegen die Wand, nasser Stein schmetterte ab. Tränen kullerten über Connys Wangen. Sie schluchzte, sie heulte. Heulte, daß sie es nicht schaffte, den Mann vor ihr niederzuschießen. Der nun so nah vor ihr stand. Sie schlug, klopfte mit der anderen Hand auf die Pistole, als sei sie daran schuld. »Ich hasse dich«, schluchzte sie, schrie sie Schimanski an.

Schimanski betrachtete Conny voll Trauer. Er streckte die Hand nach der Waffe aus. Da schnellte sie wieder in die Höhe, zielte direkt zwischen seine Augen. »Bleib, wo du bist«, zischte es ihm aus einem vor Zorn und Schmerz verzerrten Gesicht entgegen. »Keinen Schritt mehr.« Seine Füße stapften weiter, stapften die letzten Schritte. Ein letzter Schuß zerriß die feuchte Luft des Gewölbes, donnerte, hallte lauter als alle vorigen in seinen Ohren. Hinterließ eisige Stille. Er starrte auf die Pistole, die von dem Loch über ihrem Herzen am Körper herunterglitt, aus der Hand rutschte und vom Morast verschlugen wurde. Der Körper sank in seine Arme. Die großen, blauen Augen sahen ihn an. Conny wollte etwas sagen, öffnete den Mund, aber es quoll nur Blut heraus. Erstaunt und erschrocken hielt sie die Hand davor – wie ein Kind, das beim Essen den Mund zu voll genommen hat. Die Augen unter den Tränen lächelten dabei. Sie wischte mit dem Ärmel über die Lippen und verschmierte das Blut um den Mund. Sie konnte nicht mehr sprechen, aber sie bat mit den Augen, bettelte, flehte ihn an. Dann strahlte das Blau vor ihm, als sei die Bitte erfüllt, als ginge es schon ums Bedanken und Genießen. Er sah den Glanz zum letztenmal. Ihr Kopf fiel vornüber, fiel gegen seinen. Er spürte ihre zarte, weiche Haut, ihr dichtes, weiches Haar, atmete den Duft, spürte ihre Lippen an seinem Nacken, ihren Atem spürte er nicht mehr. Ein Rinnsal Blut sickerte aus ihrem Mund auf seine Schulter, rann über seine Brust.

Schimanski drückte das Mädchen an sich, so fest er konnte. Auch als die Beamten im Gewölbe erschienen, hielt er Conny noch immer fest in den Armen.

13

Ein stürmischer Wind riß den grauen Morgenhimmel auf, trieb die bunten Blätter den Abhang hinunter in den Fluß, der sie mit sich fortnahm. Sie sahen die fliehenden schwarzen und weißen Wolken über sich, als sie durch die enge Röhre aus dem Gewölbe ans Ufer traten.

Vor ihnen legte ein Frachter ab. Eine ganze Familie war auf dem langen Deck mit verschiedenen Arbeiten beschäftigt.

Ein Mädchen mit dunkelblondem, nach hinten geflochtenem Haar schöpfte mit einem Eimer an der Leine Wasser, säuberte die Planken. Es unterbrach die Arbeit, als es die beiden Männer sah, schaute zu ihnen herüber. Schimanski hatte den Eindruck, die Kleine lächle ihm zu. Schokolade, fiel ihm ein. Drachen und Wind. Norden und Süden. Orangefarbener Schallplattenapparat. Eine Scheibe, grausam verkratzt. Die Melodie – vielleicht. Was noch auf Anhieb? Große, blaue Augen. Blonde Locken mit roter Schleife. Ein trauriger Mund. »Ich bin nicht zart, ich bin nicht schwach, und ich wachse noch.« Das Schiff war vorbei, das Mädchen widmete sich wieder seiner Arbeit.

Der Wind blies ihnen kräftig ins Gesicht. Schimanski fror, zog seine Jacke, deren Schulter voll Blut war, enger um die Brust, um den Verband, der rot war von seinem Blut.

»Du mußt ins Krankenhaus«, meinte Thanner, klammerte sich an ihm fest, steckte den Fuß mit dem blutigen Schuh in die Höhe.

»Du auch«, sagte Schimanski.

Aufeinandergestützt, sich gegenseitig helfend, krochen die beiden die Uferböschung hinauf.

Gebrochene Blüten

1

Der letzte Bus fuhr um 0 Uhr 52 am Hauptbahnhof ab und mußte laut Fahrplan um 1 Uhr 24 die Endstation erreichen. Aber in dieser Nacht kam er nicht an.

Er stand an der Kreuzung vor der drittletzten Haltestelle. Es war kein Verkehr mehr um diese Zeit, aber die Ampel wechselte unbeirrt in gleichmäßigem Rhythmus die Farben. Wieder leuchtete das Grün. Der Bus rührte sich nicht. Alarmierend blinkte das Warnlicht in der Dunkelheit. Hinter den hellen Fenstern huschten aufgeregt Schatten. Vom Trittbrett der mittleren Tür tropfte Blut.

»Schimanski?« dröhnte es fragend aus dem Hörer, so daß er Angst um sein Trommelfell bekam.

»Wer sonst?« brummte er und schaltete die Lampen neben dem Bett an.

»Hab ich dich etwa geweckt?« fragte der Kollege vom Telefondienst scheinheilig und ohne seine Freude verbergen zu können.

»Nee«, grummelte er. »Wie kommst du drauf?« Er mußte die Augen zusammenkneifen, weil das Licht ihn blendete.

»Ich hab' dich doch nicht bei irgendwas gestört?«

»Du störst immer – Was ist los, was willst du?«

»Blond oder schwarz?«

»Wo?« Der Kollege lachte dreckig – so dreckig konnte er nicht mal denken. »Sau!« pfiff es ihm ins Ohr.

»Also...!« forderte Schimanski ihn auf, zur Sache zu kommen.

Aber den Kollegen interessierte anderes. »Haste eigentlich keine Angst vor Aids? Oder ziehst du immer 'ne Plastikkapuze über?«

Schimanski seufzte genervt: aus dem Schlaf gerissen werden und solche Gespräche führen müssen! »Ich ziehe einen dicken Pelz über meine Jacke und drunter zwei Paar lange Wollunterhosen«, antwortete er. »Außerdem nehme ich zur Sicherheit nur noch Jungfrauen mit. – Worum geht's?«

»Ehrlich...?« sabberte es am anderen Ende.

»Was ist passiert? Wo muß ich hin?« drängte Schimanski.

»Wanheimer Straße... Sag mal: ehrlich...?«

»Was?«

»Treibst du es jetzt mit so kleinen, süßen, knackigen Biestern?«

»Wanheimer Straße was? – Denkst du mit alten Vertrockneten?! – Die Nummer!«

»Gibt keine Nummer«, erklärte der Kollege. »Muß irgendwo draußen ein Bus rumstehen. Höhe Liebigstraße. Wirst du schon finden.« Dann stotterte er weiter: »Aber... aber die Mädchen sind doch heutzutage schon mit vierzehn – die sind doch mit vierzehn längst keine Jungfrauen mehr...«

Schimanski knallte den Hörer auf und ließ sich in die Kissen zurückfallen, in denen er mutterseelenallein lag – wenn man die beiden Löwen nicht mitrechnete, die aus dem Traum übriggeblieben waren, den das Gebimmel des Telefons abrupt beendet hatte. Er war gerade gezwungen gewesen, mit den Viechern in den Clinch zu gehen, da er sich geweigert hatte, für sie im Zirkus durch die brennenden Reifen zu springen.

Er verscheuchte die Schatten der langmähnigen und freßlustigen Raubtiere nun endgültig, kuschelte sich noch einige Momente in die Federn, da er den leisen Verdacht hegte, sie diese Nacht nicht wiederzusehen.

Blaulichter von Streifen- und Krankenwagen bestimmten die Szene. Ein paar späte Passanten versuchten neugierig, in den Bus zu spähen, bevor sie von Beamten vertrieben wurden.

Er bemerkte das tröpfelnde Blut beim Einsteigen. Es sickerte in kleinen Bächen unter dem Fuß in der schwarzen Stiefelette hervor, der über die oberste Stufe des Trittbretts ragte. Die Sicht auf die Quelle war Schimanski durch einen Rücken in weißem Kittel versperrt, der sich über den zwischen Sitzreihen liegenden Körper gebeugt hatte.

Ein weiterer weißer Kittel beschäftigte sich vorn im Wagen mit dem Fahrer des Busses, verarztete ihn und verband ihm den Oberarm. In den vorderen Bänken hatte Thanner die wenigen Fahrgäste versammelt, die versuchten, den Tathergang zu schildern. »Er hat wild gestikuliert und furchtbar gebrüllt«, berichtete die einzige Frau unter den Augenzeugen. »Könnte Türkisch gewesen sein. Und plötzlich hatte er das Messer in der Hand.«

»Das war garantiert kein Türkisch«, widersprach der junge Mann mit der Lederjacke, der neben ihr saß. »Wir haben genug Türken im Betrieb. Ich weiß, wie die reden.«

»Der wollte lediglich eine Entschuldigung, glaube ich«, warf ein Dritter ein.

»Aber er hat ja gleich zugestochen«, meinte die Frau. »Es war furchtbar.«

»Sie saßen genau vor mir«, meldete sich der Junge mit der Lederjacke wieder zu Wort. »Der mit dem blauen Mantel stand auf, um auszusteigen. Dabei ist er dem anderen wohl auf den Fuß getreten – irgendwie muß er ihn angerempelt haben. Der kleine Dunkle ist hochgesprungen und schreiend hinter ihm hergerannt. Dann hat er das Messer gezogen.«

»Der wollte nur, daß sich der Mann bei ihm entschuldigte«, wiederholte der dritte Zeuge seine Vermutung.

Der Körper im blauen Mantel wurde auf die Bahre gelegt. Schimanski blickte in das leblose Gesicht eines etwa 45jährigen Mannes. »Prinz. Albert Prinz«, klärte Thanner, der hinzukam, ihn über die Identität des Toten auf. »Er wohnt ganz in der Nähe, wollte gerade aussteigen, als es passierte.« Die Bahre wurde aus dem Bus geschoben. »Ein Verrückter, der wegen einer Rempelei durchgedreht ist«, faßte Thanner die

Berichte der Zeugen zusammen. »Dem Fahrer hat er auch noch einen Stich verpaßt, als er ihn aufhalten wollte.«

»Können sie ihn wenigsten beschreiben?« fragte Schimanski und deutete auf die Leute vorn im Bus.

Thanner zuckte die Achseln. »Ein Ausländer – darin sind sie sich einig. Aber ob Türke oder Perser oder noch was anderes – da gehen die Meinungen auseinander.«

Der Schein des Blaulichts flackerte über ihr blasses Gesicht. Mit versteinerter Miene starrte sie auf den Mann auf der Bahre und konnte den Blick nicht von dem breiten, häßlichen Fleck auf seiner Brust lösen.

»Frau Prinz?« sprach Schimanski sie an.

Sie wandte ihm nur kurz den Kopf zu. Unter dem Parka, den sie locker um die Schultern gelegt hatte und der ihr viel zu groß war – er schätzte, er gehörte dem Mann auf der Bahre –, schauten die Falten eines kurzen Rocks hervor. Ballett, fiel ihm ein – als wenn sie im Kostüm direkt von der Bühne gekommen wäre.

Die Türen des Notarztwagens wurden geklappt. Ein letztes Mal flammte das blaue Licht über das feine Gesicht mit der hohen Stirn und erstarb. Eile war nicht mehr geboten. Er haßte diese Momente und bereute, sie angesprochen zu haben. Aber er hätte sich wie ein Feigling an ihr vorbeistehlen müssen. »Ihr Mann ist einem Amokläufer zum Opfer gefallen«, hörte er sich erklären. »Eine harmlose Rempelei. Wegen nichts hat er zugestochen. Eine unsinnige Tat.«

Der Notarztwagen fuhr los, und Frau Prinz drehte sich zu ihm um. Aber er hatte nicht den Eindruck, daß sie ihn wirklich sah, als sie fragte: »Was passiert jetzt? Was muß ich tun?«

Ihre Stimme klang tief, ein wenig rauh, belegt – sie kam von genauso weit her wie ihr Blick.

»Die Formalitäten können Sie morgen erledigen«, antwortete Schimanski. »Was wir besprechen müssen, besprechen wir morgen.«

»Gut«, sagte sie, drehte sich abrupt um und überquerte eilig die Straße.

Er sah der Gestalt in dem viel zu weiten Mantel nach. Schwankte sie, als sie zwischen den Häusern in der Dunkelheit verschwand? Er durfte die Frau nicht so allein in die Nacht entlassen. Deshalb lief er hinter ihr her.

»Haben Sie jemanden, der sich um Sie kümmern kann?« fragte Schimanski, als er sie eingeholt hatte.

Frau Prinz schwieg.

»Soll ich jemandem Bescheid sagen?«

»Nein«, antwortete sie bestimmt.

»Wenn ich irgendwas für Sie tun kann...«

»Nein«, wiederholte sie und fügte hinzu: »Danke.«

Schimanski fiel nichts mehr ein, aber er ging weiter durch die dunkle Gasse neben ihr her. »Ich weiß, daß Sie das nicht trösten kann«, brach er schließlich das Schweigen, »aber im allgemeinen fassen wir solche Täter sehr schnell.«

Die Frau neben ihm nickte stumm. Mit verschränkten Armen klammerte sie den Mantel an ihrem Körper fest. Ein eisiger Wind hatte in der Nacht die milde Frühlingsluft des Tages vertrieben. Es war April.

Sie kamen zu einer Einfahrt mit einem Eisengitter. Frau Prinz öffnete das Tor, wandte sich noch einmal flüchtig zu Schimanski um und sagte: »Auf Wiedersehen.«

Er hörte ihre Schritte auf dem Schotter sich entfernen. Eine Tür fiel schwer ins Schloß, dann war es still. In der Dunkelheit ragten die Umrisse eines großen, länglichen Gebäudes auf – wie ein mächtiges Schiff. Die Lampe über der Einfahrt warf gelbes Licht auf ein Schild mit der Aufschrift: »Tanzschule Prinz«.

2

Ein rundes Gesicht mit einem glatten Pony über schmalen Augen. Unter der Nase deutete Gestricheltes einen Schnurrbart an, dessen dünne Härchen über die Lippen ragten. Die Zeichnung, die aufgrund der Zeugenaussagen vom Täter angefertigt worden war, trug deutlich asiatische Züge.

Das Phantombild in der Tasche, öffnete Schimanski das Gitter und schritt über den Hof. Das Gebäude, das in der Nacht wie ein Schiff ausgesehen hatte, war eine ehemalige Fabrik. Die Strahlen der Frühlingssonne, die sich endlich durch den Morgendunst gekämpft hatten, ließen selbst dieses graue und verwitterte Gemäuer freundlich erscheinen. In den untersten Fenstern fehlten die Scheiben oder waren zerbrochen. Darüber leuchteten die Rahmen weiß und neu. Die erste Etage der Fabrik war renoviert und ausgebaut worden. »Tanzschule«, stand in gelben Buchstaben auf den Fenstern.

Den Aufgang schmückten Bilder von Veranstaltungen. Eins zeigte eine schwarzhaarige Dame in rauschendem Ballkleid und einen großgewachsenen Mann im Smoking beim Walzer. Beide lächelten den Betrachter an. Manuela und Albert Prinz, las Schimanski auf dem Kärtchen, das unten auf dem Rahmen klebte. Er verharrte eine Weile vor dem glücklichen Paar, bevor er sich dem Saal zuwandte. Aus der offenen Tür klangen ihm spanische Rhythmen entgegen. Ein Luftzug bewegte sacht die Plakate mit den Ankündigungen von Kursen, Wettbewerben und Turnieren. »Tanzstudio und Tanzgruppenvermittlungs GmbH Prinz«, stand der vollständige Name des Veranstalters über dem Brett, an dem sie befestigt waren.

Er betrat den Saal. Eine silberne Kugel drehte sich langsam und ließ ihre Reflexe über eine Gruppe von Frauen wandern, in der eine rassige Spanierin Flamenco vortanzte. Schimanski erkannte unter den Tanzenden auch diejenige, die er noch eben auf dem Foto beim Walzer bewundert hatte. Manuela

Prinz brach sogleich ihre Übungen ab und ging mit ihm eine Treppe hinauf über eine Galerie ins Büro.

»So soll der Täter aussehen«, meinte Schimanski und reichte ihr das Phantombild. »Kommt er Ihnen bekannt vor? Haben Sie ihn schon mal gesehen?«

Sie blickte ihn überrascht an, konnte aber nicht gleich antworten, da sie noch außer Atem war. Sie zupfte an ihrem schwarzen Trikot und fächelte sich Luft zu. »Ich dachte, es wäre ein Zufall gewesen«, sagte sie schließlich noch immer heftig atmend. »Ein Amokläufer.«

Schimanski nickte. »Ja – höchstwahrscheinlich. Aber wir müssen andere Möglichkeiten ausschließen.«

Noch immer sah sie ihn an, während sie mit einem Tuch die Schweißtropfen wegwischte, die unter dem silbernen Stirnband hervorperlten.

»Routine«, fügte er hinzu.

Die Tanzlehrerin setzte sich an den Schreibtisch um die Zeichnung des Täters zu betrachten. Schimanski begann währenddessen die Bilder zu studieren, mit denen die Wände des kleinen Büros gepflastert waren. Eine Gruppe von leichtbekleideten afrikanischen Schönheiten neben einer Aufnahme von verschleierten Tänzerinnen aus dem Orient. Unter den Postkarten von Tanzgruppen aus aller Welt ein Foto von beinschwingenden Funkenmariechen, in deren Mitte sich der Mann drängte, den er letzte Nacht im Bus zwischen den Sitzreihen liegen gesehen hatte. Auf einem anderen thronte er stolz auf dem Rücken eines Kamels vor einer Pyramide. Das Bild daneben zeigte Prinz vor dem Tadsch Mahal in Indien in ähnlicher Eroberer-Pose.

»War Ihr Mann auch Tanzlehrer?« fragte Schimanski.

»Er hat sich nur um das Geschäftliche gekümmert und um die Tanzgruppen«, antwortete Frau Prinz, stand auf und gab ihm die Phantomzeichnung zurück.

»Kommt mir nicht bekannt vor. Ich habe ihn nie gesehen.«

Schimanski faltete das Blatt mit dem Gesicht des Täters

zusammen und steckte es ein. »Hatten Sie eine gute Ehe?« fragte er unvermittelt.

»Warum fragen Sie das?« reagierte sie überrascht.

Warum? So genau wußte er das selbst nicht. Weil er in der erhitzten Flamenco-Tänzerin mit dem schwarzen Trikot und dem roten Faltenrock die trauernde Witwe vermißte?

»Wie ich um meinen Mann trauere, müssen Sie schon mir überlassen«, erriet sie seine Gedanken. »Vielleicht werde ich ihm so mehr gerecht, als wenn ich mich heulend in die Ecke verkriechen würde. Woanders trägt man Weiß zur Beerdigung und spielt fröhliche Musik.«

Aber es beschäftigte ihn noch etwas. Der Typ zwischen den Tanzmariechen, der sich vor den Sehenswürdigkeiten dieser Welt in die Brust warf, war ihm auf Anhieb nicht gerade sympathisch – auch wenn der arme Prinz nun leider zu diesen albernen Posen nicht mehr in der Lage war, mußte doch die spontane Reaktion erlaubt sein. Wohingegen er die Tanzlehrerin – auch nach dem ersten Eindruck – zu den Frauen rechnete, die solche Aufschneider nicht nötig hatten. Sie gehörte für ihn zu den Frauen, die man normalerweise nur aus der Ferne bestaunte – und wenn man ihnen dann doch zufällig mal näher kam, wunderte man sich, daß sie zum Beispiel auch schwitzen konnten und sich noch mit einigen anderen überflüssigen Alltäglichkeiten plagen mußten wie man selbst.

»Wann ist eine Ehe gut, wann ist sie nicht gut?« riß sie ihn aus seinen Gedanken. »Können Sie mir das sagen?«

Schimanski schüttelte den Kopf. »Es war eine dumme Frage – entschuldigen Sie ...«

»Führen Sie eine gute Ehe?« blieb die Tanzlehrerin beim Thema.

»Nein«, antwortete er lächelnd. »Ich habe für solche schwierigen Unternehmungen zu wenig Geduld. Mehrmals schon im Ansatz steckengeblieben.«

»Also – warum wollen Sie was über meine Ehe wissen? Ist das für Ihre Ermittlungen wichtig? Finden Sie den Täter schneller, wenn Sie darüber Bescheid wissen?« hakte sie provokativ nach. »Haben Sie irgendeinen Anhaltspunkt, daß Sie das fragen müssen?«

Wieder schüttelte Schimanski den Kopf und winkte beschwichtigend ab. »Vergessen Sie es!« Aber beinahe ohne Absatz fuhr er fort: »Sie haben sich nicht übermäßig gut verstanden, oder?« Er konnte es nicht lassen. Der Eifer, mit dem sie sich an der Frage festgebissen hatte, bestärkte ihn in seinem Gefühl.

Die Frau vor ihm lächelte. »Hoffentlich sind Sie bei der Suche nach dem Täter genauso hartnäckig wie bei der Erforschung meines Privatlebens«, sagte sie. »Aber ich will versuchen, Ihnen zu antworten.« Ihre Finger spielten mit dem silbernen Band, das sie von der Stirn gezogen hatte. »Wir haben Bekannte, die waren seit ihrer Hochzeit fast jede Minute zusammen«, begann sie zu erzählen. »Nie ein böses Wort, nie ein Streit – vollkommene Harmonie. Und andere Bekannte können kaum eine Stunde zusammen sein, ohne sich zu zanken. Die einen haben sich vor ein paar Monaten getrennt, sprechen nicht mehr miteinander, haben nur noch über ihre Anwälte Kontakt; die anderen streiten schon seit 15 Jahren, aber wenn es drauf ankommt, halten sie zusammen – wahrscheinlich werden sie nie auseinander gehen. Was ist die gute Ehe? Was ist die schlechte Ehe?« Sie machte eine Pause, ließ das silberne Stirnband nachdenklich um ihren Zeigefinger kreisen. »Wir waren erst zehn Jahre verheiratet, Albert und ich. Wir haben nicht jede Minute miteinander verbracht, wir haben uns auch nicht dauernd gestritten. Wenn es mal Krach gab, dauerte es höchstens ein paar Stunden. Trennung wurde nie in Betracht gezogen. Wir haben uns gegenseitig respektiert, haben versucht, offen zu sein. Ich konnte mich auf ihn verlassen, und ich glaube, Albert konnte sich auf mich verlassen.« Frau Prinz schaute ihn mit ihren tiefbraunen Augen an. »Enttäuscht?«

»Wieso? Überhaupt nicht«, stotterte Schimanski. »Schön zu

hören, daß es sowas noch gibt. Heute scheint es ja fast schon an Geschmackslosigkeit zu grenzen, wenn zwei über längere Zeit miteinander auskommen. Aber ich denke, es wird nicht immer einfach gewesen sein. Wie es aussieht, war Ihr Mann viel auf Reisen.« Er deutete auf die Fotos an der Wand.

Die Tanzlehrerin nickte. »Wir waren beide sehr viel unterwegs – in allen möglichen Ländern. Wir waren gerade erst dabei, richtig seßhaft zu werden.«

»Sie haben im Ausland gelebt?«

»Ja.«

»Auch in Asien?«

Sie nickte.

»Sehen Sie, man könnte natürlich Verbindungen ziehen«, versuchte Schimanski seine Fragen nach Privatem im nachhinein zu rechtfertigen. »Man könnte zwischen Ihrem Mann und dem Täter, der wahrscheinlich aus einem asiatischen Land stammt, Verbindungen ziehen. Aber...«, er wischte mit einer Geste seine Überlegungen wieder beiseite, »...es deutet alles auf einen dummen Zufall hin, auf einen schrecklichen Zufall. Ihr Mann hatte das Unglück, jemandem über den Weg zu laufen, der einfach töten wollte – egal wen, ohne besonderes Motiv, nur um des Töten willen. Eine sinnlose, überflüssige Tat.«

Die Tanzlehrerin schaute gedankenverloren auf das Foto vor ihr an der Wand, das sie und ihren Mann beim Walzer zeigte – das gleiche, wie im Treppenhaus. »Wenn wir Zeit dazu hatten, waren wir sogar glücklich«, meinte sie. »Aber wir sind leider nur viel zu selten zur Ruhe gekommen. Uns Zeit füreinander zu nehmen – das wollten wir uns für später aufheben. Wir sind ja noch das ganze Leben zusammen, sagte Albert immer.«

Sie schüttelte den Kopf mit einem leisen Schluchzer. »So tragisch das ist«, fuhr sie fort, »aber irgendwie paßt der Tod zu ihm – im fahrenden Bus. Zwischen zwei Stationen kurz vor dem Aussteigen. Auch zum Sterben hatte er nicht viel Zeit.«

Sie zuckte traurig die Achseln und flüsterte weiter: »Das ist absurd. Wir haben so lange in Krisengebieten gelebt – Afrika, Südamerika –, wo man viel eher mit so etwas rechnen mußte. Dann passiert es hier in Deutschland, in Duisburg in einem öffentlichen Autobus. Absurd.« Tränen schossen ihr in die Augen. »Jetzt haben Sie doch noch Ihre trauernde Witwe«, sagte sie und versuchte zu lächeln. Aber die Tränen kullerten über ihre Wangen, und sie mußte heftig schluchzen. Sie drehte sich um und zog ein Taschentuch hervor. »Entschuldigen Sie«, meinte sie schnupfend.

»Sie müssen entschuldigen«, sagte Schimanski. »Es tut mir leid.« Er stockte, bevor er weitersprach: »Oft werden diese Zufallstäter mit ihrer Tat nicht fertig. Sie stellen sich häufig selbst...« Er starrte auf den bebenden weißen Rücken, den der weite Ausschnitt des schwarzen Trikots freiließ. Dann wandte er sich schnell um, ging aus dem Büro und ließ die Tanzlehrerin in ihrer Trauer allein.

3

Wohnblocks in schmutzigem Rosa, die im Quadrat aufragten und nur wenig Licht in den Innenhof ließen. Die Gardinen hinter den Fenstern in einheitlichem Rostbraun. Neben dem Eingang Nummer 24c leuchtete rot eine aufgehende Sonne – das Symbol Japans.

»Schmierfinken«, kommentierte der Hausmeister, der sie angerufen hatte. Er wedelte mit der Zeitung, in der das Phantombild abgedruckt war, und posaunte: »Am Schnauz habe ich ihn erkannt. Sonst sehen die Schlitzaugen ja alle gleich aus.«

Sie mußten in den achten Stock hinauf. Der Fahrstuhl – zwar für drei Personen zugelassen – war eigentlich schon für zwei zu klein. Schulter an Schulter, Bauch an Bauch zuckelten sie im Schneckentempo nach oben, während der Alte im grauen Kittel eine Lautstärke anschlug, die einem Flugplatz mit startenden und landenden Maschinen angemessen schien.

»Vor drei, vier Wochen hat er sich einquartiert«, trompetete er. »Keine Ahnung, wie er an den Schlüssel gekommen ist. Der Japs, der die Wohnung eigentlich gemietet hat, ist schon seit Ewigkeiten nicht mehr aufgetaucht. Ich hab's der Hausverwaltung gemeldet, aber nichts passiert.« Sei es, daß er schwerhörig war und sich unbedingt selbst hören wollte; sei es, daß er nur das Rumpeln des schwerfälligen Aufzugs übertönen wollte, er blieb jedenfalls unverändert laut: »Die scheren sich nicht darum, wer hier alles haust. Aber ich bin der Dumme, ich muß es ausbaden. Ich muß mich doch mit den Herren Schlitzaugen rumschlagen. Das ist eine richtige Kolonie geworden. Weiß gar nicht, wo die alle herkommen.«

»Aus Japan, nehme ich an«, murmelte Thanner.

»Japan – natürlich. Aber nicht nur«, krakeelte der Hausmeister. »Wir haben Indonesier hier, Vietnamesen, Thailänder und sogar Chinesen. Griechen und Türken reichen nicht, jetzt müssen wir die Gelben auch noch durchfüttern.«

»Dabei sollen die nicht mal mit Messer und Gabel essen können«, meinte Thanner ironisch, als sie endlich die winzige Kabine verlassen durften.

Aber der Mann im grauen Kittel hatte kein Ohr für Ironie, fühlte sich verstanden und bestätigt. »Da haben Sie recht, Herr Kommissar. Die können nicht mal mit Messer und Gabel essen. Und dauernd hocken sie auf dem Boden herum, obwohl wir ihnen extra feine Möbel reingestellt haben«, wetterte er.

»Unverschämtheit«, empörte sich Schimanski mit gespielter Entrüstung.

Bei so viel Zustimmung geriet der Alte in Grau schier außer sich. Er blieb im düsteren Gang vor der gläsernen Zwischentür, die ein häßlicher Riß zierte, stehen und wisperte nun verschwörerisch: »Haben Sie mal im Fernsehen gesehen, in was für Bruchbuden die da unten hausen? In was für primitiven

Verhältnissen die leben? – Und hier kriegen sie erstklassige Appartements mit schönen Möbeln – wirklich gute Möbel, ich habe sie selbst zu Hause –, aber die benutzen sie nicht mal.«

»Die müßten einen Kurs im Stuhl-Sitzen absolvieren, bevor sie einziehen dürften«, schlug Schimanski genauso verschwörerisch vor und strengte sich an, ernst zu bleiben.

Thanner hielt sich prustend die Hand vor den Mund und tat, als ob er niesen müßte.

»Gesundheit«, rief der Hausmeister und meinte zu Schimanski: »Genau. Das wäre vernünftig.« Er drückte die Glastür auf, schlurfte vor ihnen her durch den Flur, an den vielen Türen entlang, die so grau wie sein Kittel waren, und blieb endlich vor einer stehen. Dahinter sollte der Mann wohnen, den sie als den Amokläufer aus dem Bus, den Mörder von Albert Prinz, suchten.

Schimanski und Thanner zogen vorsichtshalber ihre Dienstwaffen, während der Alte klingelte. »Er muß da sein«, erklärte er dabei. »Wenn er weggeht, macht er nämlich immer das Fenster auf. Ich habe ihm schon hundertmal gesagt, daß das nicht geht. Wenn es Regen gibt oder plötzlich einen Sturm – aber die verstehen einen ja nicht.« Der Hausmeister schellte noch einmal, klopfte und trat gegen die Tür. »Aufmachen – Polizei«, rief er und wiederholte streng. »Hier ist die Polizei – sofort aufmachen!«

Aber die Tür blieb geschlossen. »Typisch«, raunte der Mann in Grau. »Den ganzen Tag pennen und nachts Frauen aufschlitzen.« Er drehte sich zu den beiden Beamten um und erschrak fürchterlich. Denn erst jetzt bemerkte er die Pistolen, deren Läufe genau auf ihn zielten. »Nein, nein, bitte nicht ...« stammelte er und riß im Reflex die Hände in die Höhe. »Lassen Sie mich ... lassen Sie mich erst ...« stotterte er weiter, zwängte sich ängstlich an ihnen vorbei und rannte, so schnell er konnte, den Flur zurück.

Schimanski sah dem Flüchtenden im wehenden Kittel nach und brummte: »Vollidiot!«

»Das Radio ist an«, meinte Thanner, der an der Tür horchte.

Es war ein einfaches Schnappschloß, das sie nach wenigen Sekunden geöffnet hatten. Sie sprangen in die Wohnung und standen gleich wieder vor einer Tür.

Die Diele war kaum zwei Schritte lang und bot gerade einer Garderobe mit drei Haken Platz. Sie stießen die Tür auf.

»Thoeoelke!« blökte ihnen Wum entgegen. Der kleine Fernseher stand auf dem Stuhl vor dem Fenster mit den zugezogenen Gardinen; im Vormittagsprogramm wurde »Der große Preis« wiederholt.

Das Appartement verdiente nicht den Namen – es war ein winziges Zimmerchen. Es stank grausam – nach Zigaretten, nach abgestandenem Essen, schmutziger Wäsche und nach Tod. Der Mann lag mit dem Kopf zur Tür direkt zu ihren Füßen.

»Nicht vergessen: Einsendeschluß Samstag in acht Tagen«, flötete Wendelin, bevor er einen Knoten in seinen Rüssel machte und sich mit einem Küßchen von den Zuschauern verabschiedete.

Die Sonnenstrahlen, die durch die geschlossenen Vorhänge drangen, warfen rostbraunes Licht auf das runde Gesicht mit dem offenen Mund. Dünne Barthärchen ragten über die Lippe. Von den schmalen Augen war nur das Weiß zu sehen; die Pupillen waren unter den Lidern verschwunden. Das glatte, schwarze Haar klebte mit verkrustetem Blut an der Schläfe. Die rechte Hand hielt eine Waffe. »Mir leid tun«, stand in schlechtem Deutsch auf dem Blatt, das in die Reiseschreibmaschine eingespannt war, neben der ein Messer mit verziertem Griff auf dem Tischchen lag.

»Armer Teufel«, meinte Thanner mit Blick auf den kleinen Mann am Boden, der das Gesicht der Phantomzeichnung hatte.

Schimanski ging zum Telefon, um die Spurensicherung zu verständigen. Das Bettgestell wackelte und knackste, als er sich darauf niederlassen wollte. »Feine Möbel« hatte der

Hausmeister gesagt – sie schienen tatsächlich alles andere als stabil zu sein. Schimanski machte es lieber wie die Japaner und hockte sich auf den Teppich. Neben dem Telefon lag ein Block, von dessen oberstem Blatt nur noch ein Fetzen überiggeblieben war. Aber die Notizen hatten sich durchgedrückt. Während er dem Kollegen von der Spurensicherung die Adresse durchgab, begann er, die unsichtbaren Notizen mit einem Bleistift auszumalen. Zwei Nummern erschienen auf dem Block.

Thanner fand den Ausweis des Toten in der Jacke, die am Schrank hing. Der Gesuchte kam aus Thailand, der Paß war in Bangkok ausgestellt. Auf den Namen Tai Meh. Er las die Daten vor, während Schimanski die erste der entdeckten Nummern probierte. Der Anrufbeantworter einer Firma Namens »Atlantis GmbH« setzte sich in Gang. Aus der Ansage des Mannes wurde nicht deutlich, was für eine Art von Geschäft sich hinter dem Namen der versunkenen Insel verbarg.

Bei der zweiten Nummer mußte er länger warten, bis sich eine tiefe, etwas belegte weibliche Stimme meldete. Er erkannte sie sofort und erschrak, sie plötzlich zu hören. Mußte schlucken, bevor er fragen konnte: »Frau Prinz?«

»Wer spricht bitte?« fragte sie zurück.

Schimanski starrte auf die ausgemalte Nummer auf dem Block und den toten Thailänder auf dem Boden.

»Hallo?« hörte er die Samtstimme. »Wer ist da?«

»Ach so«, stotterte er. »Schimanski.«

»Ja?!« klang es auffordernd.

»Wir haben den Täter gefunden», fing er sich schließlich. »Den mutmaßlichen Täter. Er hat sich selbst umgebracht – so sieht es jedenfalls aus.«

Frau Prinz schwieg. »Im »Großen Preis« kündigte die muntere Melodie eine Glücksfrage an.

»Ich kann nicht sagen , daß es mir leid tut«, vernahm er aus dem Hörer.

»Nein«, meinte Schimanski, »ich wollte es nur mitteilen.«

»Danke«, sagte sie und legte auf.

»Risiko!« echote es aus dem Fernsehapparat, und der Kandidat setzte unter dem Beifall der Zuschauer im Studio sein gesamtes bisher erspieltes Vermögen.

Schimanski überlegte, ob gestern abend auch gerade der »Große Preis« lief, als der Mann am Boden sich die Pistole an die Schläfe setzte. Echote das »Risiko« oder erklang die heitere Melodie der Glücksfrage, als er abdrückte, und die Kugel sein Gehirn zerschmetterte? – Die Japaner stellen alles mögliche an, bevor sie Harakiri begehen; aber daß jemand den »Großen Preis« einschaltete, um sich zu erschießen, kam ihm doch reichlich merkwürdig vor. Um den Schuß zu übertönen? Das konnte einem Selbstmörder egal sein, das hätte nur für einen Mörder Sinn gemacht. Genauso seltsam war, daß der Amokläufer die Telefonnummer seines angeblich zufälligen Opfers aufgeschrieben hatte. »Sie müssen sich gekannt haben«, sinnierte Schimanski nun laut.

»Wer?« fragte Thanner.

»Prinz und er.« Schimanski deutete auf den toten Thai. »Er hatte die Nummer von der Tanzschule hier notiert.« Er hielt den Block in die Höhe.

»Na und?« meinte Thanner nicht sonderlich beeindruckt. »Vielleicht wollte er sich mit der Frau seines Opfers in Verbindung setzen. Er hat ja offensichtlich unter der Tat gelitten.« Er zeigte auf die Schreibmaschine mit den Abschiedsworten.

Schimanski war noch nicht überzeugt. Prinz' Aufenthalt im Ausland, seine Nummer beim Täter, der laufende Fernsehapparat – das schienen ihm zu viele Zufälle. »Die haben sich gekannt«, beharrte er.

»Und wenn schon!« entgegnete Thanner. »Was spielt das für eine Rolle? Daß er Prinz umgebracht hat, steht fest. Warum, wieso?« Er zuckte mit den Achseln. »Das ist was für Hobby-Kriminalisten. Warum sollen wir gegen einen toten Täter ermitteln?«

Thanner hatte recht, das war nicht mehr ihre Sache. Außerdem – sein Blick fiel auf die Tatwaffe, die neben der Schreibmaschine mit den Worten der Reue lag –, es gab keinen wirklichen Grund, die Amok-Theorie zu bezweifeln. Oder zu bezweifeln, daß der Täter sich selbst gerichtet hatte.

Der angestellte Fernseher? – Manche Leute ließen den Apparat immer laufen – aus Gewohnheit oder um das Gefühl der Einsamkeit zu vertreiben. Warum nicht auch beim Sterben?

Prinz' Reisen? – Asien war groß, Thailand war groß, Bangkok war groß. Sie mußten sich nicht begegnet sein.

Die Telefonnummer? – Wahrscheinlich wollte er sich wirklich mit der Frau seines Opfers in Verbindung setzen, um ihr persönlich zu sagen, was er in die Maschine getippt hatte.

Schimanski stellte sich vor, mit was für Vorstellungen und Träumen der Junge, der vor ihm auf dem Boden lag, aus Bangkok angekommen war.

Nein, er wurde nicht mit offenen Armen empfangen. Er traf nur auf Schwierigkeiten und Ablehnung. Auf Gleichgültigkeit, Mißtrauen und Feindseligkeit. All die Fremden mit der anderen Hautfarbe, deren Sprache er nicht verstand, denen er sich nicht verständlich machen konnte, machten ihm Angst. Er fand keinen Job, er bekam keine Arbeit. Dann eines Nachts – nachdem er sich wieder den ganzen Tag vergeblich die Hacken abgelaufen hatte, nachdem er von unfreundlichen Beamten in den Behörden hin und her geschubst worden war –, trat ihm jemand aus dieser einschüchternden, abweisenden Masse auf den Fuß; entschuldigte sich nicht einmal dafür, entschuldigte sich nicht richtig oder er verstand die Entschuldigung nicht. Da war plötzlich dieser eine Mensch für das Elend verantwortlich: für das Unglück zu Hause in Bangkok, für die aussichtslose Situation hier. Verkörperte all die erlittenen Ungerechtigkeiten, die Gemeinheiten, Bosheiten und Demütigungen, die er solange ohnmächtig hatte erdulden müssen; gegen die er sich wehren, die er bestrafen mußte. Und er zog sein Messer.

Dann kam er in sein Appartement, das nicht sein Zuhause war – trotz gegenteiliger Behauptungen des Hausmeisters nur ein unpersönliches, häßliches Loch mit schäbigen, billigen, unbrauchbaren Möbeln –, und sah auf dem Fernsehschirm sein Fahndungsbild. Da wußte er, daß die feindselige Masse ihn nun unbarmherzig jagen würde, und ihm nur noch die Möglichkeit blieb, die Abschiedsworte in die Schreibmaschine zu tippen: »Mir leid tun.«

Trotz all dieser Überlegungen ging Schimanski am späten Nachmittag noch einmal ins Tanzstudio. Um die letzten Unklarheiten auszuräumen oder vielleicht auch nur, um ein abschließendes Gespräch mit der Tanzlehrerin zu führen. Er traf sie nicht allein. »Tango-Turnier 1986« verkündete das Transparent, das über der Bühne im Saal hing. Unter den dort aufgebauten Preisen entdeckte er eine Waschmaschine, einen Fernseher, ein Tandem und mehrere Päckchen mit bunten Schleifen. Auf den Stühlen davor nahmen gerade die Preisrichter Platz.

Im Vergleich zu den festlichen Turnierroben der Teilnehmerinnen wirkte das schwarze Kleid, über dem die Tanzlehrerin eine Jacke aus demselben Stoff trug, beinahe schlicht. Er wartete, bis sie alle begrüßt hatte und fragte sie dann: »Hat Sie jemand wegen dem Tod Ihres Mannes angerufen?«

»Es haben sehr viele angerufen«, war ihre Antwort.

»Klar«, meinte er. »Ich wollte fragen, ob sich der Täter bei Ihnen gemeldet hat.«

Frau Prinz blickte ihn irritiert an. »Ich dachte, der wäre tot.«

Schimanski nickte. »Hat sich gestern oder vorgestern ein Mann bei Ihnen gemeldet, der mit Ihnen über die Tat sprechen, der sich möglicherweise entschuldigen wollte?«

Sie schaute nicht weniger irritiert, runzelte verständnislos die Stirn, bevor sie den Kopf schüttelte und antwortete: »Nein. Ich weiß wirklich nicht...«

Sie wurde gerufen, entschuldigte sich und verschwand Richtung Bühne.

»Name?« fragte eine Stimme hinter ihm.

»Ich?« fragte er verdattert zurück und merkte erst jetzt, daß er sich an den Tisch für die Anmeldungen gelehnt hatte.

»Name!« wiederholte die rundliche Dame mit dem Kleid in Frühlingsfarben und der rotgeränderten Brille streng.

»Schimanski«, nuschelte er folgsam.

Sie reichte ihm ein Tuch mit einer Nummer und meinte dabei, ohne ihn anzublicken: »Sie haben Glück, Herr Manski – Die Nummer 6 ist gerade zurückgegeben worden. Sie haben die Nummer 6, Herr Manski.«

»Schi wie Ski«, korrigierte er. »Wie Ski und Rodel gut«. Er lächelte die Eifrige hinter dem Tisch lieb an.

»Die Teilnehmergebühr beträgt 60 DM, Herr Ski!«

»-manski«, vervollständigte er.

»Also doch«, schüttelte die Dame den Kopf und schob ihm ein Formular hin. »Wenn Sie dann hier bitte unterschreiben wollen, Herr Manski...«

Die Rundliche in Frühlingsfarben sah verwirrt zu ihm auf. Ihre Chefin kam ihr zu Hilfe. »Herr Schimanski ist beruflich hier. Er nimmt am Turnier nicht teil«, erklärte Frau Prinz.

»Warum eigentlich nicht?« meinte er. »Bin ich zu alt, zu jung oder haben Polizisten Teilnahmeverbot?«

»Haben Sie denn eine Partnerin?«

Schimanski sah die Tanzlehrerin an und antwortete galant: »Sie. – Ich kann nämlich gut eine Waschmaschine gebrauchen. Wir teilen sie uns – mal wasch ich bei Ihnen, mal waschen Sie bei mir.«

Die Tanzlehrerin lächelte und sagte: »Tut mir leid, das verstößt gegen die Regeln.«

»Gut, dann lassen wir sie eben bei Ihnen stehen«, meinte er. »Ich komme zu Ihnen zum Waschen – macht mir nichts aus.«

Sie schüttelte lachend den Kopf. »Ich darf nicht teilnehmen.«

»Eine Ausnahme«, bat er.

»Nein«, schüttelte sie noch einmal entschieden ihr schwarzes Haar.

Schimanski drehte sich zu der Frau, die wenige Schritte hinter ihm stand, um. »Möchten Sie mit mir die Waschmaschine teilen? – Startnummer 6.«

Er hielt das Tuch mit der Nummer hoch. Die Dame im hellblauen Turnierkleid reckte empört ihre Nase in die Höhe, als habe er ihr einen unsittlichen Antrag gemacht, und klammerte sich demonstrativ an ihrem Partner fest.

»Es ging nur um einen Tanz«, entschuldigte sich Schimanski, bedeutete den beiden Frauen an der Anmeldung, die mit sichtlichem Vergnügen seine Abfuhr beobachtet hatten, sich einen Moment zu gedulden. Er drängte sich durch wartende Teilnehmer und Zuschauer, während der Wettbewerb begann. Beim nächsten Versuch wurde sein Anliegen zwar freundlicher aufgenommen, aber er blieb ebenso erfolglos. Die Tänzerin, die schon vergeben war, mußte ihn auf ein nächstes Turnier vertrösten. Dann fiel ihm eine wunderschöne Blondine auf, deren Kopf aus dem Gewühl herausragte. Weder trug sie überdimensionale Absätze, noch stand sie auf Zehenspitzen oder Rollschuhen – sie war tatsächlich so groß. Staunend ließ Schimanski seinen Blick über ihre langen, schlanken Beine nach oben gleiten und hüstelte: »Möchten Sie...? Ich meine, ob wir beide...?« Er deutete auf sie und sich, um sich noch einmal zu räuspern, bevor er endlich herausbrachte: »Ich suche eine Partnerin.«

»Wozu?« fragte die Langbeinige, ohne ihre schöne, aber sehr kühle Miene zu verziehen.

Schimanski lachte. »Man kann über alles reden«, meinte er. »Aber fürs erste bin ich dafür, die Waschmaschine anzuvisieren. Ich will mich nicht selbst loben, aber ich bin nicht schlecht – das Tandem müßte in jedem Fall drin sein.«

»Ungeheuer witzig«, murmelten die hellroten Lippen über ihm.

Dort oben hatte er auch kein Glück – die Blonde beachtete ihn nicht weiter.

Allmählich wurde es brenzlich, denn schon wirbelte das Paar mit der Nummer 5 durch den Saal. Da entdeckte er ein bekanntes Gesicht, das sich ihm mit wippendem Schnurrbart näherte. Versehentlich auf das Tanzparkett geriet und schließlich stolpernd bei ihm eintraf.

»Was willst du denn hier?« fragte Schimanski den Kollegen.

»Ich suche dich seit zwei Stunden«, antwortete Thanner, indem er sich entschuldigend nach dem Tango-Paar umblickte, dessen Kreise er gestört hatte.

Die Preisrichter griffen in ihre Kisten, zückten die Noten, und über Lautsprecher wurde das nächste Paar aufgerufen. »Nummer 6 bitte, das Paar Nummer 6 bitte an den Start«, dröhnte es durch den Saal.

Die Dame von der Anmeldung wedelte wild mit den Armen, um die Annulation der aufgerufenen Startnummer zu signalisieren.

»Wir sind dran«, meinte Schimanski, heftete dem verdutzten Thanner das Tuch mit der 6 auf den Rücken und zog ihn mit auf die Tanzfläche.

»Was soll das?« fragte der.

»Tango«, antwortete Schimanski, griff die Hand des Freundes und umfaßte seine Taille.

Die Musik begann.

»Bist du verrückt?« zischte Thanner.

»Es geht um die Waschmaschine«, zischte Schimanski zurück, riß ihn mit und wirbelte ihn elegant herum. Die Arme ausgestreckt, die bärtigen Wangen aneinandergeklatscht, hüpfte das seltsame Paar über das Parkett. Die Preisrichter schossen empört von ihren Stühlen auf; die Dame mit dem Frühlingskleid ruderte noch immer mit den Armen, stieß aber nun entsetzte Schreie dabei aus. Ihre Chefin schien die Darbietung eher von der lustigen Seite zu nehmen, konnte sich ein Lachen nicht verkneifen, zumal sich das außerordentliche

Tango-Paar nun auch noch verheddert hatte und ins Straucheln geriet.

»Ich führe, sonst geht überhaupt nichts«, stellte Thanner fest, packte Schimanski und wirbelte ihn nun seinerseits herum.

»Du bist die Frau, ich bin der Mann«, wehrte sich der.

»Du bist die Frau«, zwang Thanner seine widerspenstige Partnerin zu einer Kniebeuge. In der Hocke, Kopf an Kopf, eilten sie zu den Tango-Rhythmen durch den Saal.

Die Anmeldungsdame, deren Gesicht inzwischen so rot war wie die Blüten auf ihrem bunten Kleid, kam über das Parkett gerutscht und hielt Schimanski an der Jacke fest. »Herr Ski, Herr Ski«, wisperte sie aufgeregt, »das geht nicht, das ist nicht erlaubt. Unser Turnier! Ich bitte Sie, Herr Ski...!«

Sie klammerte sich an seinem Ärmel fest, versuchte, sich zwischen die beiden Tänzer zu drängen. Aber die kamen jetzt erst richtig in Schwung, schüttelten die Verzweifelte ab, vollführten die wildesten Schritte, Drehungen und Verrenkungen zu den aufbrausenden Klängen.

Dann war es passiert. Schimanski geriet ins Stolpern, sie verloren das Gleichgewicht und knallten der Länge nach auf den glänzenden Tanzboden hin. Das Publikum jauchzte schadenfroh, die Preisrichter zogen mit ernsten Gesichtern alle vier die Null.

»Der Untersuchungsbericht ist fertig«, teilte ihm Thanner mit, während sie über den dämmrigen Hof der alten Fabrik zum Wagen gingen.

»Wir hätten das Tandem gekriegt, wenn du nicht gestolpert wärst«, beschwerte sich Schimanski.

»Du bist gestolpert«, stellte Thanner richtig.

»Ich bin gestolpert, weil du nicht tanzen kannst. Schon gar nicht Tango.«

»Ich war der Mann, du warst die Frau«, protestierte Schimanski noch einmal.

»Du warst die Frau«, entgegnete Thanner.

»Nein – du!«

»Das ist typisch für dich«, erregte sich Thanner. »Wenn du sagst, du bist die Frau, dann muß ich die Frau sein. Aber du kannst es hundertmal sagen, dann bin ich immer noch keine Frau. Merk dir das.«

»O. k., o. k.«, grinste Schimanski.

»Nein, das ist mein Ernst«, erregte sich Thanner weiter. »Du kannst nicht einfach dauernd über mich verfügen. Ich bin, was ich will. Nicht, was du willst. Und wenn ich keine Frau sein will, dann bin ich keine Frau. Kapiert?«

Schimanski nickte lachend. »Nein, du bist keine Frau«, beruhigte er den Freund. »Eine gewisse Virilität kann man dir nicht absprechen.«

Auch Thanner mußte grinsen.

»Was für ein Untersuchungsbericht ist fertig?« fragte Schimanski ihn.

»Der vom kleinen Thai.«

»Und?«

»Die Kugel wurde aus nächster Nähe abgefeuert.«

»Klar – der hat ja kurze Arme gehabt.«

»Die Waffe stammt aus einem Überfall auf ein Bundeswehr-Depot in Wasserburg – 1976«, berichtete Thanner weiter. »Kurz darauf spielte sie bei einem Banküberfall eine Rolle; ein Angestellter wurde damit erschossen.« Er machte eine Pause.

»Mach's nicht so spannend«, forderte Schimanski die Pointe.

»Auf der Schreibmaschine und dem Abschiedsbrief waren eine Menge Fingerabdrücke – nur keine von unserem kleinen Thai.«

»Hat er halt Handschuhe angehabt.«

»Ein Selbstmörder mit Handschuhen! Hast du Handschuhe gesehen?« Sie waren am Auto angelangt. »Er hat sich nicht selbst umgebracht, er ist erschossen worden«, schloß Thanner.

Von fern wehten die Tango-Klänge aus dem Tanzsaal zu ihnen herüber. Die Straßenlaternen flammten in diesem Augenblick auf. Schimanski dachte an das stickige Appartement mit den rostbraunen Vorhängen, den laufenden Fernseher vor dem Toten mit der Pistole am Boden. Dachte an die Telefonnummer, die vom Block abgerissen worden war. Sein Gefühl hatte ihn doch nicht getrogen. Es war nicht so einfach, wie es scheinen sollte. Der kleine Thai hatte sich nicht selbst gerichtet, war kein Amokläufer, der sein Opfer durch Zufall fand. Man ermittelte nicht gegen tote Täter, aber man ermittelte gegen ihre Mörder. Der Fall Prinz konnte nicht als erledigt betrachtet, er mußte neu begonnen werden.

4

»Manuela Prinz«, hörte er ihre tiefe Stimme, als er den Hörer abgenommen und sich gemeldet hatte. Sie bat ihn, in die Tanzschule zu kommen – sofort. Sie habe Angst, sagte sie.

Der Saal war geschlossen. Die Tür hatte außen keine Klinke, ließ sich nur von innen öffnen. Er klopfte und nannte seinen Namen. Die Tanzlehrerin machte ihm auf.

Nur wenige Lampen brannten, der größte Teil des Saales lag im Dunklen. Die silberne Kugel warf schwache Reflexe auf die Bühne, auf der unter dem Transparent von den vielen Preisen lediglich das Tandem übriggeblieben war.

Manuela bedankte sich für sein Kommen. Das matte Licht zeichnete Schatten in ihr blasses Gesicht. Sie sah müde und abgekämpft aus. »Ich habe Angst«, wiederholte sie, und ihre Stimme bebte. »Sie haben mich gefragt, ob jemand angerufen hätte – den ganzen Tag ruft einer an, beschimpft mich, bedroht mich. Ich sollte mitmachen oder es gehe mir wie meinem Mann.«

»Wobei sollen Sie mitmachen?«

Sie zuckte die Achseln. »Ich weiß es nicht«, antwortete sie leise. »Als ich eben gehen wollte, war jemand im Treppenhaus. Ich habe Angst, die lauern mir auf.« Die Tanzlehrerin blickte ihn hilfesuchend an. »Man muß zwar nur durchs Gebäude und ein paar Schritte über den Hof, aber...«

»Es war richtig, daß Sie mich angerufen haben«, beruhigte Schimanski sie.

Der Weg zur Wohnung führte durch die Fabrik. Sie gingen durch eine Halle, durch deren zerbrochene Scheiben Licht von draußen auf Berge von Schutt und Geröll fiel. Die mächtigen Pfeiler mit ihrem bröckelnden Putz und herausgefallenen Ziegeln wirkten im finstern wie Ungetüme mit unheimlichen Fratzen. Hinter sich vernahmen sie plötzlich Scharren – Schritte? Schimanski drehte sich blitzschnell um und stellte sich schützend vor die Tanzlehrerin. Aber es waren nur Tauben, die aufflatterten und durch die kaputten Fenster davonflogen.

Ihre Hand tastete nach seiner, er hielt sie fest. Er spürte ihren Körper, der sich ängstlich an seinen drängte. Sie traten hinaus auf den dunklen Hof, und er legte seinen Arm um ihre Schulter – Schimanski genoß es, ihren Beschützer zu spielen.

Die Frau in seinem Arm zuckte erschrocken zusammen. Die Fenster des Anbaus waren hell erleuchtet, die Tür stand weit offen. »Warten Sie hier«, befahl Schimanski und ging allein weiter.

Auf der Schwelle Holzsplitter und Glasscherben, die Tür war aufgebrochen worden. Schimanski zog seine Waffe und schnellte ins Haus. Er mußte ein paar Stufen hinauf und stand in einem langen Raum mit schneeweißen Wänden, der durch rote Vorhänge in ein Eßzimmer und mehrere Wohnecken unterteilt war. Er sprintete hindurch, blickte in die Nischen, aber es war niemand mehr da. Die Türen der Schrankwand standen offen, Schubladen waren halb oder ganz herausgezogen; Silberbesteck lag auf zwischen zersplittertem Porzellangeschirr auf dem Boden; Stehlampen waren umgekippt, die Polsterkissen aus der Ledergarnitur gerissen. Im angrenzenden Schlafzimmer – einen Absatz höher gelegen –, sah es genauso aus. Das Bett zerwühlt, die Matratze verrutscht, dazwischen verstreute Kleider und Dessous. Schimanski steckte die Waffe ein und ging ins Wohnzimmer zurück.

Die Tanzlehrerin kam herein und betrachtete fassungslos das Chaos.

»Was haben die gesucht?« fragte er sie. »Was wollen die von Ihnen? Was steckt dahinter?«

Sie blickte sich immer noch in ihrem verwüsteten Loft um, schüttelte verständnislos den Kopf und flüsterte: »Ich weiß es nicht, ich weiß es wirklich nicht.«

»Was hat Ihr Mann tatsächlich für Geschäfte gemacht?«

Die Tanzlehrerin zuckte nur wieder hilflos die Achseln und meinte: »Er hat sich um das Studio gekümmert und die Tanzgruppen vermittelt. Sonst weiß ich nichts.«

»Manuela!« beschwor Schimanski sie. »Die Leute sind gefährlich. Zwei Morde sind schon passiert. Es geht jetzt um Sie. – Was suchen die? Was könnte es sein?«

Sie schaute ihn mit großen Augen an, wollte wieder den Kopf schütteln, aber dann fiel ihr etwas ein.

Hinter einem der Vorhänge öffnete sie eine Tür und nahm ihn über eine Wendeltreppe mit hinunter in den Keller. Eine Neonröhre flackerte auf und erleuchtete einen Raum mit holzgetäfelten Wänden, in dem Fitneß-Geräte aufgebaut waren. Eine Glastür führte zu einem kleinen, nur spärlich möblierten Büro. Ein schwerer, alter Schrank nahm den meisten Platz ein. Die Rückwand fehlte, ein Tresor war in die Mauer eingelassen. Manuela betätigte die Kombination und erklärte: »Wenn Albert etwas in Sicherheit bringen mußte oder verstekken wollte, kann er es nur hier reingetan haben.« Sie zog die gepanzerte Tür auf. Im obersten Fach befand sich eine Kassette. Darunter ein Stapel Mappen und Akten neben einem Stoß loser und gehefteter Blätter. Obenauf lagen mehrere Briefe. Eine Marke mit schillernden Farben fiel ihm auf – mit Stempel aus Bangkok. Schimanski zog das Papier aus dem Umschlag und hielt ein vorgedrucktes Formular in Händen: eine Art Lieferschein oder Frachtbrief in Thai und Englisch abgefaßt. Die Ware wurde als »Broken Blossoms« deklariert und war an den Düsseldorfer Flughafen adressiert, wo sie am 18. April eintreffen sollte. Das war übermorgen.

»Broken Blossoms«, murmelte Schimanski und übersetzte. »Gebrochene Blüten.« So viel Englisch hatte er noch von der Schule behalten. Er fragte die Tanzlehrerin, was sich dahinter verbergen könnte. Rauschgift?

Manuela schüttelte den Kopf und antwortete, eine von den Tanzgruppen ihres Mannes hieße »Broken Blossoms«.

»Und die werden per Frachtschein verschickt?« wunderte sich Schimanski.

Sie schreckten beide zusammen. Die Glocke des Nebenapparates hallte schrill durch den Keller.

»Was soll ich machen?« fragte Manuela. »Wenn das wieder Typ ist...«

»Sagen Sie ihm, er bekommt das Zeug – morgen. Zu den üblichen Bedingungen. Verabreden Sie sich mit ihm«, forderte Schimanski sie auf, hob den Hörer ab und übergab ihn ihr.

Bevor Manuela sich melden konnte, ratterte es am anderen Ende schon los: »Na, war der Weihnachtsmann bei Ihnen? Schöne Bescherung gehabt? Nicht schlecht, was?«

Die schnarrende Stimme mit dem harten Klang dröhnte bis zu Schimanski. »Das nächste Mal machen wir mit Ihnen, was wir heute mit Ihrer Wohnung gemacht haben«, hörte er den Typen drohen.

»Sie kriegen das Zeug«, sprach die Tanzlehrerin hastig dazwischen.

»Was für'n Zeug?« kam es hart zurück.

»Das, was Sie suchen«, antwortete sie und stotterte: »Morgen... morgen bekommen Sie es.«

»Aha«, sagte der Unbekannte und machte eine Pause. »Vernünftig geworden, bravo!« Er schlug einen umgänglichen Ton an. »Ich wußte, daß wir uns verstehen würden. Wir sind doch erwachsene Menschen, können miteinander reden ...«

»Zu den üblichen Bedingungen«, unterbrach Manuela das Geseire.

»Was?« klang es wieder ruppig aus dem Hörer.

»Wie?« fragte sie zurück.

»Was heißt das?«

»Ich verstehe nicht ...«

»Die Summe!« bellte der Unbekannte. »Was stellen Sie sich für eine Summe vor?«

Die Tanzlehrerin schaute Schimanski an, dessen Kopf dicht vor ihrem war. Aber er hatte auch keine Ahnung, hob nur die Augenbrauen.

»Hunderttausend«, brachte Manuela zaghaft hervor, wiederholte aber gleich darauf bestimmt: »Hunderttausend.«

»Knallfrösche oder was?« Der Mann am anderen Ende lachte schallend, wollte sich gar nicht mehr beruhigen. Schimanski hatte das Gefühl, den metallenen Klang schon einmal gehört zu haben, aber er konnte kein Gesicht mit der Stimme verbinden. »Sie sind ein Herzchen. Ihr Mann hat schon den größten Batzen kassiert.« Dann wurde der Unbekannte am anderen Ende geschäftlich. »Vierzigtausend – zwanzigtausend morgen, die andere Hälfte nach Erhalt der Ware.«

Schimanski kritzelte hastig Ort und Zeit für das Treffen auf einen Zettel und hielt ihn der Tanzlehrerin hin. »Morgen um 12 Uhr im Café Dobbelstein«, las sie ab und legte schnell auf.

Die aufdringliche Stimme war verstummt, sie hatten keinen Hörer mehr zwischen sich, aber ihre Köpfe waren immer noch so dicht beieinander, daß sie sich beinahe berührten. Er blickte in ihre dunklen Augen, die ihn unsicher anschauten. »Entschuldigen Sie, daß ich Sie so einfach mit reingezogen habe«, sagte er, richtete sich auf und ging zum Tresor. »Aber wir haben uns getäuscht. Das war nicht die Tat eines verwirrten Amokläufers – sie haben sich gekannt. Und er hat sich nicht selbst umgebracht, sondern ist erschossen worden.«

In die Unsicherheit mischten sich Erschrecken und Angst in ihrem Blick. »Aber warum hat er Albert...?« stammelte sie. »Und wer hat ihn umge..., wer hat ihn erschossen?«

Schimanski hob die Schultern, nahm sämtliche Papiere, Mappen und Briefe aus dem Wandtresor, faltete den Lieferschein wieder zusammen und steckte ihn in den Umschlag zurück. »Der Täter kam aus Bangkok, der Brief kommt aus Bangkok. Wahrscheinlich haben die Leute, die hinter den ›Broken Blossoms‹ her sind, ihn auf dem Gewissen«, meinte er. »Was immer es ist – wahrscheinlich mußte auch Ihr Mann wegen der ›Gebrochenen Blüten‹ sterben.« Er legte den Brief obenauf, klemmte sich den ganzen Packen unter den Arm, und verließ den Keller.

Auf der Wendeltreppe geriet die Gestalt im schwarzen Kleid plötzlich ins Wanken. Er mußte die Tanzlehrerin stützen, führte sie ins Wohnzimmer, rückte ihr ein Kissen auf dem derangierten Sofa zurecht und setzte sich hin. Ihr Atem ging kurz und heftig, sie zitterte am ganzen Körper. »Es geht schon«, stieß sie gepreßt hervor. »Danke.«

Aber es ging nicht. Sie atmete weiter hastig, Schweiß trat ihr auf die Stirn. Wie in Angst zu ersticken, riß sie sich das schwarze, seidene Tuch vom Hals und zog mit ruckartigen Bewegungen ihre Jacke aus. Schimanski eilte in die Küche, um ihr ein Glas Wasser zu holen. Sie mußte das Glas mit beiden Händen halten, trank in großen Schlucken. Die hauchdünnen Träger ihres Kleides waren von den bloßen Schultern gerutscht; sie hatte die Schuhe abgestreift, und ihre nackten Füße krampften sich im Teppich fest.

Ein verletztes Geschöpf in einer verwüsteten Wohnung auf einer Couch zwischen verrutschten Polstern. Die Frau, die er so stark und gefaßt kennengelernt hatte, rief nun Mitleid und Erbarmen hervor. Mehr als der Tod ihres Mannes schien sie zu treffen, daß er sie offensichtlich angelogen und betrogen hatte. Zehn Jahre seien sie verheiratet gewesen und sie hätten nie Geheimnisse voreinander gehabt, flüsterte Manuela. Das habe sie jedenfalls bis eben geglaubt. Sie habe ihm vollkommen vertraut. Nun stürzten zehn Jahre gemeinsames Leben wie ein Kartenhaus zusammen, und sie wisse nicht mehr, wer der Mann gewesen sei, mit dem sie gelebt habe. Sie begann zu weinen. Schimanski setzte sich neben sie, legte seinen Arm um ihre Schulter – wie eben auf dem dunklen Hof; schützend und tröstend drückte er den zitternden Körper an sich.

5

Bis zum nächsten Morgen mußten sie die Papiere aus Prinz' Tresor ausgewertet, mußten sie herausgefunden haben, was sich hinter den »Broken Blossoms« verbarg.

Schimanski klingelte Thanner aus dem Bett, und wenig später hockten sie im nächtlichen Büro über den Unterlagen, um sie zu dechiffrieren.

Zuerst ertönte eine fröhliche Melodie, dann zirpte ein Stimmchen: »Hallo, hallo – hier ist das musikalische Notizbüchlein von Carmen. Sie kann sich leider im Moment nicht persönlich melden, Sie haben aber Gelegenheit, Ihre Nummer zu hinterlassen. Carmen wird Sie gerne zurückrufen, sobald sie frei ist. Sie steht von sechs Uhr abends bis sechs Uhr früh zu Ihrer Verfügung...«

Thanner runzelte die Stirn. Er hatte eine der vielen mit einem Kürzel versehenen Nummern aus Prinz' Kalender gewählt und wollte gerade auflegen, als sich eine Frauenstimme live in den Anrufbeantworter einschaltete. »Hallo, hallo«, flötete es.

»Hallo, hallo«, flötete er nicht ganz so gekonnt zurück. Schimanski blickte seinen Kollegen befremdet an.

»Spreche ich mit Carmen?« räusperte sich Thanner.

»Ja.«

»Und wie weiter?«

»Das hängt von dir ab, mein Schatz«, hauchte die Stimme. »Wie du willst, was du willst.«

Thanner lachte und sagte: »Ich meine nur den Nachnamen.«

»Carmen – das genügt«, erklärte die Dame und fuhr fort: »Du kannst gleich kommen, ich bin gerade frei. Hundertfünfzig mit Gummi. Ich mach's auch ohne, aber dann muß du mindestens noch einen Hunderter drauflegen. Französisch kostet dreihundert, für fünfhundert kannst du frei wählen. Nur die Extras werden noch dazugerechnet.«

»Stolze Preise«, entfuhr es Thanner.

»Sonderangebote gibt's im Supermarkt«, konterte das Stimmchen nun knallhart.

Er erkundigte sich nach den Extras.

»Ich will mich nicht wiederholen, Liebling – das kommt auf dich an. Aber Peitsche und sonstige Werkzeuge kannst du zu Hause lassen. Brutalo-Sado ist bei mir nicht drin – ich sag's lieber gleich.«

»Danke. – Trotzdem schade«, seufzte Thanner. «Ich hab' mir nämlich gerade heute eine neue Peitsche gekauft.« Abrupt beendete er die Scherzerei und wurde ernst: »Albert Prinz – sagt Ihnen der Name etwas?«

Carmen schwieg, die Leitung war totenstill.

»Haben Sie für Prinz gearbeitet?«

Es knackte, das musikalische Notizbüchlein wurde zugeschlagen – sie hatte aufgelegt.

»Carmen«, kommentierte Thanner. »Für Peitsche leider nicht zu haben, aber sonst steht sie rund um die Uhr zur freien Verfügung.« Er probierte die nächste Nummer, doch er erhielt keinen Anschluß. Beim übernächsten Versuch hatte er eine Lotusblüte an der Strippe – das Gespräch gestaltete sich in etwa wie das vorherige, nur sprach die Partnerin in gebrochenem Deutsch und legte noch schneller auf, als er zum Thema kam.

Schimanski hatte lauter solche exotischen Blüten vor sich auf dem Schreibtisch liegen. Paßfotos außerordentlich hübscher Mädchen mit schwarz glänzenden Haaren und Mandelaugen, die an Aufenthaltsgenehmigungen und Arbeitserlaubnissen angeheftet waren. Die Thailänderinnen wurden als Tänzerinnen ausgewiesen und waren bei Gruppen wie »Wild Horses«, »Sweet Honey« oder »Broken Blossoms« engagiert.

Call-Girls und Sex-Clubs gehörten die von Prinz notierten Nummern, erklärte Thanner, nachdem er weitere gewählt hatte.

»Sie werden als Tänzerinnen eingeschleust«, deutete Schimanski auf die Unterlagen vor sich, »und dann als Sex-Miezen verhökert.«

»Broken Blossoms«, meinte Thanner. »Gebrochene Blüten.«

Kummer, Trauer und Enttäuschung bedeckte zartes Rouge. Nichts mehr wies auf die Geknickte letzter Nacht. In gerader Haltung, die Augen wachsam und gespannt auf den Eingang gerichtet, wartete sie dort in der ersten Etage des Café Dobbelstein auf den Unbekannten. Sie wolle nun alles über ihren Mann und seine Geschäfte wissen, hatte die Tanzlehrerin am Morgen Schimanski erklärt. Sie freute sich, helfen zu können, seine Mörder zu fangen.

Im Haus gegenüber hinter den dunklen Scheiben, an denen Schriftbänder mit der Aufschrift »Büroräume zu vermieten« klebten, hatte ein halbes Dutzend Beamte mit Ferngläsern und Fotoapparaten Stellung bezogen.

Die Ziffern der elektronischen Uhr in der Fußgängerzone zeigten 11 Uhr 56 an, und Schimanski bastelte immer noch an seinem Empfangsgerät, versuchte vergebens, die Verbindung mit drüben herzustellen. Hänschen kam ihm zu Hilfe. Es mußte nur ein Schalter umgestellt werden und schon vernahmen sie Geschirrgeklapper, Stimmengewirr – übertrug der Sender, den sie bei Manuela versteckt hatten, die Geräusche aus dem Café.

Schimanski setzte das Fernglas an, tastete die Fassade ab,

erreichte die Fensterbank, traf auf eine zierliche Hand, die hinter der Gardine hervorlugte, schwenkte über den Arm hinauf bis zum Gesicht – sogar die feinen Härchen, in denen der Staub des Puders auf der Wange schimmerte, konnte er sehen. Er fürchtete, indiskret zu sein und ließ das Glas wieder sinken. Riß es aber sofort wieder hoch, denn Manuelas Stimme flüsterte aus dem Empfänger: »Ich glaube, es kommt jemand.«

Schlag zwölf, denn die Ziffern der Uhr klappten in diesem Moment um. Ein großer, schlacksiger, junger Mann erschien gegenüber am Fenster und blieb am Tisch der Tanzlehrerin stehen. Die Auslöser der Fotoapparate klickten, und aus dem schwarzen Handgerät klang die Frage des Unbekannten: »Ist hier noch frei?«

»Sind wir verabredet?«

»Schon möglich.« Die Antwort des Unbekannten ging beinahe im Gewitter der klickenden Apparate unter.

»Haben wir miteinander telefoniert?« wollte sich Manuela vergewissern.

»Haben wir?« gab sich der Mann, der sich mit dem Rücken zum Fenster am Tisch niederließ, weiter mysteriös.

Die Tanzlehrerin wurde langsam ungeduldig. »Haben Sie mich letzte Nacht angerufen, ja oder nein?« hörte Schimanski sie kategorisch fragen.

Klappern von Tassen, sonst vernahmen sie erstmal nichts mehr. Nur Manuela konnte das Grinsen auf den Lippen ihres jungen Gegenübers sehen. »Wenn Sie mir Ihre Nummer geben«, drang es schließlich säuselnd aus dem Gerät, »rufe ich Sie gern heute nacht an.«

Unter enttäuschtem Seufzen sanken die Ferngläser und Fotoapparate. Hänschen ließ einen holländischen Fluch vom Stapel.

»Der vermasselt uns die Tour«, schimpfte Thanner.

»Flitz ab, du Wichtel«, pfiff Schimanski ohne Chance, gehört zu werden.

»Gehen Sie bitte sofort«, forderte die Tanzlehrerin ihren Verehrer auf. »Hier ist besetzt, ich bin verabredet.«

»Sie haben mich so angesehen – da dachte ich, Sie warten auf mich«, gab der junge Mann drüben sein Vorhaben noch immer nicht auf.

»Das gibt's doch nicht.«

»Mann, hau ab!«

»Verschwinde!«

»Heb deinen Arsch in die Höhe und verdufte!«

Die Beamten fluchten im Chor.

»Gehen Sie!« verlangte Manuela noch einmal streng.

»Ich wollte nur nett sein«, meinte der verhinderte Anmacher.

»Ich bin auch gleich nett«, zischte Schimanski. »Dann kannst du deine Nettigkeit von der Wand abkratzen.«

Der Schlacksige gegenüber erhob sich schließlich zögernd und verschwand dann endlich aus dem Bild.

Aber die Beamten konnten nicht aufatmen. Denn gleich darauf stand auch Manuela auf und eilte vom Tisch weg, ohne daß sie wußten warum und wohin. Es knisterte und polterte aus dem Empfänger. Ein Bumsen, als wenn jemand gegen das Mikro geschlagen hätte. Dann kristallisierte sich aus dem Lärm Manuelas Stimme heraus. Sie nannte ihren Namen, und Schimanski war klar, daß sie zum Telefon gerufen worden war. Den Gesprächspartner konnte er nicht verstehen, aber die Tanzlehrerin wiederholte laut und deutlich, was ihr aufgetragen wurde: Sie sollte in fünf Minuten am »Goldenen Anker« sein.

Fünf Minuten waren verdammt kurz, wenn man in Betracht zog, daß sie sich auch noch einen geeigneten Beobachtungsposten suchen mußten. Nur noch zu dritt hasteten sie durch die Fußgängerzone. Um Hänschens Hals baumelten die Fotoapparate der zurückgelassenen Kollegen; der Holländer wirkte wie ein übereifriger Tourist, der nicht schnell genug die Sehenswürdigkeiten ablichten konnte.

Sie entschieden sich für den Busbahnhof, kletterten eilig in einen der vielen leeren Busse; von hier aus hatten sie die beste Übersicht.

Der Goldene Anker blitzte in der Sonne, das Wasser sprudelte in munteren Fontänen ins Becken. Der neue Treffpunkt war keine Kneipe, sondern der Brunnen gegenüber vom Hauptbahnhof.

Gleichmäßiges Plätschern tönte aus dem Walkie-Talkie. Schimanski betrachtete durch das Fernglas die wartende Manuela. Fünf Minuten waren längst um. Es wurden zehn Minuten, es wurde eine Viertelstunde. Passanten hetzten oder schlenderten am Brunnen vorbei, einige blieben auch stehen, aber niemand sprach die Tanzlehrerin an.

Der durch Knattern verstärkte Lärm der Schüler, die beim Goldenen Anker rauften und sich gegenseitig mit Wasser bespritzten, ging Schimanski ungeheuer auf die Nerven. Genauso wie die neugierigen Fragen, mit denen sie der Busfahrer löcherte, der plötzlich aufgetaucht war. Wie er reagieren würde, wenn ihm während der Fahrt jemand die Ohren vollquatschen würde, fragte Thanner ihn ungehalten. Der Fahrer entgegnete – nun vollends beleidigt –, das wäre etwas ganz anderes, und außerdem müßte er jetzt seinen Bus auf Startposition rangieren.

In diesem Moment drang durch das Knattern, Plätschern und Kindergeschrei eine männliche Stimme aus dem Empfänger und fragte: »Frau Prinz?«

Hänschen drückte auf den Auslöser, aber er sah nur Nebel im Sucher. Der lästige Busfahrer, den er gerade freundlich nach draußen geleiten wollte, hatte ihn völlig durcheinandergebracht. »Verdammich«, fluchte er und drehte verzweifelt am Objektiv.

Thanner nahm ihm den Apparat ab und versuchte es seinerseits. Während Schimanski den kantigen Schädel des Unbekannten längst groß im Visier hatte. Er mochte um die dreißig sein, sein dunkelblondes Haar war leicht gewellt. Er trug eine blaue Anzugjacke über gebleichten Jeans, an seinen Füßen leuchtete weiß ein Paar Tennisschuhe.

Manuela zog die Papiere aus ihrer Handtasche und übergab sie dem Mann. Der durchblätterte sie flüchtig, gab ihr einige Blätter zurück, die wohl zu viel waren, betrachtete den Lieferschein aus Bangkok genauer und verstaute die Unterlagen dann in seinem Aktenköfferchen.

»Haben Sie meinen Mann umgebracht?« bekamen die drei im Bus Manuelas Frage mit.

»Nein, bestimmt nicht«, antwortete die Stimme mit dem harten Klang. Wieder hatte Schimanski das Gefühl, sie zu kennen. »Nein, damit habe ich wirklich nichts zu tun«, wiederholte der Unbekannte. »Im Gegenteil. Wir haben ausgezeichnet mit Ihrem Mann zusammengearbeitet. Seine Verbindungen werden uns fehlen. Oder übernehmen Sie das Geschäft?«

Atlantis, fiel Schimanski ein.

Es gab einen Schlag, das Knacken übertönte alles. Es rauschte und dann war die Verbindung tot. Die drei im Bus beobachteten die Tanzlehrerin, die vor dem Brunnen kniete und die Sachen aufsammelte, die ihr aus der Tasche gefallen waren. Sahen, wie der Mann mit den Turnschuhen sich niederbeugte, um ihr zu helfen.

Dann richteten die beiden sich wieder auf, es knackte und knarrte erneut im Empfänger, das gleichmäßige Plätschern des Brunnens ließ sich wie vorher vernehmen. Die drei sahen, wie der Unbekannte Manuela ein Päckchen in pinkfarbenem Geschenkpapier überreichte. »Sie brauchen nicht nachzuzählen«, quälte sich seine Stimme durch das vom Sender übersteuerte Knistern des Papiers. »Sie können mir vertrauen, ich hau' Sie nicht übers Ohr.«

Atlantis, dachte Schimanski wieder – die versunkene Insel. Die erste der abgerissenen Nummern auf dem Block, der Anrufbeantworter der Firma »Atlantis GmbH«. Die Stimme, die er beim ermordeten Thai gehört hatte, begann sich nun zu verabschieden: »Schade, daß Sie nicht weitermachen wollen, aber vielleicht überlegen Sie es sich ja noch. Jedenfalls hat es mich gefreut, Sie kennenzulernen. Auf Wiedersehen.«

Die drei beobachteten, wie der Mann mit dem Aktenköfferchen sich umdrehte, die Straße überquerte und auf die Haltestelle zuging, an der gerade eine Bahn anhielt.

Schimanski, Thanner und Hänschen stolperten aus dem Bus, rasten über den Platz Richtung Straßenbahn.

»Tut mir furchtbar leid, Herr Schimanski«, klang Manuelas Stimme gedämpft aus seiner Jackentasche, in der der Empfänger beim Laufen gegen seinen Oberschenkel schepperte, »aber das Mikro war verrutscht.«

»Nicht schlimm«, murmelte Schimanski, während er nur wenige Meter entfernt an ihr vorbeirannte. Er gab Hänschen Zeichen, sich um die Tanzlehrerin zu kümmern.

Sie schafften es im letzten Moment, in den hinteren Wagen zu springen, bevor sich die Straßenbahn bimmelnd in Bewegung setzte. Sie begannen, nachdem sie wieder einigermaßen bei Puste waren, ein angeregtes Gespräch über Duisburger Sehenswürdigkeiten, denn nun sah Thanner – mit Fernglas und Fotoapparat um den Hals – wie ein Bilderbuch-Tourist aus. Ohne dabei die weißen Turnschuhe im vorderen Wagen aus dem Auge zu lassen.

Der Mann mit dem kantigen Schädel hatte lässig die Beine übereinandergeschlagen und hielt den Aktenkoffer mit den wertvollen Papieren auf den Knien.

Den beiden munteren Touristen ging allmählich der Gesprächsstoff aus, denn der Unbekannte fuhr bis zur Endstation. Erst in Sitthardsberg stieg er aus.

Schimanski und Thanner markierten weiter die Ortsfremden, die sich über den Weg nicht einigen konnten. Während der Mann mit dem Aktenkoffer zielstrebig die Station verließ, die Treppe zur höher gelegenen Straße nahm, um dann im »Hotel Sitthardsberg« zu verschwinden.

Sie folgten eilig. Schimanski spähte vorsichtig durch die

Glastür, entdeckte die weißen Turnschuhe am Empfang. Der Unbekannte stand über den Tresen gebeugt und schien etwas auszufüllen. Schimanski wischte schnell zur Seite, weil der Mann sich nun umdrehte und zum Aufzug ging. Schimanski nahm Thanner den Fotoapparat ab, wartete noch ein paar Sekunden und stürmte ins Hotel.

»Der Herr, der gerade gekommen ist...« Er schnaufte, als sei er mindestens fünf Kilometer gerannt. »...welche Zimmernummer hat er?«

Die Dame an der Rezeption hatte ihm den Rücken zugewandt und war gerade dabei, ihr Mittagessen zu verzehren. »307«, antwortete sie mit vollem Mund, aber erstmal ohne Argwohn.

»Wie war noch gleich sein Name?«

Nun drehte sie sich doch zu ihm um, wedelte abwehrend mit ihrem Besteck. »Ich darf Ihnen keine Auskunft geben.«

Aber er hatte den Block mit dem ausgefüllten Anmeldungsformular zu sich gedreht und die Daten des eben eingetroffenen Gastes bereits erhascht. »Danke – schon gesehen«, meinte er.

Die Vespernde ließ ihr Besteck fallen und riß ihm entrüstet den Block weg. »Was fällt Ihnen ein?«

»Immer was Neues«, antwortete Schimanski grinsend. »Aber ich darf Ihnen verraten, das ist oft gar nicht so leicht.« Dann schüttelte er beschwichtigend den Kopf und klopfte auf den Fotoapparat. »Nichts für ungut – der Herr von Nr. 307 hat den Apparat liegen lassen. Wäre doch jammerschade um das schöne Stück. Kommt aus Japan.« Damit entfernte er sich Richtung Fahrstuhl, lächelte der Verstörten am Empfang immer noch zu. Er hoffte, sie würde sich wieder ihrem »Strammen Max« zuwenden, aber sie behielt ihn mißtrauisch im Auge. Also holte er den Aufzug und fuhr in den dritten Stock. Dort verpackte er das Fotogerät unter seiner Jacke, zählte bis sechzig und fuhr wieder runter.

Die Frau hatte ihren Teller vorn auf den Tresen gestellt und blickte in seine Richtung, als er aus dem Fahrstuhl trat. Mit großen Augen, beim Kauen stockend, Messer und Gabel erhoben, starrte sie ihn an.

Schimanski winkte ihr, die aussah wie ein Strichmännchen von Loriot, freundlich zu, wünschte »Guten Appetit« und eilte nach draußen.

»Blatzer heißt der Vogel«, teilte er Thanner den Namen des Unbekannten mit. »Herbert Blatzer. Hat sich gerade erst eingetragen. Das ist unser Mann.« Er erzählte, wo er die Stimme gehört hatte. Wenn Blatzer den kleinen Thai nicht selbst umgebracht hätte, meinte er weiter, habe er aber garantiert den Auftrag dazu gegeben. »Im Netz für die Blumen-Händler fangen wir auch unseren Mörder«, war sich Schimanski sicher. Es gehe um die »Broken Blossoms«, um die Mädchen aus Thailand. Deshalb dürften sie bis morgen Mittag, bis zur Landung der Maschine aus Bangkok, Blatzer nicht mehr aus den Augen lassen. Sie einigten sich, daß Thanner vor dem Hotel bleiben und mit der Beschattung beginnen solle, während Schimanski zurück in die Stadt wollte, um das Nötige zu veranlassen.

Auf der Treppe zum Präsidium wäre er beinahe mit ihr zusammengestoßen. »Sie haben uns sehr geholfen, Manuela«, bedankte er sich bei der Tanzlehrerin.

»Hoffentlich«, meinte sie. »Tut mir leid wegen dem Patzer. Der blöde Sender ist auf einmal verrutscht, und ich hatte schon Angst, er würde auf die Straße kullern. Da habe ich lieber gleich die ganze Tasche fallen lassen.«

»Das war richtig.«

»Ein komisches Gefühl mit dem verrutschten Mikro unter der Bluse«, redete sie aufgekratzt weiter, »aber er hat nichts gemerkt, ich habe es wieder hingefummelt.«

»Sie haben das wirklich gut gemacht«, lobte Schimanski sie. »Wir brauchen nur noch morgen die Übergabe abzuwarten, dann nehmen wir den ganzen Verein hoch.«

»Gut«, sagte sie zufrieden, ging die Stufen hinunter und

stieg in den Streifenwagen, der sie nach Hause bringen sollte. Er fuhr an, bremste aber gleich wieder. Manuela kurbelte das Fenster herunter, rief hinter Schimanski her und schwenkte das pinkfarbene Paket. »Das habe ich total vergessen. – Wer bekommt das?«

Schimanski lief zu ihr hin, nahm es, lüftete ein wenig die knisternde Bonbon-Verpackung und schielte auf die Geldscheine darin. »Zwanzigtausend – damit könnte man sich ein schönes Wochenende machen.«

»Vielleicht finden Sie jemand«, gab sie lächelnd zurück.

»Wenn's schon mit der Waschmaschine nicht geklappt hat...«, er schaute sie an, »wie wär's mit einem Wochenende in Florida?«

Noch immer lächelnd kurbelte sie das Fenster hoch und antwortete mit ihrer tiefen Stimme aus Samt: »Auf Wiedersehen.«

Sollte das nun eine Zusage oder Absage sein, überlegte Schimanski, während er dem Streifenwagen mit Manuela, der sich in den Verkehr einfädelte, nachblickte. Er beschloß, darauf zurückzukommen.

6

Nackt unter Nackten würde er dem zu Beschattenden sicher nicht auffallen, hatte Schimanski gemeint, und war Blatzer in die Sauna gefolgt. Außerdem konnte ihm eine Runde Schwitzen nicht schaden. Als es aber Abend wurde, die Suppe ihm zum vierten oder fünften mal runterlief und er das Gefühl bekam, sich allmählich aufzulösen, begann er, seinen Entschluß zu bereuen. Der Mann mit dem kantigen Schädel führte vor, daß seine sportliche Erscheinung nicht nur Muskulatur war. Unermüdlich nahm er Runde um Runde in Angriff. Schimanski lag ausgesteckt auf einer Bank und mußte über den Spruch »Kleider machen Leute« nachdenken. Wenn er zum Beispiel den Knaben mit dem leicht schiefen Gesicht und der Elvis-Tolle betrachtete, der sich nun zu Blatzer gesellt hatte, mit dem er offensichtlich verabredet war, kamen ihm an der Wahrheit dieser Aussage Zweifel. Wie der sich bewegte, mit welchem Stolz und Gehabe er das von der Natur Verliehene vor sich hertrug – der brauchte keine geschmacklose Krawatte, keinen ebenso geschmacklosen wie teuren Anzug und keinen Porsche; der gab auch nackt und ohne protzige Accessoires das Klischee eines Zuhälters ab.

Nach dem übertriebenen Gewichtsverlust in der Sauna Aufspecken in einem feudalen italienischen Restaurant. Blatzer und sein Kumpan benahmen sich auch weiterhin wie ihre miesen Vorbilder aus einem drittklassigen Film. Sie hatten sich freundlicherweise einen Fensterplatz ausgesucht, so daß Schimanski sämtliche Feinheiten des aufwendigen Menüs genau mitverfolgen konnte. Es blies heftig in der finsteren Einfahrt, in der er zwischen Müll-Containern Schutz und Deckung gesucht hatte. Zuerst brachte die kalte Brise Regen mit, trieb Hagelkörner vor sich her, um sich schließlich in Schneegestöber zu verwandeln. Es war April. Nach dem übermäßigen Schwitzprogramm mußte Schimanski jetzt schnattern. Sein einziger Trost war der Gedanke, daß die gelackten Herren dort drüben im Warmen morgen nicht mehr so hingebungsvoll und gelöst Wachteln und Lachs-Pastetchen würden knabbern können.

Als gegenüber in riesigen Gläsern der Cognac zum Dessert geschwenkt wurde, tauchte Thanner auf, um ihm sein Abendessen zu bringen. Schimanski biß in den schlabbrigen Hamburger, betrachtete die weichen, durchsichtigen Kartoffelstäbe in der Tüte – die Pommes Frites schienen genauso lang in der Sauna gewesen zu sein wie er selbst – und verzichtete auf beides. Thanner, der nicht das Vergnügen gehabt hatte, sechs Gänge erlesener Speisen aus der Ferne, aus Regen und Schnee beobachtet zu haben, verstand den Freund nicht und verputzte den Imbiß mit Genuß.

Es war beinahe zwei, als sich Blatzer endlich von seinem Genossen verabschiedete, um sich ins »Hotel Sitthardsberg« und zur Ruhe zu begeben!

Der Morgen erlebte eine Idylle: zwei friedlich schlummernde Männer – die Köpfe putzig aneinander gelehnt –, in einem Auto mit atembeschlagenen Scheiben. Erst das ohrenbetäubende Rattern des Preßlufthammers, mit dem hinter ihnen der Bürgersteig bearbeitet wurde, riß die beiden Beamten unbarmherzig aus ihren Träumen!

Thanner, der Wache halten sollte, bestritt heftig, eingenickt zu sein. Der Umstand, daß sie sich erst Gucklöcher wischen mußten, sprach gegen ihn. Murrend stieg er aus dem Wagen und kam wenig später mit der beruhigenden Nachricht zurück, daß der Schlüssel Nr. 307 noch nicht am Brett hänge, Blatzer also noch auf seinem Zimmer sein müsse.

»Hoffentlich«, knurrte Schimanski.

Es war kurz nach sieben. Um 11 Uhr 15 sollte die Maschine aus Bangkok in Düsseldorf landen. Thanner machte sich auf den Weg, um zusammen mit Hänschen die Aktion am Flughafen vorzubereiten. Dort würden sie sich treffen – wenn Blatzer die »Broken Blossoms« in Empfang nehmen würde. Sie wollten dann den weiteren Weg der »Fracht« verfolgen, um möglichst den gesamten Ring ausheben zu können.

Aber es wurde zehn Uhr und von dem Mann mit dem kantigen Gesicht war immer noch nichts zu sehen. Dann blieb Blatzer nur noch eine knappe halbe Stunde, um rechtzeitig nach Düsseldorf zu kommen. Schimanski starrte auf den Eingang des Hotels, doch die weißen Turnschuhe erschienen nicht.

10 Uhr 55 zeigten die Uhren in der Wartehalle des Flughafens, in der mehrere Polizeibeamte – von Thanner und Hänschen unauffällig dirigiert – Posten bezogen hatten.

11 Uhr. Blatzer würde es nicht mehr schaffen. Schimanski überlegte, was er tun könnte. Nichts. Er mußte weiter warten.

11 Uhr 05. Der Typ mit dem schiefen Gesicht und der Elvis-Tolle erschien in der Ankunftshalle des Flughafens. Thanner und Hänschen beobachteten, wie er mit einem Angestellten des Zolls verhandelte und schließlich durch die Absperrung gelassen wurde. Die Anzeigen auf den Tafeln kündigten an, daß die Maschine aus Bangkok fünf Minuten früher landen würde.

11 Uhr 10.

Beinahe im gleichen Moment, als in Düsseldorf die mächtigen Räder des Jumbos auf der Landebahn aufsetzten, traten die weißen Turnschuhe aus dem Hotel in Sitthardsberg. Schimanski sah, wie sie auf den nahen Taxistand zusteuerten und in einem Wagen verschwanden, der sogleich losfuhr.

Auf der Anzeigetafel blinkte hinter dem Flug aus Bangkok das Lämpchen zum Zeichen, daß die Maschine gelandet war.

Schon setzte sich das Gepäckband in Bewegung. Als erstes Stück tauchte ein großer roter Kasten auf. Während die ominöse Kiste einsam ihre Runden drehte, fiel Hänschen mit Schrekken die Geschichte ein, die vor wenigen Jahren in Stockholm passiert war: Bei der Ankunft im Hafen hatte man auf einem Schiff die Leichen von vier philippinischen Mädchen entdeckt, die qualvoll in einem Frachtcontainer erstickt waren. Am liebsten wäre er hingelaufen und hätte den roten Kasten untersucht. Aber dann hörte er Thanner neben sich raunen! »Da sind sie – die ›Broken Blossoms‹.«

Eine Gruppe von jungen Thailänderinnen in bunten Gewändern, angeführt von einem etwa 40jährigen Landsmann, kam in die Halle. Der Mann mit der Elvis-Tolle steuerte gleich auf sie zu, sprach mit dem Begleiter und tauschte mit ihm etwas aus. Darauf entfernte sich der Thai von der Gruppe, und Thanner gab seinen Leuten Zeichen, sich um ihn zu kümmern.

Sie beobachteten weiter, wie die Thai-Mädchen sich ihre Koffer und Täschchen vom Gepäckband schnappten und im

Gänsemarsch Blatzers Bekanntem durch die Absperrung nach draußen folgten.

Vor dem Flughafengebäude wartete ein Kleinbus auf sie. Während das Gepäck verstaut wurde und die Thailänderinnen schnatternd in den orangefarbenen Ford-Transit kletterten, liefen Thanner und Hänschen zu ihrem Wagen.

Schimanski war dem Taxi durch halb Duisburg gefolgt, sah nun, wie es anhielt und Blatzer ausstieg. Sah ihn die Fahrbahn überqueren und in einer Fußgängerunterführung verschwinden.

Schimanski blieb nichts anderes übrig, als das Auto abzustellen und zu Fuß zu folgen.

Blatzer hatte die Unterführung schon wieder am anderen Ende verlassen. Schimanski fing an zu laufen. Mitten in der engen, finsteren Röhre meinte er plötzlich, Schritte hinter sich zu hören. Er drehte sich um, aber da war niemand. Er kam aus dem Fußgängertunnel und entdeckte den Mann mit den Turnschuhen auf der Treppe, die auf das Bahnhofsgelände zuführte.

Schimanski folgte vorsichtig und überlegte, was Blatzer hier zwischen abgestellten Waggons suchen mochte. Ob die »Gebrochenen Blüten« gleich per Bahn weiterverfrachtet werden sollten?

Die weißen Turnschuhe balancierten über die Gleise, federten Eisentrassen hinauf und stolzierten über eine Brücke. Die Verfolgung gestaltete sich immer schwieriger. Er nutzte die Verstrebungen als Deckung, arbeitete sich von Pfeiler zu Pfeiler hinter Blatzer her. Wieder hatte er das Gefühl, es wäre jemand hinter ihm, meinte eindeutig das Dröhnen von Schritten zu vernehmen. Blieb stehen und blickte sich um – niemand. Ein Zug brauste heran und donnerte vorbei. Der Mann vor ihm drehte sich um. Flink huschte Schimanski hinter den nächsten Pfosten und klammerte sich an dem Eisen fest. Plötzlich hatte er ein Bild vor Augen, in dem jemand ihm nachschlich, so wie er Blatzer folgte. Vor Strebe zu Strebe. Ihm wurde mulmig. Der Verfolger fühlte sich verfolgt. Aber ihm blieb keine Wahl, er durfte die weißen Turnschuhe nicht entwischen lassen.

Der orangefarbene Ford fuhr zwei Wagen vor ihnen über die Autobahn, nahm die nächste Abfahrt und bewegte sich Richtung Hafen. Kurvte durch eine Landschaft von Schutthalden und rötlich schimmernden Hügeln. Sie mußten Gas geben, um ihn nicht zu verlieren. Dann war es geschehen: Sie kamen um einen Berg herum, und die Straße vor ihnen war leer.

Hänschen, der am Steuer saß, stieß den Wagen mit quietschenden Reifen zurück, preschte in den Weg, der vor der Halde abzweigte. Er mußte vor einem geschlossenen Werkstor bremsen. Vom orangenen Ford keine Spur.

Rückwärts brausten sie zur Straße zurück, kurvten um den Schuttberg herum – da fuhr der Ford mit den »Gebrochenen Blüten« wieder vor ihnen. Sie waren froh, als der Transit das unübersichtliche Gelände verließ und sie eine breite Landstraße erreichten. Sie schienen am Ziel angelangt zu sein; das orangefarbene Fahrzeug bog ab und hielt auf dem Parkplatz einer Gaststätte. Aber erst mal stieg nur der Fahrer aus, die Mädchen blieben im Wagen.

Schimanski hüpfte die letzte Stufe der Eisentreppe hinunter und stand plötzlich ungeschützt auf freiem Feld. Er wollte zurück, aber hinter ihm trampelten Schritte. Blatzer drehte sich um und kam auf ihn zu. Er saß in der Falle. Seine Chancen, ihr heil zu entkommen, schätzte er nicht besonders groß ein, als er den Kerl sah, der die Treppe heruntergestampft kam. Er maß an die zwei Meter und hatte genau den gefährlich dämlichen Gesichtsausdruck, der die Zuschauer bei Catch-Veranstaltungen zu vorfreudigen Begeisterungsstürmen hinriß.

Schimanski wirbelte zwischen den beiden Männern hin und

her, und es fiel ihm nichts anderes ein, als zu verkünden: »Ich hab' heute noch nichts gegessen.«

Das stimmte, aber den Riesen störte das wenig. Schimanski wollte sich noch ducken, als er silbern etwas blitzen sah, das gleich darauf an seiner Kinnlade ankam und ihm beinahe den Kopf wegriß. Hat er schon eine Bärenpranke und muß sie auch noch mit einem Schlagring krönen, dachte Schimanski bitter, während sich das Silberding in seinen leeren Magen bohrte. Er sackte auf die Knie, und die labrigen Pommes Frites fielen ihm ein. Als wenn die hätten verhindern können, daß er vor dem Koloß beten mußte. Er wollte sich gerade aus seiner unglücklichen Demutsposition erheben, als ein geschmacklos gestreifter Quadratlatschen auf ihn zugeflogen kam und ihn endgültig zu Boden streckte. Über ihm grinste breit ein kantiges Gesicht. »Gute Nacht, Schimanski«, vernahm er Blatzers Stimme aus der Ferne. »Träum süß«, hörte er nicht mehr – er träumte bereits.

»Hoffentlich bekommen die Mädchen da hinten auch genug Luft«, meinte Hänschen besorgt, dem schon wieder die Stockholm-Geschichte durch den Kopf spukte. Denn der geschlossene Ford-Transit stand nun schon seit einer Viertelstunde in der prallen Sonne vor der Gaststätte.

»In der Zeit habe ich fünf Bier getrunken und vier wieder ausgeschifft«, sagte Thanner.

»Ich habe sechs getrunken und sieben wieder ausgeschifft«, setzte Hänschen drauf.

»Das ist übertrieben«, meinte Thanner, »aber ich weiß, was du sagen willst.«

Sie stiegen aus und näherten sich vorsichtig dem Fahrzeug auf dem Parkplatz. Spähten in die leere Kabine, schlichen um den orangefarbenen Ford herum, klopften gegen das Blech. Aber sie erhielten keine Reaktion.

Schließlich öffneten sie die Klappen. Die Thai-Mädchen hatten sich entscheidend verändert. Wirkten geschrumpft und gedrungen, trugen Aufschriften wie »Leicht entflammbar« und »Dämpfe nicht einatmen« – der Transit war mit Farbtöpfen und anderen Maler-Utensilien beladen. Auch wenn sie fluchten, wütend gegen die Bottiche traten – die »Broken Blossoms« blieben verschwunden.

7

Er schlug die Augen auf, aber die Nacht blieb. Es stank wie in einer Jauchegrube oder in einem Misthaufen. Er versuchte sich aufzurappeln, wurde aber gleich wieder von den Beinen gerissen – der Boden unter ihm bewegte sich, der dunkle Verschlag hatte Räder. Ein Lappen klatschte ihm feucht ins Gesicht. Er griff danach, der Lappen quiekte sonderbarerweise. Er tastete sich über Stroh und Dreck zu einer Wand hin, hangelte sich hoch, erwischte einen Griff, schob die Tür auf – und schnappte nach Luft. Der Fahrtwind blies ihm ins verschmutzte, zerschundene Gesicht, Felder und Wiesen flogen vorbei. Seine Mitreisenden im Eisenbahnwaggon – ein Dutzend Ferkel – blökten ihn erstaunt an. Schimanski atmete in vollen Zügen die frische Brise, befühlte sein schmerzendes Kinn – zum Glück hatte es sich nicht aus der Verankerung gelöst. Die vorbeirauschende Landschaft war flach, kein Hügel bis zum Horizont. Das Münsterland? Oder war er vielleicht schon in Schleswig-Holstein? Er hatte keine Ahnung, wie lange er weggetreten, wie lange er schon unterwegs war. Nach dem Stand der Sonne mußte es früher Nachmittag sein. Zwei, vielleicht drei Uhr. Der Zug verlangsamte sein Tempo. Er nutzte die Gelegenheit, verabschiedete sich von seinen freundlich grunzenden Reisegenossen und sprang ab.

Er rollte über die am Gleis aufgeschütteten Steine und landete in einem Graben, der glücklicherweise ausgetrocknet war. Er stellte sich auf seine immer noch wackligen Beine, klopfte so gut es ging Stroh, Mist und Dreck von Jacke und

Hose. Dann stapfte er über das weite Feld, das gerade umgepflügt wurde, und fragte den Bauern, wie er am schnellsten nach Duisburg käme. Die Antwort war ein unverständliches Gebrüll, das ihn stark an Hänschens Flüche erinnerte. »Nederland?« rief er erfreut.

»Neen!« schrie der Mann auf dem knatternden Traktor. »New York.« Er verfügte anscheinend über Humor.

»Goeden dag« brüllte Schimanski und stolperte hinter dem Pflug her. »Hoe maakt u het?« Das hatte ihm Hänschen beigebracht und sollte bedeuten: »Wie geht's?« Damit war sein niederländischer Wortschatz erschöpft.

Der Bauer hielt seinen lärmenden Traktor kurz an, schrie auf Deutsch, aber mit starkem holländischen Akzent, er solle von seinem Feld abhauen.

»Danke u zeer«, fiel Schimanski noch ein. Dann machte er, daß er von dem lehmigen Acker runterkam, bevor er von dem leider doch Humorlosen umgepflügt wurde. Es gab also auch unfreundliche Holländer. Er hatte meist das Glück, auf die Ausnahmen zu treffen, die angeblich die Regel bestätigten.

Er schlenderte die Straße entlang. Die Richtung spielte keine Rolle, da er sich nicht vorstellen konnte, wo er überhaupt war. Erhoben sich hinter den weiten Wiesen und Feldern die Deiche, lag dahinter das Meer? War er in der Nähe von Amsterdam oder führte die schnurgerade Straße nach Rotterdam?

Das erste Auto wich dem wild gestikulierenden Mann im verschmutzten Anzug geschickt aus. Aber dann stoppte ein grüner Daf, und Schimanski durfte einsteigen. Er hatte gerade den Sitz zurückgestellt und wollte es sich in dem engen Gefährt bequem machen, als das rotblonde Meisje hinter dem Steuer des Wagens schon wieder anhielt.

Schimanski verstand erst mal gar nicht, worauf die junge Holländerin hinauswollte. Sie faselte etwas, das sich für ihn wie »piefť« oder »pufft« anhörte. Schüttelte immer wieder den Kopf, hielt sich die Nase zu und schnitt witzige Grimassen.

Allmählich dämmerte ihm, daß es um den Duft ging, versuchte radebrechend sein Abenteuer im ratternden Schweinestall als Beweis anzuführen, daß man sogar so etwas überleben könne. Denn der Gestank sei reine Gewöhnungssache. Aber er hätte nichts dagegen, die Fenster aufzulassen, versicherte er entgegenkommend. Doch sein Charme half nichts, er mußte wieder aussteigen. Fand sich erneut auf der Straße, von der er nicht wußte, wohin sie führte.

Ein Motorradfahrer nahm ihn schließlich mit. Der junge Mann wollte ihm offenbar zeigen, was in seiner Mühle steckte; mit 180 brausten sie durch die niederländische Landschaft. Flitzten an einem Schild vorbei, auf dem er »Gouda« entziffern konnte. Und wenige Augenblicke später stand Schimanski auf dem Marktplatz der Stadt und wunderte sich, daß das wunderschöne alte Rathaus keine Banderole mit der Aufschrift trug »Pikantje von Gouda – Garantiert vier Monate gereift«, daß er auch sonst nirgends gelbe Kugeln und Räder rollen sah.

Er hätte an einem Donnerstag kommen müssen, wurde ihm von einem Einheimischen erklärt, dann hätte er den großen traditionellen Käse-Markt erleben können. Er habe auf den Wochentag nicht sonderlich geachtet, sei mehr oder weniger aus Versehen angereist, meinte Schimanski und gab ehrlich zu, am Morgen noch nicht gewußt zu haben, daß »Gouda« noch etwas anderes sei als eine schmackhafte Käsesorte. Ob es denn in dieser Stadt außer Milchprodukten auch eine Bank oder sogar einen Bahnhof gäbe?

Nach der positiven Antwort suchte er eine Bank auf, um den zerknitterten Hundertmarkschein, den er tief unten in der Hosentasche gefunden hatte, in Gulden zu wechseln. Anschließend betrat er eine Drogerie. Die Verkäuferin verstand rasch, was er suchte. Sie baute vor ihm eine lange Reihe von Dosen auf – das reichte von Rosen, führte über alle erdenklichen Sorten von Blumen und Nadelhölzern bis zu einem allgemeinen Frühlings-Spray. Ein WC-Entlüfter bildete den Schluß der Duft-Parade. Er hatte keine Lust wie ein eben gepudertes Baby zu riechen, wollte auch nicht wie ein desinfiziertes Klo stinken. Nach langem Probieren entschied Schimanski sich für den ihm neutral erscheinenden Kiefern-Geruch.

Auf der Bahnhofstoilette besprühte er sorgfältig Jacke und Hose mit dem erworbenen Spray, nahm den Zug und fuhr nach Rotterdam. Dort bekam er einen Anschluß nach Duisburg.

Während er die vorbeiziehende niederländische Landschaft betrachtete und an dem Stückchen »Gouda« nagte, das er von den letzten Gulden erstanden hatte, dachte er darüber nach, wie er überhaupt zu dem Vergnügen gekommen war. Wann hatte Blatzer gemerkt, daß er beschattet wurde? Gestern schon? Heute morgen? Wann und wo hatten sie sich verraten? Es fiel ihm nicht ein. Er konnte nur hoffen, daß Thanner und Hänschen die »Gebrochenen Blüten« am Flughafen gepflückt hatten.

Es war kurz nach fünf, als er von seinem ungewollten Ausflug zurückkehrte.

»Na, Schimanski – du lebst noch?!« fragte ihn auf der Treppe des Präsidiums ein Kollege enttäuscht.

Leider, dachte er, als er die sauertöpfischen und griesgrämigen Mienen im Büro sah. Keine Freude über seine Wiederauferstehung!

Der Chef stürmte herein, schnüffelte erstmal und fragte: »Wonach stinkt es hier?«

»Weihnachten«, meinte Hänschen.

»Mit einer Prise Misthaufen«, bemerkte Thanner.

»Ihr hättet die ganze Ladung mitkriegen sollen«, knurrte Schimanski.

»Wie siehst du überhaupt aus?« schnauzte Königsberg ihn an. »Wo bist du gewesen?«

»In Holland«, antwortete er wahrheitsgemäß. »Hänschens Großmutter besuchen und Gouda-Käse schnuckern.«

Das Gesicht des Chefs verfärbte sich unheilsvoll. Königsberg sagte in gefährlich leisem, nur mühsam beherrschtem Ton, daß sie stundenlang nach ihm gefahndet, daß sie sich Sorgen um ihn gemacht hätten und daß er nicht daran denke, sich auch noch solch alberne Frechheiten gefallen zu lassen.

Im gleichen Ton entgegnete Schimanski, sein Kinn sei zu Mus, seine Gedärme zu Brei geschlagen und der Rest in einen Viehtransporter verfrachtet worden – und er denke nicht daran, sich dafür auch noch anmachen zu lassen. »Was ist mit den ›Broken Blossoms‹, wo sind sie?«

»In Luft aufgelöst«, verkündete Königsberg.

»Sie haben uns reingelegt«, erklärte Hänschen deprimiert. »Sie haben den Wagen ausgetauscht.«

»Eine abgekartete Geschichte. Wir sind verraten worden«, fügte Thanner genauso niedergeschlagen hinzu.

»Das gibt's doch nicht.« Schimanski ließ sich in den Sessel hinter seinem Schreibtisch fallen.

»Warum habt ihr Blatzer nicht gleich festgenommen?« wollte Königsberg wissen.

Niemand antwortete.

»Aus was für einem Grund?« fragte Schimanski nach der Pause zurück.

»Mordverdacht zum Beispiel«, antwortete der Chef. »Denn es geht ja um einen Mordfall, soweit ich mich erinnere, beziehungsweise um zwei.«

»Das eine hängt mit dem anderen zusammen«, wollte Thanner ihr Handeln verteidigen. »Die ›Broken Blossoms‹ sind das Motiv.«

»Es ging um den ganzen Ring, die gesamte Organisation«, pflichtete ihm Schimanski bei.

»Na, die haben wir ja jetzt – die gesamte Organisation«, meinte Königsberg zynisch. »Wir haben einen kleinen Thailänder, aus dem kein Wort herauszubekommen ist, dem wir lediglich nachweisen können, daß er eine Tanzgruppe nach Deutschland begleitet hat. Den wir spätestens morgen früh retour schicken dürfen, wenn wir uns nicht erhebliche Probleme einhandeln wollen. Wirklich fabelhaftes Ergebnis. Eine gelungene Operation, meine Herren!« Der Chef blickte in die Runde der geknickten Köpfe. »Ihr habt den mutmaßlichen Täter laufen lassen. Ihr habt euch austricksen lassen wie dumme Jungen. Ihr habt schlichtweg schlampig gearbeitet.«

»Jemand muß uns verraten haben«, protestierte Thanner.

»Genau«, stimmte Hänschen zu und meinte kleinlaut weiter: »Wir haben die Kopien von den Papieren – wir müssen die Peep-Shows und Sex-Clubs nach den Thai-Mädchen durchforsten. Über sie kommen wir wieder an Blatzer ran.«

»Tun Sie das«, befahl Königsberg. »Aber gehen Sie dieses Mal bitte ein bißchen geschickter ans Werk.« Damit rauschte er aus dem Büro.

Schimanski klang noch Thanners Satz im Ohr. Dabei vernahm er in Gedanken gleichmäßiges Plätschern, das plötzlich abbrach; sah zwei Menschen vor dem Brunnen hocken. Was sprachen sie miteinander?

»Auf Wiedersehen«, hörte er die tiefe Stimme der Frau, die ihn hinter dem hochgekurbelten Fenster anlächelte.

»Gute Nacht, Schimanski«, sagte die metallene Stimme des grinsenden Mannes, bevor es um ihn dunkel wurde.

Er glaubte zu wissen, wer sie verraten hatte.

8

Die letzten, tiefgelben Strahlen der Abendsonne, die durch die halbgeöffneten Vorhänge fielen, teilten den weiten Saal in helle und dunkle Flure. In den gleißenden und dämmrigen Korridoren drehten sich mehrere Paare um Manuela, die mit einem ihrer Schüler den Walzer vortanzte.

Schimanski trampelte mitten in die romantische Stimmung, drängte sich durch die schwingenden Paare zur Tanzlehrerin. »Warum haben Sie das gemacht?« fragte er sie wütend und enttäuscht. »Warum haben Sie uns verraten?«

Die Frau im schwarzen Kleid mit den auf der Brust aufgestickten glitzernden Perlen drehte sich weiter und gab laut Anweisungen an ihre Schüler. Schimanski stampfte hinter ihr her, hüpfte um das Paar herum. Inmitten der elegant Wirbelnden bewegte er sich wie ein tolpatschiger Tanzbär. »Warum?« fragte er immer wieder. »Warum?« brüllte er.

Sie schwang in weitem Bogen, ihr schwarzes Haar strich durch sein verletztes, zerschundenes Gesicht, ihr junger Partner stieß mit dem Rücken gegen ihn. Er schob sich dazwischen, hielt Manuela an den Schultern fest. »Sie haben mich in die Falle laufen lassen. Warum?«

»Gehen Sie bitte!« forderte ihn die Tanzlehrerin auf. »Lassen Sie mich arbeiten.«

»Arbeiten!« Er lachte höhnisch auf. »Sie machen mit denen gemeinsame Sache – mit den Mördern Ihres Mannes.«

Die dunklen Augen in dem blassen Gesicht vor ihm funkelten böse. »Gehen Sie!«

»Nein.« Schimanski schüttelte entschieden den Kopf. »Erst mal nehme ich Ihren feinen Laden auseinander.« Sie machte sich von ihm los, aber er ergriff ihr Handgelenk und hielt sie wieder fest. »Schluß mit dem Walzer-Getue«, fauchte er. »Hier geht's doch um was ganz anderes.«

Die Schüler hatten aufgehört zu tanzen und standen im Kreis um Schimanski und Manuela. Einer von den Jungen im dunklen Anzug mischte sich ein. »Haben Sie nicht verstanden? – Frau Prinz hat gesagt, Sie sollen gehen«, ließ er mit unsicherer, brüchiger Stimme vernehmen.

»Schicken Sie Ihre Schüler nach Hause«, verlangte Schimanski, ohne den geschniegelten Jüngling zur Kenntnis zu nehmen. »Die Tanzstunde ist zu Ende.«

»Sie sollen abhauen«, wurde der Kavalier nun mutig und zerrte Schimanski am Ärmel. Der ließ seinen Ellbogen hochschnellen und traf den Jungen unter dem Kinn. Der Tanzschüler stolperte rückwärts, konnte sich gerade noch auf den Beinen halten. Wollte nun nicht das Gesicht vor der Lehrerin und den Mitschülern verlieren, stürzte sich auf den lästigen Störenfried und packte ihn am Kragen. Schimanski spürte nur, daß jemand an seinem ohnehin schon zerfetzten Hemd riß. Er vergaß völlig, wen er vor sich hatte, vergaß, daß der Angreifer mindestens zwanzig Jahre jünger war als er. Zu den aufbrausenden Klängen des Walzer-Finales, im roten Schein der untergehenden Sonne, verprügelte er den jungen Kavalier. Der Unglückliche mußte einstecken, was anderen galt. All die Schmach und Demütigungen, die ihm in den letzten Stunden zugefügt worden waren und für die er die Tanzlehrerin verantwortlich machte, ließ er an ihm aus.

Manuela, wie ihre entsetzten Schüler erschrocken über die plötzlich ausbrechende Gewalt, versuchte vergebens, dazwischenzugehen.

Erst als der Junge im dunklen Anzug mit heftig blutender Nase auf dem Pakett vor ihm lag, kam Schimanski zu sich. Kniete sich zu ihm hin, hob seinen Kopf, bemühte sich mit einem Taschentuch, den Blutschwall zu stillen. Als auch die Tanzlehrerin dem Verletzten zu Hilfe kam, erhob sich Schimanski und rannte ohne ein weiteres Wort aus dem Saal.

Die blutende Nase ließ ihn nicht los. Im Blut, das aus der Nase des Kavaliers schoß, sah er das Blut an ihren so sauber scheinenden Händen: Ihr Mann zwischen den Sitzreihen im Bus, der kleine Thai auf dem Boden des winzigen Appartements. Daß die Frau im Perlen-Kleid offenbar mitmischte in diesem dreckigen, mörderischen Geschäft, erfüllte ihn mit Bitterkeit.

Auch das empörte Kreischen und das Schimpfen sich beschwerender Kunden vermochte ihn nicht aus seinen trübsinnigen Gedanken zu reißen, verschlechterte seine Stimmung nur noch mehr.

Er stand im Dunkeln am Ende des engen Korridors mit den roten Tapeten und wartete darauf, daß seine Kollegen mit der Arbeit fertig waren. Es war das dritte Etablissement auf ihrer

Liste; genauso viele hatten sie noch vor sich – bei der Suche nach den »Gebrochenen Blüten«.

Warum befielen ihn an Orten wie diesen regelmäßig Gefühle von Traurigkeit und Bedauern? Mitleid mit wem? Mit den Kunden, die zu Hause nicht klar kamen, vielleicht auch niemanden hatten, die zahlen mußten für ein bißchen Liebe, feilschen mußten für ein Stückchen Lust; deren Fantasien, Sehnsüchte, Wünsche und Träume in wenigen Minuten abgefertigt wurden.

Oder bedauerte er die Mädchen und Frauen, die sich anboten und verkauften, die feilschen mußten um jedes Stückchen ihres Körpers – um vielleicht doch noch etwas davon zurückzubehalten; die über sich ergehen lassen, die ertragen und erdulden mußten, für die diese Minuten unendlich lang werden konnten.

Solch eine Begegnung habe weder mit einer amourösen Beziehung noch mit einem erfüllten Liebesakt etwas zu tun, hatte ihm einmal eine 28jährige erklärt, die auf eine 10jährige Berufspraxis zurückblicken konnte. Das meiste müsse sich in den Köpfen der Kunden abspielen. Sie sprach über ihre Kleider und Aufmachung wie über einen Arbeitsanzug, über Methoden des An- und Aufreizens redete sie wie ein Werbefachmann. Wie in der Werbung nahm auch in ihren Ausführungen das Eigentliche nur sehr wenig Platz ein. Bloß nie den Freier bestimmen lassen, meinte sie. Wie ein geschickter Ober dem Gast das Menü diktiere, müsse man die Wünsche des Kunden lenken. In fünf Minuten müsse er fertig und zufrieden sein – sonst habe man seine Arbeit schlecht gemacht.

Schimanski dachte wieder an die Leute, die wirklich etwas von diesem Schnellgericht hatten – die nicht in die stickigen, roten Zimmerchen mußten, die sich stundenlang in der Sauna vergnügen und anschließend bei einem Menü mit sechs Gängen ausgiebig tafeln konnten. Die Blatzers und die Typen mit der Elvis-Locke; Albert Prinz und seine Frau Manuela, die die vornehme Tanzlehrerin spielte.

Hinter ihm trippelten aufgeregt Schritte heran. Ein Schatten mit wehender Bluse kam den Flur entlanggelaufen, blieb dicht vor ihm stehen, ohne ihn ihm Dunkeln zu bemerken, blickte sich hastig um und kletterte in den Schrank, der dort stand.

Schimanski war erst mal perplex. »Huch«, meinte er, öffnete die Schranktür und rief: »Huhu!«

Drinnen rührte sich nichts.

Er zündete sein Feuerzeug an und sagte: »Kuckuck.«

Zwischen gelben und schwarzen Gummi-Mänteln, Regenschirmen und Besenstielen blitzten Mandelaugen. Das Kätzchen mit dem blauschwarzen Haar fauchte ängstlich. Er spürte Krallen in seinem sowieso schon gezeichneten Gesicht. Dann huschte das verängstigte Tierchen mit der offenen Bluse, dem Slip und den Stöckelschuhen an ihm vorbei, kletterte auf die Fensterbank und hüpfte hinaus. Zum Glück waren sie im Erdgeschoß. Schimanski sprang hinterher, folgte der Fliehenden über den Hof. Erst auf der Straße holte er die Leichtbekleidete ein und hielt sie fest. Sie zeterte lautstark, schlug um sich und strampelte mit den Füßen.

»Ruhig, Mädchen. Ganz ruhig«, schnaufte Schimanski außer Atem, umklammerte die Widerspenstige mit beiden Armen.

Passanten wurden auf den Mann mit dem halbnackten, zappelnden Thai-Mädchen im Arm aufmerksam, mischten sich entrüstet ein, retteten das zarte, schimpfende Geschöpf aus seiner Umklammerung. Die Thailänderin rannte auf ihren hochhackigen Sandaletten mitten über die Kreuzung, stolperte zwischen rasende, bremsende, hupende Autos. Schimanski entkam den erregten Passanten, lief genauso waghalsig wie sie über die Straße, hinter ihr her.

Das Mädchen mit der offenen Bluse und dem Slip konnte nicht mehr, strauchelte und stürzte auf den Bürgersteig. Stieß heftige Klagelaute aus und weinte. Schimanski strich tröstend über das glänzende Haar und hob die Schluchzende auf. Sie klammerte sich nun an seinem Hals fest, überhäufte ihn mit

Küssen, beschwor ihn mit flehenden zärtlich klingenden Worten, die er nicht verstand.

Erst den beiden herbeigeeilten uniformierten Beamten gelang es mit vereinten Kräften, Schimanski von dem halbnackten Klammeräffchen zu befreien.

Der Lärm im Büro entsprach in etwa dem einer Bahnhofshalle bei Hochbetrieb. Sie saßen auf den hinzugeholten Stühlen, hatten es sich auf dem unbenutzten Schreibtisch bequem gemacht oder hockten auf der Erde. Beinahe alle Hautfarben waren vertreten, für jeden Geschmack etwas.

Für die Liebhaber von Jungfrauen hatte die Damen im unschuldigen Weiß auch die rosa Schleife im blonden Haar nicht vergessen. Eine makellose Erscheinung, wenn man die nikotingelben Finger übersah und sich an dem tiefen Ruhrpott-Dialekt nicht störte, in dem sie laut und ordinär mit ihrer Kollegin im raffiniert geschlitzten Lederkostüm schwatzte.

Für die mehr geistig Orientierten hatte sich das Mädchen mit der großen, runden Brille und dem sorgfältig geflochtenen Zopf wie eine Studentin hergerichtet, während die Füllige neben ihr, die nur das Nötigste ihrer prallen Formen in einen löchrigen und fransigen Fetzen Stoff verbarg, eher die direkten und derben Gemüter ansprach.

Zwischen all denen, die mit greller Schminke und Kleidung sowie intensivem Parfüm reizen wollten – wie Blüten mit Farbe und Duft die Bienen herbeilockten –, saß ungeschminkt eine Frau in schwarzem Kleid mit aufgestickten Perlen. Die Tanzlehrerin hielt den Kopf meist gesenkt, blickte nur ab und zu in die Richtung des Mannes mit der grauen Jacke, der ihr den Rücken zugewandt hatte, der sich offensichtlich an ihr rächen wollte.

Schimanski verhörte die Kleine aus dem Schrank. Er probierte es. Sie weinte noch immer, brachte dabei Laute hervor, die selbst dem Dolmetscher Schwierigkeiten bereiteten.

»Sie sagt, sie ist kein schlechter Mensch«, versuchte er zu

übersetzen. »Sie hat nichts Böses getan. Sie macht es wegen ihrem kleinen Sohn«, gab er simultan die erbarmungswürdigen Schluchzer weiter. »Er ist fünf Jahre alt.«

»Kennt sie diesen Mann?« fragte Schimanski, während er der Thailänderin ein Foto von Blatzer vorlegte, das ihn beim Treffen vor dem Brunnen zeigte.

Sie schüttelte wimmernd den Kopf.

»Nein«, übersetzte der Dolmetscher.

»Wie ist es mit dem?« Schimanski schob ein Bild von Albert Prinz über den Tisch. »Hat sie den schon einmal gesehen?«

Das Thai-Mädchen reagierte wie vorher.

»Nein«, meinte der Dolmetscher.

»Ist sie der Frau schon einmal begegnet?« deutete Schimanski mit leichter Kopfbewegung hinter sich.

Die in Tränen Aufgelöste starrte Manuela an und schüttelte erneut den Kopf.

»Nein«, kam Schimanski dem Übersetzer zuvor.

»Name?« fragte Thanner am Schreibtisch daneben die Blondine mit dem tiefen Dekolleté.

»Jasmin«, antwortete sie.

»Richtiger Name«, seufzte Thanner genervt. »Bürgerlich.«

»Jasmin«, beharrte die Schöne. »Jasmin Aphrodite oder Aphrodite Jasmin. Wie du magst, Cherie.« Dabei klimperte sie aufreizend mit ihren falschen Wimpern.

»Hören Sie, gute Frau«, stöhnte Thanner. »Ich bin müde, es sind noch eine Menge nach Ihnen dran, und ich möchte möglichst noch diese Nacht ins Bett...«

»Ich auch«, hauchte sie und strich mit ihren langen roten Fingernägeln sanft über seinen Handrücken.

Thanner zog mit heftigem Ruck seine Hand weg und forderte noch einmal streng! »Name!«

Das laute Geplärr vom Nebentisch verhinderte erstmal die Fortsetzung des Verhörs. Die Weinende aus dem Schrank hatte einer Landsmännin Platz gemacht, die Schimanski lautstark in ihrer Muttersprache beschimpfte.

»Dreckschwein! Sohn einer versyphten Mutter!« übertrug der Dolmetscher zaghaft ins Deutsche. »Hurenbock! Mistkäfer!«

»Danke, ich versteh' schon, worum es geht«, meinte Schimanski, während das Thai-Mädchen mit dem süßen Gesicht ihn weiter mit fremdländischen Kraftausdrücken bombardierte.

Er klopfte auf die Unterlagen vor sich und sagte ruhig: »Sie ist heute aus Bangkok angekommen – mit den ›Broken Blossoms‹. Wir haben ihren Namen und ihr Bild.« Er hielt der Keifenden eine Kopie ihres eigenen Paßfotos unter die Nase. »Oder will sie bestreiten, daß sie das ist?«

Sie schlug nach dem Bild und fing wie ihre Vorgängerin an zu heulen.

Schimanski zeigte ihr Blatzer. Sie blickte kaum auf das Foto, während sie schniefend vor sich hinnuschelte.

»Nein, sie kennt ihn nicht«, erklärte der Übersetzer.

Beim Konterfei von Albert Prinz die gleiche Reaktion. »Nein, sie hat ihn nie gesehen«, übertrug der Dolmetscher.

Und Manuela?

»Nein, sie kennt sie nicht«, kürzte Schimanski resignierend das Verfahren ab und stellte kühl fest: »Die Papiere sind gefälscht. – Sie wird wieder nach Hause geschickt.« Er gab einem Beamten Zeichen, sie wegzuführen und die Nächste zu bringen.

»Sie sind ohne Papiere angetroffen worden«, brüllte Thanner. »Ich laß Sie auf der Stelle festnehmen.« Maschinengeklapper und Mädchengeplapper verstummten, für einige Augenblicke richtete sich die gesamte Aufmerksamkeit auf ihn und seine rassige Gesprächspartnerin: »Zum letzten Mal: Name!«

»Schmitz«, fistelte die Blondine mit dem tiefen Dekolleté eingeschüchtert.

»Na also«, meinte Thanner und setzte seine Maschine in Gang.

»Vorname?«

»Theo.«

»Theo«, wiederholte er zufrieden, indem er den Namen tippte. »Theo?«

Die Schöne nickte. »1.1.1948 in Erkenschwick geboren«, rückte sie mit tiefer Männerstimme bereitwillig ihre weiteren Daten raus.

Thanner starrte den Transvestiten mit dem tiefen Ausschnitt und den langen Wimpern entgeistert an. Der schüttelte bedauernd seine blonden Locken und meinte: »Wie heißt es so schön: Niemand ist vollkommen. Wir haben alle unsere kleinen Fehler.« Er lächelte kokett und warf dem verstörten Beamten einen verträumt aufreizenden Silberblick zu.

Hänschen hatte Mitleid mit der Tanzlehrerin und zeigte Erbarmen. Nachdem er sich kurz mit Schimanski besprochen hatte, ging er zu Manuela und entließ sie mit den Worten, sie werde heute nicht mehr gebraucht.

»Und wann kann ich endlich abhauen?« beschwerte sich die Schwarze mit dem roten Lederhöschen. »Bezahlt ihr etwa den Verdienstausfall?«

»Etwas Geduld, Sie kommen gleich dran«, beruhigte Hänschen die Motzende.

»Daß die Bullen jetzt auch schon Ausländer beschäftigen«, frozzelte die Schwarze und spielte auf seinen holländischen Akzent an. »Da haben wir ja Chancen, auch noch in den Staatsdienst übernommen zu werden.« Ihre Kolleginnen lachten schallend.

»Sehen Sie sich das Bild doch erst mal an«, forderte Thanner die Philippinin auf, die mit der männlichen Blondine den Verhör-Stuhl getauscht hatte, und hielt ihr Blatzers Foto hin.

»Nicht kennen«, fauchte sie. »Niemand kennen.« Störrisch warf sie den Kopf zurück, der grüne Schal verrutschte ein wenig und ließ eine Verletzung am Hals sichtbar werden. »Was ist das?« deutete Thanner darauf.

»Nix«, zischte die Philippinin und schlug nach seiner Hand.

Er hielt ihr Gelenk fest – die goldenen Armreifen schlingerten über den Ellbogen –, und unter seinen Fingern spürte er eine weitere Wunde. Er betrachtete ihr Handgelenk, das mit den Brandmalen aussah, als hätte es für längere Zeit als Aschenbecher gedient.

»Wer hat das gemacht?« fragte Thanner. »Wie ist das passiert?«

»Unfall«, antwortete sie, zog ihre Hand hastig weg und ließ die Reifen wieder über das Gelenk klirren. »Unfall bei Wasser kochen.«

Thanner zog der sich Wehrenden den Schal ab und schob den Träger ihres Kleides ein wenig zur Seite. Der violett und grau schimmernde Fleck zog sich vom Hals bis über die Schulter.

»Auch Unfall bei Wasser kochen?« fragte er provozierend.

»Ja«, giftete die Philippinin und drapierte den grünen Schal wieder über die häßliche Wunde.

»Wer ist das gewesen?« wiederholte Thanner scharf. »Wer hat Ihnen das kochende Wasser übergeschüttet?«

»Unfall«, beharrte sie.

»War der es?« Er hielt ihr noch einmal das Bild von Blatzer hin.

Sie schüttelte energisch ihr seidenschwarzes Haar. »Unfall.«

»Oder der?« Er meinte Albert Prinz.

»Nicht kennen. Niemand kennen.«

Thanner kniete sich zu ihr hin, sprach beschwörend auf sie ein. »Sagen Sie, wer es gewesen ist. Das sind Verbrecher, die bestraft werden müssen. Das sind Mörder.«

»Unfall«, behauptete sie weiter starrköpfig.

»Sie brauchen keine Angst zu haben. Wenn Sie aussagen, schützen wir Sie. Es wird Ihnen nichts passieren. Das versichere ich Ihnen.« Er hob ihr Kinn, um sie zu zwingen, ihm in die Augen zu sehen. »Die Männer, die Ihnen das angetan haben, müssen bestraft werden.«

Sie entzog sich ihm, schüttelte mit zusammengepreßten

Lippen den Kopf und brachte ein letztes Mal heraus: »Nix wissen. Niemand kennen.«

»Vorläufige Festnahme«, rief Thanner eine Uniformierte herbei und kommandierte: »Mitnehmen.«

Das aufgeregt ordinäre Geschnatter, das Gezeter, das Weinen und Schluchzen war verschwunden. Es herrschte eine Stille wie nach einem Fest. Die Musik war verstummt, der Saal hatte sich geleert. Die Rauchschwaden und übriggebliebenen Parfüm-Wolken trieb der Luftzug langsam durch die weit geöffneten Fenster und Türen nach draußen. Müde und niedergeschlagen saßen die drei im Büro. Es war ihnen nicht gelungen, die Wand aus Schweigen und Tränen, die Mauer der Angst zu durchbrechen.

»Die Kerle haben ihre Mädchen fest im Griff«, brach Hänschen die drückende Stille. »Wir müssen uns was anderes überlegen, um an Blatzer ranzukommen.«

»Ja«, nickte Schimanski und dachte an die Frau mit dem schwarzen Perlenkleid, wie sie eben zwischen den aufgemotzten Damen und verängstigten Thai-Mädchen gesessen war.

»Ich würde sagen, wir legen uns erst mal ein Stündchen aufs Ohr und laden unsere leeren Batterien wieder auf«, schlug Thanner vor.

»Hm«, grummelte Hänschen. »Das wäre das Vernünftigste.«

»Ja«, stimmte auch Schimanski zu.

Aber keiner von den dreien machte Anstalten, sich zu erheben. Sie stierten weiter trübsinnig vor sich hin.

Es wurde an die offenstehende Tür geklopft, ein Uniformierter steckte den Kopf ins Büro und verkündete: »Jemand möchte eine Aussage machen.«

Da schlüpfte schon etwas Grünes an ihm vorbei. »Ich kennen Männer«, sagte die Philippinin mit dem grünen Schal und deutete auf den Schreibtisch mit den Fotos.

Hänschen rückte ihr galant einen Stuhl zurecht, Schimanski

führte sie beinahe genauso galant dorthin, und Thanner setzte sich an die Maschine.

Die Philippinin nahm zuerst das Bild von Albert Prinz in die Hand, betrachtete es eine Weile mit finsterer Miene und bespuckte es dann. »Schreckliches Mann«, sagte sie dabei. »Viel brutal.«

In ihrem verdrehten Deutsch sprudelte es aus ihr heraus, was Prinz mit ihr und ihren Freundinnen gemacht hatte. »Sagen: Du tanzen in Tanzgruppe in Deutschland. Nix tanzen.« Sie schüttelte wütend den Kopf. »Eingesperrt. Geschlagt, vergewaltigt. Vielige Male. Sagen: Du schlafen mit Männern, sonst tot, du Strip – sonst tot. Mein bestes Freundin – tot.« Tränen rannten ihr über die Wangen. Sie zog ein Taschentuch hervor, das so grün war wie ihr Seidenschal über der Wunde und verbarg ihr Gesicht darin.

Sie ließen sie weinen.

Dann schneuzte sie sich ausgiebig und nahm Blatzers Foto vom Tisch. Sie pustete einen Flusen weg, strich beinahe liebevoll über den Lack. »Willi«, sagte sie.

»Herbert«, verbesserte Schimanski. »Herbert Blatzer.«

»Willi«, wiederholte die Philippinin bestimmt. »Willi lieb, nix so brutal. Ich mit ihm gewest. In sein Haus. Viel Liebe. Willi wollen mich heiraten, aber schon geheiratet gewest. Frau von Willi böse, ihm sagen: Nix scheiden, nix heiraten kleine Isabel aus Manila.« Sie seufzte traurig auf. »Willi sagen: Du müssen fort. Frau nicht wollen dich.« Noch einmal seufzte sie tief. »Geendet Liebe mit Willi – groß, groß Liebe.«

Die drei Manner blickten sich an und hoben die Augenbrauen, während die Philippinin ganz in Gedanken an die ihrer Ansicht nach so gemein torpedierte Liebe zu versinken schien.

»Wo ist der liebe Willi jetzt?« weckte Thanner sie aus ihren wehmütigen Erinnerungen.

»Nix wissen«, schüttelte sie den Kopf. »Nix Kontakt mehr.«

»Und das Haus?« hakte Thanner nach. »Wo hat Willi sein Haus? Hier in Duisburg? Oder wo steht es?«

Sie hob nachdenklich die Schultern. »Am Anfang, als nach Deutschland gekommen...« Sie zuckte noch einmal die Achseln. »Nix kennen. Nix wissen wo ist.« Dann fiel ihr aber doch noch was ein. »Steht am See – am See mitten in Stadt.«

9

An der Mauer neben dem Eingang zeichnete sich der Schatten eines Menschen ab. – Nun lauerten sie ihm schon vor seinem Haus auf. Langsam ging Schimanski weiter und bereitete sich auf einen Kampf vor. Diesmal würde er es dem Gorilla mit dem Silberring nicht so leicht machen.

Aber der Schatten gehörte einer etwas zierlicheren Gestalt. Sie trat ihm aus dem Dunkeln entgegen und sagte leise mit ihrer tiefen Stimme aus Samt: »Ich habe Sie nicht verraten.«

Schimanski schluckte die Überraschung, ging an ihr vorbei, schloß die Haustür auf und verschwand im Gebäude. Bevor das Schloß einschnappen konnte, hatte sich Manuela hinter ihm hergeschlängelt und folgte ihm in den Aufzug.

Er beachtete sie nicht. Er starrte auf seine klobigen Stiefel, an denen immer noch Reste von Mist und Acker klebten, schielte auf die schwarzen, spitzen Schuhe daneben, in denen ihre schmalen Füße nackt steckten. Er versuchte, sich das Gesicht zu den feinen Füßen vorzustellen. Aber es gelang ihm nicht. Nur die dunklen Augen sah er vor sich – so tief wie ihre Stimme, die er wiederholen hörte: »Ich habe Sie nicht verraten« – und genauso verlogen, fand er.

Manuela betrachtete unverwandt den Mann mit der verschmutzten grauen Jacke, der mit gesenktem Kopf neben ihr stand, der nun die Tür des Fahrstuhls aufstieß und sie zufallen ließ, ohne sich um sie zu kümmern. Genauso aggressiv wie er stieß sie gegen die Tür. »Sie machen es sich verdammt einfach, Herr Kommissar«, raunte sie durch den Flur hinter ihm her.

»Aber ich bin es nicht gewesen, Sie müssen sich einen anderen Schuldigen suchen.«

Schimanski blieb abrupt stehen und drehte sich nach ihr um. »Sie sind es nicht gewesen – wer war es dann? Wer hatte außer Ihnen noch die Möglichkeit?«

»Weil Sie einen Fehler gemacht haben, müssen Sie mich vor Ihren Kollegen bloßstellen«, warf sie ihm vor.

»Ich habe keinen Fehler gemacht«, polterte er. »Sie haben uns reingelegt.«

»Hätte ich vorher gewußt, was für ein Ekel Sie sind, hätte ich Ihnen nicht geholfen.«

»Das war noch gar nichts. Ich werde noch viel ekliger«, drohte er. Seine Stimme hallte durch das nächtliche Treppenhaus. Gedämpft sprach er weiter: »Ich werde dafür sorgen, daß Sie wegen Beteiligung eingelocht werden. Dann haben Sie im Knast Zeit, über das verrutschte Mikro nachzudenken.«

Manuela lachte auf. »Das mußte ja kommen.«

»Ja«, sagte er böse.

»Das ist doch vollkommen albern – merken Sie das nicht selbst?«

Schimanski schloß seine Wohnungstür auf.

»Da will man der Polizei helfen und wird noch dafür bestraft.« Sie faßte seinen Arm. »Haben Sie noch nicht daran gedacht, daß es auch anders gewesen sein könnte?«

»Nein.«

»Daß er Sie bemerkt hat, als Sie ihn verfolgt haben.«

»Hat er nicht.«

»Daß Sie sich selbst verraten haben. Oder Ihre Leute Mist gebaut haben.«

»Nein.« Er betrat die Wohnung.

»So einen selbstgerechten Typen wie Sie habe ich noch nie getroffen.«

Schimanski knallte mit Wucht die Tür hinter sich zu.

»Ein bißchen Selbstzweifel würde Ihnen nicht schaden,

Herr Kommissar«, rief sie. »Ich bin's nicht gewesen, Sie haben's selbst vermasselt.«

Er stand noch immer an der Tür, horchte auf ihre Schritte. Im Treppenhaus war es still, es rührte sich nichts. Vorsichtig spähte er durch den Spion – sie war nicht mehr da. Das Licht ging aus. Er öffnete die Tür, trat schließlich hinaus in den Flur und schaute Richtung Aufzug. Hinter ihm leises Kichern. Sie lehnte im Dunkeln auf der anderen Seite der Tür und lächelte ihn spöttisch an. »Darf ich Sie zu einem Drink einladen?« fragte sie.

Das Kissen, in dem seine Nase steckte, war ungeheuer weich und strömte ein angenehmes, geheimnisvolles Aroma aus. Das war garantiert nicht sein Kissen.

Als er sich umdrehte, um das Mysterium genauer zu untersuchen, drehte sich das ganze Bett mit. Er schloß die Augen wieder, aber es hörte nicht auf; das Karussell drehte sich in seinem Kopf. »Verdammte...« Irgend etwas hinderte ihn, in diesen vornehmen Kissen richtig zu fluchen. Schimanski öffnete die Augen einen Spalt, blinzelte zwischen den Lidern. Er lag allein in einem breiten Bett mit hellblauen Bezügen. Er tippte auf Seide oder Satin, doch so gut kannte er sich nicht aus. Jedenfalls hatte er noch nie auf solch kostbaren Laken genächtigt.

Neben dem Fußende erkannte er erfreut seine verdreckten Stiefel. Daran lehnten schüchtern und zur Seite gekippt schwarze, schmale Schuhe mit hohem Absatz. Über dem Stuhl hingen seine Jacke und Jeans neben einem Kleid mit aufgestickten Perlen, das er, soweit er sich erinnern konnte, bisher nur angezogen gesehen hatte. Die Frau, der das Kleid gehörte, kam mit einem Glas Wasser herein. Sie ließ zwei Tabletten hineinfallen. Schimanski starrte auf das sprudelnde Wasser und fragte besorgt: »Was ist los? Was ist passiert?«

»Du kannst wohl nicht allzu viel vertragen«, antwortete Manuela lächelnd.

»Du?« Seit wann duzten sie sich?

»Ich«, betonte sie, »habe keine Schwierigkeiten. Ich bin völlig klar.« Die Tanzlehrerin im rosa Morgenmantel reichte ihm das Glas.

Er schnitt eine Grimasse und schüttelte den Kopf. Aber das Karussell drohte sich wieder in Bewegung zu setzen, ihm war furchtbar übel. Also griff er widerwillig das Glas, leerte es in einem Zug. Er wollte aus dem Bett schlüpfen, merkte aber im letzten Moment, daß er völlig nackt war. Hastig kroch er wieder unter die weiche Decke und zog sie bis zum Kinn. »Wer hat mich ausgezogen?«

»Rat mal.«

»Was haben Sie noch mit mir gemacht?« wisperte er.

»Was hast du mit mir gemacht?« fragte die Tanzlehrerin entrüstet.

»Oh Gott«, jammerte Schimanski und zog die Decke vollends über sich. »Das ist mir zu kompliziert am frühen Morgen. Klare Ansage: Ist was passiert?« Vorsichtig tauchte er wieder auf.

Manuela kniete sich zu ihm hin, legte ihr Kinn auf seinen Arm, betrachtete ihn aus ihren tiefen, schwarzen Augen. »Was sollte denn bitte passiert sein?«

»Sie machen mich fertig«, stöhnte Schimanski. »Ich kann mich ehrlich an nichts mehr erinnern.«

»Eigentlich müßte ich jetzt beleidigt sein.«

»Tut mir leid«, entschuldigte er sich.

»Was?« fragte die Samtstimme.

»Nein – bitte nicht«, stammelte er. »Ich hab' mit diesen Spielchen noch nie was anfangen können, außerdem dreht sich alles in meinem Kopf... Sagen Sie mir bitte offen und ehrlich: Haben wir miteinander ge...?« Statt die letzten Silben auszusprechen, deutete er auf sich und sie.

Als Antwort verzog sich der schöne Mund in dem blassen Gesicht zu einem leicht spöttischen, leicht belustigten Lächeln, aber er blieb stumm.

»Haben wir miteinander gepennt, ja oder nein?«

Die Stirn kräuselte sich ein wenig, die Brauen wölbten sich eine Idee, die braunen Augen darunter blieben unverändert undurchdringlich.

»Auch gut«, gab Schimanski das Rätselraten auf. »Hab' verstanden. Ich will jetzt aufstehen. Ich muß zum Dienst.«

»Das Bad ist da«, deutete Manuela auf die Tür hinter sich. Als er keine Anstalten machte aufzustehen, fügte sie mit ihrer sanft-rauhen Stimme hinzu: »Oder muß ich dich etwa auch anziehen?«

Schimanski seufzte noch einmal tief, grapschte nach seinen Kleidern, schwang sich aus dem Bett und hüpfte ins Bad.

»Darf ich Sie zu einem Drink einladen?« hatte sie ihn im dunklen Flur gefragt. Sie waren bei ihm zu Hause und sie siezten sich noch. Während Schimanski sich unter der Dusche das eiskalte Wasser über den Kopf laufen ließ, suchte er nach den verlorenen Stunden.

»Wenn's sein muß«, hatte er ruppig geantwortet. »Aber es muß fix gehen. Ich bin müde.«

»Und wohin?«

»Was weiß ich? – Trinken wir bei mir einen Schluck, und Sie geben mir das Geld dafür. Das geht am schnellsten.«

»Einverstanden.«

Doch das einzige, was er an Alkoholischem bei sich gefunden hatte, war der schale Rest eines Biers im fast leeren Kühlschrank gewesen. »Orangensaft tut's doch auch?!«

Er hatte flüchtig zwei Gläser ausgespült, ohne sie von den hartnäckigen Schlieren befreien zu können und den Saft eingegossen. Der weiß-grüne Teppich auf dem dunkelgelben Getränk hatte nicht nur so ausgesehen, sonder war tatsächlich Schimmel gewesen. »Stört Sie doch nicht etwa?«

»Nein. Was kriegen Sie dafür?«

»Kommt drauf an, wieviel wir davon trinken. Prost.« Er hatte sein Glas gehoben, es an die Lippen gesetzt – der Dunst von Verwesung war ihm in die Nase gestiegen.

Sie hatte ebenfalls gezögert.

»Ist was?«

»Nein.«

Mit äußerst ernsten Mienen hatten sie sich angeblickt.

»Na dann ist ja alles in Ordnung.«

»Ja.«

»Prost. – Auf Ihr Wohl.«

»Prost. – Auf Ihr's!«

Sie waren beide gleichzeitig in Gelächter ausgebrochen.

Aber wo sollten sie in Duisburg um halb drei in der Nacht einen Drink bekommen?!

Sie waren schließlich unter einer flimmernden Kugel gestrandet – mit zwei Flaschen Gin.

»Prost. Auf ex!«

»Auf ex. Prost!«

Das Klirren der immer neu aneinanderstoßenden Gläser – in der Nacht hatte es ihm wie Musik geklungen – schmerzte ihn in der Erinnerung wie Donnerschläge eines defekten Lautsprechers.

Der Tanz fiel ihm ein.

Sein letzter Walzer? – Vor Jahrhunderten, mit Roswitha in der Tanzstunde. Die wilde Roswitha mit der Zahnspange, die im Rausch der Leidenschaft – ob wirklich unabsichtlich, das war ihm ein Rätsel geblieben – eben dieses Gerät vergaß herauszunehmen, das sich darauf in seiner Zunge verfing. Noch lange danach fürchtete er bei jedem Kuß, in fremder Höhle würde etwas Spitzes lauern, um sich in seiner Zunge festzuhaken.

Die Partnerin letzte Nacht schien dem Alter der Zahnklammern und den Fallstricken ähnlicher Art entwachsen. Leicht und locker waren sie über das Parkett durch den Saal geschwebt – als hätte er seit Roswithas Zeiten nichts anderes getan als Wiener Walzer getanzt. Er summte die Melodie, während das Wasser über seinen Körper rauschte. Wollte unter der Dusche im Takt mitschwingen, hielt aber gleich wieder inne – der Walzer in seinem Kopf drehte sich schneller, sauste, verursachte Übelgefühle.

Die beiden Flaschen Gin! Die eine hatte sich sehr früh verabschiedet und war leer zur Seite gekullert. Die andere hatte die arme Schwester nicht lange allein lassen wollen. »Ex!«

»Prost!« Und: »Ex!« Es dämmerte ihm, daß er dieses Wörtchen sehr oft ausgesprochen und jedesmal Ernst gemacht hatte, wohingegen seine Tanzpartnerin doch das eine oder andere Gläschen hellsichtig überschlagen haben mußte.

»Soll ich dir ein Geheimnis anvertrauen?« hörte er sie fragen, als der letzte Rest der Flasche in die Gläser getröpfelt war.

Er hatte all seine verbliebene Aufmerksamkeit gesammelt und sie gespannt angeschaut.

»Ich habe dich nicht verraten.«

Er hatte den Kopf geschüttelt. »Klaro nicht.«

»Aber das nur nebenbei.«

»Eins, zwei, drei – und nebenbei.«

»Soll ich dir ein wirkliches Geheimnis anvertrauen?«

»Mmm...«

»Aber pst.« Ihr Finger auf ihren Lippen.

»Pst.« Sein Finger auf seinen Lippen.

»Ich«, hatte sie begonnen und im Regen der flirrenden Reflexe ihren schlanken Oberkörper wie ein Schilfrohr im Wind schwanken lassen. »Ich bin eine schwache Frau.«

»Gott sei Dank«, hatte er gelallt.

»Willst du mein Beschützer sein?« Und noch einmal die Frage: »Willst du mein großer Beschützer sein?«

Zustimmendes Nicken seinerseits. Schimanski hatte seinen kräftigen Oberkörper schwanken lassen wie eine Eiche im Sturm. »Ich be...« Er hatte mehrmals ansetzen müssen. »Ich beschmü... Ich beschütze dich.« Er war umgekippt wie ein gefällter Stamm. Eine blitzende Kugel über ihm, tausend Sterne versprühend. Dann riß der Film.

Er trocknete sich mit einem großen flauschigen Badetuch ab

und versuchte vergebens, den Film zu kitten. Aber als nächstes Bild tauchte immer wieder das Schlafzimmer auf. Zwischen dem silbernen Ball über ihm und dem duftenden Kissen unter ihm klaffte ein schwarzes Loch.

»Ich hoffe, Sie haben die Situation nicht ausgenutzt«, verabschiedete er sich von der Tanzlehrerin, die ihn unschuldig anlächelte. »Das wäre Tatbestand der Vergewaltigung. Ich müßte dich verhaften«, fügte er charmant lächelnd hinzu.

Als Schimanski von Manuelas Wohnung durch die alte Fabrik zum Hof ging, hatte er das starke Gefühl, diesen Weg nicht zum letzten Mal zu gehen. Nicht daß er jede Nacht in Seiden-Wäsche schlafen mußte...

10

Die immer neu aufscheinenden Buchstaben, Zahlen und Zeichen flackerten schmerzlich vor seinen Augen. Das dauernde Gepiepse des Apparates brauste in seinem alkoholgeschädigten Gehirn zu Kanonengrollen auf. Thanners Begeisterungsrufe empfand er als Attacken, die seine angeschlagenen Nerven endgültig niedermetzeln sollten.

Der Kollege war aus dem Häuschen, was er nach den spärlichen Angaben aus dem Computer herausgeholt hatte. »Blatzer heißt in Wirklichkeit Koslowski«, verkündete er stolz.

Na und, dachte Schimanski, Blatzer oder Koslowski – was macht das für einen Unterschied?

»Willi Koslowski«, posaunte Thanner noch einmal.

»Nicht so laut«, bat Schimanski den Freund.

»Hast du schlecht geschlafen?«

Schimanski verzog das Gesicht. »Wie man's nimmt.«

Während der Beamte, der den Computer bediente, weitere Namen und Daten auf den Bildschirm zauberte, berichtete Thanner weiter: Koslowski, 1950 in Danzig geboren, mit zehn

Jahren zu Verwandten ins Ruhrgebiet verschickt, leider hier geblieben. Nach äußerst holpriger und langwieriger Schullaufbahn – wegen einiger kleinerer Delikte vor dem Jugendrichter –, nach einer früh gescheiterten Karriere als Fußballer bei Schalke 04, schließlich Landung im Lustgewerbe. Zuerst Botengänger, Kassierer, dann Manager, jetzt Geschäftsführer der Atlantis GmbH. Wirkungsfeld: das gesamte Ruhrgebiet bis zu den Benelux-Ländern.

Koslowski sei für die Ausstattung der Sex-Schuppen zuständig, kümmere sich um das tote und lebende Inventar, erklärte Thanner weiter. Besonders natürlich um letzteres. Schnucklige Kaffeebraune für den Afrika-Freund, blonde Schwedinnen für die Genießer von kühlen Schalen mit heißem Kern, schillernde Perlen aus Fernost für die orientalischen Wochen – den Kunden müsse immer Neues, immer neue Waren geboten werden.

»Unser Handelsexperte hatte zwar schon einige Anzeigen wegen Zuhälterei und Nötigung am Hals, aber bisher hat man ihm noch nichts Richtiges nachweisen können«, schloß Thanner seinen Bericht.

»Diesmal ist er dran«, brummte Schimanski. »Er hat den kleinen Thai auf dem Gewissen.«

Thanner nickte zustimmend. »Wahrscheinlich hat er ihm den Auftrag gegeben, Prinz aus dem Weg zu schaffen, um anschließend ihn beiseitezuräumen. Vielleicht war es von Anfang an so geplant, vielleicht wollte der Thai ihn aber auch erpressen.«

»Das Haus am See könnte in Essen-Bredeney sein«, warf der Beamte am Computer ein und deutete auf die Daten auf dem Bildschirm. »Ein gewisser Lausen hat es angemietet – Geschäftspartner von Koslowski und Gesellschafter der Atlantis GmbH.«

Thanner notierte auch diese Angabe, bedankte sich zufrieden bei dem Beamten und lobte in höchsten Tönen den schlauen Apparat.

»Ich würde was drum geben, wenn er mir sagen könnte, was letzte Nacht war«, murmelte Schimanski.

»Dafür brauchst du keinen Computer«, lachte Thanner. »Du brauchst dich nur im Spiegel anzusehen und mußt deine Fahne schnuppern.«

Schimanski folgte seinem Kollegen mit gequältem Lächeln zur Tür, kehrte dann aber noch einmal zum Computer zurück. »Ich würde gern wissen, ob eine gewisse Person mit der Sache zu tun hat.«

Vertrauen war gut, Kontrolle besser. Und wenn das so einfach sein sollte! »Geht das?« fragte er.

»Sicher«, antwortete der Beamte im weißen Kittel und blickte ihn wartend an.

Schimanski drehte sich unsicher zu Thanner um, der in der Tür stehen geblieben war und neugierig herüberschaute.

»Den Namen«, forderte der Computer-Mann. »Ohne alles geht es leider noch nicht.«

»Ach so«, hüstelte Schimanski. »Natürlich. – Manuela Prinz, 20. 5. 56 in Würzburg geboren.«

»Auswendig gelernt, was?« stichelte Thanner und verließ kopfschüttelnd den Raum.

Der Apparat arbeitete blitzschnell. Er piepste und meldete Fehlanzeige.

»Nichts?« Schimanski atmete erleichtert auf. »Schön. Sehr gut.« Er war richtig froh. »Wirklich tolles Gerät«, lobte nun auch er überschwenglich.

»Nichts im Bereich Sex und Prostitution, aber es gibt Anworten unter einer anderen Rubrik«, erklärte der Mann im weißen Kittel die Meldung, die unten auf der Mattscheibe blinkte. »Bei angrenzenden oder überlappenden Bereichen wie Drogenkriminalität müßte ich einen anderen Schlüssel eingeben.« Schon tippte er Manuelas Daten unter neuem Kennwort in die Tastatur. »Sie braucht nur mal beim Schwarzfahren erwischt worden zu sein, dann haben wir sie gespeichert«, meinte er stolz.

Der Computer reagierte genauso rasch wie zuvor, nur fiel seine Antwort erheblich wortreicher aus. Zeile um Zeile erschien auf dem Bildschirm Manuelas Lebenslauf. Schimanski kam gar nicht so schnell mit, konnte nur Bruchstücke aufschnappen, die er flüchtig mitmurmelte: »Manuela Prinz, geborene Kausch... 1965 Umzug von Würzburg nach Köln, 1973 dort Abitur... Auslandsreisen: Süd-Amerika, Afrika, Indien... Kontakte zu verschiedenen Sekten... 1975 Heirat mit Albert Prinz... 1977 wegen Heroin am Flughafen festgenommen...« Er stockte einen Moment, las dann hastig weiter: »Verdacht auf Kurierdienste konnte nicht bestätigt werden... ab 1978 ständig in Bangkok...« Er klopfte auf das Kreuz, mit dem die letzte Zeile begann und fragte, was das Zeichen zu bedeuten habe.

»Daß die Person am 4. August in Bangkok gestorben ist«, antwortete der Beamte.

Schimanski lachte. »Guter Witz.«

»Wieso Witz?«

»Dann war ich mit einem Geist zusammen – das würde einiges erklären.«

»Das ist kein Witz«, meinte der Beamte ernst. »Sie ist tot.«

»Ich habe Frau Prinz noch eben getroffen«, wurde auch Schimanski ernst. »Sie wirkte einigermaßen lebendig, jedenfalls lebendiger als ich.«

Der Beamte blickte ihn zweifelnd an, wandte sich seinem Gerät zu, um die Antwort noch einmal zu überprüfen. »Die Daten sind eindeutig.«

»Das ist ein schlechter Scherz. Sie haben sich irgendwo verhauen. Vielleicht gibt es eine mit demselben Namen. Frau Prinz lebt.«

Der Mann im weißen Kittel löschte die Angaben auf dem Bildschirm, vergewisserte sich der genauen Schreibweise des Nachnamens – Prinz mit z oder s –, ließ sich noch einmal Geburtsdatum und -ort geben und begann den Vorgang zu wiederholen.

Schimanski starrte gespannt auf die Mattscheibe. Wieder füllte sich der Bildschirm in Windeseile mit den Daten. Oben leuchtete ihr Name: Manuela Prinz. Und links unten in der Ecke prangte das Kreuz.

»Der Todesfall ist sicher den deutschen Behörden nicht gemeldet worden«, suchte der Computer-Beamte nach einer Erklärung. »Die letzte Information wurde wahrscheinlich von anderer Seite eingegeben. Sonst wären die Daten gelöscht oder zumindest modifiziert worden. Aber wenn Sie Genaues wissen wollen, Herr Schimanski, müssen Sie bei den Behörden in Bangkok nachfragen.

Endlich fing der Fernschreiber an zu ticken. »from bangkok to mr. schymonsky, dusberg, germany«, tippte er ratternd in kleinen Buchstaben und mit vielen Fehlern als erstes auf das Blatt. Die folgende Antwort war keine Erlösung, brachte nicht die erhoffte Aufklärung eines Irrtums. Niederschmetternd hämmerte der Apparat die Bestätigung: »Manuela Prinz died 4th of August in 1981 by accident of drugs.« Manuela Prinz war 1981 in Bangkok an einer Überdosis gestorben.

»Ein schlechter Scherz.« Die Tanzlehrerin gebrauchte dieselben Worte wie er und gab ihm das Fernschreiben zurück. »Wie du siehst, lebe ich.«

»Manuela Prinz ist tot«, konterte Schimanski hart und bestimmt. »Wer sind Sie?«

»Manuela Prinz.«

Flamenco-Musik, die vom Saal heraufklang, erfüllte das kleine Büro. Sie trug den roten Rock und das schwarze Trikot – wie in der Nacht, als sie vor der Leiche des Mannes stand, dessen Witwe zu sein sie vorgab. Schweißtropfen perlten auf ihrer Stirn, ihr Gesicht war vom Tanz erhitzt und gerötet – wie am Morgen danach, als sie von ihrer angeblich so glücklichen Ehe schwärmte.

»Verdammte Scheiße«, brauste Schimanski auf. »Ich laß

mich nicht mehr länger von Ihnen belügen und betrügen. Wer sind Sie?«

Sie bebte am ganzen Körper, ihre Augen flackerten wild, ihre ganze Verachtung spie sie ihm ins Gesicht. »Was bilden Sie sich eigentlich ein, kleiner Polizist?« zischte sie böse. »Ich hab' mich Ihnen zu nichts verpflichtet.«

»Nein«, reagierte er nun genauso aufgebracht. »Keine Angst, ich komme Ihnen bestimmt nicht zu nahe. Wir klären das Ganze anschließend auf dem Präsidium. Dann kann ich auch gleich den Haftbefehl beantragen.«

»Meinetwegen«, giftete sie. »Kann ich wenigstens meine Sachen holen?«

»Aber schnell!«

Sie mußten durch die Halle mit den zerbrochenen Fenstern – wie in der Nacht nach dem Turnier, als sie sich ängstlich an ihn geklammert und er schützend den Arm um sie gelegt hatte.

Die Mittagssonne stahl sich an den verdreckten und verstaubten Splittern in den Rahmen vorbei und malte zackige Gebilde an die Wand gegenüber. Bei Tag wirkten die Pfeiler mit ihrem bröckelnden Putz und den herausfallenden Steinen nicht wie Riesen mit geheimnisvollen Fratzen, sondern wie angeschlagene, angefressene Baumstämme. Im Hellen war die Halle nur noch das traurig verfallene, schäbige Abbild des Tanzsaales darüber.

»Sie kennen doch die Geschichten von den Männern, die vom Zigarettenholen nicht mehr zurückkommen«, brach die Frau vor ihm das feindselige Schweigen.

»Die interessieren mich nicht«, gab Schimanski grob zurück und stampfte weiter.

»Die sollten Sie aber interessieren«, entgegnete sie heftig. »Die müssen Sie interessieren.« Sie sprach so leise, daß sich ihre tiefe Stimme im weiten Raum zu verlieren drohte. »Weil das meine Geschichte ist. Verstehen Sie?«

Schimanski war nun ebenfalls stehengeblieben.

»Mit 17 habe ich geheiratet, war total verliebt. Außerdem wollte ich von zu Hause weg«, begann sie nun sehr schnell zu erzählen. »Drei Wochen hat das Glück gedauert, dann sind wir zur Schwiegermutter gezogen. Putzen, kochen, essen, fernsehen, schlafen – nicht nur die Liebe starb, das Leben war zu Ende. Ich war 18 Jahre alt. Ein Teufelskreis. Ich wollte dem Mief entkommen, und es war schlimmer als zu Hause.« Sie reihte Satz um Satz beinahe ohne Pause aneinander, als ob sie ihm keine Gelegenheit zu unterbrechen geben wollte. »Ich habe keine Luft mehr bekommen – im wahrsten Sinne des Wortes. Aber die Ärzte konnten nichts feststellen. Drei Jahre habe ich es ausgehalten. Dann stand ich eines Morgens im Supermarkt, hatte gerade das Bier für meinen Mann in den Wagen gepackt, es durfte nur Dosenbier sein und eine ganz bestimmte Sorte; die Haferflocken für meine Schwiegermutter, es durften nur kernige sein und eine ganz bestimmte Marke.« Sie trommelte mit der Faust gegen die Säule, so daß der Putz rieselte. »Manchmal bin ich total verrückt geworden, weil ich nicht mehr wußte, was ich bringen mußte und durfte und was nicht. Ich dachte gerade verzweifelt darüber nach, da sah ich die Reisereklame draußen am Bus – Griechenland. Ich hab' den Einkaufswagen mit dem verdammten Bier, den verfluchten Haferflocken stehen lassen, bin in den Bus gestiegen und zum Flughafen gefahren. Die erste Maschine ging tatsächlich nach Athen.«

Sie löste sich von der Säule, bewegte sich auf das Fenster zu, ohne ihren Bericht zu unterbrechen. »Nach einem Jahr habe ich auf Kreta jemanden kennengelernt, der gerade eine Weltreise machte. Er hat mich mitgenommen. In Singapur bin ich dann Albert begegnet. Seine Frau war gerade gestorben – an einer Überdosis. Sie wollte nicht mehr auf dieser Welt leben, sagte er. Er war traurig und froh zugleich. Manuela hatte fest an Reinkarnation geglaubt. Wenn man der Wiedergeburt ein bißchen nachhelfen würde, meinte Albert und bot mir ihre Papiere an. Davon hatte ich geträumt: eine neue

Identität, noch einmal von vorn anfangen können. Aus zwei verpfuschten ein richtiges Leben machen! So bin ich Manuela Prinz geworden.« Sie blickte ihn an. »Ich bin Manuela Prinz.«

Die Splitter in den Rahmen knarzten im Wind, ihre zackigen Schatten gegenüber gerieten ins Schwingen. Die Frau im schwarzen Trikot verschränkte frierend die Arme, klammerte sich mit den Händen an ihren Schultern fest.

»Wie heißen Sie wirklich?«

»Susanne.« Sie stockte, bevor sie den Namen nannte. »Burger. Ich habe den Namen gehaßt. Schachner hieß ich, bevor ich geheiratet hab' – Susanne Schachner.«

»Wo haben Sie gelebt?«

»In Wasserburg.«

»Haben Sie Papiere, die Ihre wahre Identität beweisen?«

Sie schüttelte den Kopf. »Alle verbrannt.«

»Wie heißt Ihr richtiger Mann?« fragte Schimanski weiter.

Wieder zögerte sie, bevor sie antwortete. »Hans-Peter, Hans-Peter Burger.«

»Lebt er noch in Wasserburg?«

Sie zuckte die Achseln. »Ich habe nie wieder von ihm gehört.«

Über ihnen flatterten die Tauben auf und jagten sich gurrend.

»Glauben Sie mir?«

»Ich werd's überprüfen.« Er nahm den kürzesten Weg, kletterte über heruntergestürzte Balken und Geröll durch die verrottete Halle zum Eingang.

»Schimanski!« hörte er sie hinter sich.

Sie stand noch immer vor dem kaputten Fenster, durch das der Wind hereinwehte. Eine zitternde Gestalt in einem riesigen, kalten Raum. »Es tut mir leid«, flüsterte sie.

Was?

Er fragte es nicht, sondern ließ die schwere Eisentür hinter sich zufallen. Was tat ihr leid? Daß sie gelogen hatte? Daß sie nicht Manuela Prinz war?

Wehmütig dachte er an die Frau, die mit bewundernswürdiger Haltung vor der Bahre ihres Mannes gestanden, die mit fassungslosem Schmerz die Wahrheit über ihn aufgenommen hatte; die sich ängstlich und schutzsuchend an ihn gedrängt, mit der er eine Nacht verbracht hatte, von der ihm leider wesentliche Stunden fehlten. Er dachte mit Trauer an Manuela Prinz, die gestorben war – nicht vor Jahren in Bangkok, sondern vor kurzem in einem piepsenden und blinkenden Apparat, und eben, als ihm die braunen Augen einen Blick voll tödlicher Verachtung zugesandt hatten.

Wer war diese Frau mit dem roten Rock und dem schwarzen Trikot? Und was bedeutet die Antwort für ihren Fall? Manuela Prinz oder Susanne Burger – was spielte das für eine Rolle?

Ein Mann namens Prinz, der »Gebrochenen Blüten« aus Bangkok falsche Papiere verschafft und einer Unbekannten die echten Papiere seiner verstorbenen Frau gegeben hatte, war ermordet worden. Von einem Thai, der wenig später erschossen worden war. Wahrscheinlich von einem Mann, den sie als Blatzer kennengelernt hatten, der aber in Wirklichkeit Koslowski hieß. Was machte die Tanzlehrerin dazwischen, die vorgab, Susanne Burger aus Wasserburg zu sein?

Er wollte nicht mehr länger rätseln, er wollte das Dickicht von Lügen, vorgegebenen Identitäten und falschen Namen zerschlagen. Er setzte sich mit den bayerischen Kollegen in Verbindung, die versprachen, sich umgehend um die Angelegenheit zu kümmern und die Angaben zu überprüfen.

11

»Herr Koslowski ist nicht zu sprechen«, meinte der Jüngling mit dem wuscheligen Haar und dem offenen Hemd rotzig.

»Woll'n wir auch nicht«, klärte Thanner ihn auf. »Wir wollen ihn nur festnehmen.«

Die messingbeschlagene Eichentür, die er vor den Beamten zuschlagen wollte, knallte dem Wuschelkopf gegen die Nase und verwandelte sie in einen roten Springbrunnen.

»Es tut ihnen garantiert leid«, entschuldigte Hänschen seine Kollegen bei dem Blutenden und schlüpfte hinter Schimanski und Thanner ins Haus.

Vom Wohnzimmer, das in zwei Ebenen aufgeteilt war, hatte man einen herrlichen Blick auf den Bredeney-See, der in der Frühlingssonne glitzerte.

Aber die Anwesenden schienen keinen Sinn für das malerische Bild der inmitten erwachender Natur auf blauem Wasser treibenden Segel zu haben. Sie waren mit anderem beschäftigt. Nur wenig oder gar nicht Bekleidete flezten sich auf dem Teppich, dem Sofa und in den Sesseln. Die Party schien schon eine Weile zu dauern, wenn sie nicht sogar Dauerzustand war. Zwischen halbgeleerten Flaschen und Gläsern, Bergen von Kippen, zwischen verkümmerten Überbleibseln von ehemals Eßbarem glänzten Spiegel mit Resten von Streifen weißen Pulvers – sicher nicht zum Süßen von Kaffee. »Final Countdown«, dröhnte es sinnigerweise aus den Boxen der Stereoanlage.

Schimanski und Thanner standen erst einmal einigermaßen verblüfft vor dem Schauspiel, das sie eigentlich auf billige Video-Kassetten verbannt wähnten.

Erst als auch Uniformierte im Wohnzimmer auftauchten und der Wuschelkopf mit der blutigen Nase mit alarmierenden Rufen hereinstürzte, kam hektische Betriebsamkeit auf. Die Gäste griffen nach ihren Kleidern – soweit vorhanden –, stoben schreiend auseinander.

Schimanski hielt eins der Mädchen, die eindeutig in der Überzahl waren, am Arm fest. »Wo ist dein Herrchen?«

»Bäh«, streckte es ihm die Zunge raus.

»Wo ist dein Herrchen?« wiederholte er und griff noch fester zu.

»Welches?«

»Willi.«

»Der mußte mal pipi.«

»Und wo ist das Klo?«

»In deiner Birne.« Das Dämchen im Slip schlug ihm mit der Faust gegen die Stirn.

Schimanski nahm mit einer Hand den Spiegel neben sich vom Tisch und pustete der Nackten den Rest Kokain ins Gesicht. »Das gibt zwei Jahre«, sagte er dabei.

»Und was gibt das?« zischte das Mädchen und spuckte ihn an.

Es gab Momente, da genoß es Schimanski in vollen Zügen, Polizist zu sein. Er wischte sich das Zeug aus dem Gesicht und sah, daß sich Thanner und Hänschen ähnlich balgen mußten wie er.

Eine Barbusige mit Bikinihöschen kam tropfnaß die Treppe herauf, wollte auf dem Absatz kehrt machen, als sie bemerkte, was los war. Aber Schimanski war schneller als sie, stieß sie zur Seite und sprang vor ihr die Treppe hinunter.

»Willi, Willi!« hörte er sie hinter sich rufen.

Die Warnung wäre zu spät gekommen, aber Koslowski hatte wohl gar nicht die Absicht zu fliehen. In aller Ruhe zog der Mann mit dem kantigen Gesicht in dem breiten, blaugekachelten Becken seine Runden.

Schimanski winkte dem Schwimmer, der ihm vor nicht allzu langer Zeit so überaus freundlich »Gute Nacht« gewünscht hatte, genauso freundlich zu und rief aufgekratzt: »Hallo, Willi!«

Thanner und Hänschen kamen nun ebenfalls in das feudale Bad gestolpert, nachdem sie sich erfolgreich von dem Mädchen gelost hatten, die ihnen den Zutritt verwehren wollten.

»Herr Koslowski, Sie sind vorläufig festgenommen«, wurde Thanner ohne Umschweife dienstlich.

»Und warum, wenn ich fragen darf«, ließ der Badende zwischen zwei Zügen vernehmen, während sie am Beckenrand flanierten.

»Nötigung, Erpressung, Menschenhandel«, zählte Thanner möglichst gelassen auf, um ein wenig pointierter abzuschließen: »Mordverdacht.«

Der Mann im Wasser setzte ungerührt seine Übungen fort, indem er in die Rückenlage wechselte.

»Bad beendet, Willi«, rief Schimanski. »Das Abtrocknen übernehmen wir.«

Koslowski plantschte kräftig mit den Füßen, ließ das Wasser aufspritzen.

»Komm raus, Mann!« Schimanski zog kurzentschlossen Stiefel und Jacke aus, hüpfte mit dem Rest ins Becken, stürzte sich auf den verdutzten Schwimmer und ließ ihn erst mal schlucken. Koslowski ruderte wild mit den Armen, brachte seinen kantigen Kopf schließlich wieder über Wasser und prustete: »Das ist Körperverletzung. Ich zeige Sie an.«

»Meinetwegen«, schnaubte Schimanski und tauchte den sich Wehrenden gleich noch einmal. »Damit es sich auch lohnt.«

Dann zerrte er den Taucher wider Willen zum Beckenrand, damit die Kollegen den renitenten Fisch an Land ziehen konnten.

Ein paar Stunden später hockte der Fisch – trocken, in Jeans und Anzugjacke sowie mit den obligatorischen weißen Turnschuhen – auf dem Stuhl, auf dem in der Nacht zuvor die Philippinin so überschwenglich von ihm als Liebhaber und Heiratskandidaten geschwärmt hatte.

»Broken Blossoms«, begann Thanner das Verhör.

»Und?« fragte Koslowski.

»Broken Blossoms«, wiederholte Thanner im gleichen Ton und baute sich vor ihm auf.

»Soll ich frei assoziieren wie beim Psychiater?«

»Sie haben nie davon gehört, was?«

»Doch natürlich«, antwortete Koslowski. »Wenn Sie die Tanzgruppe meinen, die ich vorhabe zu vermitteln.«

»Ich meine die Mädchen aus Asien, die Sie an Sex-Schuppen und Peep-Shows verscherbeln«, stellte Thanner klar. »Wie war der Handel organisiert? Was spielte Prinz für eine Rolle?«

»Prinz stellte im jeweiligen Land die Tanzgruppen zusammen, sorgte für die Formalitäten, die Papiere«, erklärte der Festgenommene, »und ich habe sie hier weitervermittelt. Klar, daß nicht alle zum Ballett oder zur Oper können – da muß man schon mal mit nicht ganz so Feinem vorliebnehmen. Aber wissen Sie, die Mädel sind da nicht so zimperlich. Die sind oft schon froh, wenn sie hier auftreten, wenn sie bei uns arbeiten dürfen.«

»Haha«, meinte Thanner.

»Das ist so«, bekräftigte Koslowski. »Und was ist auch dabei? Gehen Sie mal ins Theater, wie viele da nackt auf der Bühne rumspringen! Bei denen ist es Kunst, und bei meinen Mädchen soll es Pornografie sein. Meine kann man wenigstens noch mit Genuß anschauen. Ich verstehe wirklich nicht, was Sie haben: Wenn Fußballer für Millionen verramscht werden, kräht kein Hahn; wenn ich ein paar Mädels den geeigneten Arbeitsplatz verschaffe, soll es ein Verbrechen sein.«

»Mädchen mit gefälschten Papieren, die eingeschleppt und zur Prostitution gezwungen werden«, warf Thanner ihm vor.

»Mädchen«, wehrte der Mann mit dem kantigen Gesicht ab. »Ich zwinge niemanden. Meine Mädel wollen alle arbeiten. Was sie in ihrer Freizeit nach den Auftritten machen, ob sie sich noch ein paar Mark dazu verdienen ...« Er zuckte die Achseln. »... das weiß ich nicht und das geht mich nichts an.«

»Wir hatten das Vergnügen, einige der Damen beim Ausüben ihrer Kunst in Ihrem Haus zu überraschen«, brachte Thanner ins Gespräch.

»Das waren Freunde und Bekannte«, entgegnete Koslowski. »Wir waren gerade dabei, ein kleines Fest zu veranstalten.«

»Bei der Gelegenheit konnten wir auch mehrere Päckchen Kokain und Marihuana, sowie alle möglichen Sorten von Aufputschmitteln sicherstellen«, fuhr Thanner fort.

Der Festgenommene breitete die Arme aus. »Das hat man von seiner Gastfreundschaft«, beschwerte er sich. »Soll ich etwa bei jedem Bekannten, der zu mir kommt, eine Leibesvisitation vornehmen, ob er auch kein Koks oder sonstwas mit sich rumschleppt? Muß ich jeden einzelnen bitten, bloß nicht in meinem Haus seiner Freundin an die Wäsche zu gehen?«

»Sie sollen aber auch kräftig zugelangt haben, wie man hört.«

»Da haben Sie sich aber verhört«, widersprach der Mann mit den weißen Turnschuhen.

»Sie sollen die Mädchen ausprobieren, bevor Sie sie auf den Strich schicken.«

»Stimmt nicht«, schüttelte Koslowski den Kopf. »Ich verliebe mich oft, das gebe ich zu. Und ich habe eine Schwäche für asiatische Frauen. Ist das verboten?«

Auf Schimanskis Tisch klingelte das Telefon. Er hatte den Anruf aus Bayern schon ungeduldig erwartet. Es gebe vier Peter Burger in Wasserburg, sowie einen Hans Burger, wurde ihm mitgeteilt, ein Hans-Peter sei nicht gemeldet. Über Susanne Burger hatten die bayerischen Kollegen noch nichts herausfinden können. Enttäuscht legte Schimanski auf.

»Sie haben mit dem ermordeten Thai zusammengearbeitet«, hörte er Thanner sich langsam zum Wesentlichen vortasten.

Koslowski schüttelte den Kopf.

»Er hatte Ihre Nummer – Atlantis GmbH.«

»Die steht im Telefonbuch.«

»Wie lange machen Sie schon mit Frau Prinz Geschäfte«, mischte sich nun Schimanski in das Verhör ein.

»War's erste Mal«, antwortete Koslowski.

»Hat Frau Prinz Ihnen gesteckt, daß wir Sie beschatten?«

»Hat sie?«

Schimanski nickte bestimmt. »Sie hat. Warum hat sie's gemacht?«

»Keine Ahnung. – Fragen Sie sie doch selbst.«

»Wußten Sie, daß Manuela Prinz seit fünf Jahren tot ist?«

Der Festgenommene schaute Schimanski mit offenem Mund an. »So – ist sie das?«

»Ja.«

»Hat mich gleich gewundert, daß sie so bleich war.«

»Vielleicht haben Sie für Ihre Fingerabdrücke am Tatort auch ein Witzchen parat«, schoß Thanner in das Geplänkel dazwischen.

Das war der erste echte Treffer. »Wie?« stotterte der Mann mit dem kantigen Gesicht aus der Fassung gebracht. »Was ist los?«

»Wenn Sie den Thai nicht kannten – wie kommen dann Ihre Fingerabdrücke in sein Appartement?« stellte Thanner die Frage noch einmal deutlich und ließ demonstrativ die Akte mit dem Untersuchungsbericht auf den Schreibtisch fallen. »Zauberei?«

Koslowski schwieg, rutschte unruhig auf seinem Stuhl wie auf glühenden Kohlen.

»Zuerst gab es nur die Stimme eines Herrn Blatzer auf einem Anrufbeantworter«, sagte Thanner, »und es gab Fingerabdrükke eines Unbekannten am Tatort. Auf einmal erfahren wir, daß der Herr Blatzer in Wirklichkeit Koslowski heißt – das Puzzle beginnt sich zusammenzufügen. Denn die gefundenen Abdrücke gehören ihm. Er ist also im Mord-Appartement gewesen, und zu guter Letzt hat dieser Willi Koslowski sogar ein Motiv.« Thanner war hinter ihm stehengeblieben, beugte sich zu ihm hinunter, stellte die Fragen in suggestivem Ton. »Hat er Sie erpreßt, der Thai? Haben Sie ihn deshalb umgebracht?«

»Nein.«

»Oder hatten Sie es von Anfang an so geplant? – Nachdem er Prinz für Sie aus dem Weg geschafft hatte, mußte er selbst dran glauben. Der Amokläufer, der sich selbst richtet. Beinahe perfekt. Nur eine Winzigkeit haben Sie leider übersehen: daß der Thai die Schreibmaschine nie angerührt hatte. Dieser Schönheitsfehler kostet Sie den Kragen, Koslowski.«

»Nein, ich hab' den Jungen nicht umgebracht«, wand sich der Festgenommene unter den Beschuldigungen.

»Sie waren am Tatort!«

»Ich war in dem verdammten Appartement«, gab er jetzt zu. »Ja, aber ... der hat am Telefon so ein wirres Zeug geredet, da mußte ich mich einfach mit ihm treffen.«

»Er hat Sie erpreßt – deshalb haben Sie ihn erschossen«, stellte Thanner noch einmal die Behauptung auf.

Wieder schüttelte Koslowski heftig den Kopf. »Nein. Das war zwar ein verrücktes, aber ein ganz friedliches Gespräch. Ich hab' ihm klargemacht, daß ich keinen Kompagnon gebrauchen kann.«

»Sie hatten ihn beauftragt, Prinz aus dem Weg zu räumen.«

»Das ist doch Blödsinn. Warum sollte ich das tun?«

»Ja – warum mußte Prinz sterben?« hakte Thanner nach. »Wegen der ›Broken Blossoms‹? Was ist mit denen? Waren die der Anlaß?«

»Was hatte seine Frau damit zu tun, seine angebliche Frau?« mischte sich Schimanski erneut ein. »Machen Sie mit ihr gemeinsame Sache?«

Koslowski antwortete nicht, schüttelte nur immer wieder den Kopf.

»Wer ist Manuela Prinz wirklich?«

»Ich weiß nicht, verfluchte Scheiße.«

»Heißt sie Susanne Burger?«

»Was weiß ich!«

»Der Thai wollte also den Handel auffliegen lassen«, warf Thanner wieder dazwischen.

»Ja. – Nein. Zum Teufel noch mal – wenn ich ihn abgeknallt hätte, dann hätte ich doch bestimmt nicht meine Fingerabdrücke zurückgelassen. So bescheuert kann man doch gar nicht sein. Ich hab' den Jungen nicht umgebracht.«

»Sie mußten schnell handeln«, meinte Thanner. »Außerdem fühlten Sie sich sicher – bei Selbstmord wird für gewöhnlich nicht die Umgebung nach Fingerabdrücken abgesucht.

Mit dem Mord an Prinz hatte er Sie in der Hand. Deshalb mußten Sie ihn umbringen.«

»Nein«, schrie Koslowski erregt.

»Sie wollten das Geschäft für sich allein – haben Sie selbst gesagt«, blieb Thanner bei seiner Meinung. »Deshalb mußte Prinz weg, deshalb mußte der Thai aus dem Weg.« Wieder beugte er sich über die Schulter des Verdächtigen, flüsterte: »Sie haben ihn erschossen, und Sie haben auch Prinz auf dem Gewissen.«

»Nein«, brüllte der Festgenommene.

Von der anderen Seite sprach Schimanski auf ihn ein. »Sie stecken mit Manuela Prinz unter einer Decke. Was hat sie damit zu tun? Wer ist sie wirklich? Wie heißt sie richtig?«

»Ich weiß es nicht«, schrie Koslowski. »Ich habe die Dame einmal in meinem Leben gesehen, und da waren Sie dabei. Ich kenne die Tante nicht.«

Thanner, in seinen Kreisen gestört, blickte den Kollegen gereizt an und nahm ihn mit auf die Seite. »Entweder klären wir den Mord an dem Thai, oder du fragst ihn nach deiner Freundin aus«, meinte er leise.

»Das ist nicht meine Freundin«, protestierte Schimanski.

»Bitte, Horst – ich hab' den Knaben gleich weich. Frau Prinz oder wie sie auch heißt, hat doch im Moment wirklich nichts damit zu tun.«

»Das muß noch geklärt werden.«

»Später. Nehmen wir erst den Burschen auseinander!« Thanner blickte den Freund bittend an.

Der nickte nachdenklich. »O. k. Ich laß dich.« Damit drehte sich Schimanski um und verließ das Büro.

»Wo willst du hin?« rief Thanner hinter ihm her.

12

Einige Stunden später war Schimanski auf dem Weg nach Wasserburg. Er überquerte die Innbrücke und stromerte durch die engen Gassen der Kleinstadt.

Anschließend kehrte er in einem Wirtshaus ein, um ein Wiener Schnitzel zu sich zu nehmen. Während er das zäh geratene Ding im knusprigen Mantel mühsam zu zerkleinern versuchte, mußte er an ein anderes Erzeugnis der Kaiserstadt denken. Das ähnliche Gefühle bei ihm auslöste wie das widerspenstige Stück Fleisch, das sich unbedingt zwischen seinen Zähnen festsetzen wollte. Denn mit dem Wiener Walzer fiel ihm auch gleich wieder Roswithas gemeine Zahnklammer ein. Und obwohl die andere Tanzpartnerin – im perlenbestickten Kleid, von der er nicht wußte, wer sie war – nicht solch ein Gerät trug, hatte sich doch etwas von ihr schmerzlich bei ihm festgehakt. Als er das stramme Schnitzel endlich besiegt hatte, beschloß er, sich in Zukunft vor Wienerischem besser in acht zu nehmen. Bevor er sich in das kleine Hotel, in dem er sich angemeldet hatte, zurückzog, telefonierte er mit Thanner und erfuhr, daß Koslowski nicht weich geworden war, daß er nicht gestanden hatte. Der Freund hoffte auf den nächsten Tag.

Die Zahnspangen ließen ihn auch im Schlaf nicht los. Sie verwandelten sich in riesige silberne Schlagringe, die in Flammen gerieten – aus denen brennende Räder wurden. Die kannte er schon, diese Arena hatte er schon einmal geträumt. Auch diesmal weigerte er sich, durch die flammenden Reifen zu hechten. Einer der Löwen legte ihm seine mächtige Tatze beinahe freundschaftlich auf die Schulter und versicherte ihm, egal ob er springe oder nicht – fressen würden sie ihn sowieso. Worauf er von den Zuschauern hinter Gitterstäben blutrünstigen Beifall erhielt. Er möge also bitte die Nettigkeit haben, den Leuten, die immerhin teures Geld bezahlt hätten, vorher noch etwas zu bieten, forderte ihn der Mähnige auf.

»Die sind in Sicherheit, ich soll mein Leben riskieren und werde dann doch zerfleischt«, erregte sich Schimanski.

»Genau«, meinte der Traumlöwe. »So ist das Leben.«

»Scheißleben.«

Er solle das Ganze doch mal von einer anderen Warte aus betrachten, bat ihn der Löwe. Wenn er nicht durch den Reifen springe, habe niemand etwas davon – er nicht, da er doch dran glauben müsse, die Zuschauer nicht, die um ihr Spektakel gebracht würden, und die Löwen wären über solch eine verkorkste Mahlzeit auch nicht erfreut. Wohingegen ihn eine akrobatische Leistung noch einmal mit Stolz erfüllen könnte, und darüber hinaus müßte es ihn doch glücklich machen, vor zufriedenen Zuschauern von glücklichen Löwen gefressen zu werden.

Schimanski zog es vor, die alberne Diskussion zu beenden und aufzuwachen. Aber leider konnte er bis zum Morgen nicht mehr einschlafen.

Der Traum hatte nur die Situation widergespiegelt, in der er sich häufig befand: Er agierte, tat und machte, setzte dauernd seine Knochen aufs Spiel, um dann von denen, die hinter dem Gitterzaun in Sicherheit waren, die nie auch nur irgendwas riskieren, einen auf den Deckel zu bekommen.

Susanne Burger werde seit 1976 vermißt, sie solle in Indien leben, erklärte ihm der Beamte auf dem Einwohnermeldeamt und brabbelte in tiefstem Bayerisch weiter.

Schimanski bat höflich um Wiederholung.

»Haben Sie es mit den Ohren?«

»Nein, mit der Sprache.«

»Verstehen Sie kein Deutsch?«

»War das Deutsch?« fragte er überrascht.

Der Beamte grinste etwas mitleidig und bemühte sich für den Fremdling um eine deutlichere Ausdrucksweise. Er hatte nur seinen Zweifel zum Ausdruck bringen wollen, ob Susanne Burger überhaupt noch am Leben sei – dort unten würde doch ein Hungerleider mehr oder weniger nicht auffallen.

Schimanski nickte und erkundigte sich nach dem Mann der Verschwundenen – nach Hans-Peter Burger.

Was gestern von Duisburg aus so schwierig war, entpuppte sich als Kinderspiel. Nach wenigen Momenten gab ihm der Beamte vom Einwohnermeldeamt, der an seinem Schalter über einen kleinen Computer verfügte, die Adresse von Hans-Peter Burger. Schimanski reagierte erstaunt.

»Haben Sie wieder nicht verstanden?« wurde er gefragt.

»Doch, doch«, meinte Schimanski und ließ sich den Weg erklären.

»Beste Gegend«, schwärmte der Wasserburger, »schöne Wohnungen haben sie da.«

Er hatte nicht übertrieben. Hans-Peter Burger wohnte wirklich sehr schön. Eine bezaubernde Anlage mit viel Grün, sehr ruhig gelegen. Offenbar hatte man den Zaun, der das Gelände umgab, für diejenigen Mieter errichtet, denen es trotz allem nicht gefallen sollte und die der Stille möglicherweise entfliehen wollten.

Die Bayern hatten schon einen seltsamen Humor; Schimanski dachte an den listig grinsenden Beamten vom Einwohnermeldeamt, während er den Friedhof betrat.

Wenig später hatte er das schöne Appartement gefunden. Es war mit einem einfachen schwarzen Stein markiert, in den die Geburts- und Sterbedaten von Hans-Peter Burger und seiner Mutter Franziska in Gold eingraviert waren.

In den grünenden Wipfeln über ihm zwitscherten die Vögel. Die Blüten der frisch gesetzten Blumen auf dem Grab waren vom Tau benetzt – Tautropfen, die ihn an Schweißperlen erinnerten. Hatte sie soviel Glück, war sie so raffiniert? Sollte sie für immer ihr Geheimnis behalten? Ruhten unter diesem Frühlingsbeet die letzten Zeugen, die ihre Identität beweisen oder bestreiten konnten? Hatte die Tanzlehrerin damit gewonnen? So schnell gab Schimanski natürlich nicht auf, erkundigte sich beim Friedhofsgärtner, wer das Grab versorgte und erhielt die Adresse der Schwester von Frau Burger.

Die Straße stimmte, die Hausnummer stimmte, aber er fand kein Klingelschild mit dem richtigen Namen. Dann kam er auf die Idee, an die Tür des Ladens zu klopfen, vor der der Rolladen halb heruntergelassen war. Nach einer Weile meldete sich drinnen jemand – Frau Burgers Schwester. Schimanski stellte sich vor und erklärte, was er wolle. Der Rolladen wurde ein klein wenig weiter hochgezogen, und er durfte drunter hindurchkrabbeln. Er befand sich in einem mit Kisten und Möbeln vollgestopften Raum, in dem es stark nach Leder roch. Er tippte auf einen früheren Schuhladen.

Die Frau vor ihm dürfte keine Mühe mit der Jalousie vor der Tür beim Rein- und Rausgehen haben; die Höhe war ihrer angepaßt. Aus dem runzeligen Gesichtchen strahlten ihn die quicklebendigen Äuglein eines jungen Mädchens an.

»Der hat sich ja aufgehängt – der Junge«, sagte die weißhaarige, kleine Frau vorwurfsvoll, als ob sie den Streich eines Kindes tadeln wollte. »Dem hätte man obendrein noch eins hinter die Ohren geben müssen – und nur wegen diesem Mädchen.«

»Um dieses Mädchen geht es«, hakte Schimanski ein. »Ich komme wegen Susanne Burger.«

Die kleine Frau schlängelte sich vor ihm durch die Gasse zwischen den Möbeln und nahm ihn mit in die Küche. »Meine Schwester hat er mit ins Grab genommen, der Lümmel«, beschwerte sie sich weiter über ihren Neffen, der Selbstmord begangen hatte. »Ein halbes Jahr nach ihm ist sie gestorben. Er war ja ihr ein und alles.« Sie setzte sich auf die Küchenbank mit dem verschlissenen dunkelroten Plastiküberzug und legte ihre faltigen Händchen im Schoß übereinander. »Und alles wegen dieser Susie«, seufzte sie. »Meine Schwester hat sie ja aufgenommen wie eine Tochter; das war ja noch so ein junges Ding, 17 Jahre alt. Sie hat der Susie den Haushalt erst beibringen müssen. Alles hat sie ihr beigebracht. Und dann läuft das dumme Ding von einem Tag auf den anderen davon.«

Schimanski reichte ihr eins von den Fotos am Brunnen, auf

dem das Gesicht der Frau, die sich als Manuela Prinz ausgegeben hatte und nun Susanne Burger sein wollte, gut zu erkennen war. »Ist das die Susie?«

Die Äuglein in dem runzeligen Gesicht strahlten ihn an, nachdem sie das Bild eingehend betrachtet hatte. »Sieht sie so heute aus?«

»Ist sie es?«

»Ist sie es nicht?« fragte die alte Frau ziemlich verwirrt.

Schimanski seufzte. »Erkennen Sie die Schwiegertochter von Ihrer Schwester auf dem Foto?« fragte er noch einmal. »Erkennen Sie Susanne Burger auf dem Bild?«

Die kleine Weißhaarige auf der Eßbank gab ihm die Fotografie zurück, ohne noch einen weiteren Blick darauf zu werfen. »Ach wissen Sie, Herr Kommissar Schimmel«, meinte sie, »ich hab' sie ja gar nicht so oft gesehen. Die Susie war so ein unfreundliches Mädchen, immer schlecht gelaunt war sie. Ach du liebe Zeit, war die bockig und stur. Nichts wollte sie tun und nichts konnte man ihr recht machen. Das war ja ein großes Unglück mit dem Kind. Die Susie hat die ganze Lebensfreude aus dem Haus getrieben; da hatte man ja gar keine Lust mehr, überhaupt noch hinzugehen. Wie ich meine arme Schwester bedauert habe; sie hat sich solche Mühe mit dem undankbaren Balg gegeben. Und der arme Hansi!« Sie schüttelte den Kopf. »Die Susie hat die Familie kaputtgemacht.«

Schimanski stattete in Gedanken das verstockte, bockige Mädchen mit den Zügen der Tanzlehrerin aus. Zweifellos hatte diese Geschichte Ähnlichkeiten mit der, die er von ihr gehört hatte, nur die Perspektive war eine andere. »Sie haben doch sicher noch Bilder von der Familie Ihrer Schwester«, fiel ihm ein, »auf denen vielleicht auch die Susie ist.«

»Da müßten wir mal nachschauen.« Sie hüpfte von der Bank und tippelte in den Laden zurück. »Geht es?« fragte sie besorgt, als er sich hinter ihr zwischen den engstehenden Möbeln hindurchquetschte. Die meisten Stücke hätte sie von ihrer Schwester geerbt, erklärte die kleine Frau, und die würde es ihr nie verzeihen, wenn sie ihr Hab und Gut verkaufen oder vielleicht gar zum Müll bringen würde.

Sie zog aus einem der Schränke einen verknitterten Schuhkarton hervor und begann darin zu kramen. »Mein Mann«, sagte sie stolz und legte Schimanski ein Bild hin, auf dem ein stattlicher Herr mit silbernen Schläfen und grauem Kittel vor dem Schaufenster eines Schuhgeschäfts zu sehen war. »Sah er nicht fesch aus?«

»Hmm«, murmelte Schimanski erstaunt und anerkennend.

»Die Weibsbilder waren verrückt nach ihm«, schwärmte das hutzelige Fräulein weiter, während es suchend einen Packen Fotos durch die Finger gleiten ließ. »Wer wollte es ihnen verdenken? – So ein schöner Mann und so fein. 39 Jahre waren wir verheiratet, und 25 Jahre hat er mich betrogen; die Weibsbilder haben ihm keine Ruhe gelassen. Mit 57 hat ihn der Schlag getroffen, er konnte sich nicht mehr rühren. Ich habe ihn dann noch 14 Jahre gepflegt.«

Schimanski blickte das Weibchen befremdet von der Seite an, das mit einem glucksenden Laut hinzufügte: »So ist das Leben.«

»So ist das Leben«, waren die Worte des Löwen im Traum. Schimanski mußte an sein »Sowieso-gefressen-Werden« denken.

Den Don Juan aus dem Schuhladen hatte es nach sicherlich bewegenden Leistungen auf dem Feld der Damenereroberung auch erwischt; er war gefressen worden. Und mußte sich noch glücklich schätzen, dabei – während er langsam verspeist wurde – von seiner kleinen, mutigen Frau sorgsam umhegt zu werden. Sie lächelte, während sie die Fotos weiter durchsah.

Schimanski überlegte, ob ihr mildes Lächeln sie die vielen Jahre des Ehebruchs ertragen ließ oder ob sie lächelte, weil sie sich freute, den großen, schönen Mann mit den Silberschläfen, die sie so lange mit vielen anderen hatte teilen müssen, am Ende doch noch ganz für sich allein gehabt zu haben.

»Das ist sie«, weckte ihr dünnes Stimmchen ihn aus seinen Gedanken. »Das ist der Hansi, und das ist die Susie.«

Schimanski wollte es schon gar nicht mehr glauben. »Bestimmt?«

»Aber sicher.« Sie stampfte mit ihrem Füßchen auf. »Das war mein Geburtstag im Garten hinter dem Haus. Sie sind nur ein einziges Mal hiergewesen. Das ist die Susie.«

Gespannt nahm er die Fotografie entgegen und betrachtete sie. Ein etwa 25jähriger legte stolz den Arm um ein verhuschtes Wesen in kurzem Kleid, das unwillig den Kopf zur Seite gedreht hatte. Er wollte nicht schon wieder seufzen, aber es war unmöglich, in dem von dunklen Haaren verhangenen Profil mit hervorschauender Nasenspitze Ähnlichkeiten mit der Tanzlehrerin oder sonst wem festzustellen.

»Oder ist sie das?« hörte er die alte Dame zweifeln. »Oder das?«

Schimanski erkannte auf der Rückseite des Fotos, auf dem sie nach der 18jährigen suchte, einen Stempel aus dem Jahre 1954. Darauf griff die Frau zu einem, das noch viel älter schien, aus der Zeit um die Jahrhundertwende stammten mußte.

Enttäuscht steckte er das Foto mit dem verhangenen Profil in den Karton zurück. Bevor ihm nun sämtliche Mädchenbilder der Omas, Tanten und Urgroßtanten aus den letzten hundert Jahren als Susie präsentiert würden, wollte er sich lieber bedanken und verabschieden.

Die kleine, weißhaarige Frau schien erst untröstlich, sich nicht mehr an Susies Gesicht erinnern zu können, aber dann meinte sie zum Abschied, als er schon vor der halbgeschlossenen Lade hockte, um ins Freie zu schlüpfen: »Wissen Sie, Herr Kommissar Schimmel, das Gedächtnis hat nicht so viel Platz. Man muß wählen, aussortieren.« Ihre jungen Augen strahlten ihn aus dem runzligen Frätzchen an, und sie lächelte noch einmal ihr listiges, gütiges Lächeln. »Da behält man doch lieber das Schöne als das Unerfreuliche.«

Endlich bekam das Unerfreuliche Gestalt. Mit aufgerissenen Augen schaute es ihn beinahe erschrocken an, war wohl vom Blitz des Automaten überrascht worden. Das kurzgeschnittene, dunkle Haar stand struppig und frech um ein rundliches Gesicht mit noch kindlichen Zügen. War das die Tanzlehrerin mit 18 oder 19 Jahren?

Schimanski saß im Polizeiarchiv und studierte die Vermißtenanzeige von Susanne Burger aus dem Jahre 1976. Größe: 1,70 Meter – stimmte in etwa überein, Augenfarbe: braun – stimmte. Besondere Merkmale: keine.

Immer wieder verglich er das Automaten-Foto der Vermißten mit dem Bild von der Tanzlehrerin am Brunnen. Brachte die Gesichter so dicht wie möglich aneinander, schob sie nebeneinander, übereinander. Zwischen den beiden Aufnahmen lagen über zehn Jahre. Auf der einen schaute verlegen ein verunsichertes Mädchen aus einem Gesicht, das noch mit Babyspeck zu kämpfen hatte; auf der anderen sah man eine selbstbewußte, stolze Frau, in deren Zügen sich Sicherheit und Erfahrung widerspiegelten. Zeigten die beiden Aufnahmen verschiedene Gesichter, oder hatten die Jahre und Erlebnisse das Gesicht verändert?

Ein Spezialist hätte sicher nach sorgfältiger Arbeit mit dem Millimetermaß eine exakte Aussage über Identität oder Nichtidentität treffen können. Er konnte das nicht. Weder schienen ihm die Merkmale so unterschiedlich, daß sie eine Identität ausgeschlossen, noch so eindeutig, daß sie sie bewiesen hätten.

Sicher konnte die Tanzlehrerin die Pausbäckige auf dem Automatenfoto sein – Susanne Burger. Aber genauso gut hätte sie mit vielen anderen vermißten Mädchen aus diesem Ordner identisch sein können, dachte Schimanski niedergeschlagen, während er die Akten durchblätterte und die den Anzeigen beigefügten Porträts betrachtete. Oder sie hätte die gesuchte Terroristin auf dem vergilbten Fahndungsplakat sein können, das vor ihm an der Wand hing. Oder die Verbrecherin auf dem daneben. Er erschrak. Das schmale, blasse Gesicht mit den dunklen Augen meinte er zu kennen. Die junge Frau, nach der wegen Bankraub und Mordes gefahndet wurde, hatte tatsächlich Ähnlichkeit mit der Tanzlehrerin.

Schnell ließ sich Schimanski die Akte zu dem Fall bringen. Sie stammte aus demselben Jahr wie die Vermißtenanzeige – 1976. Er spürte seinen Puls hämmern, als er sie aufschlug. Zitternd durchblätterte er Protokolle und Zeitungsausschnitte, ließ seinen Blick hastig über die fetten Schlagzeilen gleiten, überflog eilig die Artikel, um nur das Wichtigste aufzunehmen: »... Alfred H. stellte sich ihr mutig in den Weg ... Die kaltblütige Bankräuberin schoß, ohne zu zögern ... Der Kassierer erlag noch am Tatort seinen Verletzungen« »Banklady gefaßt – Komplize noch auf freiem Fuß«, verkündete die Überschrift des nächsten Berichts, der begann: »Nur zwei Tage nach dem spektakulären Überfall konnte die Banklady, die inzwischen als Paula Julian identifiziert wurde, in Wien festgenommen werden ...« »Banklady freigeschossen – Komplize tot«, lautete die knallige Schlagzeile, unter der mitgeteilt wurde, daß der Komplize bei der Befreiungsaktion von mehreren Polizeikugeln tödlich getroffen worden war. »Von der flüchtigen Paula Julian fehlt jede Spur«, endete dieser letzte größere Bericht.

Die Bilder, die die Artikel illustrierten, zeigten die Tatorte mit den in Decken gehüllten Toten am Boden. Auf den von der Banklady abgedruckten Fotos war das Gesicht unter dem breiten Raster unscharf, verschwommen und verzerrt. So verzerrt wie auf den Polizei-Fotos, die nach der Verhaftung gemacht worden waren. Sie zeigten eine sich mit Händen und Füßen wehrende junge Frau, deren Kopf mit Gewalt hochgerissen werden mußte – eine unkenntliche Fratze. Die wenigen ohne Grimasse hatte man für das Fahndungsplakat verwendet, von dem ein Exemplar der Akte beigefügt war.

Schimanski faltete es auseinander. Der trotzige, zornige, verächtliche Blick hatte ihn schon einmal getroffen. Aus dem

Gesicht einer Frau mit schwarzem Trikot und rotem Faltenrock. In einem Tanzsaal bei Flamenco-Musik.

Diesmal war es der Blick einer jungen Bankräuberin, unter deren Fahndungsportraits auf dem Plakat das Modell der Pistole abgebildet war, mit dem sie einen Kassierer erschossen hatte.

»Vorsicht«, wurde gewarnt, »Täterin macht rücksichtslos von ihrer Schußwaffe Gebrauch.«

»Was für eine Waffe meinst du?« fragte Thanner, als er ihn am Apparat hatte.

»Die Pistole, mit der der Thai erschossen worden ist«, antwortete Schimanski.

»Moment.« Es raschelte im Hörer, dann hatte Thanner den Untersuchungsbericht vor sich und konnte vorlesen: »Sie stammt aus einem Einbruch in ein Bundeswehr-Depot in Wasserburg 1976.«

»Und weiter! Was noch?«

»Dann ist sie bei einem Banküberfall in Wasserburg aufgetaucht. Ein Angestellter wurde damit erschossen. Komisch...«

»Was?« – »Du bist doch gerade in Wasserburg.«

»Ja – komisch. Hat Koslowski gestanden?« Schimanski wußte nicht, warum er das fragte, denn er kannte die Antwort.

»Nein,« hörte er Thanner. »Das ist ein härterer Brocken, als ich dachte. Kümmer dich mal um die Waffe – vielleicht kommen wir damit weiter.«

»Ja,« sagte Schimanski tonlos und legte auf.

In seinen Gedanken begann sich langsam ein Walzer zu drehen. In einem weiten, leeren Saal unter einer silbernen Kugel in einem Sternenmeer. Die Frau in seinen Armen sprach mit ihrer tiefen, belegten Stimme: die Starke vor der Bahre, die Enttäuschte in der zerstörten Wohnung, diejenige, die aus dem Dunkeln ihm entgegentrat und sagte: »Ich habe Sie nicht verraten.«

Sie hatte den blassen Teint der Ängstlichen, die sich schutzsuchend an ihn klammerte, die dunkelbraunen Augen der schönen Geheimnisvollen, die ihm nicht verraten wollte, wie er in ihr Bett gekommen war.

Die Frau in seinen Armen war nicht Manuela Prinz und nicht Susanne Burger. Sie hieß Paula Julian und machte rücksichtslos von ihrer Schußwaffe Gebrauch.

Er hatte diesen Walzer mit einer Mörderin getanzt.

13

»Wegen Beisetzung heute keine Stunden«, stand handgeschrieben auf dem Zettel, der an der Tür des Tanzsaales hing.

Thanner drückte auf den Klingelknopf. Es dauerte lange, bis geöffnet wurde. Sie trug ein schwarzes, hochgeschlossenes Kostüm. Sie hielt eine Handtasche, als ob sie gerade zur Beerdigung aufbrechen wollte.

»Frau Paula Julian?« fragte Thanner.

»Ja, das bin ich«, antwortete die Tanzlehrerin, ohne zu zögern – als hätte sie das auch nie bestreiten wollen.

»Frau Julian«, sprach Thanner sie noch einmal mit ihrem richtigen Namen an, »Sie sind vorläufig festgenommen. Sie stehen im Verdacht, den Mörder von Albert Prinz – Tai Meh –, erschossen zu haben. Außerdem werden Sie wegen Bankraub und Mord an einem Kassierer gesucht.« Er rollte das Fahndungsplakat auseinander, das Schimanski aus Wasserburg mitgebracht hatte.

Die Frau im schwarzen Kostüm nickte, ohne auf das Plakat zu schauen. Sie wirkte nicht überrascht, blickte von Thanner zu Hänschen, um schließlich bei Schimanski zu enden. »Dürfte ich Sie einen Moment allein sprechen?« fragte sie ihn leise.

Schimanski zuckte die Achseln und sah unsicher seine Kollegen an.

»Nur ein paar Minuten«, bat die Tanzlehrerin.

Thanner und Hänschen hoben ebenfalls die Schultern; sie wußten nicht, was sie dagegen haben sollten.

Also trat Schimanski an ihren vorbei in den Saal. Über ihm drehte sich die Kugel, die er als letztes wahrgenommen hatte, bevor er weggesackt und in ihren Kissen aufgewacht war. Sacht, wie aus weiter Ferne klang aus den Lautsprechern eine Walzer-Melodie. Hinter ihm fiel die schwere Eisentür mit dumpfem Knall ins Schloß. Als er sich umdrehte, blickte er in die Mündung eines Revolvers.

»Das hat doch keinen Sinn«, schüttelte er den Kopf und wollte sich auf sie zubewegen.

»Stehen bleiben!« wurde er angepfiffen. »Ich schieße.«

Schimanski blieb stehen und sagte: »Sie haben keine Chance...«

»Ich habe Sie!« entgegnete die Frau mit dem schwarzen Kostüm und der Waffe in der Hand.

»Und was haben Sie mit mir vor? Wollen Sie mich entführen?«

Er erhielt keine Antwort. Sie schlich, ihn fixierend, um ihn herum. »Ziehen Sie die Jacke aus!« kommandierte die Frau scharf.

Schimanski gehorchte wieder, streifte seine Jacke ab.

»Die Pistole! Mit zwei Fingern rausziehen.«

Schimanski tat es, zog seine Dienstpistole vorsichtig aus dem Halfter.

»Fallen lassen!«

Er ließ sie fallen.

»Mit dem Fuß rüberschieben. – Bitte!« fügte sie hinzu.

Er gab der Pistole einen Stoß, ließ sie über das Parkett schlittern und sah, wie sie wenige Zentimeter vor ihren schmalen Füßen in den schwarzen Schuhen, liegen blieb. Mit Wucht trat sie dagegen und kickte die Waffe außer Reichweite. Sie kam auf ihn zu und fragte: »Haben Sie Angst, Schimanski?«

Er starrte auf den Revolver in ihrer Hand und schwieg.

»Ich hab' dich gefragt, ob du Angst hast«, wiederholte die Tanzlehrerin energisch, fixierte ihn dabei lauernd. »Hast du Angst?«

Schimanski sah das Flackern in ihren dunklen Augen – Verachtung und Schmerz. Er dachte an das Fahndungsplakat und die Warnung darauf. »Ja«, antwortete er. »Ich habe Angst.«

»Ich auch«, sagte sie.

Die Reflexe der silbernen Kugel huschten über ihr blasses Gesicht und ließen die frisch geschminkten Lippen hellrot leuchten. »Ich habe seit zehn Jahren Angst. Jeden Tag, jede Stunde, jede Minute. Daß mich jemand entdeckt, daß mich jemand verrät.«

Aus weiter Ferne vernahm Schimanski den Walzer; vor sich sah er nur den schwarzen Arm, über den die Sterne flimmerten, der mit tödlicher Bedrohung auf ihn gerichtet war – den Arm, der schon zwei Menschen das Leben genommen hatte.

»Mein Gott, wie oft habe ich diesen tapferen Idioten verflucht, der mich festhalten wollte«, hörte er die tiefe Stimme. »Mußte unbedingt den Helden spielen. Er hat mein Leben zerstört. Er hat es sinnlos gemacht.«

Schimanski schüttelte den Kopf und entgegnete: »Sie haben es selbst zerstört. Sie haben die Bank überfallen. Sie haben geschossen.«

»Ich war 18 Jahre alt«, verteidigte sie sich.

»Trotzdem.«

»Du weißt selbst, wie leicht das ist: schießen. Klick, klick – und er fiel um.«

»Nein, das ist nicht leicht«, widersprach Schimanski aufgebracht. »Sie haben es sich leicht gemacht, Sie machen es sich leicht. Man kann nicht immer die Schuld auf andere schieben, man darf nicht immer Ursache und Wirkung vertauschen. Sie sind mit geladener Waffe in die Bank gegangen,

Sie haben den Tod von Menschen von vornherein in Kauf genommen. Sie haben das Leben dieses Mannes vernichtet.«

Die Tanzlehrerin nickte langsam. »Ja«, sagte sie. »Du hast recht. Ich bin schuldig und es gibt keine Entschuldigung für das, was ich gemacht habe. Ich bin allein verantwortlich, ich hab's getan. Aber...« Sie biß sich auf die Lippe. »...ich habe dafür bezahlt, ich habe es teuer bezahlt. Den einzigen Menschen, der mir je was bedeutet hat, habe ich verloren. Wir wollten frei sein, frei von all den Zwängen, langweiligen Alltäglichkeiten, frei von...« Sie stockte und starrte auf den Revolver in ihrer Hand. »Er ist dabei gestorben, und ich bin keine Minute mehr frei gewesen«, flüsterte sie weiter.

»Geben Sie mir die Waffe!« forderte Schimanski und ging auf sie zu. »Es ist zu Ende.«

»Nein«, sagte sie.

»Sie haben keine Chance mehr.«

»Ich gebe nicht auf.«

»Manuela!«

Sie schüttelte ihr schwarzes Haar. »Ich bin nicht Manuela. Ich bin Paula, und ich habe genug bezahlt. Ich hätte vor zehn Jahren aufgeben können – ich gebe nicht auf.« Sie zielte zwischen seine Augen und zwang ihn zurückzuweichen. »Weiter!« zischte sie. »Weiter, los, geh weiter!« trieb sie ihn vor sich her.

Schimanski schielte zur Tür, hinter der sich nichts zu rühren schien.

»Deine Freunde können dir nicht mehr helfen. Wir sind allein im Boot. Und wenn ich nicht rauskomme, kommst du auch nicht raus. Zwei oder drei Menschen – das macht mir nichts mehr aus.«

Hinter der Tür hatten Thanner und Hänschen längst bemerkt, daß sie reingelegt worden waren. Daß die Tür sich von außen nicht öffnen ließ. Verzweifelt warfen sie sich dagegen, denn auch ihnen war die Warnung auf dem Plakat gegenwärtig.

Von ihren Versuchen war drinnen nicht mal was zu hören. Die Tür war so schwer und massiv wie die eines Panzerschranks. Es blieb ihnen nichts übrig. Sie mußten nach einer Möglichkeit suchen, von außen in den Saal zu gelangen.

Während drinnen ihr Kollege von einer Ecke in die andere gescheucht wurde.

Es war ein eigenartiger Tanz. Mit dem kleinen, schwarzen Eisen zwischen sich, das Schimanskis Schritte bestimmte und ihn nicht vergessen ließ, daß dies sehr gut sein letzter Walzer werden konnte.

Wußte die Frau in Trauerkleidung, was sie vorhatte, wenn sie überhaupt noch etwas anderes wollte, als ihn umzulegen, überlegte Schimanski in beginnender Panik. Mußte er sich nur noch seine Grabrede anhören?

Die tiefe Stimme sprach von Susanne Burger und Albert Prinz, von Thailand und Indien. »In Indien habe ich Susanne Burger getroffen. Sie hatte in der Zeitung von mir gelesen, war stolz, mich kennenzulernen. Wir sind eine Zeitlang zusammen rumgezogen.« Die Tanzlehrerin sprach so gehetzt wie gestern in der Halle vor dem kaputten Fenster; nur mußte sie diesmal befürchten, von ihm unterbrochen zu werden. »Sie hat mir ihre Geschichte erzählt – von ihrem seltsamen Mann und ihrer komischen Schwiegermutter. Und wie sie abgehauen ist. Keine Ahnung, ob sie dort unten gefunden hat, was sie suchte. Sie hatte gar nicht so wahnsinnig große Träume... Vielleicht wenn sie jemanden anderem begegnet wäre, wenn sie einen anderen geheiratet hätte...« Sie zuckte die Achseln und blieb stehen. »Das ist seltsam«, fuhr sie fort, »das große Ziel, weshalb man alles unternommen hat, wird im Laufe der Zeit immer kleiner und kaum noch wahrnehmbar. Man träumt plötzlich von ganz banalen Dingen, die Millionen haben: von einem Haus, in das man abends ohne Angst zurückkehren kann, von einem Menschen, dem man vertrauen kann – immer und immer wieder träumt man davon, keine Angst haben zu müssen. Dann denke ich, das große Ziel hat es in Wirklichkeit gar nicht gegeben, war nur Vorwand. Nur Winzigkeiten, die einen von dem normalen Weg getrieben haben. Nach einem kleinen Bogen tut man alles, um wieder auf ihn zurückzukommen, ohne daß es einem bewußt wird. Absurd. Ich habe mit Susanne Burgers Biografie und ihrem Paß gelebt, als ich Prinz traf.« Sie näherte sich wieder dem Radius der Kugel, die unbeirrt ihre Sterne über sie versprühte. »Prinz war kein Mensch. Er war ein mieses, gemeines Schwein. Du kannst dir nicht vorstellen, was es für ein Gefühl war, als er vor mir auf der Bahre lag. Mit dem Loch in der Brust.«

Schimanski sah den Moment noch einmal vor sich, als das Blaulicht auf dem blassen Gesicht mit der versteinerten Miene verlöschte. »Wie ich mich beherrschen mußte, nicht in Jubel auszubrechen«, vernahm er nun dieselbe Frau. »Er hat mir die Papiere nur gegeben, damit er mich in der Gewalt hatte, damit er mich erpressen konnte. Manuela Prinz – es war ein hoher Preis. Er hat mich gezwungen, mit ihm zu arbeiten, für ihn zu arbeiten. Die meisten Mädchen hat er selbst abgerichtet. Zureiten nannte er es. Zynisch wie er war. Es war schrecklich.«

»Ich weiß, ich kann es mir vorstellen«, meinte Schimanski.

»Ich weiß nicht, ob man sich das vorstellen kann«, entgegnete die Tanzlehrerin. »Er hat sie in winzige Zimmerchen eingesperrt, Fenster und Türen zugenagelt. Ohne Licht, ohne Essen, sie durften nicht aufs Klo. Von denen, die zu ihnen kamen, wurden sie vergewaltigt. Sie wurden mit Waffen bedroht und in Todesangst versetzt. 13jährige, 12jährige Mädchen – je jünger, desto teurer konnte er sie verkaufen. ›Broken Blossoms‹ – im wahrsten Sinne des Wortes: ›Gebrochene Blüten‹.«

Die Walzer-Melodie, die ihre Worte untermalte, ließ durch den Gegensatz das Schreckliche in seiner ganzen Grausamkeit und Brutalität erscheinen. Die Frau vor ihm erinnerte Schimanski wieder an Manuela Prinz auf der Couch in der verwüsteten Wohnung, an Susanne Burger, fröstelnd vor dem zersplitterten Fenster – ein verletztes Geschöpf, das man beschützen, das man in den Arm nehmen mußte. Ihm war klar, wenn er sich ihr näherte, würde er morgen das Bild in der Zeitung von der zugedeckten Leiche im Tanzsaal nicht betrachten können. Denn sein Körper würde unter dem weißen Tuch liegen. Wo blieben seine Kollegen? Hatten sie denn immer noch nicht gespannt, was los war?

Hinter sich hörte er den Wind an den gekippten Fenstern rappeln und an den dicken Vorhängen zerren. Thanner und Hänschen mußten doch längst bemerkt haben, daß sie nur von außen in den Saal gelangen konnten. Wo blieben sie?

»Er hat bekommen, was er verdiente«, redete die Tanzlehrerin weiter. »Der kleine Thai hat recht gehabt, ihn umzulegen. Prinz hatte seine Schwester und seine Freundin auf dem Gewissen. Die Freundin war beim Zureiten draufgegangen – Betriebsunfall. Leider konnte es der Thai nicht bei der Rache belassen. Er wollte auch noch abkassieren und mich dazu benutzen. Er hat gebrüllt und mich beschimpft. Als ob er es von Prinz gelernt hätte. Und ich steckte wieder im Teufelskreis. Man steigt einmal in den falschen Zug und kommt nicht wieder zurück. Jeder Zug bringt einen nur immer weiter fort. Ich konnte nicht mehr. Ich wollte nicht mehr erpreßt werden, ich wollte keine Angst mehr haben, ich wollte endlich frei sein.«

Tränen schossen ihr in die Augen und liefen über ihre bleichen Wangen. Diesmal waren es nicht Tränen auf Bestellung, die einen Zweck erfüllen sollten. Es waren echte Tränen. »Ich möchte keine Angst mehr haben, hörst du?« schluchzte sie und blickte ihn flehend an. »Ich möchte frei sein – ohne Angst!« Sie rief es, schrie es, wiederholte es noch einmal: »Ich will keine Angst mehr haben!«

Kaum noch wahrnehmbar schwebten die Walzer-Klänge durch den Saal, drohten vom hartnäckigen Rappeln des Windes verschluckt zu werden.

»Gib mir den Revolver«, forderte Schimanski leise und streckte seine Hand aus.

Sie schüttelte weinend den Kopf.

»Was willst du von mir?« fragte er. »Was willst du mit mir?«

Der Walzer war zu Ende, die Kassette war abgelaufen. Von draußen war heftiges Poltern zu vernehmen.

Aber Paula Julian schenkte dem Lärm vor dem Fenster keine Bedeutung. »Du wolltest mich beschützen, Schimanski.«

Er nickte stumm.

»Du hast es versprochen.«

»Ich hätte es gern getan.«

»Ach«, schüttelte die Tanzlehrerin den Kopf, »du hast genauso viel Angst wie ich.« Ohne Zusammenhang fuhr sie fort: »Ich wollte Ballett tanzen – Primaballerina werden. Aber ich hatte es am Rücken, da haben sie es mir verboten.«

»Sie sind eine gute Schauspielerin geworden«, sagte er.

»Mir ist nichts anderes übrig geblieben«, meine sie.

Schimanski blickte über ihre Schulter hinweg zum Fenster, an dem Thanner aufgetaucht war. Die Frau im schwarzen Kostüm zuckte zusammen, als es aus den Angeln krachte.

»Waffe weg!« brüllte Thanner und richtete seine Pistole auf die Tanzlehrerin.

Paula Julian verharrte unbeweglich, zielte weiter auf Schimanski.

»Waffe weg!« schrie Thanner noch einmal.

Aus ihren tiefen, braunen Augen schaute sie ihn voll Trauer an. Unendlich langsam; Schimanski kam es wie in Zeitlupe vor, wie sie sich umdrehte und in Thanners Richtung zielte. Ein Schuß knallte, und er sah, wie die Frau im schwarzen Kostüm vor ihm zu Boden sank.

Thanner kam herbeigerannt, hinter ihm kletterte Hänschen in den Saal.

Schimanski kniete sich zu der Getroffenen. Sie schaute ihn an und hob ein wenig die Augenbrauen; so wie sie es getan hatte, als er von ihr wissen wollte, ob sie miteinander geschlafen hätten. Dann senkten sich die Lider über den braunen Augen, und ihr Kopf fiel zur Seite. Die Tanzlehrerin war tot.

Die Kassette hatte die Spur gewechselt, und leise, von sehr weit her, ertönte ein neuer Walzer.

»Ich hatte keine Wahl«, meinte Thanner.

Hänschen hob den Revolver auf und untersuchte ihn. »Der ist ja gar nicht geladen«, stellte er überrascht fest.

Schimanski blickte auf die Frau im schwarzen Kostüm, auf deren bleichem, schönen Gesicht die blitzenden Sterne der Kugel tanzten. Auf den geschlossenen Wimpern glitzerten Tränen. Wie Tautropfen, dachte er, Tautropfen auf einer gebrochenen Blüte.